THINK
新思

新 一 代 人 的 思 想

Hidden Valley Road

Robert Kolker

隐谷路

一个精神分裂症家族的
绝望与希望

Inside the Mind of an American Family

〔美〕罗伯特·科尔克

著

黄琪 译

中信出版集团｜北京

图书在版编目（CIP）数据

隐谷路：一个精神分裂症家族的绝望与希望 /（美）罗伯特·科尔克著；黄琪译 . -- 北京：中信出版社，2021.10 （2025.10 重印）

书名原文：Hidden Valley Road: Inside the Mind of an American Family

ISBN 978-7-5217-3514-7

Ⅰ . ①隐… Ⅱ . ①罗… ②黄… Ⅲ . ①纪实文学－美国－现代 Ⅳ . ① I712.55

中国版本图书馆 CIP 数据核字 (2021) 第 184010 号

隐谷路——一个精神分裂症家族的绝望与希望
著者： ［美］罗伯特·科尔克
译者： 黄琪
出版发行：中信出版集团股份有限公司
（北京市朝阳区东三环北路 27 号嘉铭中心 邮编 100020）
承印者： 北京盛通印刷股份有限公司

开本：880mm×1230mm 1/32　　印张：14　　　字数：312 千字
版次：2021 年 10 月第 1 版　　　印次：2025 年 10 月第 10 次印刷
京权图字：01–2020–5177　　　书号：ISBN 978–7–5217–3514–7
定价：78.00 元

献给朱迪和乔恩

和家人相处的时间长短最能体现一个人的忍耐力。

——安·泰勒[1]

推荐与赞誉

从当代科学的眼光来看，精神分裂症是遗传的易感素质与个体成长过程中各种不良经历磨合的结果。然而，要找到帮助患者解脱"心魔"的路径并消除疾病带给患者的各种折磨，从正常人的角度艰难地去感悟和理解患者那种"疯狂"的感受，有时比努力寻找致病基因更有意义。《隐谷路》对一个高发精神分裂症家庭经历的细致描述也许就是这样的一剂良药，我相信它在这方面能达到的效果会远远超出了解这种疾病本身。

李凌江

中南大学湘雅二医院教授

中华医学会精神医学分会主任委员

我在儿童医院的工作中接触过与《隐谷路》中故事类似的家庭，但这本书揭示的苦难比我既往了解到的还要深重许多倍。人类的幸福有上限，但苦难深渊的下限深不可测，永远有更惨烈的痛苦让人目不忍视。但直视这样的痛苦是征服它们的必要前提，感谢那些以无与伦比的勇气去直面和征服这些苦难的科学家和医生。那些不幸罹患如此隐疾的人不应该是被社会隔绝、被人类抛弃的怪物，而是亟待拯救的正在忍受大不幸的人。中信出版集团敢于引进这样的作品是冒着极大风险的，因为很多读者会本能地回避苦难，希望这本书能够为让社会减少对精神病人的偏见带来助益。

李清晨

外科医生、科普作家，《心外传奇》作者

精神分裂症是人类现代医学史上第一种被发现与遗传因素有关的脑疾病。这本书的时代背景二十世纪也是人类社会对遗传与基因爱恨交加的世纪。从一开始对基因的无比崇拜，到纳粹灭亡后所有人都对导致疾病的遗传因素讳莫如深，现代医学对精神分裂症的研究就是在这种背景下展开的。《隐谷路》提供了一份研究精神分裂症的绝佳资料——一个被疾病困扰的大家族的故事。在逐渐解开精神分裂症神秘面纱的同时，医生也发现了各种药物，可以逐渐减轻精神分裂症病人的痛苦。人类也许暂时还无法治愈精神分裂症，但无数医生和科学家的孜孜探索终将使人类摆脱精神疾病的困扰。

仇子龙

中国科学院脑科学与智能技术卓越创新中心高级研究员

神经科学国家重点实验室副主任

一项杰出的病例研究，一部调查报道的力作。

西尔维娅·娜萨

《美丽心灵：纳什传》作者

普利策奖、美国书评人协会奖获得者

一部叙事新闻的杰作，也是对同理心的研究。作者罗伯特·科尔克以饱含同情的笔触讲述了加尔文一家的故事，同时也追踪了医学界在诊治精神分裂症方面的科学进展。

《纽约时报》

科尔克讲述加尔文一家故事的笔触既饱含同情，又让人不寒而栗……他是一名调查记者，也是一名人性角落的探索者，利用这些技巧逐一记录了这个家庭 14 个成员的人生。

《华盛顿邮报》

《隐谷路》不仅生动地描绘了精神分裂症患者的内心世界，还讲述了这种疾病对患者家庭成员的折磨……科尔克拥有伟大小说家级的写作技巧，他的文字使这个家庭的每一个成员都无比鲜活。

《华尔街日报》

在局外人看来，加尔文一家似乎是 20 世纪 60 年代一个完美的美国家庭，但事实上，这个家庭却饱受暴力和精神疾病的折磨……《隐谷路》同时也有医学探索的元素，讲述了科学家们研究这个家族的基因，试图解开精神分裂症这种令人深感困惑的疾病之谜的故事。尽管加尔文一家遭受了无比的痛苦和创伤，但在科尔克饱含同情的笔触下，他们的故事仍然让读者感受到了一丝希望的微光。

《时代》周刊

科尔克是一名优秀的作家和一流的调查记者……这本令人难忘的著作必将会增加大众对精神分裂症这种可怕疾病的了解。

《泰晤士报》

必将成为非虚构叙事写作的经典之作。

《明尼阿波利斯明星论坛报》

目录

推荐序

　　精神分裂症患者是一个极其孤独而脆弱的群体。抑郁焦虑患者在确诊后可能会得到来自亲友的嘘寒问暖、关心体谅，自闭症儿童会被父母当作"折翼的天使"悉心呵护，但精神分裂症患者的遭遇则可能大为不同。这种反差在精神分裂症患者患病的后期尤其明显：由于缺乏对自身疾病状态的认识，他们常常会被非自愿地送进精神专科医院接受治疗，继而被社会慢慢疏离。受幻觉、妄想等精神病性症状的影响，患有精神分裂症的个体往往是无法被人理解但又极其渴望被理解的，他们有着丰富的内心世界，丰富到会将他们困住，丰富到会变成一堵阻止他们与他人交流的高墙。在尚有自知力的时候，他们可能会在言语中流露出一些内心世界的信息，但因为疾病的影响往往会被他人所忽视；或者，他们会意识到自己不同于常人，因而不敢与其他人——哪怕是最亲密的人——分享自己的真实内心世界。精神分裂症的另一个常见症状是阴性症状，主要表现为情感冷漠、活动减少、离群独处、生活懒散、对他人和未来的关心极少——这往往更突显出他们"异于常人"。即使在包容开放的当代社会，一听到精神分裂症患者，大家也常常表现出退而远之的态度。当然，这不怪任何人，只是因为社会对这个群体的认识还太少。

在众多精神疾病中，精神分裂症的患者最容易被人错认为是"疯子"。虽然这体现了大众的错误认知和某些偏见，但这种错误的认知和偏见也确实与精神分裂症本身的症状有关。精神分裂症患者最为常见的症状之一是幻听，他们会声称自己总是听到某种声音，会说这些声音给了他们某种指示，让他们去做某些特定的事情。这些事情在外人看来或许显得不可理喻，但对精神分裂症患者来说却是可以真切"感受"到的。精神分裂症的另一种常见症状是妄想，最常见的妄想有被害妄想、关系妄想、嫉妒妄想、非血统妄想等。比如，患者相信自己正在被人追杀，他们必须要躲起来或者去攻击追杀他的人；或者相信自己正在受到他人的排挤，他人的正常交流会被患者认为是在对他进行诋毁的交头接耳；再如《隐谷路》中描绘的加尔文一家患病的大儿子，他坚信自己是章鱼的后代而非父母亲生。有些患者会意识到自己的大脑出了问题，但也有很多患者没有这种自知力。在精神病性症状的影响下，没有自知力的患者可能会出现攻击他人的行为，从而越发使人坚信他们是"疯子"，坚信他们有极大的危险性。

近些年来，我们国民的心理健康素养在逐步提升，社会对精神障碍患者的包容度和理解度也在逐渐提高。人们认识到抑郁症患者不是单纯的情绪低落，认识到焦虑、抑郁病人悲观厌世的念头万万不可忽视，也认识到创伤后应激障碍患者所表现出的反常和偏激不是患者本身的错。总之，单从抑郁焦虑等常见精神疾病来讲，人们的认识不再如以前那般片面和偏激。然而，这种"理解"和"包容"在遇到精神分裂症等重性精神障碍时难免又变成了"恐惧"，也正是这种恐惧使人们很难以包容的态度去接纳这个群体。虽然有一部分精神分裂症患者在疾病发作期间有攻击他人或自我伤害的行为，但大多数精神分裂症患者是没有或少有这样的攻击性行为的。此外，我们还应该认识到患者表现出的大多数攻击性行为都是言语上的攻击，并且在经过科学和系统的治疗后是可以得到控制的。举个例子，当提到一个精神正常的犯罪者时，很多人的第一反应是"真的是他吗？他为什么这么做？"，而当被告知一个犯罪者事实上患有精神分裂症时，很多人的第一反应则是"难怪是他"，这就是对精神分裂症群体的偏见和"妖魔化"。我们当然应该对患者的暴力攻击行为加以提防，保护好自己的生命安全，但我们也不能以偏概全，简单地给精神分裂症患者贴上"暴力危险"的标签。

《隐谷路》中提到，加尔文家族患病的几个兄弟在发病前都表现出了高于常人的某种天赋或者能力，有的冰球打得极棒，有的钢琴弹得极好。事实上，大多数精神分裂症患者的智力都是正常的，有些患者甚至智力超群。数学家约翰·纳什人生跌宕，30岁时就被誉为世界上最杰出数学家之一的他，却在刚刚获得麻省理工学院终身职位时被诊断出患有精神分裂症。他会一身婴儿打扮出现在隆重的新年晚会上，会在麻省理工学院坐满教授的办公室里宣称自己正在接收来自宇宙的神秘力量。人们对他的态度从追捧变成了躲避。因为自身的疾病以及人们的偏见，这样一位学术之星差一点就被学术界遗忘了。不过在自身的不懈钻研以及亲友的理解和支持下，纳什最终获得了诺贝尔经济学奖，这在某种意义上也为精神分裂症患者正了名——他们绝不是于社会无益的人，更不应被视作家庭的拖累和羞耻，他们不同于常人，但绝不是异类。

不可否认的是，无论是于患者自身还是于其家庭而言，精神分裂症确实是一种折磨，所以科学家和相关领域的工作者们一直在不遗余力地探索这一疾病的致病因素和临床治疗手段。科学技术的发展使很多研究变得更加容易了，研究者们如今比以往更容易找到精神分裂症个体的某个风险基因。但这些发现也往往只是冰山一角，科学界认识、理解精神分裂症的道路仍将百般曲折。除了先天遗传，后天的成长环境也被认为至关重要。有些携带精神分裂症风险基因的个体并不一定会患上精神分裂症，因为他们有着良好的家庭和社会环境。错综复杂的致病因素也是阻碍科学界尽快理解这一疾病的重要原因。与发现致病因素同样重要的是对精神分裂症患者的治疗。书中提到"与精神分裂症斗争 50 年的结局之一是，治疗迟早会变得和疾病本身一样摧残健康"，这一事实触目惊心。在过去，因为对这种疾病没有更为充分的认识和耐心，医学界对精神分裂症患者的治疗往往简单粗暴。值得欣慰的是，医学的发展使现在有了科学、系统的治疗方案，但如何帮助精神分裂症患者回归社会仍然是一个难题。通过《隐谷路》，我们呼吁大众正视这个群体，对他们多一点耐心和鼓励。我们感谢加尔文家族以及其他有精神分裂症患者的家庭愿意分享自己的故事和数据，感谢作者如此客观地将这些故事整理成文，感谢为了攻克精神分裂症一直在不懈努力的科学家们，感谢悉心关照精神分裂症患者的每一个人。我们希望在不远的将来，精神分裂症不再是社会的隐痛。

陆林

中国科学院院士

北京大学第六医院院长

序　言

1972 年

科罗拉多州，科罗拉多泉市

　　一对兄妹从家中厨房通往露台的门里走出来，一起来到后院。两人有些古怪。唐纳德·加尔文（Donald Galvin）27 岁，双眼深陷，头发剃得精光，下巴上的胡子邋里邋遢，像是从《圣经》里走出来的人物。玛丽·加尔文（Mary Galvin）7 岁，只有唐纳德一半高，长着淡得发白的金色头发和塌鼻子。

　　加尔文一家住在樵夫谷，那里是一片广阔的森林和农场，位于科罗拉多州中部，依偎在险峻的小山丘和砂岩平顶山之间。他们家的院子散发出松木香甜的气味，带着泥土的清新。灯草雀和蓝松鸦在露台附近的石头花园周围飞来飞去。家里的宠物，一只叫作阿瑟尔（Atholl）的苍鹰，待在他们的父亲多年前搭的鹰舍里，站岗放哨。小姑娘走在前面，兄妹两人从鹰舍边经过，爬上一座小山。他俩对脚下长满地衣的石头路再熟悉不过了。

　　加尔文一家总共有 12 个孩子，除了老大唐纳德和老幺玛丽，还有 10 个年龄各不相同的孩子。他们的父亲总爱开玩笑说，这么多孩子，足够组个橄榄球队了。几乎每一个孩子都尽可能找理由离唐纳德远远的：那几个年纪还没到搬出去住的孩子会去打冰球、棒球，或者橄榄球；家里的另一个女孩，年纪跟玛丽最近的姐姐玛格丽特（Margaret）要么跟邻居家的斯卡克姐妹在一块儿，要么就在路那边的肖普托夫家。二年级的玛丽放学后没处可去，只能待在家里，况且除了唐纳德也没人照顾她。

　　唐纳德身上所有的事都让玛丽弄不明白，无论是他的光头还是他的衣服。所谓的衣服其实只是一条红棕色的床单，唐纳德把它披在身上，仿佛一个修道士。有时候，他会拿弟弟们玩的塑料弓箭给衣服加点装饰。无论什么天气，唐纳德都穿成这样在家附近几英里几英里地走，走上一整天，直到夜幕降临。他一般会沿着这条名叫"隐谷路"的土路走下去，经过樵夫谷的修道院和乳牛场，顺着路肩走上公路的分隔带。他常在父亲工作过的美国空军学院前面停下来，这儿的很多人现在都假装不认识他。快到家时，唐纳德会看着本地小学操场上玩耍的孩子，把身子挺得笔直，用爱尔兰人的欢快语调，拖着音，宣布自己是这里新来的老师，直到学校的校长叫他走开。每当这种时候，二年级的玛丽总是为这个世界如此狭小而难过万分，大家都知道，她是唐纳德的妹妹。

　　玛丽的母亲对这种情况则已经司空见惯，一笑了之，不会大惊小怪。与其补救，不如承认自己对此束手无策。她不知道家里到底怎么回事，更不懂如何阻止这一切。玛丽除了暗自难过，别无他法，只能也表现出一副无动于衷的样子。她注意到父母现在密切监视着所有孩子的危险信号：彼得（Peter）生性叛逆，布莱恩（Brian）毒瘾缠身，理查德（Richard）被学校开除，吉姆（Jim）打架生事，而迈克尔（Michael）则干脆离家出走了。玛丽知道，抱怨、哭泣，或者流露出任何情感，都会让人觉得她也有什么地方不对劲。

其实在玛丽看来，穿着床单的唐纳德已经比其他时候要好得多了。有时放学回家，玛丽会发现唐纳德正做着只有他自己才能理解的事。比如把家具一件接着一件全搬到后院，或者向鱼缸里倒盐，毒死所有的鱼。有时候在浴室里，唐纳德会把吃下的药都吐出来：三氟拉嗪、氯丙嗪、氟哌啶醇、氟奋乃静、苯海索。有时候，他则会一丝不挂地安静地坐在客厅中间。而另一些时候，母亲则不得不把警察叫来，制止唐纳德和兄弟之间的冲突。

然而大多数时候，唐纳德都沉浸在宗教事务中。他向别人解释说，圣依格那修赋予了他某种"精神修炼和信仰"。几乎每一个白天，以及大多数的夜晚，他都会花大量时间高声诵读《使徒信经》和《主祷文》，以及他自己想出的一长串祷词，他称之为《神父圣职》，里面的逻辑只有他自个儿明白：

> 献给至高无上的上帝、本笃会、耶稣会士、圣心圣职、圣母无染原罪始胎、圣母玛丽、纯洁的玛丽、神父奉献会、梅一家人、黑衣修士、圣灵、修道院的方济会修士、唯一神圣的宇宙、使徒式、苦修派……

在玛丽看来，这些祷词就像水龙头，滴滴答答没个完。"别说了！"可玛丽的尖叫从来没办法阻止唐纳德的诵读，他只是稍稍停下吸口气，然后继续。玛丽觉得唐纳德的行为像是对整个家庭的控诉，主要是针对他们的父亲——一个虔诚的天主教徒。玛丽很崇拜父亲，加尔文家其他孩子也是如此，甚至包括生病之前的唐纳德。玛丽甚至有些嫉妒父亲可以随心所欲地出入家中。通过整天拼命工作，父亲获得了对自己活动的掌控权，她能想象那种享受感。拼命就能跳脱出去。

最令玛丽受不了的，是唐纳德对她与众不同的态度。这倒不是说他凶狠，实际上他对玛丽很和善，甚至温柔。玛丽的全名是玛丽·克莉丝汀（Mary Christine），因此唐纳德常常称呼玛丽为"圣洁的处女，耶稣的母亲"①。"我才不是！"玛丽非常讨厌这个称呼，她的其他哥哥也常常用这个称呼寻她开心，相比之下，唐纳德这样说的时候却是一本正经，热切又毕恭毕敬。但这只会让玛丽更为恼火。唐纳德把玛丽作为他祷告的崇高对象，仿佛在邀请玛丽进入他的世界，而这却是玛丽最不愿意去的地方。

玛丽最终想到了一个对付唐纳德的办法，就是直接抒发自己的怒火。玛丽发泄的计划，其灵感来自她母亲有时在电视上看的魔幻史诗电影。她对唐纳德说："我们去山上吧！"他同意了，对于"圣母"他总是有求必应。玛丽提议去山上搭个秋千，"我们带上绳子吧"。唐纳德照做了。到达山顶后，玛丽挑了一棵树，一棵高高的松树，说想把唐纳德绑在树上。唐纳德也同意了，还把绳子递给了她。

就算玛丽把自己的计划和盘托出，要像电影里烧死异教徒那样，把唐纳德绑在树桩上烧死，大概他也不会有什么异议。唐纳德紧贴

---

① Christine 在英语中还有基督徒、基督的追随者之意。——译者注

着树干，沉浸在自言自语中，玛丽则拿绳子绕着树，一圈接着一圈，直到确认他无法挣脱为止。唐纳德依旧没有反抗。

玛丽告诉自己，如果唐纳德突然不见了，也没人会想他，更不会有人怀疑是她做了什么。她抱来一堆树枝，作为柴火丢到他的赤脚边。

唐纳德准备好了，他无论如何也不会抗拒自己心中的"圣母"。他现在安静、平和，耐心地等待着。

他崇拜她。

其实玛丽那天并不算太当真，她没带火柴，也就没法点火。更重要的是，她跟她哥哥不同。她是理智的，她的思想扎根在现实世界里，或者至少她需要证明这一点，不仅向她的母亲，也向自己证明这一点。

玛丽最终放弃了这个计划，她把唐纳德丢在山上，让他一个人在蝇虫和白头翁花的围绕中独自祷告。玛丽终于可以长时间一个人待着了，但这也不会太久，因为唐纳德最终还是下山回家了。

想起这些过去，玛丽勉强挤出一丝笑容。"我和玛格丽特会觉得这些往事好笑，"她说，"不知道其他人会不会也觉得如此。"

往事如烟。那一天整整 45 年后，2017 年冬日一个清冷的下午，这个曾经名叫玛丽·加尔文的妇女在科罗拉多泉市的松尖园护理院门口走下车，去看望那个她曾幻想着要活活烧死的哥哥。50 多岁的她，眼睛还像小时候那样碧蓝，不过如今的她有了另一个名字：琳赛（Lindsay）。成年离家后，玛丽想要跟过去一刀两断，于是她改了名字，寻求一个崭新的开始。

　　琳赛如今的家在科罗拉多州特柳莱德镇外，距离护理院 6 小时车程。她自己开了一家策划企业活动的公司。跟父亲一样，她拼命工作，在家和丹佛之间来回奔波。琳赛揽到的大部分活动都分布在这条路线上，还有些在科罗拉多泉市市内。这样她就可以在工作之余，兼顾唐纳德和家里其他人。她的丈夫，里克（Rick），在特柳莱德镇的滑雪训练学校当教练。里克与琳赛育有两个孩子，一个在上高中，另一个已经上大学了。如今见到琳赛的人，很难看穿她一贯挂在脸上的笑容，看见那沉稳自信背后的自制。多年的历练使她哪怕在极糟糕的情况下，也能巧妙地假装一切如常。但她偶尔会冒出一两句尖刻的言论，透露出平静表面下正涌动着的忧郁而无法改变的暗流。

　　唐纳德正在一楼的休息室等她。他随意地套着一件皱巴巴的牛津纺衬衫，衣角露在裤子外面，下身是一条齐膝的棉短裤。这个最年长的哥哥现在已经 70 多岁了。他两鬓斑白，下巴中间有条美人凹，眉毛浓密黝黑，看起来别扭又显眼。要是他的声音不这么轻柔，步态不这么僵硬，倒可以去演警匪片。"从他走路的步子中还能看出一点氯丙嗪留下的后遗症。"护理院的经理克丽丝·普拉多告诉琳赛。唐纳德现在服用的是氯氮平，这是精神病治疗中最后的选择，效果极佳，伴随的风险也极高。这些极端的副作用包括心肌炎、白细胞数量降低，甚至癫痫。与精神分裂症斗争 50 年的结局之一是，治疗迟早会变得和疾病本身一样摧残健康。

　　唐纳德看见了妹妹，他站起身，抬脚就要往外走。因为平时琳赛来访时，都会带他出去看望其他家人。琳赛笑吟吟地说，今天不出去。她这回来，就是为了看看他身体怎么样，还要跟他的医生谈谈。唐纳德也干笑一下，坐了回去。除了琳赛，没有其他家人到这儿来看过他。

琳赛已经花了几十年时间，试图理解自己的童年。而从各个方面而言，这项工程仍在继续。事到如今，她已然明白，有关精神分裂症的研究尽管已经持续了一个世纪之久，但仍然在这一疾病的门口打转。人们或许可以列出一个症状清单——幻觉、妄想、幻听、类似昏迷的神志不清，以及一些具体的表现，比如无法理解最基本的语言修辞，乃至用精神病学家的话来说"联想松弛"和"思维瓦解"。但医生们仍然难以解释，是什么导致唐纳德时而兴致勃勃，甚至安然自足，时而又沮丧不安，让琳赛驾车带他到普韦布洛的州立精神病医院去。在过去的 50 年里，唐纳德经常说想要住在那里，而事实上也不得不如此。每次逛超市的时候，唐纳德总要买两瓶万能牌衣物洗涤液，并兴高采烈地表示："这是最好的沐浴液！"50 年后，唐纳德依旧会背诵那些宗教祷文："本笃会、耶稣会士、圣心圣职……"多年来，他始终坚信自己是章鱼的后代。为什么这样？对于这些，琳赛只能自行揣测。

或许这才是精神分裂症最可怕也最与众不同的地方。其他脑部疾病，比如自闭症或者阿尔茨海默病，往往会削弱和消磨一个人最具有辨识性的个性特征。相比之下，精神分裂症导致病人过于情绪化，使病人的个性更为突出。而此时，病人根本无法觉察自己的激烈表现。对于病人的亲朋来说，这种疾病是难于理性地去面对的，而这会引来恐惧。精神分裂病人对家庭的影响主要体现在感情的转移上，仿佛家庭的重心永远地倾向了病人。哪怕只有一个孩子患有精神分裂症，这个家庭内部的秩序也会彻底发生改变。

但加尔文一家可不是普通的家庭。在 12 个孩子中，唐纳德只是第一个出现明显症状的。在他之后，另外 5 个弟弟也无声无息地"垮掉"了。

彼得，家中最小的儿子，叛逆、狂躁、好斗，多年来拒绝一切帮助。

马修（Matthew），擅长制陶，一会儿认为自己是保罗·麦卡特尼，一会儿又觉得自己的情绪可以左右天气。

约瑟夫（Joseph），家里性情最温和的孩子，痛苦地觉察到兄弟们的病态，但自己也难逃这一宿命。他的耳畔时常响起虚幻的声音，仿佛来自另一个时空。

吉姆，特立独行的次子，与唐纳德长期不和，一直欺凌家中最没有反抗能力的成员，尤其是他的两个妹妹玛丽和玛格丽特。

还有布莱恩，完美的布莱恩，家里的明星，把自己的恐惧深藏心中，直到一次莫名其妙的爆发，永远地改变了所有家人的人生。

加尔文家 12 个孩子的出生贯穿了整个婴儿潮时期。最大的唐纳德生于 1945 年，最小的玛丽生于 1965 年。他们这一代人成长的时代是属于美国的时代。他们的父母"咪咪"（Mimi）和"多恩"（Don）出生于第一次世界大战结束后，两人于大萧条时期相识，二战期间结婚，冷战时期生子。那些年，咪咪和多恩身上似乎具备着他们那一代人所有的美好品质：富有冒险精神、勤奋、责任感强、乐观。对于最后一点，最好的例证就是他们的 12 个孩子，最小的几个还是违抗医生的建议生下来的，这样的人绝对是乐观主义者。随着家庭的不断壮大，咪咪和多恩见证了整个反文化运动的开端和结束。从某种角度来说，加尔文一家也为这种文化做出了"贡献"：对他们的病例研究成了人类疑难杂症史上富有里程碑意义的工作。

在加尔文家六个男孩开始发病的年代，人们对精神分裂症并不了解，层出不穷的理论彼此相悖，这使他们的一切从此完全被对病因的探寻所笼罩。他们经历了被关进精神病院和电休克治疗的年代，经历了心理治疗和药物治疗论战的年代，大海捞针般地寻找过这种疾病的遗传标记物，也听说过关于病因的多种深刻见解。唐纳德、吉姆、布莱恩、约瑟夫、马修和彼得，每个人的发病特点各不相同，遭受的痛苦也都不一样，因此也就需要不同的治疗手段。他们每个人都接受过各式各样的诊疗，催生过很多有关精神分裂症本质的理论，而这些理论常常彼此冲突。其中的一些理论对于他们的父母来说非常残酷，因为他们常常要承受指责，好像是他们的言行导致孩子患了精神疾病似的。这整个家庭遭受的苦难也是一部朦胧的精神分裂症科学史，一部几十年来追溯精神分裂症病因和本质的历史。

在很多方面，家中没有患精神病的其他孩子跟他们的兄弟一样，也受到了影响。在有着12个孩子的家庭里想要与众不同就很不容易，但在这个家中，成员间的互动与别的家庭都不一样，出现精神问题是家庭生活的常态，一切都要以此为出发点。对于玛丽和玛格丽特，还有其他兄弟约翰、理查德、迈克尔和马克（Mark）来说，身为加尔文家的一员意味着要么自己变成疯子，要么看着家人变成疯子。他们在一种永不消逝的精神病氛围中长大。他们即使没有陷入妄想、幻觉或偏执——比如相信房子正受到袭击，美国中央情报局要来搜查，或者有魔鬼藏在床下面——也会觉得内心深处有某种不安定的因素在蠢蠢欲动。他们会想，还有多久就会轮到自己？

作为最小的孩子，玛丽的经历最糟，处境也最危险，受到来自挚爱亲朋的伤害也最直接。儿时，玛丽希望自己能变成别人。成年后的她本可以重新开始生活，远走他乡，改名换姓，告别过去。她原本可以变成另一个人。

而此刻，琳赛却在松尖园护理院里，为这个自己曾经畏惧的哥哥操心：了解他是否需要做心脏检查，该填的表是否都填了，医生是否给予了他足够的关注。她也在为其他患病但还活着的哥哥做着同样的事。探望期间，唐纳德在大厅里溜达，她还时时留意着他的行动，担心他无法照顾自己。她希望他一切都好好的。

尽管发生了那么多事情，她还是爱他的。这份爱怎么可能变呢？

这种一个家庭多人患病的情况出现的概率似乎很难估计，像加尔文一家这样长久维系完整的就更是如此了。精神分裂症的准确遗传模式还未被摸清，但只要发病，这些模式就如同洞穴墙壁上跳跃的影子那样不证自明了。一个多世纪以来，专家们已经发现，精神分裂症最大的风险因素之一是遗传。但矛盾的是，精神分裂症似乎并不是通过父母直接遗传给孩子的。精神病学家、神经生物学家和遗传学家都认为，一定存在破解这种疾病的密码，只是这种密码目前尚未被发现。与加尔文一家相似的病例数量极少，几乎从来没有专家遇到过同父同母的六兄弟共同患病的情况，六兄弟处于相同的遗传谱系中，这让专家们得以切入精神分裂的遗传过程中一探究竟。

从 20 世纪 80 年代开始，专家们就开始研究加尔文一家，以求找到理解精神分裂症的关键。科罗拉多大学健康科学中心、美国国立精神卫生研究所，以及多家大型制药公司分析了加尔文家的遗传物质。同所有其他受试对象一样，他们的参与也都是保密的。在经过近 40 年的研究后，加尔文一家对理解精神分裂症所做出的贡献如今已经明晰可见。他们的遗传物质样本是帮助我们理解这种疾病的基石。通过分析这家人的 DNA，并将其与普通人群的基因样本进行比较，专家们在精神分裂症的治疗、预测，甚至预防方面都获得了显著的进展。

直到最近，加尔文一家才意识到他们的情况会给这一领域的专家们带来帮助与希望。加尔文一家的故事始于咪咪和多恩，他们的人生起初充满了无限的希望和自信，之后却在悲剧、混乱和绝望中分崩离析。相比之下，从他们身上获得的科学成果只是这个故事的一小部分。

对于琳赛和她的姐姐以及十个哥哥来说，这个故事的意义则完全不同。如果将他们的童年比作哈哈镜中的美国梦，那后来的事就如同哈哈镜碎裂后的残影。

故事中的孩子们现在都已经长大，他们还在调查自己童年的谜，同时也尝试着复原父母美梦的碎片，重塑新的梦境。

这还是一个努力重新发现自己兄弟身上的人性的故事，尽管他们被大多数人视为毫无价值的废物。

这个故事说的是，在一切可以想象的坏事发生后，一家人找到了一种新的方式来理解苦难的本质。

加尔文一家家庭成员的基本信息

父母

"多恩"（Don）
唐纳德·威廉·加尔文（Donald William Galvin）
1924 年 1 月 16 日出生于纽约市皇后区
2003 年 1 月 7 日去世

"咪咪"（Mimi）
玛格丽特·肯尼恩·布莱尼·加尔文（Margaret Kenyon Blayney Galvin）
1924 年 11 月 14 日出生于得克萨斯州休斯敦市
2017 年 7 月 17 日去世

子女

唐纳德·肯尼恩·加尔文（Donald Kenyon Galvin）
1945 年 7 月 21 日出生于纽约市皇后区
与吉恩（Jean）结婚（已离婚）

"吉姆"（Jim）
詹姆斯·格里高利·加尔文（James Gregory Galvin）
1947 年 6 月 21 日出生于纽约市布鲁克林区
与凯西（Kathy）结婚（已离婚），两人育有
1 个孩子
2001 年 3 月 2 日去世

约翰·克拉克·加尔文（John Clark Galvin）
1949 年 12 月 2 日出生于弗吉尼亚州诺福克市
与南茜（Nancy）结婚，两人育有 2 个孩子

布莱恩·威廉·加尔文（Brian William Galvin）
1951 年 8 月 26 日出生于科罗拉多州科罗拉
多泉市
1973 年 9 月 7 日去世

"迈克尔"（Michael）
罗伯特·迈克尔·加尔文（Robert Michael Galvin）
1953 年 6 月 6 日出生于科罗拉多州科罗拉多
泉市
与阿黛尔（Adele）结婚（已离婚），两人育
有 2 个孩子
与贝琪（Becky）结婚

理查德·克拉克·加尔文（Richard Clark Galvin）
1954 年 11 月 15 日出生于纽约州西点
与凯希（Kathy）结婚（已离婚），两人育有
1 个孩子
与蕾妮（Renée）结婚

"乔"（Joe）
约瑟夫·伯纳德·加尔文（Joseph Bernard Galvin）
1956 年 8 月 22 日出生于加利福尼亚州诺瓦
托市
2009 年 12 月 7 日去世

马克·安德鲁·加尔文（Mark Andrew Galvin）

1957 年 8 月 20 日出生于加利福尼亚州诺瓦托市

与乔安妮（Joanne）结婚（已离婚）

与莉莎（Lisa）结婚，两人育有 3 个孩子

"马特"（Matt）

马修·艾伦·加尔文（Matthew Allen Galvin）

1958 年 12 月 17 日出生于科罗拉多州科罗拉多泉市

彼得·尤金·加尔文（Peter Eugene Galvin）

1960 年 11 月 15 日出生于科罗拉多州丹佛市

玛格丽特·伊丽莎白·加尔文·约翰逊

（Margaret Elizabeth Galvin Johnson）

1962 年 2 月 25 日出生于科罗拉多州科罗拉多泉市

与克里斯（Chris）结婚（已离婚）

与怀利·约翰逊（Wylie Johnson）结婚；两人育有 2 个女儿，艾丽（Ellie）和萨莉（Sally）

"琳赛"（Lindsay）

玛丽·克莉丝汀·加尔文·劳奇（Mary Christine Galvin Rauch）

1965 年 10 月 5 日出生于科罗拉多州科罗拉多泉市

与里克·劳奇（Rick Rauch）结婚，两人育有 2 个孩子，杰克（Jack）和凯特（Kate）

Part One

第一部分

多恩
咪咪

唐纳德	乔
吉姆	马克
约翰	马特
布莱恩	彼得
迈克尔	玛格丽特
理查德	玛丽

第 1 章

1951 年

科罗拉多州，科罗拉多泉市

有时，咪咪·加尔文会在又做了一件她从没想过会做的事情时停歇下来喘口气，思量起自己到底是怎么走到这一步的。是因为她为了爱情，不管不顾地放弃上大学，在战争期间早早地结了婚，还是因为哪怕接二连三地怀孕，一个孩子一个孩子地生个不停，多恩也打算接着生，抑或是因为她突然搬到西部，对这里的环境完全不熟悉？这个纽约富贵家庭出身、教养良好的得克萨斯女孩可能从来也没有想过，有一天自己会一手抓着活鸟，一手拿着针线，想要把鸟的眼睑缝起来，而这仅是她不同寻常经历中的一页。

一天夜里，咪咪突然被一种不同寻常的叫声惊醒，丈夫多恩和儿子们仍在酣睡。之前就有人警告过刚搬来泉市的加尔文一家，当地有郊狼和美洲狮出没，但这叫声不一样，音调很高，听得人心里发毛。第二天早上，咪咪在离家不远处的棉白杨树林边看见一小撮散落的羽毛。多恩提议把羽毛带给他新认识的朋友鲍勃·斯特伯勒看看。鲍勃是一位动物学家，在加尔文一家附近的科罗拉多学院教书。

斯特伯勒博士的家跟他们在纽约见过的其他住宅都不一样：既是住房，也是仓库，里面饲养着很多爬行动物，主要是蛇。一条食鱼蝮没被关起来，盘在一把木头椅子的椅背上。多恩和咪咪把3个儿子也带来了，他们分别6岁、4岁和2岁。看到一个孩子冲到蛇跟前，咪咪尖叫起来。

"怎么？"斯特伯勒笑着说，"怕蛇咬你的孩子吗？"

凭着多年训练鹰隼的经验，这位动物学家轻松地鉴定出那撮羽毛的主人。多恩和咪咪此前对驯鹰一无所知，勉强装出很有兴趣的样子，听着斯特伯勒滔滔不绝地讲解：中世纪时期，只有伯爵头衔以上的人才有资格饲养游隼；科罗拉多这片地区曾经是草原隼的主要栖息地，后者是前者的近亲，漂亮而尊贵。咪咪和多恩不由得听入了迷，好像走进了一个缓缓铺开的神秘世界。他们的新朋友把驯鹰描述得有点邪乎，说这种古老的娱乐方式如今只有很少人在偷偷玩。鲍勃和他的朋友正在训练的鹰跟过去成吉思汗、匈奴王阿提拉、苏格兰的玛丽女王、亨利八世饲养的是同一类，训练方法也一样。

或许，多恩和咪咪要是在50年前就搬到科罗拉多泉市就好了。当时，这里是很多人的向往之地，马歇尔·菲尔德、奥斯卡·王尔德、亨利·沃德·比彻都曾到此领略美国西部的自然风光。[1]这里有以探险家泽布伦·派克的名字命名的14 000英尺[①]高的派克峰，不过泽布伦自己却没有成功登顶过。这里有众神花园，巍然屹立着如同

---

① 　1英尺≈30.48厘米。——译者注

复活节岛石像那样的巨大砂石岩层，像是大自然无心的摆设。还有曼尼托泉，美国富裕的上层阶级曾往来其间，体验着当时最时尚的伪科学疗法。多恩和咪咪搬来时已是 1951 年的冬天，当地的上等社会那时早已褪去光鲜，科罗拉多泉市也已经变回那个旱灾肆虐的闭塞小城——在地图上只有针尖大小，甚至在这里举办的国际童子军大会的规模都比整个小城大。

驯鹰这么一个象征着贵族王权的光荣传统，在多恩和咪咪心中引起了一阵激荡，唤醒了他们对历史文化和体面的崇拜。他们不可救药地沦陷了。不过，加入驯鹰俱乐部是需要时间的。除了斯特伯勒博士，没有其他人愿意跟加尔文夫妇聊驯鹰的事。当时传统的观鸟组织对鹰还不感兴趣，驯鹰属于一门独特的学问。

咪咪一点儿也想不起细节了，不过多恩想办法弄到一本关于驯鹰的书《巴兹-纳马-伊·纳西里：波斯猎鹰论》，过去几十年里，这本书被从波斯语翻译成了英语。² 咪咪和多恩研究了这本书，用铁丝网做了一个拱顶，安在一个呼啦圈大小的圆形框架上，完成了他们的第一个捕鸟笼。按照书中的指导，他们在捕鸟笼中放了几只死鸽子作为诱饵，上面连着鱼线。鱼线的一头吊在铁丝网上，另一头系有活结，用来捕捉上钩的鸟。

第一个光顾的是一只红尾隼，它带着整个捕鸟笼飞了，但他们的英国雪达犬跟在后面追，把它拉了下来。这是咪咪第一次亲手抓到一只野鸟。

毫无经验的咪咪抓着这只野鸟去找斯特伯勒博士。"喔，干得漂亮，"他说，"你得把它的眼睑缝起来。"

　　斯特伯勒解释说，当隼以每小时 200 英里^①的速度直冲云霄时，眼睑起着保护的作用。要想像亨利八世的驯鹰师那样训练鹰隼的话，就得把它们的眼睑暂时缝起来。失去了视觉之后，隼就不得不依赖于驯鹰师的声音和触碰了。斯特伯勒提醒咪咪，别缝得太紧，也别缝得太松，而且千万不能扎到隼的眼睛。咪咪现在怎么做起了这种以前想也不会想的事情？

　　她虽然很害怕，但不至于无从下手。咪咪从母亲那儿学到了缝纫的手艺，后者在大萧条时期曾经做过裁缝，甚至开了家服装店。咪咪尽可能小心地将红尾隼的眼睑缝起来，然后在长长的线头上打了个结，掖在鸟头后面的羽毛里，不让隼挠到。

　　斯特伯勒称赞了咪咪的手工。"现在，"他说，"要让它在你们的拳头上待满 48 小时。"

　　咪咪怔住了。多恩是个新闻发布官，他怎么能手腕上立着一只瞎眼的隼，在恩特空军基地的大厅里走来走去呢？而她自己要做家务，还要照顾 3 个小男孩，这怎么行呢？

　　于是夫妻俩分了工，咪咪负责白天，多恩负责夜晚。在基地值夜班的时候，多恩会把鸟拴在他值班室的椅子上。不过有一次，一位高级军官走进来，导致隼"奋翼"（bate）——驯鹰术语，指的是鹰惊慌地飞走——起来，机密文件被扇得到处都是。之后，多恩就在基地里出名了。

　　经过艰苦的 48 小时，咪咪和多恩成功驯服了这只隼。他们体会到巨大的成就感，仿佛充满野性的大自然向他们展开了怀抱，也臣

———————

① 1 英里≈1.61 公里。——译者注

服在他们的面前了。驯服这种鸟非常残忍，很消耗体力。但只要坚持下来，投入精力并训练有方，就会收到无与伦比的回报。

他们经常想，这跟抚养一个孩子没两样。

咪咪娘家姓布莱尼，小时候，她常常坐在家里的三角钢琴边，听外婆弹奏肖邦和莫扎特的乐曲。有些夜晚，外婆会拉起小提琴，姨妈跟着音乐跳起吉卜赛舞蹈，身后的壁炉响起"噼噼啪啪"的伴奏。咪咪看得眼睛都不眨。家里的留声机大多数时候都是坏的，家里的唱片——跟厚盘子一样，上面刻有凹纹，不像黑胶唱片，更像是轮毂盖——里全是咪咪渴望听到的歌曲。要是没其他人在场，这个不到 5 岁，有着深色头发的女孩会在留声机上搁一张唱片，搭下唱

咪咪，摄于 20 世纪 30 年代

针，用手指拨转起来，一遍又一遍地听唱片上的两段歌剧。

咪咪的外公霍华德·普尔曼·肯尼恩（Howard Pullman Kenyon）是一位土木工程师，早年成立了一家公司，为5个州清理河道，并沿着密西西比河修建防洪堤，后者一直发展得很顺利。咪咪的妈妈，威廉明娜（Wilhelmina）——大家都叫她比莉（Billy）——在达拉斯市的一所私立学校读书时，老师问她："你爸爸是干什么的？"她会腼腆地回答："他是挖沟渠的。"在"咆哮的20年代"①，肯尼恩家族发展得非常兴旺，在得克萨斯州科珀斯克里斯蒂市附近的瓜达卢佩河口拥有自己的小岛。霍华德在岛上挖了一个湖，在里面养鲈鱼。一年的大部分时间里，一家人都住在休斯敦市卡罗琳大道一座气派的旧宅中。私家车道上停着两辆皮尔斯-箭牌豪华汽车，家里的5个子女每到成年，家里就会增加一辆皮尔斯-箭，逐渐形成了一支车队。

咪咪是听着肯尼恩家族的故事长大的。长大后，她常常把这些故事当作守也守不住的秘密，讲给朋友、邻居和遇到的人听。肯尼恩家将得克萨斯州的第一座房子卖给了霍华德·休斯②的父母……霍华德·休斯本人是咪咪母亲在理查德森学校的同班同学，他来上学是为了给自己的上层阶级身份镀金……肯尼恩外公非常着迷于采矿，曾经跑到墨西哥的大山里寻找金子，被潘丘·比利亚短暂地囚禁过。肯尼恩外公深谙当地环境，令这位墨西哥革命家钦佩不已，两人很快成了朋友。也许因为心底隐隐的不安，也可能单单是因为头脑过于活跃，咪咪常常提起这些事，来表明自己的地位和家世。它们可

---

① "咆哮的20年代"是指1920年至1930年的十年。在这十年间，西方世界经济持续繁荣，文化广为传播。——译者注

② 霍华德·休斯，美国著名商业大亨、飞行家、电影制片人。——译者注

以提醒她自己出身优越，让她感觉好过点。

咪咪的母亲比莉找到了一位符合肯尼恩家标准的如意郎君。约翰·布莱尼（John Blayney）是个 26 岁的棉花商，他的父亲是一位周游世界的学者，也是银行家和慈善家奥托·卡恩的信托顾问。两人门当户对，他们的婚姻很受众人看好。比莉生了两个孩子：1924 年生下咪咪，两年半后生了她的妹妹贝蒂（Betty）。1929 年年初，比莉和约翰遇到了第一次真正的危机。原来，咪咪的父亲并不是方方面面都无可指摘，他让比莉染上了淋病。

肯尼恩外公带着一把来复枪去找他的女婿，火速帮女儿办好了离婚手续。比莉和女儿搬回了休斯敦。比莉感到非常无助，几近绝望。一个怒气难平的离婚女人，带着两个年幼的女儿——咪咪 5 岁，贝蒂 3 岁——根本没有办法在肯尼恩家的社交圈生活。日子似乎一筹莫展，但几个月后，比莉爱上了一位来自纽约的画家。

本·斯柯尼克（Ben Skolnick）当时要去加利福尼亚创作一幅壁画，正好经过休斯敦。本的品位不俗，从小在一个很有艺术造诣的家庭中长大。他在休斯敦受人关注，不仅仅因为他的营生手段，也因为他是犹太人。比莉的父母约本在市区外见面，生怕其他人看见。不过当本求婚时，比莉的母亲还是欣然希望女儿答应。不管比莉的家人对本·斯柯尼克个人或对犹太人有什么看法，他们都明白，这是比莉最好的选择。

1929 年夏天，肯尼恩外公驾车载着比莉和两个外孙女去得克萨斯州的加尔维斯顿岛，从那里乘船顺着墨西哥湾向东，在新奥尔良登上冠达航运公司的大型邮轮来到纽约。未来的斯柯尼克太太和女儿们受邀与船长同席，她们要表现出完美的进餐礼仪，包括进餐后使用洗指碗。咪咪动不动就晕船，稍微舒服点的时候也不太喜欢待在船上的感觉。她不止一次地想，人生中还有什么事能比坐船更难受。

新组合的家庭很快就遇到了种种问题。股票市场崩盘后，本找不到绘制壁画的工作了。比莉凭着自己良好的教养和对上等布料的鉴赏力，在梅西百货公司找到了一份工作。她很快在曼哈顿的时装街区开了一家服装店，给家里带来一点稳定的收入。比莉打理店里时，本和他的家人在皇后区贝勒罗斯大街的小房子里照顾女儿们。房子在纽约市的边缘，差不多挨着长岛。

咪咪渐渐爱上了纽约。她和妹妹会带着午餐袋，花5美分乘公交车和地铁，从遥远的皇后区坐到曼哈顿的大都会艺术博物馆，穿过中央公园，经过克里奥帕特拉方尖碑去参观自然历史博物馆，然后在天黑前赶回家。"振兴公共事业"的新政使咪咪可以在球场和高中的礼堂里欣赏戏剧。学校组织的活动让她第一次参观了水族馆和天文馆。她第一次看的芭蕾舞剧是莱奥尼德·马辛在大都会艺术博物馆的演出。咪咪永远不会忘记那两个大老远从俄罗斯跑来跳舞的12岁小女孩，仿佛她们是专程来为她演出的一样。同咪咪最初了解的留声机、三角钢琴、乡村俱乐部和休斯敦女性青少年联盟组成的世界相比，她更加热爱现在这个全新的世界。"我喜欢在纽约长大，"她会说，"住在这里真的是世界上最好的教育。"

以后的人生中，每当不如意，咪咪就会回想纽约梦幻般的童年和休斯敦的辉煌家族史，来掩盖眼前的愁云惨雾。大萧条时期，肯尼恩外公遭遇不顺，解聘了家中服务多年的仆人，却仍好心地允许他们免费继续住在自己的宅子里……有一次，咪咪和妈妈在去得克

高中时代的咪咪和多恩

萨斯州的火车上碰到了查理·卓别林，有机会跟在电影中扮演他孩子的小孩们（这些小孩都是捣蛋鬼）一起玩……30 年代时，咪咪的妈妈比莉曾陪肯尼恩外公回过一次墨西哥，在那里跟弗里达·卡罗一起喝过酒……

跟咪咪有关的那些故事，也有些是她不愿提及的。比如本·斯柯尼克非常喜欢喝酒；比如亲生父亲约翰·布莱尼在她生命中的消失，这让她伤痛不已；比如她一直渴望自己的人生能安稳、有保障，并且精彩。

1937 年，咪咪遇到了一个能给她带来这种生活的男人，或者说男孩。那一年，多恩·加尔文 14 岁，个子高高的，皮肤白白的，也是一头深色的头发。咪咪比他小一岁，学习用功，也爱玩笑。他们参加同一个游泳比赛，哨子还没吹，她就一个猛子扎到水里，多恩被派去把她领回来。这次相识后，多恩开始约咪咪出去玩。这是第一次有人约她。她答应了。

多恩是个很正经的男孩，爱读书，即将上大学。这些都很让咪咪动心。他还有那种典型美国式的健康与帅气：突出的长下巴，大背头，如同一颗冉冉升起的偶像明星。多恩不算外向，但人们似乎都愿意听他说话。他的声音比话语更吸引人，他那情歌王子般的好嗓音，说起话来仿佛在唱歌，音色性感而迷人。后来，多恩的儿子约翰回忆说，多恩可以完全用他的嗓音"调动别人的情绪"。

比莉对这个男孩却不以为然。其中多少有点势利的原因。加尔文一家是虔诚的天主教徒，对于圣公会的肯尼恩家族来说相当于异类，就像当初比莉遇到本的犹太家庭一样。多恩的父亲是一家造纸公司的效率专家，母亲是名教师。但在咪咪的妈妈看来，这只能算是普通家庭。

事实上，两家互相都有点瞧不上对方。多恩的妈妈注意到，在两个年轻人的交往中，咪咪是占主动的那一方，这是不是说明以后她最小的儿子会受制于咪咪？因此，两家人老拿"你们俩年纪都太小"的借口来搪塞他们。

但对于才十五六岁的咪咪和多恩来说，两人相信彼此是天生一对，没有什么可以动摇这一点，尽管他们兴趣各异——多恩喜欢棒球，是道奇队的拥趸，而咪咪喜欢看芭蕾表演。咪咪说服多恩带她去看《彼得鲁什卡》，主演是和乔治·巴兰钦一同离开苏联的芭蕾舞女演员亚历山德拉·丹尼洛娃。多恩看得如痴如醉，回到家被兄弟们揶揄了好几天。那年夏天，比莉带咪咪出门旅行，表面上是去看望肯尼恩外公，实际上是要咪咪离开多恩一阵子。但这不管用：咪咪和多恩一直保持通信。咪咪一回家，多恩就带她去看《绿野仙踪》，回家时两人一路边唱边跳。那年秋天，他们一起去舞会，看学校的篮球赛，参加集会和周五晚上的篝火晚会。春暖花开的时候，他们驾车去长岛南岸的雪松海滩参加海滨野餐。

慢慢地，家人的态度缓和了。多恩快毕业时，他的父母邀请咪咪和她全家来吃饭。加尔文家住的房子比咪咪家漂亮，属于荷兰殖民地复兴时期的风格，客厅非常大，铺着厚厚的深红色东方地毯。比莉对这一点印象很深。从那以后，多恩成了咪咪家的座上宾，周五晚上常来玩拼字游戏。去多恩家拜访时，咪咪也会和多恩还有他的两个哥哥玩闹。乔治和克拉克像多恩一样长相英俊。有次咪咪和多恩相约去修道院博物馆，多恩的妈妈没再干涉。咪咪还为多恩写了一篇关于修道院博物馆挂毯的校报文章。多恩的妈妈看到咪咪在帮她儿子进步，也开始觉得她不错。

两小无猜的感情也不都是轻松的。每个周末，多恩要作为 SKD 联谊会的跳舞高手主持舞会。咪咪每周都挖空心思缝制新裙子，坚决不让别人跟多恩一起跳舞。但和牙买加高中校报所谓的"高年级校草"交往，是必然要付出一定代价的：**要让保守又害羞的多恩·加尔文先生聊聊让他心动的女生，只会遭到他的拒绝。**

除了相貌英俊，多恩身上还有一种洒脱不羁的自信，这种特质让人难以抗拒，也让人有点难以企及。在他的一生中，这种隐秘的特质都会对他有利。从一开始，就好像咪咪是专属于他，而他却属于所有人一样。

咪咪喜欢多恩的进取心，不过她心里更愿意他离家近一些。高中毕业后，多恩告诉咪咪，他想进入美国国务院，想周游世界。1941
年秋，在珍珠港事件爆发前几个月，多恩入读了华盛顿特区的乔治
敦大学外交学院。一年后，为了离多恩近一些，咪咪去了马里兰州
弗雷德里克市的胡德学院。没过多久，战争就波及他们了。

1942年，在乔治敦大学上大二的多恩入伍海军陆战队，成为一
名预备役士兵。第二年，海军派他去宾夕法尼亚州的维拉诺瓦，接
受为期8个月的机械工程训练。课程结束前，学员们获得了去前线
的捷径：如果愿意去，可以直接调到海军，保证进入候补军官学校，
多恩接受了。1944年3月15日，他被调到新泽西州的阿斯伯里帕克，
接受候补海军军官的基本训练，然后去加利福尼亚州的科罗纳多等
待任务。11月，多恩接到命令，他将担任全新的攻击运输舰"格兰
维尔号"的登陆艇驾驶员，被部署到南太平洋。多恩要上战场了。

出发前几周，圣诞节前不久，多恩从科罗纳多给咪咪打了长途
电话，问她能否过去看他。比莉答应了咪咪的请求。一到科罗纳多，
咪咪就和多恩驾车去蒂华纳登记结了婚。回科罗纳多的行程成了他
们短暂的蜜月，之后便是挥泪道别。在回家的路上途经得克萨斯州
时，咪咪看望了肯尼恩家族的亲戚，其间她经历了第一次晨吐。

两人闪电般的结婚突然变得非常合理：因为在咪咪去加州看多
恩的几周前，多恩曾最后一次来过纽约，咪咪在这期间就怀孕了。

多恩的父母是虔诚的天主教徒，对于两人在蒂华纳登记结婚非
常不满。在"格兰维尔号"出发前，多恩又请了几天假，长途跋涉
地赶回来。1944年12月30日，多恩和咪咪在皇后区贝勒罗斯大街
的圣格里高利大教堂再次宣誓结婚。第二天，多恩把他海军信息表
上"至亲"一栏里的"父母"改成了"唐纳德·加尔文太太"。

随后的几个月里，新娘不停地呕吐。咪咪 12 次怀孕都经历了长时间并且无法抑制的呕吐。1945 年 5 月，多恩的船抵达了日本海域，其时美军在太平洋战场的攻势正值高潮。多恩的职责是用登陆艇将士兵从军舰运到岸上。通过广播，咪咪时刻关注着有关"格兰维尔号"的消息，当听到东京广播电台宣布多恩的船被击毁时，她差点当场崩溃。虽然后来证实这是虚假报道，但战况确实是九死一生。

多恩的船停靠在冲绳岛附近，他们两边的船都被"神风特攻队"炸沉了。多恩花了很长时间把死去的战友拖出水面。他后来从来没有对咪咪提起过他在战役中的这些所见所为。不过他活了下来。1945 年 7 月 21 日，在美国投下结束战争的那两枚炸弹两周前，多恩在"格兰维尔号"上收到了来自西联公司的电报：是个男孩。

第 2 章

1903 年

德国，德累斯顿市

可以想象，精神方面偏执、有重度妄想症的人所提供的个人记述，会被专家细致地剖析、解读，但一般人读来肯定是很费劲的。

丹尼尔·保罗·施瑞伯（Daniel Paul Schreber）成长于 19 世纪中期的德国，他的父亲莫里茨·施瑞伯是当时赫赫有名的育儿专家，经常拿自己的孩子作为自己的第一批实验对象。孩提时期的保罗和他的哥哥曾经历过冷水疗法、饮食疗法、运动疗法，使用过"施瑞伯直支架"——一种用木头和绷带做的装置，用来矫正孩子的坐姿。尽管有这样的童年，长大后的施瑞伯仍然很有出息，先是当了律师，然后又做了法官。他顺利地娶妻生子，除了 40 多岁的时候有过短暂的抑郁外，生活、工作各方面都很完美。可就在 51 岁的时候，他整个人突然垮了。1894 年，施瑞伯被诊断为"偏执型精神错乱"，接下来的 9 年都在德累斯顿附近的索嫩斯坦精神病院接受治疗，那里是德国第一家为精神病患者建立的公立医院。

在精神病院度过的那些岁月构成了《我的精神病回忆录》（*Memoirs of My Nervous Illness*）一书的写作背景。[1]这本著作首次写到了当时被称为"早发性痴呆"的神秘疾病，这种病在几年后被重新命名为"精神分裂症"。《我的精神病回忆录》出版于1903年，并在接下来的一个世纪中成为有关精神分裂症讨论的重要参考资料。加尔文家的6个男孩生病时，现代精神病学对他们的诊断和治疗都受到了施瑞伯病例相关理论的影响。施瑞伯本人倒是没有想过自己的真实经历会引起如此多的关注。他写回忆录主要是为了请求出院，从书中多处可以看出，他似乎是在向同一位读者倾诉，这位读者就是要求他住院的医生保罗·埃米尔·弗莱西格（Paul Emil Flechsig）。书的开头是一封写给弗莱西格医生的公开信，施瑞伯在信中为可能冒犯到弗莱西格表达了歉意。施瑞伯只想搞清楚一件小事：过去的9年中，弗莱西格是不是一直在往他的脑子里传输秘密信息？

施瑞伯用200多页文字描述了他遭遇到的各种古怪经历，其中第一个就是与主治医生之间的宇宙心灵感应——"即使遥遥相隔，你还是对我的神经系统施加了影响"。这部分可能已经算是逻辑最清晰的部分了。用一种或许只有自己才能看懂的方式，施瑞伯充满激情地写到自己看到天空中有两个太阳，其中一个无论他去哪里都跟着他。他使用常人难以理解的文字，花了很多页解释某种大部分人没有注意到的隐秘的"神经语言"。他写到，很多人的灵魂使用这种神经语言向他传递重要的信息：金星上"发洪水"了，太阳系"失联"了，仙后座的星体要"整合成一个独立的恒星"了。

在这方面，施瑞伯和加尔文家的长子唐纳德有很多共同之处。

多年后，隐谷路家中的唐纳德常常会在 7 岁的玛丽面前诵读《神父圣职》。施瑞伯和唐纳德一样，相信发生在自己身上的事不只是身体方面的，也是精神方面的。施瑞伯、唐纳德，以及加尔文家的其他男孩都没有用好奇而客观的态度隔开一段距离来审视自己的妄想，而是置身其中，时而兴奋，时而震惊，时而恐惧，时而绝望，这些情绪有时也会同期而至。

施瑞伯无法摆脱自己的困境，便竭力拉上别人一起来体验。他可以一会儿狂喜不止，转瞬间又变得极为脆弱。在回忆录中，施瑞伯指责他的医生弗莱西格利用神经语言对自己实施"灵魂谋杀"。（施瑞伯解释说，灵魂非常脆弱，好比"棉絮或蛛网"，是"一个大球或一大包什么东西"。）接着出现了"强奸"事件。"我因为生病，"施瑞伯写道，"而与上帝发生了特殊的关系。"他说这种关系最初有点像圣灵感孕，"我长了女性生殖器，不过没发育好，我的身体感受到了人类生命最初的胎动……也就是说，受精成功了"。施瑞伯说，他的性别转变了，他怀孕了。虽然获得了上帝的恩典，但他觉得自己遭到了侵犯。上帝"就算不是教唆者"，也是弗莱西格医生的共犯，他们合谋把他"变成了淫妇"。很多时候，施瑞伯的世界满是紧张和恐怖。

施瑞伯有一个宏伟的理想。他回忆说："我的目标，仅仅是要增进宗教这个重要领域对真理的掌握。"结果并非如此。施瑞伯写的书倒是对争议渐长的新兴的精神病学更有价值。

起初，在对精神疾病的研究成为专门的学科之前，精神失常被认为是一种灵魂疾病，病人需要被关押、流放，或者进行驱邪。犹太教和基督教认为，灵魂不同于肉体，是人的本质，既可以与上帝对话，也可能着魔。《圣经》中描绘的第一个疯人是扫罗王，上帝的圣灵离弃他后，他受到恶灵的控制，发了疯。[2] 在中世纪的法国，圣女贞德能听到撒旦邪恶的话语，在贞德死后，这种声音又被描述成来自一位先知。[3] 可见在那时，对精神失常的定义也是游移不定的。

对于细心研究的人来说，不难发现精神失常频发于家族内部。最常见的是王室成员。15 世纪的英格兰国王亨利六世起先表现得非常偏执，后来变得沉默寡言，最后得了妄想症。他的疾病导致了玫瑰战争，成为权力之争的托词。亨利六世的精神病并非毫无渊源，他的外公法国国王查理六世也患有同样的疾病，查理的母亲波旁的让娜，以及查理的舅舅、外公和曾外公也是同样的情况。直到施瑞伯的年代，科学家和医生才开始从生物学层面考量精神失常。1896 年，德国精神病学家埃米尔·克雷佩林（Emil Kraepelin）使用"早发性痴呆"来表明这种疾病发病较早，不同于老年性痴呆。[4] 克雷佩林认为早发性痴呆是某种"毒素"引起的，或者与脑部出现的"某种未知损伤相关"。[5] 12 年后，瑞士精神病学家厄根·布洛伊勒（Eugen Bleuler）创造了"精神分裂症"这个词来描述"早发性痴呆"的大部分相同症状。[6] 布洛伊勒也怀疑这种疾病具有生理方面的致病因素。

布洛伊勒之所以选择这个新词，是因为它的拉丁语词根"schizo"隐含有精神官能急剧分裂的意思。这个名字引发了不少麻烦。从那之后，大量流行文化，从电影《惊魂记》到《心魔劫》，再到《三面夏娃》，都将精神分裂症与人格分裂的概念混为一谈。两者其实相去甚远。布洛伊勒想要描述的是病人的外部生活和内心世界之间的撕裂——认知与现实之间的差异。精神分裂症不等于多重人格，而是在自身与意识之间筑起一面高墙，两者开始只是存在些许间隔，之后则完全断离，病人不再能出入一般人理解的现实世界。

　　无论精神病学家如何看待这种疾病的生物学机制，它的确切本质仍然极难把握。起初，似乎有证据表明精神分裂症可以遗传，但在一些独立发病的个人病例上——包括施瑞伯的情况——这就解释不通了。这一关键问题让好几代理论家、治疗专家、生物学家，以及后来的遗传学家绞尽了脑汁。要是搞不清楚它源自何处，我们又怎么可能知道它是怎么回事呢？

　　施瑞伯的回忆录出版8年后，1911年，西格蒙德·弗洛伊德终于破解了其中的谜团。施瑞伯书中的内容令弗洛伊德兴奋不已。[7]弗洛伊德是维也纳的精神分析学家和理论家，被推崇为心智运作机制研究领域的领军人物，以前他对施瑞伯这样的妄想型精神病患者并没有兴趣。在作为精神科执业医师时，弗洛伊德曾见过这样的病人，但他从未认为他们值得躺到精神分析专家的沙发上。[8]他认为，患有精神分裂症意味着无药可治——病人太过自恋，无法投入到与精神分析医师的有效互动，或"移情"中。

　　但弗洛伊德的门生、瑞士治疗专家卡尔·荣格寄给他这本书，并恳求他阅读。这本回忆录最终改变了弗洛伊德的观念。通过阅读，弗洛伊德不必离开自己的扶手椅，就能近距离了解到一个精神病患者脑中的所有想法。这本书证实了弗洛伊德之前对潜意识机制的理解。弗洛伊德写信对荣格表达感谢，称这本回忆录是"某种天启"。[9]在另一封信中，他表示施瑞伯本人"具有当精神病学教授和精神病院院长的潜质"。[10]

1911 年，弗洛伊德出版了《关于一例妄想症（妄想痴呆）患者自述的精神分析笔记》一书。[11]（同年，施瑞伯在他母亲去世后再次入住精神病院，之后也不幸离世。）基于施瑞伯的回忆录，弗洛伊德这时确信精神妄想近乎白日梦[12]——病因同常见的神经官能症一样，也可以用分析神经衰弱的方法来解释。弗洛伊德写道，他发现的那些出现在梦中的象征意象和隐喻（这些发现让他名声大噪），[13] 全都清楚明白地出现在了施瑞伯的回忆录中。弗洛伊德认为，施瑞伯的性别转变和圣灵感孕是出于对阉割的恐惧。[14] 他总结说，施瑞伯对治疗自己的精神病医生弗莱西格的依恋与俄狄浦斯情结有关。"别忘了，施瑞伯的父亲就是一位医生，"[15] 弗洛伊德写道，文字中满含着胜利的骄傲感，"他（施瑞伯）身上出现的荒唐行为就像是对他父亲医术的一种讽刺。"

荣格却对弗洛伊德的话感到非常困惑。1911 年 3 月，荣格在瑞士伯戈尔茨利的家中读完了弗洛伊德的手稿，并立刻给他的导师写信，说他认为弗洛伊德的书"十分有趣""写得很好"，[16] 但自己完全不同意他的观点。[17] 两人观点分歧的核心是妄想型精神病的本质：精神分裂症是与生俱来的脑部疾病，还是在生活中遭受的损伤？是先天的还是后天的？弗洛伊德的观点与同时代大多数其他精神病学家不同，他确信这种疾病完全是"心因性的"，或者说是潜意识的产物，并认为这很可能与患者在童年成长期的经历和受到的伤害（往往是性方面的经历）有关。荣格坚持的观点则更为保守，他认为精神分裂症至少在一定程度上是器质性、生理性的疾病，而且很有可能可以在家族中遗传。

师生两人就这个问题断断续续争论了很多年。[18] 对于荣格来说，这件事是最后一根稻草。他告诉弗洛伊德，不是所有问题都与性有关——人患精神病有时也会因为其他原因，可能是生来就有的毛病。"我认为，力比多①这个概念……需要增加遗传因素方面的解释。"荣格写道。[19]

荣格在几封信中一再表达相同的论点。[20]弗洛伊德对此却无动于衷，这让荣格非常愤怒。1912年，荣格怒不可遏，对弗洛伊德展开了人身攻击。"你把学生当病人般对待的方式愚蠢至极，"荣格写道，"你调教出来的要么是唯命是从的儿子，要么是目中无人的狗崽……而你则扮演着高高在上的父亲。"[21]

同年晚些时候，在纽约市福特汉姆大学的一群观众面前，荣格公开表示反对弗洛伊德的理论，并特别针对施瑞伯的病例，猛烈抨击了弗洛伊德的分析。荣格表示，精神分裂症"不能仅仅用缺乏性欲来解释"。[22]荣格知道弗洛伊德会把他的话当作异端邪说。"他错得很离谱，"荣格后来反思说，"因为他根本没有摸清精神分裂症的实质。"[23]

弗洛伊德和荣格关系破裂的原因，主要是对精神失常本质的认识不同。两位早期精神分析学家之间的伟大友谊结束了，而关于精神分裂症的起因和实质的争论才刚刚开始。

一个世纪后，据估计，精神分裂症影响着全世界约1%的人口[24]——全世界8 200万人，包括300多万美国人。按某一种标准算，美国确诊的精神分裂症患者占据了全美所有精神病医院床位的三分之一。[25]按另一种标准算，在患精神分裂症的成年人中，每年约有40%的人完全没有得到治疗。[26]每20例病患中就有1例会结束自己的生命。[27]

---

① 在弗洛伊德的理论中，"力比多"指的是性欲。——译者注

如今学术界有数百篇关于施瑞伯病例的论文，其观点与弗洛伊德和荣格的观点都大相径庭，每一篇都围绕着施瑞伯和这种痛苦的疾病表达了自己的看法。法国精神分析学家、"后结构主义之父"雅克·拉康认为，施瑞伯的问题来源于他无法成为自己母亲渴望的阴茎而引发的沮丧心理。[28]20 世纪 70 年代，法国社会理论家和反文化偶像米歇尔·福柯将施瑞伯看作殉道者，认为他是社会力量企图摧毁个人精神的牺牲品。[29]直到今天，施瑞伯的回忆录仍然是绝佳的解读对象，施瑞伯本人也因为无法自我辩解成了理想的精神病人。同时，施瑞伯病例引出的关于精神分裂症的核心问题——先天还是后天？——也成为理解这种疾病的必要一环。

加尔文一家生来便注定会陷入这样的争论。加尔文家的男孩们成年时，这个领域正在像细胞分裂那样不断扩张，有人说这是生化问题，有人说是神经问题，有人说是遗传问题，还有人说是环境、病毒或者细菌问题，仅过去了一个世纪，就冒出了数百种理论。"精神分裂症这种疾病有非常多的理论解释。"[30]多伦多的精神病学史家爱德华·肖特曾说。一直以来，关于精神分裂症的真相，无论是发病的原因还是缓解的方法，都尚未被揭示，仍然被囚禁于病人自身的世界里。

试图从生物学层面理解精神分裂症的精神病学专家都渴望找到一个合适的研究对象或者实验，以彻底解答先天还是后天的问题。如果出现一个家庭，家庭成员中有很多像施瑞伯这样的病人，他们拥有完全相同的遗传谱系，情况会怎样呢？有稳定的样本和足够的发病量，在这个家庭中的某些人，甚至所有人身上，会不会找到显而易见的特征？

比如像多恩和咪咪·加尔文拥有 12 个孩子这样的家庭？

多恩
咪咪

唐纳德	乔
吉姆	马克
约翰	马特
布莱恩	彼得
迈克尔	玛格丽特
理查德	玛丽

第 3 章

　　刚结婚那几年，咪咪爱开玩笑说，她丈夫每次回家待到让她怀孕就又要出门。

　　他们的第一个儿子，唐纳德·肯尼恩·加尔文，在 1945 年 9 月日本投降几天后接受了洗礼。唐纳德的出世没有给咪咪造成一点痛苦，也是咪咪 12 次分娩中唯一接受麻醉的一次。婴儿和母亲住的小公寓位于纽约市皇后区的森林山，靠近著名的森林山网球俱乐部，周围非常宁静。整整 6 个月，咪咪都和小唐纳德单独待在一起，听着来自南太平洋的新闻报道，挂念着孩子的父亲何时能回家。

　　圣诞节刚过，多恩就回到纽约同家人团聚了，并执行一项为期几个月的短期任务，在新泽西州的卡尼镇担任一家造船厂的安全专员。随后他在华盛顿待了 3 个月，在乔治敦大学完成他的本科学业。之后，1947 年夏天，就在咪咪生下他们的第二个儿子吉姆几周后，多恩去了罗得岛州纽波特市的海军总政学院，这次他把咪咪和两个孩子带在了身边。一年后，他又被调派到弗吉尼亚州的诺福克市，首先在美国海军的"亚当斯号"驱逐舰上服役，之后又被调派到

"朱诺号"巡洋舰上，往返于纽约与巴拿马、特立尼达、波多黎各和加勒比海的其他地区之间，其间咪咪和孩子们独自留在家里，一待就是几周。

战后，咪咪一直对他们的生活怀有完全不同的憧憬。她希望丈夫能像她两个叔叔和爷爷托马斯·林赛·布莱尼那样，去法学院上学。咪咪很崇拜爷爷，尽管她爸爸已经不跟他们一家往来了。咪咪想住在纽约，那里有他们的家人，他们的孩子可以和叔叔婶婶待在一起，同表兄弟姐妹一起长大。咪咪自己被剥夺了这样的童年，因为她小时候被迫离开了得克萨斯。

多恩也有此意，至少表现得如此。但他也有梦想。他用魅惑的声音做梦般地解释说，海军对他来说只是跳板——他想让海军资助他上法学院，最好还能资助他真正爱好的政治学。不过多恩在这方面失算了。虽然指挥官给他的评价和推荐都是出自真心的溢美之词，但他每次申请研究生课程时都遭到了拒绝。似乎总有某个后台强大的人，国会议员的儿子或参议员的侄子什么的，把机会夺走了。

多恩出海时，咪咪在诺福克的日子过得紧巴巴的。海军发的钱很少，一周约 35 美元，有时在邮寄过程中还会丢失，她常常依靠邻居的帮助才能负担日用品和食品的费用。多恩在港口执行任务时，情况则不同。他是一名海军上尉，年轻英俊，拥有乔治敦大学的学位，掌握多门语言，深谙国际关系，给人印象非常好。在"朱诺号"上，他不仅是随舰秘书，也是一位屡战屡胜的国际象棋大师。工作之外，多恩经常陪舰长打网球。他和咪咪同诺福克的武装部队参谋学院的要员关系不错，并且因为会调"铁幕"鸡尾酒知名，这是一种用伏特加和野格酒调制的烈酒，价格还很便宜。多恩处事圆滑，又带有一股学术气质，颇得很多海军将官的好感——至少给一位碰巧搭乘"朱诺号"去巴拿马的将军夫人印象不错。

战舰上虽没有多少隐私可言，倒也暂时相安无事。一旦回到岸上，秘密就不那么好保守了。那位军官夫人可能不知道，自己的一位朋友恰巧认识多恩·加尔文的太太。咪咪听说了"朱诺号"上的风流韵事，感到自己海军上尉夫人身份仅有的一点风光也很快磨灭了。咪咪本来就非常依赖多恩，现在又要照顾两个年幼的儿子，她非常清楚，相比多恩对她的依恋，她需要多恩的地方更多。

多恩想申请一项法律课程，作为交换，他需要再为海军效力6年，但申请遭到了拒绝。他要求调到巴拿马、古巴或者大西洋防区——只要有海军法律课程的地方都行，也没有被获准。

咪咪再次怀孕了，孕吐仍然非常厉害。1949年末，他们的第三个儿子约翰在诺福克降生。这次多恩不在他们身边，他在伊利诺伊州格伦维尤市接受为期4个月的军官集训。咪咪和儿子们留在诺福克，多恩则总在外工作，被调遣来调遣去。这时，多恩接到消息说，"朱诺号"要把母港迁到西海岸的普吉湾，那里离即将爆发战争的朝鲜半岛更近。

咪咪再也受不了这样的生活了。多恩必须离开海军。1950年1月23日，多恩在递交的辞呈中把辞职理由归结于自己的家庭问题。"缺乏良好的家庭生活让我必须辞去工作，"多恩写道，"留在海军将会剥夺我的妻子和3个儿子正常的家庭生活。"多恩也对他的申请多次遭到拒绝感到恼火——海军军方一直都在忽视他的潜力。他也不在意法学院了。他写道："只有主动愿意，或者有人帮助树立信心时，人们才会有动力去做一件事。我在海军没有感受到什么动力。"

咪咪如释重负。她在偏僻陌生小镇的漫长流放终于要结束了。他们计划回到纽约，多恩在布朗克斯区的福特汉姆大学法学院注册学习，夫妻两将重新过上咪咪一直想要的生活。他们要在莱维顿镇买一栋房子，那里是长岛的新飞地，造有大量价格低廉的房子，驾车去城里也方便。他们看中了一座适合小唐纳德、吉姆和约翰的大房子，再生几个孩子也都住得下。

咪咪不知道的是，多恩也咨询了自己的哥哥克拉克，克拉克最近成了美国空军的一名军官。跟海军不同，空军发展得还不成熟，仍有些新鲜感。飞行员那时还没有蓝色制服，仍跟美国陆军航空队一样，穿着战时遗留的"粉粉绿绿"的卡其布军装。空军当时急缺人——多恩听说，如果他去了，可以立马当上军官。

1950 年 11 月 27 日，在离开海军 10 个月后，多恩加入了空军，成了一名空军中尉。咪咪难以相信多恩就这么轻易地违背了之前美好生活的诺言：美国正在把部队运往朝鲜半岛，难道他又想回去？为什么他总是与她步调不一致，总是将他们的生活置之度外，总是不替她考虑呢？

多恩对咪咪进行了一番苦心劝说。克拉克有天带他去参观长岛的米切尔空军基地，那里是美国空军总部所在地。多恩问克拉克，他去布朗克斯区学法律或是去长岛接受训练，对于咪咪来说真的有什么不同吗？他们都还在莱维顿呀。何况，多恩还有梦想呢。美国正在引领全世界筑建未来。刚刚打败了法西斯的美国航空部队的战机会在他和咪咪的屋前屋后飞来飞去。难道他只能在写字楼里把文件一塞，每天晚上赶 5:07 的火车回家吗？为什么他不去当一位专家，有朝一日分析国际事务，连总统也要听他的意见呢？

咪咪和多恩在一栋房子上付了不菲的定金。快要入住时，空军突然宣布，新的总部要迁到科罗拉多州中部地区。这次多恩也跟咪咪一样吃惊。转移总部的计划早就在华盛顿秘密商议过了，只是之前没人知道。

震惊之余，他们拿回了房子的定金。1951 年 1 月 24 日，多恩到科罗拉多泉市的恩特空军基地报到。情人节那天咪咪带着孩子也一起搬了过来。

＊＊＊

咪咪发现，不管走到哪里，到处都是石头 —— 连绵不绝、深深浅浅的红色岩石分布在冰川碾平的广阔草原上，平地表面堆叠着大片岩层，如同舞台布景，令人望而生畏。这里有曼尼托泉疗养院，据说这儿的矿泉水具有神奇的疗愈功能。这片山区 19 世纪出现过淘金热，在科罗拉多州的地图上有了一席之地。咪咪被美景环绕，却无心欣赏。

他们来到这里时，小镇已经过了鼎盛时期。咪咪和孩子们到达时，正逢一场旱灾。水的供应甚至已经到了配给的地步。以前，咪咪的妈妈在纽约的房子周围种着绿草繁花，可现在，目之所及，一片褐黄。这里没有芭蕾舞演出、没有艺术、没有文化 —— 跟咪咪童年时梦想的生活一点不沾边。多恩本以为自己找的房子在科罗拉多泉市的闹市区，结果那里只是一条寂静的街道，叫作尘洞街。房子跟之前他们在莱维顿选的那座完全不同，这是一幢由谷仓改建的老屋，楼梯的木板弯曲变形，让人丧气。

咪咪闷闷不乐，哭了好几天。她说，房子像垃圾场，镇子也在偏远的乡下。他怎么把她拐到这么个鸟不拉屎的地方来了？

但多恩毕竟是她的丈夫。她也是三个孩子的妈，他们还打算多生几个——多恩是天主教徒——无论在哪里生活，她要干的活儿不会少。咪咪决定过得开心点。这里的鸟倒是很有意思，有灯草雀、灰头领雀和北美白眉山雀。院子里有一棵高大的棉白杨树，咪咪仔细观察了这里的褐色土壤，发现还是有野花生长的。她决定开辟一座花园。

尘洞街的新邻居以为咪咪是那种研究大部头的读书人，猜测她知晓大不列颠每一个国王和王后的名字，可以对古往今来的历史人物如数家珍。他们很快从咪咪那里听到肯尼恩外公、潘丘·比利亚、霍华德·休斯和她自己在纽约的闲闻逸事。虽然丈夫收入不高，但咪咪也拐弯抹角地暗示这份工作不寻常。咪咪从小跟母亲学会了鉴赏上等布料，要是在二手商店淘到一件羊绒衫，她也会炫耀半天。她加入了当地的唱诗班，还组织了一个业余歌剧团。歌剧团刚开始不愿意演出她最爱的莫扎特的歌剧，她暗自嘲笑莫扎特对他们来说难度太大，不过后来她如愿以偿，按照传统标准为《游吟诗人》和《蝴蝶夫人》挑选了演员。

很快，咪咪喜欢上了周围的美景。曾经陌生的植被和地理环境，如今就像纽约中央公园的自然历史博物馆玻璃后的景象，真实地跃然眼前。她还跟多恩一起发现了驯鹰的乐趣。训练这种野生鸟类，就像建立新家园一样，需要大量的智慧去驾驭野蛮和未知。

咪咪和多恩发现，驯鹰不仅仅是布陷阱，还需要不断投入精力，保持控制力，直到鹰产生斯德哥尔摩综合征般的情结，不再希望展翅翱翔，而是更喜欢黏着主人，接受饲养。他们先戴着防护手套，让那只瞎眼的隼在手上站了两周，之后在隼身上系了一根 100 英尺并且轻如钓丝的细绳进行训练。他们鼓励隼飞得越远越好，然后从皮袋里取出肉抛到空中，让隼学会俯冲接食。他们俩非常乐意观看隼俯冲的过程，那速度能达到每小时 200 英里。

驯化野生鹰隼的方法环环相扣。咪咪和多恩发现，遵照驯鹰方法，会收获一只规矩、听话、得体的鸟。咪咪在家里也孜孜不倦地训练隼，有时候在驯鹰方面花的钱比花在孩子们身上的还要多。车库的架子上都是鹰隼用的皮革头套，车库最终成了鹰舍。有邻居去卫生局举报了他们，幸好多恩平时把鹰舍打扫得很干净，没有引起麻烦。咪咪买了一套廉价的水彩画工具，画起了鹰隼。他们俩把自己的新爱好教给儿子。长子唐纳德到上小学的年纪时便开始自己逮鸟，抓到了他的第一只鸟——一只雌雀鹰。奥斯汀崖海拔 6 600 英尺，过去有家肺结核疗养院，将来那里会建起一座大学。在周围观鸟时，他们发现树洞里有一只雀鹰。因为它的叫声很像"叽——哩——"，咪咪给它取名"叽哩-叽哩"（Killy-Killy）。这只雀鹰完全由唐纳德来训练。有一次，它抓到了一只蚱蜢，飞到门上，准备把蚱蜢当冰激凌甜筒一点点啄掉。唐纳德站在下面，耐心地呼唤："叽哩过来！叽哩过来！"在屋子里时，唐纳德会让叽哩自由活动，叽哩撅起尾巴拉屎，他们也都不去管它。

两个大孩子，唐纳德和吉姆，开始上学了。老三约翰还在蹒跚学步，老四布莱恩和老五迈克尔分别于 1951 年和 1953 年降生。这些孩子小时候吃的是母乳，但咪咪认识的大部分妈妈都不太愿意母乳喂养。刚开始，咪咪表现得好像自己可以扛下所有事，感觉非常好——用不着奶妈和保姆。咪咪想，自己才是教导孩子的最佳人选，哪里还需要其他人？孩子们大一点，她还能教他们唱歌剧、画画、观察有趣的鸟和奇怪的昆虫、辨认野外的蘑菇。科罗拉多泉市有几个孩子认识带红色斑点的鹅膏菌？

孩子一个接一个得了腮腺炎、麻疹和水痘。每生一个孩子，就会多一个人去博取咪咪的关注，消耗她的时间。但即使在生了 5 个儿子后，多恩和咪咪也没有想过不再生了。两家的亲戚总不停问：生这么多孩子干什么？毕竟，咪咪追求的精致生活——文化、艺术、社会地位——和填饱这么多张嘴，是很难兼得的。不过咪咪觉得如果得不到前者，得到后者也甘心。生很多孩子，和做一个游刃有余的母亲，是两码事。

咪咪渴望拥有一个大家庭，不全是因为什么雄心壮志，她还有一个更深层的原因——孩子能满足她过去不曾预期的需求。从小，咪咪就学会掩盖人生中的痛苦与失意：失去父亲；被迫离开休斯敦；丈夫长期不在身边。即便她不承认，这些伤痛也已悄然生根发芽。然而，生育这么多孩子让咪咪焕然一新了——至少咪咪不再惦记过去，人生的主题变了，缺失被填补了。以前，她总觉得自己遭到抛弃了，而现在她可以亲自创造出能陪伴自己的人。

多恩的母亲玛丽·加尔文则在皇后区的家中愤愤不平，刻薄地表示生这么多孩子都是咪咪的精心安排——现在咪咪操控着多恩的人生，是家中的一把手，让家里的非天主教徒多过了天主教徒，而她能通过不断怀孕简单直接地赢得地位之争。

咪咪对此不置可否。她只说，孩子们让多恩感到幸福。

多恩不像一个军人，倒更像一个学者。咪咪对他感到又爱又气。

他既想拥有满屋的孩子，又想拥有清净有序的精神生活。无论咪咪把家里收拾得多么井井有条，他总能找到理由不回家。

作为恩特空军基地的情报官员，多恩深知冷战军事工作的机密性。"如非必要，不要多说一个字"，他常常这么说，那一套顾左右而言他的辞令显得好像大家心照不宣似的。咪咪也确实不知道多少事，多恩对咪咪掏的心窝子顶多是跟他交接的将军看上去不是很聪明。多恩虽然工作做得不赖，但在空军基地无法施展自己的抱负。1953年，德怀特·艾森豪威尔总统在丹佛建立夏季白宫时，是多恩为总统撰写的情报汇总，但这种级别的军事工作也没让多恩觉得有意思，这使他更决意去读个政治学的博士学位。

鹰最初是多恩和咪咪两个人一起驯的，但后来情况变了。多恩把更多时间扑在了外面，跟当地的驯鹰人一起诱鸟，咪咪则在家无休无止地照顾孩子。关系的疏离或许不算新鲜，因为从一开始他们的相处可能就是这种模式。从两人认识的第一天起，多恩的生活就有那么点不接地气，而咪咪会耐心地等他，做事脚踏实地。多恩跟他的鸟儿相处得很好，它们在哪儿飞，什么时候回来，都由他做主。咪咪发现多恩就像一只鹰，而自己很不情愿地也成了驯鹰人：要驯服多恩，劝他回家，并且自欺欺人地告诉自己，她已经完全驯服他了。

咪咪找了些事打发时间，特意让自己和多恩走得更近些。她以前向多恩的家人许诺过，于是花了几年时间改信天主教。和丈夫信奉同样的宗教让一家人更像一家人，这又攻克了一座大山，所以即使改宗她也乐意。咪咪和导师罗伯特·弗洛登斯坦神父建立了长久的友谊。弗洛登斯坦是当地的牧师，在鸡尾酒会上给咪咪传授了耶稣变容、贞女生子等概念。他是咪咪欣赏的那种牧师：他管自己叫弗莱迪，家里有点钱，也不怕展现家世，驾驶起自己的敞篷车速度飞快，停车时惊得房子周围鸟雀四散。弗莱迪会给孩子们变戏法、讲故事。他会跟咪咪和多恩聊书籍、艺术和音乐，让他们感到在异乡没有那么格格不入。英国皇家芭蕾舞团来丹佛时，他带咪咪和多恩一起去看了演出。弗莱迪很快变得像他们家的家庭成员一样，只要他想摆脱圣玛丽教区的上司，他就可以随时上加尔文家来。"噢，基普先生又对我发火了，"他会说，"我能跟你们一起吃早餐吗？"咪咪从不拒绝。

对于这段友谊，咪咪的母亲表达了合理的怀疑。在开着自己的斯蒂庞克来西部并住上一段时间后，比莉开始对咪咪管理家庭的方方面面评头论足。而弗莱迪是她最常提起的话题。比莉会说，嫁给一个天主教徒也就算了，干吗还老让一个牧师在家里晃来晃去？但在咪咪看来，弗莱迪的到来是她改信天主教最令人开心的惊喜了。她觉得离多恩更近了，自己可以引领起全家的精神生活，在改宗这种孤独的新体验中，她甚至感到一丝亲切和乐趣。

比莉感到受不了，因此回去了。母亲的判断现在对咪咪的影响已经没那么大了。咪咪生的孩子比她妈多，算是青出于蓝而胜于蓝了。

随着孩子越生越多，咪咪也逐渐变成了一个全新的自己——不再是多年前那个怨妇。加尔文一家未来还会多次搬家：1954 至 1955 年间，空军基地迁到了魁北克，之后他们在加州北部的汉密尔顿空军基地住了 3 年。1958 年，他们带着 8 个儿子回到科罗拉多泉市。1954 年生了理查德，1956 年生了乔，1957 年生了马克。

在家时，多恩是一副老好人的形象。他平日沉默寡言，只有每天天亮的时候会喊：**起床！起床！手举起来，出列，排好队！把地板楼梯前前后后都扫干净，6 点准时到餐厅吃饭！**其他时候，都是咪咪打理一切——她不会轻声细语，而是疾言厉色，不容懈怠。她像个雄赳赳的战士一样迎接着每个庸常的清晨、中午和夜晚。

所有的孩子都要穿运动服和乐福鞋，都要系着领带去参加主日弥撒。

军队和教堂给他们准备了两套规矩：美国式的规矩和上帝的规矩。

咪咪把控着孩子们生活的各个方面，她认为不能有一丝马虎。她有很多教育孩子的格言："人之美不在于外表，而在于内心""病从口入，祸从口出"。早晨，每个孩子都要完成自己的任务，铺桌子、准备午饭、烤吐司、清扫灰尘、擦厨房的地板、清理桌子、洗晾衣服。每周的任务都会调整。孩子们还要去上速读课。天气好的时候，他们会出去观鸟或采蘑菇。客厅里没有《读者文摘》或《家庭妇女》杂志，只有《史密森尼》和《国家地理》杂志。邻居家的孩子来加尔文家画画时，也知道自己不会听到表扬，只会听到自己做错的地方被分析得清清楚楚。"她想让每个人都做到完美。"加尔文家的一位老朋友回忆说。

咪咪当时不知道，她这样的脾气最后会害了自己。20 世纪 50 年代，精神病学已经开始研究像她这样的母亲了。美国精神病学界最有影响力的思想家们使用了一个新术语来描述这样的女性——"精神分裂症妈妈"（schizophrenogenic mother）。

第 4 章

1948 年

马里兰州，罗克维尔市

栗居精神病院成立于 1910 年，位于华盛顿特区郊外的乡下，是一栋朴素的四层砖房。这里曾经是旅馆，四周绿树环绕。在最初的 25 年里，有很多被诊断为精神分裂症的患者在这里接受治疗，主要是休养和作业疗法。医院的创始人住楼下，病人住楼上。人们对这里评价不高，不过情况在 1935 年发生了改变，医院新来了一位治疗专家，名叫弗里达·弗洛姆-赖克曼（Frieda Fromm-Reichmann）。[1]

弗洛姆-赖克曼是犹太难民，刚从战争阴云笼罩的德国逃到美国。她虽然身形矮小，但做事雷厉风行，才过 40 岁的她在战前就已是一位自信的精神治疗医生了。不可否认，她带来的理念非常新颖。同栗居精神病院的老古董们不同，弗洛姆-赖克曼属于新一派的分析师，受到了弗洛伊德的影响，想要在病人身上做大胆的尝试。没多久，弗洛姆-赖克曼创造的奇迹就流传开了。

有一次，赖克曼试图跟一个年轻人交谈，却遭到他的攻击。[2]
她每天晚上都守在他门口为他祈福，守了 3 个月，终于被他请进了
屋里。

有个男病人在接受她的治疗期间，好多个星期都一言不发。[3]但
有一天，他在赖克曼要落座的地方铺了张报纸。他对赖克曼说的第
一句话是，不想让她把裙子弄脏。

有一个女病人曾一边向她扔石头一边叫喊："上帝诅咒你的灵魂
下地狱！"[4]几个月后，弗洛姆-赖克曼对那个女病人说，她不过是在
虚张声势，这样对她自己没什么好处。"干吗不消停消停？"女病人
便消停下来了。

这样的医生完美得难以置信？或许是吧。在弗洛姆-赖克曼看
来，精神分裂症是可以治愈的，她认为持相反观点的人只是对病人
不够关心。[5]加尔文一家没见过她。但她改变了当时美国所有对精神
分裂症等精神疾病患者的看法，这可以说既是进步，也是灾难。

弗洛姆-赖克曼来美国时，精神病学界治疗精神分裂症患者的主
流方法并没有效果，也很不人道。精神病院里满是受试对象，他们
被迫服用可卡因、含锰药物和蓖麻油，被迫注射动物血液和松节油，
被迫吸入二氧化碳或高浓度的氧气（这是所谓的"气体疗法"[6]）。20
世纪 30 年代，治疗方法是胰岛素休克疗法：病人被注射胰岛素，从
而进入短暂的昏迷状态。[7]这种方法的理论认为，只要每天进行一次，
精神病症状就可能慢慢减弱。后来有了额叶切除术，将病人的额叶
神经切断——英国精神病学家 W. F. 麦考利（W. F. McAuley）曾措
辞微妙地称，额叶切除术"能消除病人某些使他们无法适应环境的

特质"。[8]

研究精神分裂症生物学病因的医生在治疗方面同样毫无进展。德国的埃米尔·克雷佩林是研究早发性痴呆的先驱，他建立了一所机构，研究精神分裂症的遗传关联，也没有结果。[9]他的研究所有一位名叫恩斯特·鲁丁（Ernst Rüdin）的研究人员是优生学运动的主要人物，也是首批叫嚷着要给精神病患者绝育的人之一。[10]在鲁丁的学生中，有个叫弗朗茨·约瑟夫·卡尔曼（Franz Josef Kallmann）的人更为极端。他战后在美国宣扬优生学，呼吁找到精神分裂症基因后，也对这种基因的"未感染携带者"实施绝育。[11]生物精神病学界的领军人物似乎认定精神病患者已经不是人了。①

社会上各种理论异军突起，像弗洛姆-赖克曼这样受弗洛伊德影响的精神分析师完全拒绝承认精神分裂症的生物学病因，倒也并不奇怪。为什么要将精神病学变成把人当马来繁育的学科？弗洛姆-赖克曼认为，病人的内心深处企盼被治愈——他们等待着帮助，就像受伤的鸟儿或脆弱的孩童渴望理解一样。"每一位精神分裂症患者在自己的幻想世界里都隐约有一种非现实感和孤独感。"她写道。[12]治疗专家的工作——在这个领域领跑的美国精神分析师们很快就承担起的高尚事业[13]——是攻破病人筑起的壁垒，把他们从那个虚妄的世界中拯救出来。

1948年，栗居精神病院接收了一位名叫乔安妮·葛林柏（Joanne Greenberg）的少女，[14]她将给弗洛姆-赖克曼带来不朽的名声。葛林柏1964年出版了一本畅销书，书名是《我从未许诺你玫瑰花园》

---

① 对精神病患者和"低能者"实施绝育的想法多年前就曾在美国盛行。优生学是美国世纪之交"进步主义时期"的标志，影响了卡尔曼、鲁丁等很多人，其中也包括纳粹分子。

（ *I Never Promised You a Rose Garden* ），她之后称其为一本虚构的回忆录。书写了一个名叫黛博拉·布鲁（Deborah Blau）的少女，受困于一个叫作 Yr 的虚幻国度。黛博拉认为自己受到外部力量的控制，就像半个世纪前的丹尼尔·保罗·施瑞伯那样。"还有其他的力量想要操纵她。"葛林柏写道。[15] 黛博拉似乎被永远地挡在了真实世界之外，直到她的治疗师弗里德医生突破重围拯救了她。很容易看出来，医生是弗洛姆-赖克曼的化身，而他的名字无疑是在影射弗洛伊德。弗里德医生理解小黛博拉身边的恶魔是什么，知道它们的根源和存在的原因。"病人们都非常害怕他们自身难以自控的力量！"小说中的弗里德医生思索道，"他们不知何故，不认为自己也是人，脾气还不小！"[16]

书中弗里德医生对黛博拉的治疗影响了一代精神病治疗师。同《奇迹缔造者》（ *The Miracle Worker* ）中的安妮·沙利文一样，弗里德医生有洞察力和同情心，干劲十足，耐心又热情地与病人共克难关。他总结说，关键之一在于要意识到，是黛博拉的父母无意中在女儿身上扇动了精神疾病的火苗。"很多父母说——甚至真这么想——他们想为孩子寻求帮助，却又有意无意地表示，其实孩子也不知不觉毁掉了父母自己的人生。"[17] 弗里德医生表示，"孩子的独立对于某些心理状态不稳定的父母来说是一项很大的风险"。

精神分裂症的谜团表面上像是解开了：优生学家们错了。人不是生来就有精神分裂，他们的父母才是罪魁祸首。

早在 1940 年，弗洛姆-赖克曼就曾发出过警告，称"严厉专制的母亲对于孩子的发展会产生危险的影响"，她把这样的母亲称作"家庭的主要问题"。[18] 8 年后，乔安妮·葛林柏成了她的病人，弗洛姆-赖克曼发明了"精神分裂症妈妈"这个术语，它将成为咪咪·加尔文这样的女性在接下来的几十年中都无法摆脱的阴影。赖克曼写道，"主要"是因为这样的母亲，精神分裂症患者在幼年遭到了严重的冷落，性情受到了严重的扭曲，这使他们"痛苦地怀疑和厌恶他人"。[19]

赖克曼不是第一个把责任归咎于病患母亲的精神分析专家。事实上，弗洛伊德将每一种神秘的冲动都解释为童年经历对潜意识的影响。战后，在美国繁荣的新时代到来之际，很多治疗专家担心起了新问题：那些拒绝像自己母亲的母亲们。弗洛姆-赖克曼提出"精神分裂症妈妈"概念一年后，费城一位名叫约翰·罗森的精神病学家写道："精神分裂症患者的母亲具有反常的母性。"[20]

弗洛姆-赖克曼在自己的书中担忧地表示，"美国女性往往是家中的领导者，受到男性的服侍，就像欧洲家庭的丈夫受到妻子服侍那样""妻子和母亲往往是家族中的权威"。[21] 她尤其不喜欢多恩和咪咪夫妇这样的角色分配：多恩·加尔文成了孩子的知心伙伴，而咪咪则负责严格管教子女。自从弗洛姆-赖克曼给这样的母亲取了"精神分裂症妈妈"这个名字后，这个概念便流行开来。美国国立精神卫生研究所的约翰·克劳森（John Clausen）和梅尔文·科恩（Melvin Kohn）将精神分裂症妈妈描述为"冷酷""完美主义""焦虑""控制狂""爱限制别人"。[22] 心理学家苏珊娜·雷查德（Suzanne Reichard）和斯坦福大学的精神病学家卡尔·蒂尔曼（Carl Tillman）对精神分裂症妈妈的描述是，"她们是典型的美国中产阶级盎格鲁-撒克逊女性：不苟言笑，举止得体，但完全缺乏真实情感"。[23]

这些描述似乎有点前后矛盾。[24] 这样的母亲到底对自己的孩子做过什么？她们究竟是专制还是软弱，是对孩子咄咄相逼还是疏忽

不管，是虐待狂还是情感冷漠？ 1956 年，人类学家格雷戈里·贝特
森（Gregory Bateson）——玛格丽特·米德（Margaret Mead）^①的丈
夫——将精神分裂症妈妈各种所谓的罪行整理成了一套理论，称之
为"双重束缚"（double-bind）。[25] 他解释说，双重束缚是某些母亲为
孩子设置的两难困境。母亲说，"把袜子拉上去"，她说话的语气却
表达了相反的含义——"别这么听话"。于是，即使孩子照做，母亲
也会表示不满。孩子会感到无所适从、害怕、受挫、焦虑，乃至进
退两难，无路可走。根据双重束缚理论，如果孩子经常陷入这种境
地，就会发展出精神病来应付困境。在受到母亲的折磨后，他们会
退缩进自己的世界中。

　　贝特森提出这套理论的依据并不是临床的精神病诊疗经验，但
这并不影响它的传播。双重束缚理论和精神分裂症妈妈概念一起，
将怪罪母亲变成了精神病学的业内标准，其影响甚至延伸到了精神
分裂症研究之外。20 世纪五六十年代的精神病治疗师都会或多或少
把情感或精神障碍归因于患者母亲的作为。自闭症被指责为"冰箱
妈妈"（refrigerator mother）的罪过，因为她们对幼儿没有表现出足
够的关爱；强迫症被认为是孩子两三岁接受母亲如厕教导时抵触母
亲产生的问题。公众无可救药地将"精神失常"同"恶母"的概念
联系到了一起。1960 年，在电影《惊魂记》中，导演阿尔弗雷德·希
区柯克将有名的妄想型杀人狂诺曼·贝茨的责任一概推到他已逝的
母亲身上，这在世人看来合情合理。

---

① 玛格丽特·米德，美国著名人类学家，曾担任美国科学促进会会长。——译者注

　　加尔文家的男孩们开始发病时面对的状况便是如此。一群大胆的专业人士占据着道德高地，打压着邪恶的优生学以及外科和化学实验，并试图为这种疾病寻找一种新的解释——一种与家庭相关的解释。1965 年，因为将精神分裂症归因于家庭关系而知名的耶鲁大学精神病学家西奥多·利兹（Theodore Lidz）指出，精神分裂症妈妈"是男性的大敌"，"阉割"了自己与丈夫的良好关系。[26] 作为一种通用的诊疗方法，利兹会建议精神分裂症病人与自己的家庭彻底脱离关系。

　　多恩和咪咪那个年代的父母无须知晓双重束缚理论或精神分裂症妈妈，也可以预料到孩子身上的不对劲会引起别人对自己的怀疑。他们照顾的孩子会变成什么样？是谁让他们变成这样的？他们自己是什么样的父母？那个时代的经验非常简单，孩子有什么不正常，千万别告诉医生。

第 5 章

  1958 年，在度过派驻外地的 4 年时光后，加尔文一家回到了科罗拉多泉市，那个灰蒙蒙的小镇已不复当年。这几年，当地建起了美国空军学院，吸引来了无数人，包括军校学员、军校教官，以及大型军事机构所需要的各种工作人员。这些都在飞速地改变着这里。镇上过去有条土路，路面上有几道车辙的凹痕。路被带刺铁丝网做的门拦着，人们经过时得自己把门打开才能通过。现在土路变成了学院大道，铺得平平整整，大门有人把守，好像东西柏林间的边防站似的。学院里有自己的邮局、杂货店和电话局。学院的新大楼是现代建筑的杰作——由美国最大的建筑公司 SOM 建筑设计事务所设计的一座座前卫通透的玻璃房，在西部的红土地上熠然宣告着新时代的来临。

  多恩可以像他一直希望的那样，跻身于新时代了。之前被派驻加州北部时，他在斯坦福大学熬夜苦读，取得了政治学硕士学位。眼下他回到科罗拉多，作为教官加入了空军学院，准备一展身手。

  空军将他们安置在新校园密集的平房宿舍里。他们的房子在一座小山上，坐北朝南，门前有一小片草坪。多恩和咪咪在地下室给8个儿子准备了4张双层床。床位本来是够的，不过10月时咪咪生下了第9个儿子马修。长子唐纳德现在13岁，他和年纪相近的兄弟们把空军学院的操场当作游乐场。这里是他们的天下，室内室外的健身中心、溜冰场、游泳池、体育馆、保龄球馆，甚至高尔夫球场，应有尽有。他们想在哪儿玩都行，没人拦着。在那个因循守旧的年代，空军学院里仍存有一丝开放的气息，那或许是西部的边疆精神，又或许是新一代人从战争中回到家园，在平静满足的心境下建造未来学府时，所流露出的乐观精神。

这里的很多教师都跟多恩一样，是二战退伍的英雄学者，年轻气盛、博学多才。他们比西点军校和美国海军学院的那些人更开明，因此开设了哲学和伦理学课程，这使空军学院不同于那些陈腐的军事学院。多恩的人生按部就班地展开，他走在学院里，从头到脚散发着自信。他左右逢源，就像当高中学生会主席时以及在海军跟"朱诺号"的舰长打网球时那样风光无限。

当然，过去的4年只能说过得半好不坏，也不如多恩所愿那般顺利。在加拿大时，他承担的任务似乎与那里的环境格格不入，这让他心中颇为不快。作为新闻发布官，他处理的都是机密信息，他曾谨慎地对咪咪说起过那里敷衍了事的行事标准。谈到文件被无所谓地乱扔，多恩的抱怨多到不由得让咪咪惊讶。他的心理状态变得非常脆弱，不得不请病假，住进了纽约的桑普森空军基地医院，后来在华盛顿特区的沃尔特·里德医院也短暂待过。咪咪似乎认为多恩只是精神紧张，跟参加过战争的很多士兵一样，尤其是那些对作战经历闭口不谈的老兵。在被派到加州后，多恩的身体好多了。他所

加尔文家的 8 个男孩，摄于约 1959 年

在的基地就位于斯坦福大学附近，因此可以去那儿进行研究生阶段的学习。现在回到科罗拉多，他和那一辈很多人一样，相信万事功到自然成。

　　空军学院创建前一年，多恩曾写信给负责学院组织建设的休伯特·哈蒙将军，提议将鹰隼作为空军的标志——陆军的骡子和海军的山羊也都是征信选拔的。多恩不是唯一一个写信给空军推荐吉祥物的人，学院的档案室有一个文件夹，里面装满了热心市民的来信，推荐的动物既有艾尔谷犬（谐音"空军"）也有孔雀。不过多恩是第一个建议鹰隼的人，他老和咪咪说，要是空军采用这个点子，他们就算对美国军事做出了载入史册的贡献。

在被派驻加拿大和加利福尼亚时，加尔文一家会将几只鹰塞在道奇牌木质旅行车后座的笼子里，无论去哪儿都带着。如今在空军学院安顿了下来，多恩接管了驯鹰课程，投入劲头不亚于一个狂热的牧师。他给全世界的鹰隼驯养者写信，让他们为空军学院的鹰隼储备尽一份力。他收到了沙特国王赠送的两只隼，忙着从日本引进几只鹰，并写信给马里兰州的相关部门，申请在那里猎鹰的许可。从迈阿密大学到雨中的洛杉矶体育场，他的学员们在全国各地的体育馆表演驯鹰，吸引了数万观众，他们在达拉斯的棉花杯橄榄球赛上的表演还在全国电视上转播了。多恩和鹰隼的故事在《丹佛邮报》和《落基山新闻报》上被报道过不止一次，科罗拉多泉市当地的《公报》还登过他的一张立照。鹰隼也随他们回了家。他们一家人一起训练过一只从德国和沙特阿拉伯多次交换得来的雌苍鹰，叫作芙蕾德莉卡。不拿爪子挠人的时候，芙蕾德莉卡会踞坐在前院的栖木上，审视着周围的一切动静，同时也被附近的一只哈士奇犬虎视眈眈地盯着。有一次没被拴牢，芙蕾德莉卡向狗扑了过去。哈士奇仓皇逃窜，可怎么也甩不开牢牢嵌入自己皮毛的鹰爪。

加尔文一家渐渐被众人所知了，毕竟，这么大一家人，父亲还是个很懂驯鹰的军官。小唐纳德则扮演起了父亲的猎鸟犬的角色。多恩参与筹建了北美鹰隼学会，他在学会的简讯刊物《鹰天地》上写道："唐纳德是一名'得力助手'，跑在父亲的前面，把兔子赶出来，父亲则负责放鹰。"如果有些鹰没回来，唐纳德和几个年纪稍大的弟弟——约翰、吉姆、布莱恩——会早上五点起床，循着绑在鹰腿上的小铃铛发出的声音搜索它们的踪迹。年纪小些的孩子站在房子所在的小山上，用望远镜看他们的爸爸和哥哥沿山而上或者绕绳

多恩和阿瑟尔

而下。

在家中，多恩享受着男性大家长的地位，而咪咪则打点着杂务。驯鹰再次给多恩带来了好处，不仅充实了他的精神世界，也让他有理由远离那些他无心参与的家庭事务。长期以来，他习惯以数字称呼儿子们。"老六，过来！"他会这样叫理查德。当多恩开始到科罗拉多大学上夜校，攻读政治学博士学位时，他必须得有所牺牲。但他没有舍弃空军学院驯鹰主管的职责，而是不再训练儿子们组成的运动队了。咪咪说他变成了"甩手掌柜"。

孩子们一天天长大，父母的生活也变得更加忙碌。钱和时间永远不够用。不过正确的态度必须要有，多恩和咪咪一直认为自己的家庭是别人羡慕不来的。加尔文家的男孩都是祭台助手，其中一个一周要负责做七天弥撒。老朋友弗洛登斯坦神父仍出现在他们的生活中，他已经从科罗拉多泉市调走，去管理这片草原上的三个教区。对于弗莱迪来说这不能算是真正的升职，因为大部分牧师都想要去管辖范围更大的教区。他继续给咪咪提供精神上的告慰，并且很受加尔文家几个男孩喜爱。在为教众主持弥撒之余，弗莱迪会为他们表演老掉牙的魔术，还会给几个大孩子看他收藏在丹佛东部家中地下室的玩具火车和投币自动售货机。弗莱迪嗜好烟酒，有一次被吊销了驾照，小唐纳德当时在上高中，跑到弗莱迪那里待了一周，给他当司机。

那些年，因为孩子们要帮着外出驯鹰，多恩见到他们的时间不多。多恩要工作，大部分时间都不在家，咪咪操持家务，严格管控着日常生活。她一周采购两次生活用品，每次买回 20.5 加仑①牛奶、5 盒麦片和 4 块长面包。不止一次，她把孩子们没有收回屋的玩具直接扔掉了。每天早晨，她会把孩子们床上的硬币掸掉。每天晚上，她要做 11 个人的晚餐，包括用球生菜、黄瓜、胡萝卜、西红柿拌的沙拉，配上盐和胡椒的快熟薄牛排，以及用一袋夫皮土豆捣成的上豆泥。多恩在家时，晚饭后会摆上四五盘国际象棋，让几个孩子排成一排，同时和他们对弈。上学的晚上，孩子们只准做功课和练习弹钢琴，不准出去玩。深夜，咪咪还要洗衣服、叠尿布。

1959 年，多恩参加了一个狂欢节派对。派对在科罗拉多泉市豪华的布罗德摩尔酒店的水晶舞厅里举行，他头上包着头巾，左手上停着一只活的短翅鸢，穿得像个古代先知或潜修者。当时的照片上了

---

① 　1 加仑≈3.79 升。——译者注

报纸。

咪咪在他身边笑容满面。由于孩子的缘故，她给人的印象跟多恩正相反。《落基山新闻报》曾刊登过咪咪制作羊排咖喱的秘方：用洋葱、苹果、蒜瓣调味，浇在煮好的米饭和青豆上，搭配切碎的杏仁和洋蓟心。文章的标题是"她给9个儿子做异国食物"。

加尔文家的长子唐纳德要么和空中童子军一起从C-47运输机上跳伞而下，要么学习古典吉他，或者练习柔道、打冰球，又或者跟他父亲一起索降。他是一名田径明星，参加了国民警卫队和空军学院的高中橄榄球队，他是77号。看他比赛常常是全家的周末活动。高三时，唐纳德赢得了重量级摔跤的全国大奖，他所在的橄榄球队也得了国家级的奖项。他当时谈了个啦啦队的女朋友，女孩的父亲刚好是他父亲的上司，管辖空军学院的将军。从很多方面看，唐纳德都像他父亲，帅气、矫健、讨人喜欢，在兄弟们的眼里，他是个难以效仿的楷模。

不过，唐纳德和其他人以为的样子并不完全一样，这一点多恩和咪咪要么没注意到，要么选择了视而不见。唐纳德比多恩在高中时更安静。虽然他在球场上叱咤风云，但他是那种不会被大家推选为班长的人。他的文化课成绩平平，最后上了科罗拉多州立大学，而不是更难进的科罗拉多大学。他长得跟英俊潇洒的父亲有点像，但缺乏真正的个人魅力。从青少年时期起，唐纳德身上似乎就有什么东西让他与这个世界格格不入。他大部分时间都待在家里，在户外爬山、索降、跳伞，一个人很自在。但唐纳德在征服大自然方面的表现并没有受到周围人的欣赏。

在家中，唐纳德对弟弟们表现出了一种至高的权威，刚开始时像个家长，后来就没那么和善了。父母不在时，他会捣蛋，欺负弟弟，制造混乱。起初只是无心的玩闹，但弟弟们恐惧地发现他逐渐开始动真格了。当多恩和咪咪不在家时——多恩跟驯鹰班的学员一起训练，或者去当地学院教授临时课程，或者为考博学习时；咪咪忙于歌剧团的事情时——年纪最大的唐纳德不情愿地担负起了照顾弟弟们的职责。他会捉弄弟弟们寻开心："张开嘴，闭上眼睛，我要给你一个惊喜"，然后把一大勺淡奶油塞到弟弟嘴里。

玩着玩着性质就变了。唐纳德会重击弟弟们的胳膊，狠狠地打在他们最痛的地方。他会要求大家打架玩：迈克尔对理查德，理查德对约瑟夫。他会让两个弟弟按住某个弟弟，自己打他，还叫别的弟弟轮流打这个无法动弹的弟弟。他发出的命令让几个兄弟难以忘怀："要是不打，或者打得不够狠，你就是下一个挨打的人。"

起先，多恩和咪咪似乎并没有干预这种事情。他们不是不知道，只是他们不相信唐纳德会做出兄弟们指责他的那种事来。比唐纳德小 4 岁的三弟约翰后来说："我央求爸妈别把他和我一起丢在家里。我觉得唐纳德是爸爸最喜欢的儿子，他把唐纳德的话看得比其他人重。与此同时，我还得找地方躲藏。"约翰还说，咪咪"也完全不知道实情，我想要跟他们说说大哥的事，他们根本就不睬我"。**再造谣，舌头掉**……①

咪咪和多恩觉得，少年兄弟间的小打小闹全然不值得刨根问底。在孩子多的家庭，不可避免地会有排行之分。多恩和咪咪不在时，

---

① 这是英语中的一首童谣。——译者注

唐纳德就是老大，唐纳德不在时，吉姆自然就是头头。"年长一点的
会占上风"，迈克尔回忆说——他是老五，比唐纳德小 8 岁——除
了有一次，迈克尔被更小的理查德打得手肘脱臼，输给了他。迈克
尔也有一次用力扇过马克，马克半边脸都紫了。上学的路上也不太
平：如果每天不跟几个兄弟重新组成联盟，基本上都会挨打。

多恩和咪咪有时会想，这些小冲突最好还是让孩子们自己去解
决。过多的干预可能会适得其反，反而让他们学不会跟别人的相处
之道。但就算他们想把每次争端谁对谁错评判个清楚，他们也没法
真的做到。因为在唐纳德用铁拳打压弟弟们的同时，吉姆也在试图
撼动唐纳德的统治地位。

如果说唐纳德是模范儿子，那么吉姆就属于特立独行的那一类
人。他是詹姆斯·迪恩和马龙·白兰度的狂热拥趸，穿皮夹克飙车，
发出不羁的咆哮。他也曾试图模仿唐纳德，但做不到。作为橄榄球
队的端锋接球手和防守后卫，吉姆一度可以在同一场比赛中既拦截
对方的弃踢球（punt）又触地得分，但在橄榄球方面他还是比不上
唐纳德，在驯鹰方面也不行。很快，他觉得努力也毫无希望。吉姆
无法不注意到父母的期待和关注总是会绕过自己而落在哥哥的身上，
这令他又气又恼。自然，他的怒气针对性很明显：从青少年时期起，
吉姆似乎总在找唐纳德的碴。"就好像他发誓要跟唐纳德为敌似的。"
迈克尔说。

地下室、卧室、后院的灌木丛，吉姆和唐纳德似乎动不动就摔
跤打架。吉姆体型小一些，每当他被唐纳德打败后就会跑去举重，
或者张罗几个弟弟一起对付唐纳德。但这从来也没用。弟弟们都怕

他们俩。有一次，吉姆把门向四弟布莱恩的方向猛地一摔，砸破了布莱恩的嘴。这样的小冲突开始只发生在多恩和咪咪晚上不在家的时候，后来白天父母不在眼前时兄弟们也会打架，到最后只要早上两眼一睁打斗就开始了。有一次他们打到了客厅，多恩和咪咪知道必须得插手了。迈克尔记得当时他三年级，他看见平常不闻不问的父亲冲到十来岁的唐纳德跟前，一把抓住他，不许他再伤害某个兄弟。迈克尔对这个场面印象很深。不过多恩觉得兄弟间这样闹腾总会过去的，唐纳德是橄榄球明星，所有孩子也都会很快长大。

多恩想要因材施教。对他来说，这种事好比唱歌定好调子。家中雄性激素的气氛过于浓厚，他有责任引导每个儿子根据各自的特点成长。作为和蔼的老父亲，多恩常推荐孩子们读些提升人格的书，磨平自己身上的棱角，比如《积极思考的力量》。还有麦克斯威尔·马尔茨出版于 1960 年的自助类畅销书《心理控制方法》，这本书向大众解释了创造性想象的概念。多恩觉得这些书或许可以开导孩子们走出冲突的困境。他常把他们召集到吃饭的长桌周围，教导他们要和睦相处。发现好好说不管用后，多恩决定，至少可以用军队的那一套来约束他们。于是他买来家用拳击手套，还制定了新规矩：打架必须戴手套。

理查德——老六，比唐纳德小 9 岁——记得自己戴上这种拳击手套时的恐惧。"所有兄弟都精力饱满，你想想，都像那种顶级运动员，"他说，"所以一旦开打，真的打得不可开交。"

加尔文家成了同时存在两种场景的地方——既是摔跤场又是唱诗班。一面是无法管束的狂野，一面是多恩和咪咪以为的那种模范和谐。小打小闹似乎无伤大雅，何况在军人家庭看来，体力和权力的争斗如同家常便饭。

但在长期的摩擦中，约翰、迈克尔、理查德和马特逐渐产生了失落感，甚至有遭到冷落的感觉。他们缺乏安全感，觉得自己仿佛不是一个人，只是家中的一个数字，所谓的受保护不过是一种错觉。

有时，这一家子人前人后风格迥异的特点也让其他亲朋好友难以适应。去皇后区看望表亲时，男孩们会逮住每个没人看管的时机随心所欲地搞破坏——爬到车库顶上，拿气枪打窗户和小鸟，让东海岸的表亲们又惊又恼。但几个月后，表亲们又会收到多恩、咪咪和孩子们寄来的圣诞卡片，上面印着安安分分的一家人，穿着睡衣睡裤站在圣诞树旁。这种差异在当时就已经让表亲们觉得怪怪的了。

眼下，多恩和咪咪选择无视家里的鸡毛蒜皮。他们都是男孩，而且家里的住房空间非常紧张，要想他们不打架是不现实的。何况老大唐纳德还是他们的骄傲——他的一张照片登上过《丹佛邮报》，占据了近半幅头版：一个清秀的少年，从教堂岩高处的鹰巢上索降而下，跟他父亲一个样。

老十彼得出生于 1960 年 11 月 15 日。这次生产后，咪咪出现了严重的子宫脱垂，左腿还出现了血栓，因此在医院里住了很长一段时间。现在没人开玩笑让咪咪晚上带着大蒜睡觉来躲丈夫了。她的医生严肃地告诉她，她不可以再生了。15 年左右不断的怀孕、分娩对任何人来说都足够了。但咪咪似乎没听进去，也不管其他人的劝解。

"真的，宝贝，你应该在医院吓吓可怜的'加尔文少校'，"咪咪的爷爷林赛·布莱尼在信中对她说，"不过，说真的，我非常担心你。"

事实上，叫咪咪和多恩生完 10 个孩子就罢休，就像让一个跑马拉松的人跑上 25 英里后就停下来一样。就此作罢对他们来说简直可笑——多恩在空军学院的地位正在上升，夫妻俩在科罗拉多过得挺舒服。况且，其他人难道都没注意到吗？他们还缺个女儿呀。

1961 年，生完彼得没几个月，咪咪第 11 次怀孕了。过完圣诞节，快要生产前，她和多恩还有 10 个儿子在空军学院用于集合的阿诺德厅拍了张照片。大家都站在中央大厅的大楼梯上，男孩们穿着外婆比莉从罗德与泰勒百货公司买来的伊顿西装。咪咪的爷爷林赛收到寄来的照片后说"太让人惊叹了"——所有的孩子站成一溜，好像没有尽头似的。他预测咪咪这次会生双胞胎，人数正好算一打。

他没预测对，不过 1962 年 2 月 25 日，咪咪确实创下纪录，生下了玛格丽特·伊丽莎白·加尔文。科罗拉多的《格里利每日论坛报》用简短的文章报道了这个消息："终于，生的是女儿！"多恩预计就会是个女孩，但他还是忍不住跟学员们开玩笑说："倒霉，本来要生个四分卫的。"

咪咪倒毫不隐藏自己的喜悦之情。"她是降生在我们家的最漂亮的孩子，"她在一封信中写道，"有这样一个孩子是每个母亲的梦想。"她还见缝插针地夸其他孩子。关于唐纳德，她说："他的古典吉他弹得棒极了，还是个出色的高中运动员。他的学习成绩欠佳，但就像他的校长说的那样，'我希望所有的孩子都像唐纳德那样优秀'。"说到吉姆，咪咪写道："他是个全面发展的好孩子，是我的好帮手。"老三约翰"有着卷曲的褐色头发和明亮的蓝眼睛"，酷爱吹单簧管和弹钢琴，还负责一条有 65 户人家的送报专线。老四布莱恩

"现在是我们家的天才小神童"，可以把肖邦悲怆的前奏曲弹得"无
比悲怆"，把雅克·奥芬巴赫的《快乐的巴黎人》里的康康舞曲弹得
"无比欢快"。老五迈克尔，会吹法国圆号，热爱阅读，是"家里的
娇宝宝"。老六理查德是"数学家"，也想上钢琴私教课，"不过已经
有两个孩子在上私教课了，他得再等段时间"。老七乔在上幼儿园，
学习数数、写字和语音。最小的三个男孩马克、马修和彼得"总是
在家陪我。他们就像泰迪熊，不断惹麻烦。有一天，我发现他们用
新买的伊莱克斯吸尘器把厨房水槽里的菜渣吸了出来！"。

　　无论多恩去当地的学院兼职上多少堂政治学课，家里的钱还是
比以往更紧张。每个孩子在教区学校的服装——两双鞋，两件衬衫，
还有裤子——就要花掉大约100美元。在给婴儿喂奶和为其他孩子
准备饭食的间歇，咪咪一刻不停地踩着她的贝妮娜牌缝纫机，自己
做衣服。不过咪咪会说，从玛格丽特出生的那一天起，生活就开始
出现了曙光。好像被施过魔法似的，生活终于顺利起来，让她得到
了最想要的东西。她还说她想再生一个，这让多恩很高兴，却让她
的产科医生很担心。

　　第12个孩子，也是他们最后一个孩子，玛丽，在1965年10月
5日降生，当时咪咪已经40岁了。医生直率地告诉她，如果她再次
怀孕，他会拒绝为她接生。他催促咪咪做子宫切除手术，咪咪不情
愿地同意了。她和多恩估摸着，反正迟早就要带孙子了。

　　到11月底，咪咪能下床了，并且告诉科罗拉多泉市的《公报》，
科罗拉多泉市歌剧协会即将上演威尔第的《假面舞会》，演员都已
经选定了。同一年，圣母大学的克努特·罗克尼橄榄球队在当地的
球迷俱乐部将多恩·加尔文评选为"年度父亲"。"我生了这么多孩

子，"咪咪会用她在心中酝酿过无数次的语言，满怀幸福感并毫不掩饰地说，"而他收获了所有学位和掌声。"

　　大约 17 岁时的一个晚上，唐纳德站在厨房水槽前，一下子砸碎了 10 个盘子。

　　多恩没太把这当回事，咪咪也是。唐纳德还是个少年，情绪不稳定。那是 20 世纪 60 年代，别家孩子的表现比这更过分呢。

　　但唐纳德心里清楚自己不对劲，而且已经有一阵子了。

　　他知道自己除了发际线、大腮帮子和运动天赋跟父亲很像以外，其他地方一点都不像，而且永远也不会像。他知道自己的成绩很普通，作为家里其他孩子眼中世界上最聪明的人的儿子，他不应该有这样的成绩。他曾试图像一名家长一样管教弟弟们，但他频频和他们打架，这一点也不像个父亲该做的。这方面他也不行。

　　他知道，当橄榄球场上的明星和与他人做朋友这两件事完全不同。他后来说，有时候他觉得其他人就好像他在电脑上读取到的信息。他知道这一点跟别人很不一样。

　　唐纳德意识到自己经常感到被困住了，懊恼自己没有成为理想中的样子。另一些时候，他会感到自己似乎完全处于一种麻木的状态，像一个对自己的动机和行为不在乎的陌生人，而且这种情况越来越频繁。

　　究竟有什么正在悄然发生，他说不清楚，但他感到很害怕。

多恩
咪咪

唐纳德	乔
吉姆	马克
约翰	马特
布莱恩	彼得
迈克尔	玛格丽特
理查德	玛丽

第 6 章

1963 年秋天，加尔文一家从空军学院的宿舍搬到樵夫谷一座新建的房子里，房子室内的地面处在不同的水平高度，周围是乳牛场，环绕着浓密的松树。这里离科罗拉多泉市市中心只有几英里远。多恩花几千美元买下了隐谷路西头的 3 英亩^① 地。隐谷路是一段 4 英里长的土路，最后那部分是一条碎石铺的死路。他们家的房子是第一批提供给空军学院家属改善居住条件的郊区住房。施工前，咪咪在他们家旁边围了绳子，不让承包商把周围的树和灌木丛砍掉。

对于很多他们学院的朋友来说，樵夫谷是个鸟不拉屎的穷乡僻壤。但自从 12 年前第一次来到科罗拉多，咪咪对旷野的看法就变了，她喜欢乡村的那种未经雕琢的自然之美。科罗拉多泉市很多地方都在为军方造房铺路，不仅是空军学院，还有彼得森空军基地、卡森堡，以及最近才建起来的北美防空司令部，这是负责协调核防御的指挥部，隐藏在位于科罗拉多泉市和普韦布洛之间的夏延山防御堡

---

① 1 英亩≈4 047 平方米。——译者注

垒里。从樵夫谷开车去科罗拉多泉市仅需 15 分钟，对于咪咪来说，住在这里却好像远离了核时代——这儿的时间仿佛停止了，一切都那么天然，那么本真。[1]

从他们的新家走上短短一程，就能看到一座女修道院，过去这里是家结核病院，以周边的地方命名，叫美国樵夫谷现代疗养院。相比科罗拉多泉市其他地方，山谷的地质没有那么红，更偏白，这是因为这里的山经过数百万年的侵蚀，留下了大量长石和石英碎块。松树林那头有巨大的岩层，一度被作为旅游景点，叫丰碑公园，男孩们可以整天探嬉于这些山石间。这里的每座山石都有响亮的名字，狗岩、格伦迪奶奶岩、铁砧岩、荷兰婚礼岩。隐谷路的神奇之处在于，茂密的树木和起伏的山头形成的森林宛如藏身于滚滚岩阵之中。早餐时会看到小鹿徘徊在露台的门外，也能听到头顶上松树枝间传来蓝松鸦的叫声。

房子建于 20 世纪 60 年代早期，是一栋低矮的箱式建筑，外面是常见的墙板和石头的混合装饰。在屋内，起居室铺了地毯，与兼作厨房和餐厅的区域相连。就餐空间非常大，一位世交给他们做了张巨大的餐桌，桌子的两端都可以并排坐下两个人，如果需要，每个长边可以坐下六个人。前厅里有半段楼梯通往楼上的卧室，另有半段楼梯通向地下室，那里在需要的时候也常被用作睡觉的空间。玛格丽特——多恩和咪咪的第 11 个孩子——已经 18 个月大了，她和彼得住一个房间。房间在楼上父母的卧室旁边，地上铺了淡绿色的地毯，能看到窗外高大的松树。马克和乔合住同一层的另一间屋子。彼得和马特在一楼共用一个房间，一人一张小床。尚未离开家的大孩子们睡在地下室，晚上把角落里的沙发展开当床用。

咪咪（怀中抱着玛丽）和加尔文一家的其他 11 个孩子在隐谷路家前的台阶上

对咪咪来说，隐谷路这个家的一切都称心如意：起居室大到可以举办摔跤比赛；厨房设施完备，她可以整天待在里面为全家做吃的；需要的时候可以出去呼吸呼吸旷野的气息，也可以出去踢橄榄球、骑自行车或者放鹰。咪咪和几个大孩子在每面墙上都刷了三层漆。她自己还着手布置起了后院的石头花园，芙蕾德莉卡则在一旁守护观看。多恩在后院的小山顶上做了一个巨大的 A 形鹰舍，养了更多鹰，其中包括韩塞尔和格蕾特。多恩他们常带鸟去卡尔森家附近的乳牛场，在一望无际的草坪上放鹰。他们最宝贝的鹰——芙蕾德莉卡，还有后来的阿瑟尔——被准许在起居室的咖啡桌上停歇。或许在这段时期，加尔文一家第一次有了安顿下来的感觉。

搬到隐谷路的那年，正好是唐纳德上科罗拉多州立大学的第一年。他没有流露内心的恐惧，至少没让家人知道。他告诉家里人自己想当医生，他们听到这个想法时脸上显出了骄傲的神情。离开家后，唐纳德仍想维持表面的光鲜，不显露出真实的自己。在家里，兄弟间的权力分级依旧牢牢掌握在他的手中。

吉姆早已不再和哥哥在他擅长的领域争斗了，但却开始在唐纳德最薄弱的领域占上风。如果说唐纳德打赢了第一轮——童年阶段的话，那么吉姆就打赢了第二轮——现实生活。吉姆试图在弟弟们面前树立自己威风大哥的形象，身穿机车夹克，开着 57 年款的黑色雪佛兰，还会往弟弟们的可乐里倒百加得酒。弟弟们有时会买账，但大多数时候会很警惕，尤其是在吉姆开始勾搭起弟弟们带回家的女朋友之后。吉姆喜欢给人一种爱找人麻烦的印象，最好时不时能吓吓人。他觉得自己有一种其他兄弟欠缺的自信，或者说气概。"16岁时，我们就知道他有点问题了，"比吉姆小 7 岁的理查德说，"那时候我们觉得没关系，出去喝酒、作乐、犯点事、逃学，这些都是男孩子会干的事。"

不再受到家里事事完美的要求的束缚后，吉姆喝酒比唐纳德喝得更多了，也更常出去玩，更常陷入麻烦。高中最后一年，也是他们搬到隐谷路那年，吉姆被空军学院附属高中开除了。他和一个朋友跑到空军学院的喷气机中心胡闹。他爬进一架喷气机的驾驶舱，朋友则站在外面。吉姆按下按钮，飞机缓缓动了起来。那个男孩被吸了过去，撞到了机尾，要是偏一两英寸[①]可能就没命了。吉姆被强制转学到了当地的天主教学校——圣玛丽高中。如果这事发生在唐

---

① 1 英寸 ≈ 2.54 厘米。——译者注

纳德身上，绝对会是个打击，但对吉姆却不是。一错再错会降低人的期待，吉姆已经不可能更糟了。

这次勒令退学没有让加尔文家像一个骄傲上进的家庭理应表现出的那样觉得受到了羞辱。咪咪懂得如何消化最坏的消息，那就是不予理会，好像不值得为之纠结一样。她父亲让全家背上丑闻那会儿，她看到母亲就是这么做的。多恩也知道怎么回避生活中的不愉快，那就是根本不去讨论那些话题，比如他从来不会谈起自己在战争中亲眼见到的恐怖场面，也不会谈起他在海军的晋升失败，以及派驻加拿大时烦心的住院经历。他们在科罗拉多的生活正有起色，可不能让这个倔强小子的荒唐错误影响全家。多恩和咪咪轻松地觉得，正如他们看到的那样，吉姆的问题已经解决得差不多了。他马上就要高中毕业，很快就能自食其力了。或许他可以去上一年社区大学，不用去真正读四年大学。不管怎样，就像多恩常跟咪咪说的，吉姆迟早会长大，就像所有其他孩子一样。

对于咪咪来说，搬到隐谷路意味着一家人期待已久的冯特拉普（von Trapp）①式的田园生活开始了。唐纳德不在家住，吉姆也快搬出去了，她感到那种理想生活已经近在咫尺。大家——唐纳德、吉姆，以及其他所有孩子——会不会还需要更多的发展空间？她希望家中流淌着音乐，因此让儿子们来帮助她实现这个梦想。咪咪和多恩在购物中心花850美元买来一架廉价儿童三角钢琴，让男孩们学习弹奏。约翰、布莱恩、马特，连小彼得都学会了吹奏长笛。周末，咪咪会用唱机播放交响乐，给孩子们解释音乐背后的故事，细节详尽

① 此处的冯特拉普指的是奥匈帝国海军少校格奥尔格·冯特拉普一家，电影《音乐之声》就是根据这个家庭的故事改编的。——译者注

得如同百科全书。后来男孩们有了台录音机，他们会为她录制周六早晨大都会歌剧院的广播节目，咪咪则会一整周都放这些曲子，也会换着听伯尔·艾夫斯和约翰·雅各布·尼尔斯的民谣，还会跟着一起哼唱。加尔文家的孩子和邻居家的孩子们——斯卡克家的、霍利斯特家的、特里家的、沃灵顿家的、伍兹家的和奥尔森家的——会在附近玩游戏，踢罐子、抢旗子、踢球戏、"西蒙说"（Simon Says）。在樵夫谷的田野和森林里，咪咪会教孩子们如何辨别野生动物，比如生活在路尽头白色悬崖的小黑洞里的一种短尾猫。

随着美国 20 世纪 60 年代的文化变迁，年轻一代的习惯和想法让加尔文夫妇那一辈的父母们觉得难以理解。但多恩和咪咪不在其列。加尔文夫妇是新边疆时代虔诚纯良的开明天主教徒，宽以待人，严以律己，思想开放，但言行保守。搬到隐谷路几周后，肯尼迪总统遇刺身亡，他们为他祷告也为新总统祈福。越南的冲突日渐加剧，作为空军上校的多恩对自己的感想只字不提。很久以后他才对儿子说，那些不幸被派去东南亚打仗的人不过是"身穿制服的杀手"。大多数加尔文家的男孩会去参加聚会，玩摇滚乐，很晚才回家。只要他们周日能回来，做弥撒时衣着得体，多恩和咪咪会放任他们平时想怎样就怎样。

***

加尔文家的人从来都规规矩矩的，如今，如同多恩坚信的那样，好运似乎正在向他们走来。

搬家前，服役近 20 年的多恩被调到了北美防空司令部担任信息参谋。这也是份向军官传达情报的工作，跟他多年前干过的差不多，只是现在这个工作还有公关的职能：他需要前往全国各地，给那里的俱乐部和机构做报告，向他们介绍北美防空司令部的职责。这个国际防御控制中心负责协调北美第一个弹道导弹早期预警系统，并在需要的时候向美国和加拿大的 800 个军事设施下达核武器使用指令。加尔文家的男孩和他们的同学是在核毁灭的阴影下成长起来的第一代人，他们会在晚饭后偷偷听父亲用厨房里的电话给将军们做末日简报，并因此兴奋不已。在总部，多恩负责带领记者和行政官员参观巡视，常会提起自己那一大群孩子和深爱的鹰隼。加尔文上校"显然对鸟类很有研究"，路易斯安那州哈蒙德《每日星报》的专栏作家写道，"他不断告诉寻访小组他的驯鹰之道，此外，他在空军学院的运动队得名'老鹰队'的过程中也功不可没"。

　　最好的一件事发生在 1966 年，多恩从空军退役，拿到政府拨款，为各个州监管联邦政府资助的项目——先是作为科罗拉多州艺术与人文委员会的副主席，后来又担任落基山脉诸州联合会的第一位全职执行理事。这个新机构包括从蒙大拿州到新墨西哥州的美国西部 7 个州。不久，亚利桑那州也加入其中。落基山脉诸州联合会是一个准政府组织，目的是帮助地方招揽工业、银行业、艺术业和大型交通工程。联合会主席由各成员州州长轮流担任，但负责日常事务的还是多恩·加尔文。他将自己的政治学知识和军事经验运用到实践中，成了处理政府、私营企业和非营利组织之间事务的协调人。年纪已经较大但仍住在家中的儿子们对父亲无比敬畏。"他在教州长做事"，多恩接受这个工作时，老六理查德只有 12 岁，"你知道他本来就气质不凡，他的声音，噢，更是铿锵迷人"。

　　随着新事业的崛起，多恩——包括咪咪——的眼界也在不断拓宽。过去在科罗拉多鹰隼国度里的平静生活，如今像是一脚迈上了世界舞台。多恩在华盛顿四处游说，打算筹建一条从新墨西哥州的阿尔伯克基到怀俄明州的夏延山的新铁路，搭建一条将加拿大或阿拉斯加的水引到南方的管道，还要修建美国西部第一座公共电视台。联合会为实验性的工业项目筹集风险资金，寻找新的矿物和水资源，为科技发展成立科学顾问委员会，为推广旅游业进行艺术巡展，支持丹佛、菲尼克斯、犹他交响乐团和犹他城市芭蕾舞团——后来被多恩重新命名为"西部芭蕾舞团"。这个新名字实际上是咪咪想出来的。"'犹他城市'这几个字听起来有点摩门教的味道。"她翻了个白眼说。霍华德·休斯当时刚把自己的新航空公司取名为"西部航空"，因此咪咪建议说，要是跟着休斯改名为"西部芭蕾舞团"，说不定他将来会捐点钱。

　　在获得美国艺术基金会的资助拨款后，多恩开始向东海岸最有成就和影响力的舞者、编舞和指挥家提供驻留机会。直到 20 世纪 60 年代末，多恩和咪咪还常常带着年龄尚小因而无法单独留在家的孩子去阿斯彭和圣塔菲参加音乐会、募捐会、研讨会和各种庆典。在多恩主导联合会工作的过程中，咪咪过去憧憬的拥有文化艺术生活并且事事如意的梦想真的实现了——先是住进梦想的房子，然后又过上了理想的生活。

　　在圣塔菲，加尔文一家经常参加聚会，嘉宾有画家乔治亚·欧姬芙——穿戴着她标志性的黑帽子和黑色长裙，头发挽成长长的辫子拖在背后——还有艺术家安德鲁·怀斯的姐姐亨利特·怀斯，她提出给多恩和咪咪的两个小女儿玛格丽特和玛丽画油画，她们要穿薄纱，因为这样看上去就像是从庚斯博罗的双人肖像画中走出来似的。在咪咪心里，最欣喜的体验是去亨利特·怀斯在新墨西哥州罗斯威尔市的农场的那一次。亨利特和她的画家丈夫彼得·贺尔德站在谷仓里画画，贺尔德还带咪咪的两个小女儿远足去看橘子树和三齿蒿，玛格丽特被三齿蒿呛得直打喷嚏。还有跟传奇指挥家莫里斯·阿布拉万内尔和编舞家阿格尼斯·德·米尔一起吃早餐那次，后者跟乔治亚·欧姬芙一样，对小玛格丽特和玛丽完全不感兴趣。还有一次，多恩对大卫·洛克菲勒大拍马屁，成功地让他为联合会的新公共电视项目投了钱。

他们也结识了新朋友，比如石油投机商塞缪尔·加里。塞缪尔·加里 1967 年在蒙大拿州贝尔溪油田开采出约 2.4 亿桶石油，是当时密西西比河以西开采量最大的一次。在联合会的帮助下，贝尔溪被建成了一个能容纳数百名新石油工人的城镇，因此山姆①对多恩信赖有加。贝尔溪的大街上如果需要安装新交通灯，打个电话给多恩·加尔文就能搞定。20 世纪 60 年代末，加尔文夫妇带着玛格丽特和玛丽拜访了加里在丹佛樱桃山的高档住宅。山姆和妻子南希有 8 个孩子，其中几个女儿跟玛格丽特和玛丽年纪相仿。大人们打网球、聊政治，小孩们则在一边玩。加里一家人喜欢看多恩驯鹰，作为空军学院的驯鹰大师，多恩早已声名远播。有次加里一家来加尔文家作客，多恩和咪咪让小唐纳德教山姆、南希和几个孩子从教堂岩上练习索降。还有一次，加里一家驾着他们那架机舱内不恒压的小型私人飞机，带多恩和咪咪去爱达荷州雪松泉市的天鹅湖，咪咪在飞

---

① 山姆是塞缪尔的昵称。——译者注

行中感到头昏目眩，晕了过去。

之后，咪咪和多恩常常参加各种晚宴，多恩会用专业的口吻滔滔不绝地谈论政治、工业和艺术。所有人的眼光都集中在咪咪优秀的丈夫身上。每每这样的晚上，咪咪都觉得人生该有的都有了。多恩英俊、聪明，还懂得和她调情。她的朋友们都叫他罗密欧。

可世上从来就没有免费的午餐，咪咪很快就体会到这个道理。她发现自己只能眼巴巴地注视着这个世界的精彩，自己却不是其中的一员。她没有大学学历，她和多恩也没有钱。她的家世，肯尼恩外公和他的防洪堤，在新西部的那些百万富翁面前根本不值一提，最多只能算是心理安慰。哪怕最和善的山姆和南希夫妇，他们的千万身家也随时在提醒着咪咪和多恩，那个逐渐展现在他们面前的世界，那个由联合会、州长、石油投机商、世界一流艺术家、舞者和交响乐团指挥等名流组成的世界，实际上并不属于他们。

当然，加尔文家的世界并不像咪咪渴望的那样完美，她当时不愿意承认，更不愿意向别人揭起。其实她的两个大儿子一回家就能让她意识到这一点。唐纳德和吉姆仍然会打架，也会和其他弟弟打。每次回到隐谷路，比如圣诞节、复活节、感恩节时，家里总有人会落得伤痕累累。理查德记得有一次看见唐纳德一路追赶吉姆，抓到他后，一个上勾拳把他打倒在地。理查德从来没见过有谁挥拳这么重过。

从理论上说，唐纳德和吉姆已经近乎成年，有能力自己做决定。现在他们不在家住，这让咪咪觉得轻松不少，她对自己的释然也有些惊讶。她同样知道，倘若稍微承认自己的家庭并不尽善尽美，就有可能影响到生活的其他方面，无论是多恩新职业的前景，其他孩子的形象，还是家族的名声。

所以在大部分时候，当孩子们出了点岔子时，咪咪往往会同意多恩的话——男孩子不能娇惯，应该离家，自己犯错自己总结教训，为自己的行为负责，学会成长。

咪咪也会想到他们的生活似乎处于一种微妙的平衡状态中，丈夫的幸福在她看来总是那么脆弱，有时似乎任何地方稍有差池，这一切就会轰然垮塌。

多恩
咪咪

唐纳德　乔
吉姆　　马克
约翰　　马特
布莱恩　彼得
迈克尔　玛格丽特
理查德　玛丽

第 7 章

　　1964 年 9 月 11 日，在科林斯堡科罗拉多州立大学刚上大二的唐纳德·加尔文第一次走进了校健康中心。他的左手大拇指受了点小伤，被猫咬了个口子。他没有解释究竟发生了什么，没说为什么猫会被激怒，为什么不是抓他而是咬了他。

　　第二年春天，唐纳德再次来到健康中心。这一次，他的问题隐私性更强，也很古怪。他说他发现室友得了梅毒，他害怕自己会不小心被室友传染上。唐纳德曾经告诉过父母自己想学医，而现在，医生需要让他相信梅毒是通过性交传染的，日常接触不会传染。

　　几周后，1965 年 4 月，唐纳德第三次造访健康中心。他说在隐谷路的家里时，有一个弟弟（他没说是哪一个）向他扑来，从后面袭击了他。他被诊断为背部扭伤，在医务室住了一晚。

　　然后出现了烧伤。

　　1965 年秋天的一个晚上，唐纳德摇摇晃晃地走进健康中心，身上有多处烧伤。他说他的运动衫在橄榄球队的动员会上着火了。经过一番仔细的询问，医务人员发现实际上是唐纳德自己跳进了篝火里。或许是为了博取关注，或许是为了让朋友惊叹，或许是想要求助，他也说不清。

医务人员让唐纳德停止上课，把他送去接受精神状况评估。空军学院医院的临床心理学家里德·拉森少校在接下来的 2 个月里接诊了唐纳德 4 次。这是唐纳德第一次接受精神健康专业人士的检查，也是唐纳德的父母第一次被迫面对大儿子可能不正常的事实。不过当拉森少校拿着报告回来时，多恩和咪咪对唐纳德的担忧消退了。"我们没有发现严重思维障碍的证据，也没有发现与精神疾病相关的症状。"拉森少校在 1966 年 1 月 5 日这样写道。

即使医生的证明不能算多确定，但多恩和咪咪的心还是放下了。拉森少校指出，唐纳德的治疗先要使用阿米妥钠——一种"吐实药"（truth serum）①。服用阿米妥钠接受心理治疗倒也不完全算新鲜事，但主要是用于有交流障碍的病人，或者具有紧张性精神分裂症表现的病人。少校认为唐纳德可以回去上学，但前提是他要继续接受精神病学治疗。"我们确实发现加尔文先生身上存在大量矛盾的情绪，我认为这对他造成了困扰，可以解释他在学校期间的异常行为。"他写道。他还说，军队针对军属的新医保计划会支付唐纳德的治疗费用。

是什么让唐纳德受到如此大的困扰，以至于他要跳进熊熊燃烧的火堆里？没人能对此做出解释。1966 年年初，唐纳德勉强回到校园，决心补回落下的学业。他极度渴望与别人接触，尤其是女孩，

---

① "吐实药"指的是能让不愿意或者无法提供自己信息的病人吐露实情的药物。——译者注

可他似乎完全不知道怎么交女朋友。他感到自己与他人之间的鸿沟愈加分明。但他还是原来那样矫健和帅气，他觉得他还是非常有可能变成父母期待的样子的。

唐纳德开始和班上一个叫玛丽莉的女孩约会。没几个月，他们甚至开始谈婚论嫁了。这样的速度对唐纳德来说倒也不算太快，因为他急着过上正常的生活，急着做爱但又不用把这视为罪恶，急着拥有一个像自己家庭一样的新家，急着好起来。但他的家人却从没有机会认识玛丽莉：他俩不久就分手了，唐纳德受到了很大的打击，他没把这件事告诉别人，并试图挽回这段感情。分手后，他花了 150 美元打长途电话给玛丽莉，这使他没钱付房租，但他也不敢告诉父母。唐纳德的解决办法是找一个可以免费居住的地方，一个可以躲藏的地方，直到他想出下一步该怎么走。

1966 年秋天，唐纳德在学校附近找到一个被废弃的旧水果地窖，地窖里通了电但没有水，有台旧电暖器。他一个人睡在垫子上，不知道如何才能摆脱这自找的困境。一天天过去，过了几周，又过了几个月，直到 11 月 17 日，唐纳德回到健康中心，再次报告说自己被猫咬了。

在听说这是他两年内第二次被猫咬后，医生当天就送他去精神科做了全面检查。这一次，唐纳德的麻烦终于清楚地显现了出来。他向医生表现出了前所未有的坦诚。病历上提到唐纳德承认做过更多"具有自毁倾向的怪事"："跳进篝火中，用绳索紧绕脖子，打开煤气，去殡仪馆打听棺材的价格。他无法明确给出做这些事的动机。"

在接受医学观察期间，唐纳德继续让人震惊不已。他告诉医生，他觉得自己杀死过一位教授。几天后，他又分享了一个念头——他在橄榄球赛中杀了一个人。他越来越多地聊起过去，其中有一段坦白让医生觉得尤其不解。病历上写得很简短：12岁时曾两次试图自杀。

没人知道唐纳德这两次试图自杀时究竟做了什么，也没人知道唐纳德是否告诉过其他人这些事。假设他真的自杀过，也没人清楚他的父母是否知道。不过治疗唐纳德的医生觉得，这些信息已经足够了，尤其是在知道发生在那只猫身上的事情之后。

"他用缓慢而痛苦的方式杀死了一只猫，"医生在自己的笔记中写道，"猫之前跟着他生活了两天。那只猫明显还带来了另一只猫（可能是只公猫），把住的地方弄得很难闻。猫抓了他。不知道他为什么要虐待并杀死这只猫。他说起这些的时候情绪非常激动。"

唐纳德在叙述这一切时不仅显得茫然，而且还很害怕。

"这个男孩不仅可能伤害自己，还可能会伤害别人，"医生写道，"这可能是精神分裂症的症状。"

坐在车里，唐纳德喃喃地说着上帝、玛丽莉，还有中央情报局的人在找他之类的话。回到家，在书房里，唐纳德心中的恐惧爆发了出来，他厉声叫着："趴下！他们在开枪射我们！"大家都慌作一团，跑去看他说的是不是真的。

当时是1966年年末，多恩正开始落基山脉诸州联合会的新工作，其他人的新生活也正要展开。科罗拉多州立大学的医生说，在接受其他评估和治疗之前，唐纳德不能继续上学了。多恩和咪咪立即开车去科林斯堡看望儿子。在见到唐纳德时，他正在用啤酒洗头。他们决定带他回家。现在到家后，他们却完全不知道拿他怎么办。

　　唐纳德需要帮助。但他能得到什么样的帮助呢？即使唐纳德愿意去私立医疗机构，比如马里兰州的栗居精神病院或者托皮卡市的梅宁格诊所，或者离家近一点的科罗拉多泉市的雪松泉医院，这些费用对于加尔文家来说也都太昂贵了。而公立医院则非常可怕，用精神安定剂和约束带来换取平静，就像 1963 年上映的塞缪尔·富勒的电影《恐怖走廊》里那样。1967 年，马萨诸塞州的一次上诉登上了新闻头条。该州要求停止播放纪录片导演弗雷德里克·怀斯曼的电影《提提卡失序记事》，因为这部影片揭露了马萨诸塞州布里奇沃特州立医院里的非人境况。影片中都是病人被剥光衣服、强迫进食的画面，那些本应保护病人的工作人员却对病人百般凌辱。在科罗拉多州的普韦布洛，有一座非常大的州立精神病院，离隐谷路有 1 小时的车程。这里用胰岛素休克疗法和一种叫氯丙嗪的强效药物治疗精神分裂症，非常有名。多恩和咪咪坐在桌边把每种方案都讨论了一遍，就是不同意送唐纳德去普韦布洛。像普韦布洛那样的州立医院是用来收治无药可救的病例的，他们儿子这样的健康男青年才不需要去那儿。

　　除此以外，还有个办法，但这个办法在咪咪看来也不太令人满意。弗里达·弗洛姆－赖克曼和其他一些人建议病人们可以去丹佛的科罗拉多精神病医院，这家医院隶属于科罗拉多大学系统，精神分析方法非常有名。医院致力于将精神分裂症作为一种社会心理障碍，诊疗的侧重点是精神疾病的"精神动力"源头——"精神分裂症妈妈"。咪咪和多恩可能对这种疗法的细节并不清楚，比如，精神分析专家会想要知道养育唐纳德的具体过程，以及父母是否做过不同寻常的事情。但他们明白，不管怎样都要把儿子送到一家精神病院，这道坎一定要跨过去。

　　他们再一次想，情况真的严重到这样的地步了吗？毕竟，在精神分裂症的诊断上感性认识多于理性认识，甚至直到如今很多方面仍旧如此。他们觉得唐纳德的那些症状都不是很像精神分裂症，医生或许没注意到其他可能的病。14 年前，美国精神病学会出版了第一版《精神疾病诊断与统计手册》(*Diagnostic and Statistical Manual of Mental Disorders*，简称 DSM)。书中对精神分裂症的定义有近 3 页，包括最初由厄根·布洛伊勒提出的精神分裂症的亚型——青春型精神分裂症、紧张型精神分裂症、偏执型精神分裂症和单纯型精神分裂症——和后来增加的 5 种：分裂情感障碍、儿童期精神分裂症、残留型精神分裂症、慢性未分化型精神分裂症和急性未分化型精神分裂症。这则定义受到了广泛的抨击。1956 年，著名精神病学家伊万·贝内特 (Ivan Bennett) 称 DSM 对精神分裂症的定义属于"诊断分类的废纸篓"，[1] 而他更看重哪些药物能够缓解哪些症状。从此，DSM 每新出一版，都要根据当时流行的治疗手段修改对精神分裂症的描述。1968 年出版的第二版 DSM 添加了"急性精神分裂症"，其特点是幻觉和妄想，别无其他。[2] 不过关于精神分裂症到底是什么，仍然没有一致的结论。它是一种单一的疾病还是某种综合征？是遗传还是创伤导致的？多恩和咪咪明白，对于那些跟唐纳德情况差不多的人来说，有没有得精神分裂症通常取决于所求诊的医院的检查标准。

　　这种病没有预防措施可言，也没有治疗的方法。但有一件事可以确定：如果他们将唐纳德送进任何一家有点像精神病院的机构，一定会丢人现眼，他的大学教育也会终止。这还将是多恩职业生涯中的污点，他们家在社区中的地位也将急剧下跌。最终，他们家其他 11 个孩子本应有的正常而体面的生活将不复可能。

这也是为什么对于咪咪和多恩来说，最明智，或者说最现实的决定，只能是希望唐纳德自己康复。他们越考虑，越觉得必须乐观。为什么唐纳德不能忘掉玛丽莉，重整旗鼓，搬出水果地窖住进宿舍，让一切好起来呢？他们需要相信唐纳德可以做到这些。因此他们要去找一个他们认识并且信任的人来治疗唐纳德，帮助他度过这次危机，让他重返校园，步入正轨。

他们觉得，第一选择显然是空军学院的医院，因为加尔文家在那里有点人脉，这可能有助于治疗向好的方向发展。这次，给唐纳德做检查的医生是加尔文家的老朋友劳伦斯·史密斯少校。他从 1960 年开始在空军学院工作，与多恩有过 3 年的工作交集，他还一直关注小唐纳德在橄榄球队的表现。

12 月 8 日，史密斯少校代表唐纳德写信给科罗拉多州立大学，将唐纳德的"急性情境适应不良"归因于一连串倒霉事件的共同作用，比如他不太理想的住宿条件、糟糕的感情经历以及期末考试的压力。少校的信语气慈爱，充满善意，很让人宽慰。"我同意他在 12 月表现出的反应的确很怪异，"他写道，"不过，我觉得他已经从那次事件中恢复过来并清楚地认识到现在的状况，在我看来，他应该不会再做出同样的事了。"

一年中第二次，多恩和咪咪为儿子争取到返回校园的机会，避免了丑闻的发生。少校没有提到唐纳德杀猫的事，也没有提到他的杀人妄想。理由很简单，史密斯少校没被告知这些细节。他也没有跟科罗拉多州立大学为唐纳德做检查的医生交流过，他们也就没有机会告诉他。

自然，唐纳德也不会主动提起这些事。

圣诞节假期后，唐纳德回到了科罗拉多州立大学。水果地窖已经成为过去，他回到了同学们中间，不再形单影只。唐纳德一直要去健康中心接受治疗，偶尔进行精神病评估。终于有一次，他的评估医师写道："该生没有精神病。"

再一次，唐纳德似乎急着要变好，变成父母期待的儿子，他甚至开始约会。那年春天，他宣布自己在和一个新的女朋友交往。她名叫吉恩，身材高大，肩膀宽阔。唐纳德有次也说过，她是个假小子。唐纳德还保持着橄榄球运动员的身型，吉恩这方面跟他挺配。她跟唐纳德一样，野心勃勃。她想要读博士学位，唐纳德也还在想着当医生。

他们交往几个月后，唐纳德告诉父母自己又订婚了。咪咪和多恩很受打击。同时他们又觉得这是个好兆头，表明唐纳德想要好好经营自己的人生。他们自己的经验也告诉他们，在这种情况下，一意孤行的年轻人根本不会把家庭的反对放在眼里。至少在一个方面，咪咪还感到了一丝解脱。她和多恩一直对外界保守着唐纳德精神崩溃的秘密，希望这事能被淡忘。她只希望唐纳德能自己好起来。如果唐纳德能安定下来，找到人生的方向，按部就班，老老实实，成功而快乐起来，她怎么会反对呢？人这一辈子不就是这么回事吗？男孩遇到女孩，相爱，然后结婚。

他们也知道这桩婚事会很糟糕，这一点大家都预料得到。除去唐纳德的个人原因不说，两人至少在一个重要的方面上并不合拍。

认识唐纳德的人都警告他说，吉恩明确说自己不想生孩子。她想要继续读遗传学的研究生，致力于治疗疾病。生孩子完全不在她的计划中。

可唐纳德不听劝。一想到不能有个自己的家庭，他就会非常难过，他甚至都不相信吉恩说过的那些话。

婚礼前几个月，1967 年 5 月，唐纳德在大学精神科医生那里进行常规检查时，聊起了鹰隼的事。他盯着一张卡片上的抽象图案，说看到的是一座悬崖，悬崖上有个洞。他说洞里有一个鸟巢，他能在那里找到初生的小鸟并把它们带回家自己养。

医生接着给唐纳德看了第二幅图。唐纳德认为这是一个像产道一样神秘幽暗的通道，他可以通过这个通道看到一个新建立的家庭。唐纳德这是在接受罗夏测验（Rorschach test）①，刚看了两幅图就已经让医生应接不暇了。

看着这第二幅图，唐纳德想到了诱惑。他看到一个女人想要跟一个男人性交，而这个男人，医生在诊断笔记上写道，"在犹豫应不应该接受诱惑，这使他在精神上备受煎熬"。最后这个男人决定"保持自己品行的高洁"，没有同女人性交。

第三幅图让唐纳德想到了他的一个朋友，一个嬉皮士，"他在吸毒，我猜——他已经失去意识了"。

第四幅和第五幅图让唐纳德想到了一对父子。他看见儿子躺在床上，父亲过来道晚安。唐纳德说那个父亲正准备走出门，他看见

---

① 罗夏测验是一种人格特征分析方法。医生会给受试者看一系列有墨渍的卡片，受试者会被要求回答他们看到了什么，医生随后会据此分析并诊断受试者的人格特征。——译者注

儿子伏在父亲肩膀上哭泣，想要寻求帮助。据唐纳德说，儿子做了错事，父亲正要给儿子一些指点。

看到第六幅图时，唐纳德的脑子里立刻出现了一幅暴力感十足的画面——一个男人正在构想复仇，一个女人在劝他别这样做。"他半听不听的。"唐纳德说。

第七幅图在唐纳德看来也是复仇的场景。这次，是一个儿子正在为父亲的死复仇。唐纳德说，儿子"对自己所做的事感到理所应当，因为那个人对他和他的家人做过不道义的事"。

在最后一幅图里，唐纳德看到了自己。

"我爬上悬崖，"他说，"我站在山顶，一些老鹰朝我俯冲下来。"

多恩
咪咪

唐纳德	乔
吉姆	马克
约翰	马特
布莱恩	彼得
迈克尔	玛格丽特
理查德	玛丽

第 8 章

　　唐纳德在科罗拉多州立大学屡遭不顺，而特立独行的二儿子吉姆在高中毕业后到当地一所专科学院念了一年书，打算在学业上再搏一次。让大家惊讶的是，他成绩不错。第二年，也就是 1965 年，吉姆转去了科罗拉多大学博尔德分校。人人都知道，至少吉姆肯定知道，他上的新大学比唐纳德的大学好。在他和唐纳德的竞争中，吉姆一直在加分。

　　在博尔德待了快一年的时候，吉姆遇到了凯西。当时他 20 岁，凯西 19 岁。在一家叫朱塞佩的既能吃饭又能跳舞的俱乐部里，吉姆一眼就看中了凯西。那次她是和高中的一个老朋友一起来的，吉姆找了个机会上前搭讪。凯西当时和父母住，吉姆去她家找她，两人开始约会。有一阵子，凯西总会问起吉姆为什么鄙视他的父母。"他们总在生孩子，却不管那些小的。"他有一次这样回答说。他会抱怨自己痛恨的兄长，觉得唐纳德在高中的时候是个大英雄，而他自己却从来没让人满意过。在凯西看来，现在这些不快都过去了，至少也应该过去了。

凯西怀孕了，吉姆没多想就向她求了婚。这样的结局在多恩和咪咪看来并不理想。但说实话，他们在吉姆这个年纪干的事也差不多。总之，现在多说什么也没有意义。吉姆就是这样，他想做的事情，谁都拦不住。何况多恩和咪咪祝福过唐纳德和吉恩的结合，此时反对吉姆和凯西也说不过去。

1968 年 8 月，吉姆和凯西举办了婚礼，比唐纳德和吉恩的婚礼晚一年。他们搬进了市区一座红砖小平房，有时候会邀请吉姆的弟弟们过来，却从来不请唐纳德，绝不。凯西跟加尔文家其他兄弟都相处得不错，但跟吉姆的母亲关系很紧张，她的来访更像是检查工作。咪咪会说："你没有清理灰尘。"而凯西则会回答："我没时间。这是抹布，你想打扫的话可以用。"吉姆倒是喜欢凯西这么顶他妈妈。

凯西生了个儿子，名叫吉米，比咪咪最小的女儿玛丽只小几岁。吉姆随后退了学，去酒吧做服务生，这与他原来像父亲那样当一名教师的目标相去甚远。这似乎也没什么，他现在有家庭，在每个他自己能想到的方面都比唐纳德更优越。他盘下了布罗德摩尔酒店里一个常举办现场表演的酒吧，那是镇上最时髦的地方之一，这份荣耀让吉姆觉得自己赢了。

虽然吉姆沉醉于自己作为丈夫和父亲的角色，但他还是会利用一切机会背叛婚姻。结婚前他就爱在女人堆中鬼混，现在也没有改邪归正的打算。

有天晚上，凯西在一个酒吧门外看见了吉姆的摩托车。她走进酒吧，来到吉姆和他约会的情人桌边，把一扎啤酒浇在他们身上后扬长而去。她想警告吉姆，让他知道她也有尊严。

之后，在没有外人的时候，吉姆开始了他的报复。凯西决定辞掉白天的工作，回学校攻读一个教育学位。但吉姆会拔掉她车子的火花塞，让她没法去上课。"去找工作。"他说。有一次，凯西搭她妈妈的车出门，回到家时吉姆早就在等着她了。他照着她的脸一个巴掌就扇了过去。

随着吉姆的暴力行为越来越多，凯西意识到自己最后的一种办法就是威胁他说自己会离开他。有次她说了这种话，脸被吉姆狠狠揍了一顿，缝了好多针。她做不到真正离开他。每次凯西想要走，又觉得或许他会变好，或者他们的儿子需要父亲。偶尔有几次，她鼓足勇气离开家一两晚，可是小吉米会说："我想回家找爸爸。"

还有一个原因令凯西无法决然离开。她注意到，吉姆似乎在经受着某种折磨，这种折磨与她毫无关系，但引起了她的同情。吉姆会听到各种声音。"他们又在跟我说话了。"吉姆会说。有人在监视他，有人在跟踪他，同事在合谋对付他，在描述这些"情况"时，吉姆往往情绪激动。

吉姆不再睡觉。他整夜站在炉子边，把煤气灶打开又关掉，打开又关掉。这种时候，他表现得冲动而暴力，不是朝凯西和儿子，而是朝自己。

有一次在科罗拉多泉市市中心，走着走着，吉姆把头对着一面砖墙狠狠撞过去。

还有一次，他穿戴整齐，跳进了一个湖里。

吉姆第一次去医院看精神病是在 1969 年的万圣节夜里，那时小吉米还是个婴儿。他住进了圣弗朗西斯医院，但不到一天就出院了。凯西为自己和儿子感到害怕。她也为吉姆担心，毕竟他还是她的丈夫和孩子的父亲，现在要离开他似乎不大可能了。

　　凯西从来没喜欢过吉姆的父母，但她觉得必须得告诉多恩和咪咪吉姆的情况。她几乎不能相信他们的反应。她以为他们会哭，或者至少表现出些许怜悯和同情。但凯西却发现多恩和咪咪在竭力假装他们的谈话根本没发生，甚至当凯西进一步催促的时候，他们反倒质问她究竟有什么企图。情况真的像凯西说的那样吗？吉姆的父母一贯不认为他们的儿子会有半点错，或者会出什么危险。他们反过来把这种状况归结于年轻夫妇之间的婚姻问题，吉姆和凯西应该努力自己解决。

　　事后想想，最不寻常的部分其实多恩和咪咪没有说：吉姆的哥哥唐纳德也出现了怪异的行为。他们没对任何人说过唐纳德的事，也没有打算告诉她。

　　跟他们谈过之后，凯西听从多恩和咪咪的建议，带吉姆去见了一个牧师，不过这并没有什么效果。一天夜里，吉姆完全失控了，凯西只能送他去丹佛的科罗拉多大学附属医院。吉姆在医院住了两个月后回到家，他答应在科罗拉多泉市的派克峰精神健康中心作为门诊病人接受诊疗。医生给他开了药，他的情况稳定了一段时间，让人感觉到了希望。

　　只是他仍会不时发脾气打凯西。有一次警察上门来，但凯西拒绝起诉。有一次邻居打电话报警，警察把吉姆押走了，但他最后还是回来了。不管怎样，他都是这副老样子。后来那些年，多恩和咪咪从来不过问他们之间的事。"除了那几次离家出走外，吉姆会过去跟他们住，"凯西回忆说，"我可以接受。反正他还会回来。"

1969 年春季的一天，加尔文家的 12 个孩子相对平静和睦地参加了父亲在科罗拉多大学的毕业典礼。44 岁的多恩终于获得了博士学位。为纪念这一天所拍摄的照片，是加尔文家唯一一张父母孩子所有人同框的相片。多恩穿戴着博士帽和博士袍，头发已经有些斑白。咪咪站在他身边，一身乳白色春装，系一条金黄色丝巾，头发梳到后面。两个女儿，玛格丽特和玛丽，穿着相称的白色连衣裙站在父母前面。10 个儿子都在父母的右边，排成两行，像保龄球瓶那样挺得笔直。

吉姆站在后排，左数第四个，黑头发有些蓬乱，苍白的脸上挂

1969 年，12 个孩子及咪咪和多恩，庆祝多恩获得博士学位

着汗珠。在之后的岁月里，咪咪常指着照片说，这是一家人最后一段无忧无虑的日子，当时她第一次切实地感受到吉姆遇到了大麻烦，不单是他一直表现出的特立独行，而是丧失了理智，跟唐纳德一模一样。

第9章

大萧条时期的一个春日，在美国一个熙熙攘攘的市镇，一对情绪不佳的夫妇迎来了四个一模一样的女儿——妻子生了四胞胎。记者赶去采访这个罕见的故事，而四胞胎的父母因为才思枯竭，便允许一家当地报社举办征名比赛，为四姐妹取名字。他们接受了当地乳品厂的热情赞助，让四个女儿为牛奶做广告，还收取费用让访客一睹四胞胎的模样。

但钱无法解决这个家庭的问题。其中一个女儿在 22 岁时精神崩溃，其他三个也接连发病。四姐妹在 23 岁时都被确诊为精神分裂症。1955 年年初的几周里，这四名 25 岁，DNA 完全相同的姐妹被转到了华盛顿特区的美国国立精神卫生研究所。[1]

精神卫生研究所的精神病学家明白，这四姐妹的病例是一次罕见的机会。他们估计，四胞胎同时患上精神分裂症的概率大约为 15

亿分之一。四姐妹由研究所的心理学家和研究者大卫·罗森塔尔（David Rosenthal）负责诊治，他后来成为 20 世纪精神分裂症遗传学研究领域最杰出的专家，部分原因正是他对这四胞胎的研究。

四姐妹在精神卫生研究所待了 3 年，在此之后，罗森塔尔和他的团队（由 20 多名专家组成）还对她们进行了长达 5 年的研究，其间用化名来保护她们的隐私。他们给姐妹们取了个姓氏，叫吉内恩（Genain），这是一个希腊词，意思是"不幸的降生"，而名字则取自精神卫生研究所的首字母 NIMH，分别是诺拉（Nora）、艾瑞斯（Iris）、米拉（Myra）和海斯特（Hester）。她们所生活的城市从未被披露过，她们的父母被称为亨利（Henry）和格特鲁德（Gertrude）。1964 年，加尔文一家刚搬进隐谷路的新家那年，罗森塔尔出版了《吉内恩四胞胎》（*The Genain Quadruplets*），这本 600 页的专著研究了家族性的精神分裂症，后来成为该领域的经典。这份病例研究严谨而细微地探析了先天与后天的问题，当时的学界认为，这本书对于精神分裂症研究的方方面面都具有极为重要的影响，堪比丹尼尔·保罗·施瑞伯的病例。[2]

吉内恩姐妹来到精神卫生研究所的时候，对于精神分裂症的生理或遗传标记物的探寻在精神分析领域已经不再流行——这些观点似乎已经被包括弗里达·弗洛姆-赖克曼在内的新一代治疗师彻底驳倒了。而在另一片天地里，在精神分析师不曾涉足的大学实验室和医院，神经病学家和遗传学家在 20 世纪五六十年代仍然在寻找精神分裂症的生物标记物。这些研究的最佳途径是对双胞胎的研究。要确定遗传因素对某种疾病影响的大小，最好的办法就是观察并比

较同卵双胞胎和异卵双胞胎共患这种疾病的概率。欧洲和美国的研
究者们开展了很多这种类型的双胞胎病例研究并发表了重要发现，[3]
其中开先河的是埃米尔·克雷佩林 1918 年的研究。在这之后的 1928
年[4]、1946 年[5] 和 1953 年[6]，也有其他人陆续涉足这个领域。每一项
研究得到的数据都表明，精神分裂症存在遗传因素，尽管数字还不
算特别令人信服。每一次，精神分析学家的回应都几乎一样：你怎
么知道这种疾病在家族中发生不是因为家庭环境，不是因为患病者
的母亲？

　　在精神卫生研究所，大卫·罗森塔尔很快意识到，这个共患精
神分裂症的四胞胎可以彻底解决长期以来的争论。"在得知这四胞胎
既是同卵四胞胎，又患有精神分裂症后，"罗森塔尔写道，"任何人
都会忍不住想得到更多证据。"[7] 但他也知道这并不容易。他在关于
这个病例的记述中提到，很多精神治疗专家，包括他在精神卫生所
的很多同事，并没有被说服。吉内恩姐妹的父母基本上是以一视同
仁的态度对待她们的：给她们穿相同的衣服，送她们去相同的学校，
让她们结交相同的朋友。有人说，正是因为父母对待她们如出一辙
才导致她们都患上了精神分裂症。

　　罗森塔尔和同事们收集了吉内恩一家的家族史，发现了至少一
例精神疾病病例。女孩们的奶奶在青少年时期明显有过一次精神崩
溃，所表现出的症状被精神卫生研究所的病例调查员确定为偏执型
精神分裂症。但遗传因素只能解释四胞胎故事的一部分，因为她们
在很多方面其实大不相同。诺拉是老大，相当于四胞胎的代言人，
钢琴弹得最好，智商也最高，但也爱耍性子；[8] 艾瑞斯被认为"脑袋
空空"的，但挺会做家务，懂得穿衣打扮；[9] 海斯特则安静、持重、

孤僻，被罗森塔尔描述为"蓬头垢面，总是一副灰姑娘的样子"；[10] 米拉的个性更为"光芒四射"，但矛盾的是，有时她显得感情淡漠，好像在扮演着别人的角色，而且演得不够到位。[11] 从幼年时起，她们的妈妈就尽量让诺拉和米拉同艾瑞斯和海斯特分开，因为她认为诺拉和米拉比另两个女孩聪明。[12]

这一家的家庭生活也有问题。研究者了解得越深入，事情就越显得蹊跷，先只是奇怪，后来则骇人听闻。这家父母两人都虐待孩子。父亲酗酒、出轨，据说还性侵过两个女儿。而母亲在有一次发现其中两个女儿在互相手淫后，晚上会把两人绑束起来，给她们服用镇静剂，最终还强迫她们做了割阴手术。精神卫生研究所的专家们认为，格特鲁德就是弗里达·弗洛姆-赖克曼和格雷戈里·贝特森所描述的那类母亲：控制欲极强并且极度焦虑，以至于其行为会使女儿遭受某些形式的创伤。"很容易看出，她的家人越长时间表现出体弱多病，她的满足感就会越持久，"罗森塔尔写道，"她的家就是她主宰的医院。"[13]

吉内恩姐妹的童年从未有过一点正常之处，包括她们的就学，当然也包括她们性方面的发育。罗森塔尔甚至把这些女孩的经历比作由犹太大屠杀幸存者和创伤理论家布鲁诺·贝特尔海姆（Bruno Bettelheim）提出的所谓"极端情境"，在这种情况下，人受制于无法逃脱的情境，没有保护，永远摆脱不了危险。[14] "几乎从四胞胎被从医院抱回家那刻起，一种对外界的恐惧、猜忌和不信任的氛围就在她们家蔓延开来，"罗森塔尔写道，"窗帘拉起来，篱笆扎起来，枪支准备就位，吉内恩先生时刻在巡逻……他们常怀着对孩子遭绑架的担忧……觉得威胁无处不在。"[15]

四胞胎童年的经历似乎影响了实验的说服力。如果吉内恩姐妹的家庭像，比方说，加尔文一家那样更主流、更具中产阶级特点的话，精神卫生研究所做的这种先天/后天实验一定会更令人信服。

即便如此，将吉内恩姐妹身上发生的事归结于遗传和环境因素的综合作用，还是让罗森塔尔觉得非常稳妥。在学术界，有人认为精神分裂症是单个基因异常导致的，也有人觉得纯粹是环境的问题。这两种观点罗森塔尔都不认同，他在《吉内恩四胞胎》中首次指出，遗传和环境因素可能会相互作用，从而导致精神分裂症。他还探讨了未来应该如何研究这个问题，以打破僵局，厘清遗传和环境因素在这种疾病中扮演的角色。

"在理论的构建上我们一定要更为谨慎和准确，"罗森塔尔写道，"那些强调遗传作用的人很少会认真考虑环境因素的作用，而环境决定论者往往对于考量遗传因素也非常敷衍。"[16] 他表示，未来的研究需要在这两种观念之间架起桥梁。"当然，遗传和环境，"他写道，"两者都会影响到每一个人。"

罗森塔尔的结论让两方都不满意，但他仍然始终坚持将先天因素和后天因素结合起来研究。他完全不知道这种理论需要多久才能被广泛接受。他决心跳脱出自己的时代，用吉内恩姐妹的病例去证明精神病可能不单纯来源于先天或后天，而是两种因素结合的产物。

多恩
咪咪

唐纳德　　乔
吉姆　　马克
约翰　　马特
布莱恩　　彼得
迈克尔　　玛格丽特
理查德　　玛丽

第 10 章

　　一天，在科罗拉多州立大学咨询中心，唐纳德跟精神科医生反复说起自己同吉恩婚姻的幸福问题。

　　他一会儿说他们曾去墨西哥宿营，共度过 6 周开心时光，一会儿又承认自打婚礼后，日子就没好过。1970 年，也就是婚后第 3 年，他开始认为自己之所以娶吉恩，是因为他在遭到前任未婚妻玛丽莉的拒绝后感到消沉失意，他还认为现在与吉恩的生活根本算不上真正的婚姻。

　　这原本是个悲伤的故事，但唐纳德聊起来却并没有显得很难过，而是表现得固执、漠然、苛刻，甚至有些多疑。他的医生是科林斯堡科罗拉多州立大学附属医院的一名精神病学家，名叫汤姆·帕特森（Tom Patterson）。他注意到唐纳德身上有一种反复出现的特质，一种抹平他所有个性的严格的自制，好像他在努力压着一个盖子，不让盖子下面的自己爆发出来。"他注意着你的一举一动。"他写道。

　　唐纳德和吉恩现在都已毕业，但还住在科林斯堡。唐纳德是研究助理，在学解剖学和生理学，仍然梦想有朝一日能从医，吉恩也

唐纳德

在攻读她的硕士学位。那天，唐纳德说他之所以来学校的咨询中心，是因为有熟人建议他找一个敏感性训练小组，帮他更好地与妻子沟通。但没多久，他坦白了自己来这里的真正原因：吉恩跟他说，三周后她会离开他。

唐纳德坦诚地对帕特森说最近情况非常糟。吉恩抱怨说唐纳德大部分时间都不在家，在家的时候又让她觉得很受威胁。以前都是她不愿意做爱，现在只有她求欢，唐纳德才会同意，大约一周一次。他们分开吃饭，睡在各自的卧室里。唐纳德承认自己不怎么跟吉恩说话，有时候还会对她恶语相向威胁她。不过一切都太迟了，吉恩似乎已经受够了。她受邀秋季去俄勒冈州立大学担任一个博士课程的带薪助理，不再需要唐纳德来养她。"换句话说，"帕特森写道，"这是一段恶劣的婚姻关系，两人实际上是同床异梦。"

　　虽然唐纳德看起来很平静，但帕特森知道，自从多年前第一次跳进火堆后，唐纳德已经看过很多医生。帕特森甚至记得观看唐纳德做罗夏测验的场景，他当时觉得唐纳德的表现"非常病态"。6月的那天，帕特森试图走进唐纳德的内心，他希望唐纳德暂时放下目前的婚姻危机，更多地谈谈他自己。他们的谈话很快就发展成了真正的治疗。唐纳德告诉帕特森，多年来他一直浑浑噩噩，只是在努力成为其他人希望他成为的样子。他说他努力揣摩人们的面部表情、手势和话语，尽可能从中寻找提示，以便做出回应。他把那次冲进学校篝火的疯狂举动解释为寻求关注，说自己在多次精神检查中撒过谎。他还说他最近参加了一个东方哲学的活动，在活动中斋戒了4天，并带着炫耀的口吻说现在自己的体重已经降到了158磅①。帕特森没觉得有什么了不起。无论唐纳德在谈话中抛出什么东方术语，只让帕特森觉得他越发无趣——谈不上虚伪，但也不算真诚。帕特森常常觉得唐纳德好像马上要哭出来了，却憋着不让眼泪掉下来。

　　帕特森认为，要是唐纳德曾经表现出一丝偏执型精神分裂症的征兆，甚至"做过一些古怪或暴力的事情"，那么他就不会发展到现在这个地步。"他与现实世界有良好的接触，"帕特森在笔记中写道，"但他有些逃避，可能在与别人的深度交往中不是很投入……他对挫折的耐受度很差，对于威胁到自己的人或情况容易放弃。"帕特森怀疑唐纳德压抑的情感是因为过久地抑制自己的欲望和需求——这种观点将唐纳德的问题全部推到了吉恩的身上。"他屈服于她的欲求，"他写道，"长期严重压抑自己的感受，这导致他现在难于表达自己的情感。"

_____

①　1磅≈453.6克——译者注

帕特森结束了治疗，让唐纳德第二天再回来多谈谈。唐纳德再来的时候，像是奇怪地变了个人——状态轻松，甚至很高兴。他说他和吉恩谈过，她听说唐纳德在看医生，便取消了离开的时限。唐纳德说他俩还一起出去吃了饭，并且吉恩同意和他一起接受婚姻情感治疗。

帕特森深受鼓舞，但既然唐纳德想要他的帮助，他觉得他也可以从唐纳德那里获取他自己想要的东西。他说他考虑对唐纳德和吉恩进行婚姻情感治疗，需要唐纳德同意他查看其医疗档案，了解他的精神病史。

唐纳德有些不快。他告诉医生自己不相信心理测试。他认为他做的那些测试站不住脚，确信自己的医疗档案里没什么有用的东西。

"由于这类原因，治疗很难开展，"帕特森写道，"他能顺畅地跟人交流吗？"

在离开诊室前，唐纳德谨慎地接受了一份个人测试问卷，带回家用铅笔填写。他的回答如下：

填写句子，表达你的真实感受。

尽量填完每一题。每个句子要写完整。

我喜欢：驯鹰、做爱、游泳、旅游、滑雪、与人沟通。

家：是一个短暂停留的好地方。

男人：应该在思维方面更灵活一些。

母亲：应该关心孩子的成长。

我觉得：紧张。

我最大的恐惧：不能坚持我的初衷。

在学校：是一生中最美好的时光。

我不会：说"我放弃"。

运动：能培养性格。

当我是个小孩子时：我现在还是小孩子。

我痛苦：因为我自怜（不太厉害）。

我失败：在化学上。

有时：我不是很在乎。

我的痛苦：主要来自他人。

我偷偷地：希望一个人待着时能有好心情。

我想要：太多。

我最大的担心是：决定做什么。

  不到一周后，6 月一个周五的晚上，唐纳德和吉恩又吵了一架。吵来吵去还是老一套，只是这次更为剑拔弩张。吉恩没法忍了，因此离开了他们的公寓。唐纳德跟着她，发现她没走远，坐在一条灌溉渠旁边的地上。她大概是想一个人待着，或者想躲着他。唐纳德一看到她，就说想把她扔进渠里淹死。

  吉恩劝他放弃了这个念头。两人勉强一起回到公寓，不过吉恩把话说得很清楚：她要一个人搬去俄勒冈，不带他去。

  第二天是周六，唐纳德早上还在为前一晚的争吵生气，也气吉恩决定要离开他。他吃了一些麦司卡林（mescalinum），后来他说这种药不仅让他头脑清楚，还让他想到了正确的解决办法，一个完美的计划。

那天晚上——1970 年 6 月 20 日——唐纳德带回了两粒氰化物片剂，很有可能是从学校实验室里弄来的。唐纳德把药放进一杯盐酸中，然后抓住吉恩，试图让她不能动弹——两人的脸就在玻璃杯的正上方，氰化物已经开始挥发，正从杯中飘散出来。

他的计划是两人一起死。

此后，唐纳德没有来接受预约的治疗。帕特森周一早上打开报纸才知道原因。

> 科林斯堡警方：早上 10：20，住在阿吉村 27G 的唐纳德·肯尼恩·加尔文，24 岁，受到保护性拘留，涉嫌自杀和谋杀他人。今天早晨他被地方检察官关押进市监狱。他之前在科罗拉多州立大学学生健康中心接受过治疗。

唐纳德的计划没有成功。或许是他放开了吉恩，或许是他一开始并没有抓紧。吉恩挣脱出来，发疯似的跑出去报了警。读到报纸上这则消息后，帕特森在一家医院见到了唐纳德，他在那里接受"禁闭治疗"。与此同时，地方检察官办公室正在决定是对他提出指控，还是强制他住院。帕特森惊讶地发现，唐纳德仍没有从这次事件中走出来。他说话时表现得欣喜若狂，甚至在自吹自擂，就像漫画里一眼就能看穿的反派在炫耀自己骗了别人好多年一样。他说起了他杀死的猫，不过这次的情绪不再是害怕，而是洋洋得意。他还说最近他在浴缸里肢解了一只狗，只是为了激怒吉恩。

从帕特森的治疗笔记中看不出唐纳德能做出这样的事情。他究竟是之前故意蒙蔽了帕特森，还是毫无征兆地突然崩溃了？是帕特森没有注意到他身上的暴力征兆，还是帕特森太过信任唐纳德了？

不过，这一切都结束了。唐纳德得到了新的诊断。"他可能是一个聪明的偏执型精神分裂症患者，"帕特森写道，"他从喜悦到沮丧之间的情绪变动很大……我认为住院对他来说是最合适的。"

***

科罗拉多州立医院位于普韦布洛，由一系列普通而高大的砖石建筑组成。由于病人越来越多，医务人员的人数也在增长，周边已经渐渐形成了一个小镇，这些医务人员就住在小镇上。这座医院建于 1879 年 10 月，最初叫科罗拉多州立精神病院，只有十来个病人，设施不过是一座农舍。[1]在当时，即使是丹佛以南 100 英里处的普韦布洛，也只是平阔沙漠上的一座沉睡的市镇。医院在 1917 年改了名，从此收治的病人增加到了 2 000 多人。每个住到那里的病人都对出院不抱什么希望。

普韦布洛医院早期的病人接受的是无休无止的化学和电休克治疗，目的是使他们镇静下来。20 世纪 20 年代，优生学运动势头凶猛，普韦布洛的医生们在没有得到合法批准的情况下给这里的女性病人做了绝育手术。没人觉得这会有什么不好。"我们认为这是个小手术，"医院长期的主管医生弗兰克·齐默尔曼（Frank Zimmerman）多年后说，"这样她们就不会生出更多有精神缺陷的孩子了。"[2]

到 20 世纪 50 年代，医院收治的病人已经超过 5 000 人，[3]成为一个自给自足的小社区，规模比科罗拉多州最大的县城还要大，很多家庭一家三代都在这里工作。医院无法依赖州议会获得拨款，因此安排病人自己种粮食，运营乳牛场、养猪场、花园和纺织品工厂，普韦布洛成了精神病人的永久聚集地。当时最常用的治疗手段有治疗抑郁症的电休克疗法、治疗精神分裂症的胰岛素休克疗法、治疗躁狂症的水疗法和治疗三期梅毒的发热疗法。

直到栗居精神病院这样的机构改变了各界对精神疾病的认识后，普韦布洛和其他州立医院中盛行的残酷治疗才成为世人广泛讨论的话题。揭露这种现象的最早期也最有力的作品，是玛丽·简·沃德1946 年出版的半自传体小说《蛇穴》。小说讲述了纽约一家州立精神病院的病人被滚烫的洗澡水烫以及接受电休克治疗的故事。小说后来被翻拍成了电影，由著名影星奥利维娅·德哈维兰主演。1959 年，普韦布洛的科罗拉多州立医院也被写进了一本书里。这本书的书名叫《护工》，是一个名为达里尔·塔尔法的前员工写的具有煽动性的影射小说。抛开《护工》里那些肥皂剧桥段不提，这部小说生动地展示了当时一些常用的治疗药物和治疗手段，如电休克疗法、氯丙嗪、镇静剂、单独关禁闭、苯巴比妥钠、阿米妥钠等。通过一个人物漫不经心的描述，这本书鲜活地展现了医院高安全级别病房里的情况："这些人大多是变态的精神病患者。在这里他们可以做任何想做的事。大多数时候他们想要性交，想快活和喝酒。因为他们无所事事的时候会变得更加癫狂，所以需要让他们忙起来。得让他们干活，一个都不能闲着。我看护的病房里有一个人都被绑住两个星期了。她的记录表上写着，她接受过 200 多次电休克治疗。200 多次！想想有多恐怖吧！"[4]

在《纽约时报》的一篇书评中，书评作者说《护工》吹响了调查改革州立精神病院的号角。[5] 1962 年，科罗拉多州的一个大陪审团发表了一篇 30 页的文章，言辞激烈地批评了普韦布洛医院。[6] 这篇文章揭露了很多《护工》中提到的问题：忽视和虐待病人；医生无证上岗（至少有一名医生醉酒上岗）；病人逃走，到处乱跑；医疗职业学校成了"堕落活动中心"；医院操场的一处阴暗区域甚至成了病人相聚和性交的场所，被称为"树丛维尔"。另有一次，周一被汇报的病例一直到周六才被处理，结果造成病人死亡。

事实表明，改革近在咫尺。约翰·肯尼迪总统 1963 年推行的《社区精神卫生法》——这项法令的缘起主要是肯尼迪最大的妹妹罗丝玛丽悲剧性地被切除了额叶，长期住在精神病院——下令缩减像普韦布洛医院这样的大型收容机构的规模。这本应是个好消息，可以让那些并非必须住院的人出院，让每个病情严重的患者得到更多的照顾。但实际情况并非完全如此。在联邦政府为精神病患者腾空大型收容机构的同时，普韦布洛的医生正倾尽全力在病患身上使用一种神奇的新型神经安定剂，免除了医生——照料病人的高昂成本。

这种药物诞生于 20 世纪 50 年代，是精神病学领域之外的发明，但在 20 世纪用来治疗精神病患者的药物中，影响力却最大。1950 年，一位名叫亨利·拉博里（Henri Laborit）的法国外科医生将麻醉剂、镇静剂和安眠药混合在一起，试图研制出一种新型的战地麻醉剂。他将这种药称为氯丙嗪，并在 1952 年首次进行了人体试验。拉博里描述说，使用他这种新药的病人表现出"快乐而安静的状态"，变得"平和而昏昏欲睡，表情放松而漠然"。[7] 拉博里甚至把新药的效果比作"化学额叶切除术"。[8] 1954 年，氯丙嗪在美国上市，商品名是"托拉灵"。

在加尔文家兄弟长大成人的那些年，氯丙嗪被广泛认为是一种特效药，能够使病人镇静下来，避免手术和电击治疗。1970 年，当唐纳德被送到普韦布洛时，市面上已经有 20 多种氯丙嗪类药物。对普韦布洛医院这样的大型州立医院来说，这些药物能一举多得，达到其他疗法无法达到的效果：实现肯尼迪时代对于精神病治疗的愿景，不用再监禁病人，使更多病人能恢复出院。然而氯丙嗪并不能治愈精神病，它的确能减缓某些症状，但最多也只是让病情暂时缓和一下而已。此外，医学界从一开始就发现这种药存在副作用，比如震颤、烦躁不安、肌张力降低、体位异常。⁹在拉博里看来的"平和而昏昏欲睡"，在其他人看来更像是病人被打晕失去了知觉。有些病人甚至一直就处于这种药物导致的木然状态中，一旦他们停止服药，下一轮出现的精神病症状往往比之前更为剧烈。然而，最大的一个问题或许是氯丙嗪是如何起效的？

甚至时至今日，也没人能确定氯丙嗪以及其他精神安定剂的起效原理。几十年来，医学界对精神分裂症的生理机制始终欠缺明晰的认识，但一直在对病人进行药物治疗。起初，研究者能做的只是检查氯丙嗪对病人脑部的影响，并据此提出有关精神分裂症的理论。第一套可信的理论出现于 1957 年，提出者是一位名叫阿尔维德·卡尔森（Arvid Carlsson）的瑞典神经药理学家。¹⁰卡尔森认为，氯丙嗪可以阻断大脑中的多巴胺受体，消除很多难于遏制的疯狂幻觉，从而达到治疗精神分裂症的效果。卡尔森的理论奠定了"多巴胺假说"，这个假说认为过于活跃的多巴胺受体导致了精神分裂症。¹¹,①然

---

① 多年后，卡尔森与人合作，将第一种选择性 5-羟色胺重吸收抑制剂投入市场，这种药物正是百忧解的前身。他在多巴胺领域的研究对帕金森病的治疗产生了重大影响，这使他获得了 2000 年的诺贝尔奖。

而多巴胺假说似乎也有问题，因为另一种精神安定剂氯氮平可以比氯丙嗪更好地缓解精神分裂症状，但它对多巴胺受体的作用方式与氯丙嗪正相反——氯丙嗪是抑制受体，而氯氮平则是提高多巴胺的水平。[12] 如果两种抗精神病药物能在不同方向上影响多巴胺的水平并且都有治疗效果，那么就需要某种多巴胺假说以外的理论来解释它们的作用原理了。

实际上，从唐纳德那时起直到现在，每一种治疗精神病的药物都是以氯丙嗪或者氯氮平为基础研制的。氯丙嗪和它的类似物成了众所周知的"典型"抗精神病药物，而氯氮平类药物则是"非典型"抗精神病药物，两者的关系有点类似于可口可乐和百事可乐。不过氯氮平跟氯丙嗪一样也有危险：由于它会引起血压急剧下降和癫痫，公众对此非常担忧，这导致这种药物一度被下架了超过十年。即便如此，药物治疗仍然成了治疗精神分裂症的常见手段，精神病学界内部原本就已经很大的分歧也变得越来越大。大型州立医院的医生们认为精神分裂症需要药物治疗，而远离临床的治疗专家们仍在建议心理治疗。

同大部分家庭一样，加尔文家也受制于空有其名的精神卫生保健系统，只能被迫接受他们无法评估的选择。最终，影响他们决定的是费用的问题。尽管保险公司会为空军职员的子女支付医疗费用，但唐纳德已经 24 岁了，已经超过了承保年龄。最终的决定由不得他们，普韦布洛是他的唯一选择。

唐纳德在看守所等待 6 天后才被送到普韦布洛。在这 6 天里，一想到要进精神病院，他就越来越感到害怕。入院面谈时，他说他有非常合理的理由来解释他拿氰化物对吉恩和自己所做的事：他在这之前几周第一次服用了拍约他碱，后来他听说这种药物是一种致幻剂。他说他现在没问题了，不会反对他妻子离开他，还说在第一任未婚妻离开他时他也像这样"紧张"过，后来也好了。

普韦布洛的医生很警觉。"要考虑精神病发作，"病历上写道，"诊断：抑郁性神经官能症，或精神病性抑郁症。"

第二天与医生见面时，唐纳德紧紧攥着桌子，准备自己站起来，还坚持说自己很健康。他明确表示自己不想住院。虽然医生不是非常相信他，但如果抛开氰化物事件不谈，他们也不是很确定唐纳德的病情究竟有多严重。最后，医生给出的新诊断是"中度到重度的焦虑性神经官能症，有强迫症的特征"。

唐纳德住进普韦布洛的时候，那里病人的数量已经从顶峰时期的 6 000 人缩减到 2 000 多人。不过真正可以照顾病人的医生寥寥无几，因此这里的医疗水平实际上并没有改进。照顾病人的员工被称为"精神技术人员"，他们接受过基本的护理训练，但大多没有取得护士学位。精神技术人员的主要任务是分发氯丙嗪、氟哌啶醇等药物。这些药片基本代替了医生的工作，被大批量地送到病房，由精神技术人员派发给病人，药量也常由这些技术人员自行决定。"就跟发点心似的。"曾在普韦布洛医院担任过几十年医学总监的阿尔伯特·辛格尔顿回忆说。

医生给唐纳德开了两种药。一种是盐酸丙咪嗪，这是一种百忧解出现前使用的抗抑郁药物，副作用比百忧解严重。另一种是盐酸硫利达嗪，这是根据氯丙嗪的作用机制生产的第一代抗精神病药物，但这种药后来被发现有时会引起心律失常，最后被下架了。在接受了几周的治疗后，1970 年 7 月 15 日，唐纳德从普韦布洛出院。由于他接受过精神病住院治疗，因此不需要继续坐牢。

在他住院期间，吉恩递交了离婚申请书。

唐纳德回到了隐谷路的家中，多恩和咪咪也随之需要做出选择：他们应该停下手头的事待在家里陪生病的儿子吗？还是给他机会自己照顾自己，夫妻俩继续出去完成联合会的工作？

最后，他们觉得自己根本没有选择。联合会不仅是让他们过上他们所向往的生活的唯一途径，还是家庭收入的仅有来源。要是多恩和咪咪不去参加联合会的那些活动，要是多恩一个人去圣塔菲或盐湖城，告诉别人他们成年的儿子患病待在家里，而且婚姻也失败了，那么就会引发很多他们不愿回答的问题。出于这些原因，他们从来没有认真考虑过改变现状。

因此，他们帮唐纳德在丹佛一所商学院的招生部找了份工作。唐纳德随后被派去北达科他州招生，离家了很长一段时间，在此期间咪咪和多恩在 9 月飞到盐湖城参加了西部芭蕾舞团的演出，又在 11 月再次飞到盐湖城，出席了欢迎阿根廷驻美大使佩德罗·爱德华·里奥及其妻子的午宴。"我坐在来自墨西哥城的领事旁边，"咪咪用酒店的信纸写信给她妈妈说，"他和他的妻子用西班牙语和多恩交谈，大家相处得非常愉快。"咪咪还得意扬扬地提起多恩给交响乐团、芭蕾舞团等组织拨款 75 000 美元。"你会对他在这么多领域的建树感到骄傲的！"在信的结尾，咪咪也提到了女儿们："玛丽和玛格丽特非常想见你。她们长得很快，今年可能是全家所有人聚到一起来看你的最后一年了！"

和唐纳德住院相关的事情，无论是他攻击妻子、离婚、住进普韦布洛医院，还是接受药物治疗，咪咪都只字未提。她不敢。

唐纳德出差去的北达科他州离吉恩当时居住的俄勒冈州一点也不近。但他还是借此机会西行一千多英里，去跟即将和自己离婚的吉恩面谈。两人只谈了 5 分钟，吉恩就告诉唐纳德自己不会再见他了。唐纳德的伯父克拉克住得不远，他找到唐纳德后把他送回了家。

回到隐谷路后，唐纳德声称他和吉恩的婚姻在精神方面依旧存在，因为教堂还没有签署他们的离婚证明。他宣布自己想当牧师，并向教区递交了申请。教区派了一些人来见他，唐纳德滔滔不绝地聊起自己的梦想，说要建造一所新教堂来纪念圣裘德，来者观察了几分钟，会面差不多就结束了。唐纳德再也没有收到回音。

一天下午，8 岁大的玛格丽特放学回到家，看到唐纳德赤裸着身子在尖叫。她环顾家中，发现屋子完全空了。她哥哥把每一件家具都搬出去，堆到了山上。玛格丽特还记得妈妈叫她把自己锁在主卧里时脸上那副忧心忡忡的表情——主卧是家里唯一有锁的房间。她还记得看到 5 岁的玛丽已经在主卧里等人来做伴了。过了一会儿，妈妈也来了。咪咪说她们不能乱跑，必须等警察来把唐纳德带走。

通过锁着的门，玛格丽特听到唐纳德喊着《圣经》里的语句和一些没有意义的胡言乱语。她还记得警察过了很久才到。最后，她听到车子碾轧碎石子车道的声音，看到卧室墙壁上映照的红蓝色闪光。

她还记得妈妈走出卧室，告诉警察："他可能伤害自己，也可能伤害其他人。"

　　她还记得自己走出主卧，看到哥哥坐在警车的后座上，还记得自己看着红蓝色的光渐渐隐没在远方。

　　她还记得，不知过了多久，唐纳德又回到了家。

多恩
咪咪

唐纳德	乔
吉姆	马克
约翰	马特
布莱恩	彼得
迈克尔	**玛格丽特**
理查德	玛丽

第 11 章

　　1971 年 6 月一个明媚的周一，一架喷气式飞机载着 70 名西部芭蕾舞团的成员降落在科罗拉多州阿斯彭市的萨尔迪机场。每年夏天，这个来自盐湖城的芭蕾舞团都会来阿斯彭短暂驻留，为一群在这里也购置了漂亮房产的富裕而友好的观众演出。但这年夏天有些不同，西部芭蕾舞团要提前彩排并演出 6 个新剧目，以筹备夏末进行的欧洲巡演。此外，还会有几位客座出演的明星加入，包括旧金山芭蕾舞团的琳达·梅耶、伦敦节日芭蕾舞团的卡雷尔·西莫夫，以及他们那一代最优秀的男性舞者之一，来自纽约城市芭蕾舞团的雅克·丹波瓦。

　　机舱门打开，走出三位客座舞者，他们笑容满面，魅力四射。一个小女孩穿着白色长筒袜、木底鞋和妈妈手工缝制的薄纱裙，爬上舷梯。玛格丽特·加尔文当时只有 9 岁，黑色的长发梳着中分，脸上露出顽皮的微笑。她将一束鲜花献给雅克·丹波瓦。她是迎宾团的一员，被选中代表父亲运营的西部芭蕾舞团前去献花，这让她很开心。

　　多恩和咪咪随落基山脉诸州联合会去阿斯彭，让玛格丽特开心得不得了。她当时唯一的梦想就是长大后加入西部芭蕾舞团跳舞，她甚至学芭蕾舞团的舞者，穿着他们爱穿的那种纯蓝木底鞋。夏天，玛格丽特会穿着妈妈给她在时装店买的衣服，在阿斯彭上课，一天三节，还学哑剧和踢踏舞。12岁时，玛格丽特凭加尔文家的人脉进了芭蕾舞团，在阿斯彭每天从早上7点练习到下午3点，然后直接去彩排，之后匆匆回家扒两口饭，晚上参加演出。玛格丽特的妹妹玛丽大一点后，常常和玛格丽特一起外出，在阿斯彭冒险。她们会沿着褐溪来回散步，寻找蘑菇，在阿斯彭高地一起乘坐吊椅索道。姐妹俩都注意到人们希望跟她们的父亲聊天，寻求他的意见，而他跟任何人在一起都那么从容自在，手中一般会端着一杯马提尼。她们的母亲看上去也很开心，尽管咪咪有的晚上会一边喷着雅诗兰黛香水，一边焦躁地跟女儿们抱怨说家里没有钱让她买需要的衣服。

男孩们呢？在唐纳德住进普韦布洛医院前的那些年，他很大程度上已经跳脱出了加尔文家的生活。他结了婚，住在离隐谷路至少两小时车程的地方。生病后，他有时在家，有时在医院，有时试着独立生活，他有时会在一些商店里工作，有时会挨家挨户地卖东西。只要唐纳德的健康状况允许他住在外面，去阿斯彭和圣塔菲的那些旅行就可以继续。

吉姆也已经结婚了，同凯西和吉米住在科罗拉多泉市市中心。更小的几个兄弟里，约翰和布莱恩在上大学，迈克尔和理查德还是高中生。他们偶尔会去阿斯彭和圣塔菲，其余时间则留在家里照看四个弟弟乔、马克、马特和彼得，带他们去参加集体训练，保证他们一日三餐按时吃饭。他们可以自己选择是否参加联合会的旅行，不过他们宁愿去打篮球或者冰球。

而对于两个女孩来说，出门旅行意义重大。玛格丽特会装作自己一直生活在当地，没有其他烦恼。要是哥哥们也和她们一起来了，**魔咒就会被打破。你们不能待在这里，**玛格丽特看着乔、马克、马特或者彼得甩着毛巾或在泳池里打水仗时，心里会这样想。**这里是我的地方。**她不想跟任何哥哥待在一起——无论是在隐谷路还是其他地方。

1963 年刚搬到隐谷路时，玛格丽特才刚刚学会走路。在那些欢乐的童年时光里，她的存在主要是作为哥哥们的"玩物"。她的哥哥们也都有过这种经历。"我们就像一个球。"她的哥哥理查德说。据他回忆，在他还是家里最小的孩子时，曾在陈旧的客厅里被踢得团团转。作为女孩，玛格丽特和玛丽也都做过大家的玩具。

十个男孩会聚在一起，嬉笑逗弄玛格丽特，还会排成一排打她的屁股，纯粹为了打发时间。刚开始玛格丽特觉得很好玩，因为她崇拜哥哥们。她比最小的哥哥彼得小 2 岁，比最大的唐纳德小 17 岁。在长大一些后，她会穿过后院的矮栎，爬上松树，看哥哥们在山顶搭建三层高的树堡，还可以俯瞰整个山谷。在男孩们建好树堡后，玛格丽特有时会有点不敢爬上去，哥哥们就会笑她是小娘们儿，于是她还是会爬上去。

玛格丽特非常敏感，兄弟之间的争端哪怕跟她没有关系，她都会放在心上，无论是摔跤还是打架。很快，这些打斗就牵扯上了她。随着她慢慢长大，她不再像个吉祥物，更像个攻击的靶子。在她放学回家的路上，哥哥们会从山顶朝她扔松果或者装了水的气球。她一到家，打屁股的"游戏"也已经准备就绪，但这个时期已经有了

顺时针从最上开始：彼得，马克，乔，马特

很明显的性侵害的意味。有一次，马克被哥哥们教唆着冲上去把玛格丽特"办了"。她被奇怪地摸了一番，但在一些哥哥看来，这种恶劣的欺凌不仅没有恶意，而且十分有趣。

这算是性侵吗？或者只是一群活跃的男孩不知分寸，没有规矩，互相动手动脚，正好她是其中的女孩子？玛格丽特多年来一直在思考这个问题。不管怎样，她太弱小了，无法公然与他们对抗。她渴望受到宽慰和保护。在隐谷路的家，24 小时都是摔跤比赛，安全感无处可寻。

玛格丽特成长期中有很多时间都是在布罗德摩尔世界冰场的观众区观看哥哥们的训练和比赛度过的，妹妹玛丽后来也是如此。这个大家庭里最小的四个男孩组成了一个小团队，一起打比赛，冰球是他们最拿手的运动。乔秉性温和，善于内省；马克是象棋天才，敏感细腻，至少按照加尔文家的标准，乖得超乎寻常；马特更喜欢捣乱，但有制作陶器的天赋；年纪最小的彼得是家中最大的反叛者，比其他任何一个孩子都叛逆，除了说"不"，不会跟咪咪和多恩说别的。几乎每周，四个男孩中总有一个会因为在冰球比赛中的出色表现而登上科罗拉多泉市的《公报》，迎来自己的高光时刻。当四兄弟中有三人都在读高中，并且属于同一个球队时，如果乔和马克在比赛中助攻马特进了球，播报员会播报说"球被加尔文传给了加尔文，加尔文又把球传给了加尔文"。

不训练在家时，男孩们会互相考有关运动的冷知识，只要电视上有比赛就都会看，会摔跤和打架。有一次，马特在冰球比赛中撞碎了下颌还伤到了大脑的枕叶，被匆忙送往急诊室，连续几周头上都满是钢钉和密密麻麻的缝线，而这种事在加尔文家男孩们中属于家常便饭。为了寻求庇护，玛格丽特会待在厨房里帮助妈妈做家务，听她絮絮叨叨抱怨每天的烦心事。她会跟妈妈一起去市场，她们一人推一辆购物车，里面装着足够一大家子需要的日用品。妈妈会对她的言行、学业和绘画不住地指责，她则始终保持顺从，不敢回嘴。

6 年级时，老师表扬了玛格丽特的绘画，这使她的心中产生了涟漪。只有跳舞时她才能体会到这种感觉，她感到自己可以凭空创造出东西，有意义的东西，比哥哥游戏房里的家具更有价值的东西。她曾仔细观察过妈妈画水彩画，画那些蘑菇和小鸟。现在她在考虑自己是否有一天也能做这样的事情。

但玛格丽特有点容易被咪咪吓到，不敢在这方面跟妈妈比。她总是想从咪咪那里获得更多赞许、肯定和支持，多到超出妈妈愿意给予的程度。于是她只能暂时把脑中的想法放到一边。

　　加尔文一家搬到隐谷路时，唐纳德已经在上大学了，偶尔会回家。从普韦布洛出院后，他似乎要永久地在家里住下了，直到病情好转为止，或者至少可以找到一份稳定的工作并独立生活为止。这样的日子在大家看来都遥遥无期，当时玛格丽特8岁，跟他共处的每一天恐惧都在增加。唐纳德会举行一个人的弥撒，喊着"真福八端""万福玛丽亚"和《圣经》中的段落，而信众也只有他自己。在这之后，他会去艺术品商店买些廉价的画框，挂满家里的墙壁，框里都是一词箴言，比如"真诚"什么的。要是感到在家太压抑，他会在房子周围、镇子，甚至州内走上数百英里。

　　每周日的弥撒，咪咪都要求孩子们为唐纳德祈祷。不过在外人面前，她会紧张地笑着说，他们这个12个孩子的大家庭显得有些疯狂，或者古怪，或者可爱，就像电影《浮生若梦》里的那家人一样。关于唐纳德，她说得最多的是自从他妻子离开后他就变了。她还说那个女人不适合唐纳德，这段婚姻从一开始就是错的，现在他怎么也忘不了她。"她根本算不上一个妻子——她不是。"咪咪会摇着头说。虽然咪咪没有明说，但她实际上在暗示儿子的问题出在受到的感情伤害上。

　　随着咪咪越来越追求完美主义，女儿们成了她最信赖的助手。两个女孩都努力帮妈妈做事，倒垃圾、擦地板、洗盘子、布置桌子、吸尘、清理浴室，就好像在院子里乱走或者在地板上打滚的25岁的哥哥不存在一样。18点永远是晚餐时间，只要在家，哪怕是穿僧袍转悠一天的唐纳德，都要坐下来吃饭。咪咪也想拉着唐纳德跟家里其他人一起出游，但结果不一定好。她曾经带唐纳德去看过冰球赛，但他却在人群中间跪了下来并开始祈祷。那天晚上，他嚼着满嘴的牛排，对桌上的人说他在吃他父亲的心脏。

唐纳德丝毫没有好转的迹象。9 岁、10 岁、11 岁，玛格丽特一天天地长大，唐纳德的状况始终支配着他们家庭生活的方方面面。玛格丽特和玛丽已经习惯了他和还住在家里的其他哥哥们拳脚相向。有一次，唐纳德认为一个弟弟偷了他的药，就想要掐死他。还有一次，唐纳德吞下了一整瓶药片，又把救护车招来了。唯一愿意公开聊聊唐纳德的问题的人是吉姆，特立独行的二儿子。他喜欢回家来坐坐，把大家心里都在想的话说出来：**你他妈闭嘴！滚出去！你为什么不走？你为什么不滚出这里？你这个年纪还住在这里干什么？**

吉姆给唐纳德起了个外号："黏答答"。这个名字被大家叫开了。年纪小一些的弟弟妹妹们一天要嚷嚷这个名字好几次。戏弄唐纳德比躲着他感觉好多了，不用再遮遮掩掩。把唐纳德当作玩笑的对象，让他们获得了一种把握无法解释的局面的掌控感。无论唐纳德什么样，他们是不可能跟他一样的。

一天下午，唐纳德把刀架在了咪咪身上。玛格丽特冲到厨房，想要打电话报警，不过这次唐纳德猛地蹿过来，一把将电话从墙上拽了下来。玛格丽特大哭起来，啜泣不止。电话线中的电流刚刚击到了她。

咪咪试图控制住局面，她再次叫玛格丽特躲到主卧里并锁上门。玛格丽特照做了，把耳朵贴在门上听。过了很久，她听到厨房里传出了扭打声，还听到了叫喊声，不过是其他人的声音。

乔和马克冰球训练后回来了。他们保护着咪咪，与唐纳德对峙。玛格丽特这时觉得，妈妈大概得救了。

唐纳德气势汹汹地跑了出去，发誓自己再也不要回医院。后来，玛格丽特没有听到别的动静，只有妈妈的哭泣声。

多恩
咪咪

唐纳德	乔
吉姆	马克
约翰	马特
布莱恩	彼得
迈克尔	**玛格丽特**
理查德	**玛丽**

第 12 章

　　吉姆常常介入进来，保护弟弟妹妹免受唐纳德的伤害，这让他备感满足，甚至像是一种胜利宣言。吉姆经常让弟弟妹妹到自己家过夜。他带玛丽和玛格丽特去看电影、溜冰、游泳，还带她们去他工作的布罗德摩尔山坡上滑雪，乘坐著名的曼尼托索道。他还教会了玛格丽特放风筝和骑自行车。家里的孩子们都坐过吉姆的雅马哈 550 摩托车。

　　家里气氛太紧张时，咪咪和多恩会带女儿们去吉姆和凯西那里住上整个周末。凯西就像两个女孩的妈妈，给她们梳头、卷发，三个人一起看桑尼和雪儿的综艺节目。

　　对于两个女孩来说，做出选择非常容易。只要能避开唐纳德，她们更愿意跟吉姆和凯西在一起。对于咪咪和多恩来说，吉姆是救星，在他们最需要帮助的时候卸下了他们肩头的负担。

　　吉姆对妹妹们非常好，既好客又殷勤，当他开始对她们动手动脚时，似乎没人看出有什么不对劲。

他每次的手法都差不多，总是会在深夜。他通常在酒吧换班后喝得醉醺醺地回来。电视开着，凯西睡了，他会走进客厅，躺到玛格丽特睡的绿碎花沙发上。玛格丽特还记得鱼缸里发出的"咕噜咕噜"的气泡声，还记得沙发——那是咪咪不要了给他们的——的蓝绿色锦缎花纹，藤编的摇椅面朝着厨房，地板上煤渣砖之间码着一排唱片，窗户朝院子开着，还记得对面也是一栋两层楼，电视台结束节目时播放着国歌。吉姆会把手指伸进她的身体，他也试过用阴茎，不过从来没有成功过。

玛格丽特记得，吉姆最初碰她是在她大约 5 岁的时候——1967年左右——在唐纳德第一次去普韦布洛之前几年。那时她开始偶尔在吉姆家过夜。但她太小了，不懂这种行为属于暴力。控制、关注以及吉姆对她的动手动脚交错在一起，到最后她觉得这一切好像有点像爱恋了。随着偶尔的过夜变成整个周末都住在吉姆家，一切变得自然而然。有一次，她跟吉姆去一家卖石头饰品的商店，她久久地盯着一枚叫作"虎眼"的石头看，吉姆就买下来送给她了。多年来她一直都很喜欢这枚石头，直到有一天，她意识到自己大错特错了。

大约 12 岁时，玛格丽特对吉姆的感觉发生了转变，那时她还没来月经。她开始在晚上推开他、拒绝他。直到那时，她还没有告诉任何人吉姆对她做过的事。她尤其不会告诉小妹妹玛丽，因为在玛格丽特看来，玛丽太小了，不可以知道这种事。玛格丽特没想到的是，在被自己拒绝后，吉姆把手伸向了玛丽。

当玛丽七八岁的时候，她在跟姐姐的一次独处时问玛格丽特有没有被吉姆骚扰过。玛格丽特的回答言简意赅，让人无法接话。"我不知道你在说什么。"

多年后，两姐妹才会再次聊起吉姆的事。

两个女孩是最先注意到吉姆一点一点变得像唐纳德那样反复无常的。除了晚上会对妹妹们不轨，他还总是喝得酩酊大醉，与凯西之间的争吵也越来越频繁。虽然吉姆从来不打她们，但她们见过他有时打凯西，脾气说来就来，好像瞬间就变成了另一个人，之后又会变回原来的吉姆。但后来，吉姆开始难以恢复到正常状态。玛丽还记得，为了躲开吉姆，她曾不止一次不得不跟着凯西和吉米离开屋子。

姐妹俩十多岁的脑袋估量着，要躲开隐谷路的家，获得几天清净，就得忍受吉姆对他妻子的暴力，还得晚上提防着他。

但情况并没有这么简单。同凯西和吉米待在一起，给了她们在家无法得到的归属感，因为在家时注意力都被放在了别处。在家时，她们害怕吉姆在和唐纳德的争斗中赢，因为唐纳德随后会表现得很可怕。光是这一点就能解释她们为什么还要不断去吉姆那里。

不过还有另一个原因。

她们确实太小，不是很清楚吉姆的行为对不对，因为吉姆不是第一个对她们做出这种事情的哥哥。

关于童年，玛丽最早的一段记忆，是布莱恩在她大约 3 岁时猥亵过她。玛格丽特也记得布莱恩不止一次越轨地摸过她。布莱恩是大家都喜欢的孩子，高中毕业后很快离开了家，两姐妹没有跟别人说过布莱恩的事。

这就是加尔文一家的真实情况，咪咪和多恩从来没有看到这些事情发生过，也绝不会允许自己看到。当吉姆侵犯两个妹妹时，隐谷路这个家里的所有人似乎都在为所欲为，无须担心任何后果。

多恩
咪咪

唐纳德	乔
吉姆	马克
约翰	马特
布莱恩	彼得
迈克尔	玛格丽特
理查德	玛丽

第 13 章

如果说唐纳德是加尔文家男孩中让人望而生畏的老大，吉姆是
人人厌恶的老二，那么老三约翰·加尔文却总是极力置身事外。他
是家中最热爱古典音乐的人，专注练习音乐，认真履行学业，在家
里尽可能躲开其他兄弟。1968 年秋天，他获得了奖学金，离开家去
科罗拉多大学博尔德分校学习音乐，从此很少回隐谷路。

1970 年秋天，约翰大三那年，他恋爱了。带着些许惶恐，他将
新女友，同为音乐生的南茜，领回家见了家人。刚踏入家门，约翰
就感到不应该安排这次见面。家里比他离开时更糟了。整个家已经
变得与外界格格不入。过去大家还常常去野外放鹰、爬山，如今他
们尽可能把唐纳德藏起来，不让人看见。他发现妈妈早已准备好了
一些话题，绝不让谈话转到唐纳德身上。她大谈特谈自己的天主教
信仰，炫耀自己认识很多名流，显露自己在文化方面的优越感，还
有关于肯尼恩外公老掉牙的故事以及乔治娅·欧姬芙的新八卦。当
时的唐纳德在对着垃圾桶喃喃自语，或者踱来踱去，烦躁地说个不
停。大家都看得出来，咪咪的状态从来没有这么糟过，但她仍试图

驾驭住留在家中的 8 个孩子，至少让外人相信家里没什么问题。

约翰和南茜假装让气氛轻松一些。他们为咪咪弹钢琴，从马拉加舞曲、肖邦的练习曲到贝多芬的奏鸣曲，一直弹到深夜，这让咪咪很开心。可能是因为新的情侣有时能接受伴侣直视自己羞于承认的事实，这使南茜对眼前见到的一切更敢于发声。南茜说她来自一个人数"正常"的小家庭，而且不停地说隐谷路的这座房子像一片陷入混乱无序中的感情废墟。无休止的打斗，缺乏个人空间，四套上下铺，没有人能够独处。一个母亲怎么能在这种"高压锅"里抚养这么多孩子呢？而且其中还有两个小女孩，她们到底有没有隐私可言？住在这里的人哪里还可能有时间静下来思考？

约翰看着自己的父母，看到两人在竭力挽留昔日的荣光。他们的早年曾充满希望，现在的生活却近于一无是处。约翰认为，这或许可以解释为什么有一次他回家，父亲把他拉到一边，叫他要比自己更成功，叫他放弃音乐，学习政治。"搞音乐是个自私的职业，"多恩说，"你把大量时间花在练习室里，不跟人打交道，这样做有什么好处？"

父亲的话让约翰很难过，但并不惊讶。他从来不觉得多恩会认可他。在童年的大多数时间里，都没有太多人在意他，他不觉得自己引起过父亲的注意，更不觉得自己给他留下过什么好印象。不只是约翰一个人有这样的自我认知。多恩·加尔文在儿子们的生命中保持着高大的形象，驯鹰者、知识分子、战争英雄、机密情报官员，如今又是州长和石油大亨的顾问。10 个儿子在成长过程中多多少少都认为自己无法成为父亲那样厉害的人物。

在 1971 年约翰和南茜的婚礼上，多恩向新娘的母亲祖露心声说：

"她嫁的是我这群崽子里面最优秀的一个。"听到这句话，没有谁会比约翰更震惊了。

＊＊＊

老四布莱恩·加尔文是加尔文家相貌最俊的男孩，甚至比轮廓刚毅、具有典型美国长相的唐纳德更帅气。多恩给他起了个"黑骑士"的外号，因为他有一头乌黑的头发。和其他兄弟相比，布莱恩跑得更快，投球更狠，音乐天赋也非他人能及，甚至超过了用功的约翰。有一次，多恩和咪咪发现，在听完广播里的一首曲子后，布莱恩立刻就能一丝不差地在钢琴上弹奏出来，无论是古典音乐、爵士乐、布鲁斯、摇滚乐，还是其他任何类型。他们立刻就开始送他去上私教钢琴课。

布莱恩虽然才华横溢，却安静、腼腆。他经常跟小自己 6 岁的老八马克下棋，而马克碰巧又是个象棋高手。布莱恩虽然内向，但却是那种轻而易举就能吸引父母最多关注的孩子，他的疏离、神秘，反倒让父母更想取悦他。多恩和咪咪也折服于布莱恩的才能，唐纳德情感状态的大起大落让他们非常担忧，于是他们把期待寄托在了其他儿子的成功上。因此，当布莱恩和一些高中朋友要组一个摇滚乐队时，多恩给布莱恩买了一把崭新的哈佛纳牌贝斯，跟保罗·麦卡特尼的那把一模一样。

男孩们给乐队起名为"帕克斯顿后街嘉年华"，名字来自草莓闹钟乐队一张唱片中的一首歌。他们翻唱过披头士乐队、大门乐队、荒原狼乐队、滚石乐队、克里登斯清水复兴合唱团和僵尸乐队的歌

布莱恩（最左）和他的乐队成员

曲。布莱恩负责弹奏贝斯和吹长笛，也是乐队指挥，懂得每首歌曲的细枝末节，脑中能记住谱子，做到分秒不差，还要把曲子教给乐队的其他成员。有一个暑假，他开始自学电吉他，秋天就胜任了电吉他手的角色。"我觉得在某些方面，他是我们中最有才华的那个。"乐队的电风琴手和领唱鲍勃·摩尔曼说，他也是空军学院的负责人托马斯·摩尔曼将军的儿子。

布莱恩的乐队在全州各处演出，从格伦伍德斯普林斯，到丹佛，到南特立尼达。演出的场合也花样繁多：高中毕业舞会、美国退伍军人协会举办的舞会、在丹佛召开的天主教青年组织全国大会，虽然布莱恩他们尚未成年，但还在当地一家叫作 VIP 的酒吧定期演出。1968年春的一天，他们正在丹佛表演，突然听到远处传来了枪声——原来是马丁·路德·金遇刺引起的小规模骚乱。科罗拉多泉市在越战时期有点类似军事基地，但帕克斯顿后街嘉年华乐队有一种天真无邪的气质，深得老一辈人喜爱。摩尔曼将军出了一些力，让乐队发展得更为顺利。他会在天气恶劣时派人探查州际公路的路况，保证男孩们驾车演出的路上平安无阻。放学后，布莱恩和乐队队友会去摩尔曼家。摩尔曼家位于空军学院高中的一角，是一幢很大的私人住宅，有更多空间可以排练。乐队表演成了学院的保留节目，他们会为来访的重要人物表演。一次，著名演员露西尔·鲍尔在空军学院拍了一集（分上下两部分）她的新剧《露西来了》。露西尔在拍摄完后有礼貌地听了帕克斯顿后街嘉年华的演唱，还和每位成员握了手，大家都很好奇露西尔会怎么评价他们。当理查德·尼克松来学院参加学员的毕业典礼并讲话时，5 名黑衣特工打断了乐队的彩排，他们不相信空军学院负责人的车库里竟然会有一支摇滚乐队在排练。

多恩和咪咪出门时，比如带女儿们到阿斯彭或圣塔菲去的时候，布莱恩会在家里办派对，几乎所有高中同学都会来，其中大多数人会围着布莱恩的弟弟们抽大麻。布莱恩也开始吸食 LSD 致幻剂。不过对于多恩和咪咪来说，布莱恩从来都没有问题，他才华出众，又相貌堂堂。他们从来没想过，布莱恩可能跟唐纳德一样，正在遭受不为人知的精神疾病的折磨。

毕业后，布莱恩像约翰一样去了科罗拉多大学博尔德分校学习音乐。他在那里待了一年，发现大学不适合自己。不再有什么能让他有归属感，帕克斯顿后街嘉年华也不再是让他魂牵梦绕的寄托，于是他计划去西部，希望新组一个乐队玩音乐。布莱恩他们在本地的最后一次演出引起了轰动，但原因并不是音乐本身。1971 年 6 月 10 日，演出在丹佛郊外一个叫作红岩的露天剧场举行，以翻唱杰思罗·塔尔乐队的歌曲开场。演出门票早早就已售罄，而且有一千多名歌迷无票到场，挤不下的人群便被引流到稍远一点的一个场地。这中间有的人开始攀爬露天剧场的围墙，有的人则冲向大门。最后警方出动了直升机，用催泪瓦斯驱散人群。

这场演出后来被称作"红岩骚乱"，几十年后依旧有人记得，算是滚石乐队"阿尔塔蒙特骚乱"的科罗拉多迷你版本。在这场骚乱中，有 28 人受伤并在当地医院接受医治，其中包括 4 名警官。当时16 岁的理查德和 18 岁的迈克尔·加尔文都记得自己站在离骚乱很远的安全地带，观看他们的摇滚明星哥哥。当警察开始使用武力驱散人群时，布莱恩还在前面吹着长笛。据迈克尔回忆，当时"只有他和那个吉他手"还在演奏，并不是因为布莱恩离得太远闻不到催泪瓦斯，而是他太投入音乐了，完全没注意到正在发生的事。

***

同一年夏天，1971 年，迈克尔·加尔文——家中的老五，也是唯一欣然接受嬉皮士标签的儿子——高中毕业了。他对未来毫无计划，却对此颇为得意。迈克尔不是个有野心的人，上大学从来不在他的考虑范围内。但在大多数时候，他不知怎么总是能找到法子做自己想做的事，这对他来说就已经足够了。1969 年至 1970 年间，相继发生了阿尔塔蒙特骚乱、曼森杀人案和肯特州立大学惨案①，但对

---

① 1970 年 5 月 4 日，美国俄亥俄州国民警卫队向在肯特州立大学举行反越战抗议活动的学生开枪，造成 4 名学生死亡，9 名学生受伤。——译者注

1971 年的迈克尔和他的朋友们来说，60 年代的劲头还没消退。尽管越战愈演愈烈，他从未想过报名参军，但不愿参战并不是因为他是一名良心反战者 ①。如果说迈克尔有计划的话，他的计划就是见缝就钻、静观其变。

迈克尔在这个夏天离家独立，开始筹划自己的人生。他先搭顺风车去了阿斯彭，遇到的每个人都在读哈利勒·纪伯伦的《先知》和卡洛斯·卡斯塔尼达的《巫士唐望的教诲》。迈克尔也翻了翻这两本书，从此就再没把它们放下过。并不是作者说的什么具体的话让他开了窍，而是因为书中所呈现的价值观，与他从小被迫接受的严格的天主教教育完全不同。在吸食了大麻和 LSD 致幻剂之后，这些新思想很容易被吸收，而这还只是大千世界诱惑的一部分。

从阿斯彭出发，迈克尔和一个朋友一起搭顺风车去了印第安纳州，之后独自继续东行，期望及时赶到纽约，参加在麦迪逊广场花园举行的为孟加拉国筹款的演唱会。但他没能到达纽约：他因为在宾夕法尼亚州耶路撒冷的河里洗澡被捕。迈克尔在看守所待了 11 天，法官可怜他才放了他。他在俄亥俄州的阿克隆再次被捕，这次是因为非法游荡。面对法官，他完全不配合。

"你从哪里来？"法官问。

"我来自地球。"迈克尔说。

在看守所被关了几天后，他才决定打电话回家。

"你有什么能帮我的吗？"迈克尔问父亲。

"我给你寄张机票。"多恩说。迈克尔记得，在他父亲为他担保

---

① 此处的良心反战者，或者说良心拒服兵役者，是指出于个人良心、宗教信仰等道义理由拒绝服兵役的人。——译者注

后，他就被从看守所放了出来。

像这样的挫折并没有给迈克尔带来什么打击。"我想我已经可以从容面对一切了。"他后来回忆说。进看守所、在公园露宿、在河里洗澡，这些对他来说都是拓宽眼界的冒险，也让他逐渐明白现实不是他曾经认为的那样，他从小笃信的那些东西并不一定都是真的。

然而，迈克尔始终无法适应家中的生活。他猜想，20 世纪 60 年代的热潮悄无声息地绕过了隐谷路。其他的年轻人都在外面找寻自我，他和兄弟们却一个个穿得差不多，至少在去教堂做礼拜时是如此，无一例外地穿着大衣系着领带。大家就像是在军营里一样，服从安排，整齐划一。如果加尔文家有男孩敢质疑咪咪——迈克尔经常这么干——她很少会妥协。

咪咪——而不是多恩——是迈克尔生来就注定会针对的家中权威。"我父亲是空军军官，但我母亲才是空军背后的总指挥。"迈克尔说。他还说，"父亲当时不在家"，不仅兼着两份职，还在攻读博士学位。"母亲负责管教我们。我们把被子叠成豆腐块，把床铺得像镜面一样平整，都是因为母亲的要求，不是父亲。"咪咪对儿子们的说教常常没完没了，她对异议无动于衷的态度也令人难以想象。"你是说不动她的"，迈克尔说，咪咪的意志"就像一条单行道"。

作为青少年，迈克尔的办法是尽量不回家。他与朋友结伴，手上夹着大麻烟卷在外面闲逛。他喜欢想象多恩 50 年代末在斯坦福的样子，那也是肯·克西的时代，这位反文化偶像因为写过小说《飞越疯人院》而知名，后来和美国各地尝试 LSD 致幻剂的流浪汉成立了一支乐队。想到"驯鹰者"多恩·加尔文上校服用迷幻剂的场面，大家就会狂笑不止。在家里，迈克尔越发胆大。他违抗加尔文家的着装规范，切掉了乐福鞋的鞋跟，弄得跟美洲原住民似的。每当迈克尔显露出抽完大麻后飘飘欲仙的样子，多恩就会坐下来劝导他，但这并没什么用。

　　情况越来越糟。因此，1968年秋天，多恩和咪咪把当时15岁的迈克尔送到了佛罗里达州杰克逊维尔市，跟叔叔婶婶住一个学年，让他有机会清醒一下头脑，学会独立，少给父母添麻烦。当时的迈克尔并不知道，父母正在焦头烂额地处理唐纳德的事情。迈克尔很快就喜欢上了佛罗里达。他的堂弟们都比他小一点，很喜欢他水瓶座的性格。他在新学校交朋友也完全没有障碍。迈克尔第一次服用致幻剂是在1968年11月22日，之所以会记得日期是因为当天晚上著名歌手吉米·亨德里克斯在杰克逊维尔演出。迈克尔和他新认识的一个朋友巴奇·特拉克斯一起去看了这场演出，巴奇当时刚和一个叫杜安·奥尔曼的人组了个摇滚乐队，迈克尔那年经常待在巴奇家里。第二年，也就是1969年，巴奇和杜安的乐队变成了后来著名的奥尔曼兄弟乐队。

　　迈克尔那时已经回到科罗拉多，高中最后的时光还是约束在加尔文家的条条框框中。唯一一次打破这种陈规的机会是在1970年，当时隐谷路的家已经变成唐纳德的精神病院，他在离婚和住院后变得非常迷茫，情绪不稳定。迈克尔完全无法理解唐纳德，也不太能容忍唐纳德痴迷于专制的天主教。他开始对唐纳德发脾气，多恩和咪咪不知道他俩之间的矛盾究竟是唐纳德的错还是因为他俩太像了。唐纳德的状况，加上吉姆不时发作的妄想，在一定程度上使多恩和咪咪清醒过来。如果两个儿子都无法融入现实生活，他们觉得迈克尔大抵也会如此。

情况果然如此。1971 年秋天，年轻的迈克尔人生中决定性的阶段出现了。他高中毕业了，开车做了一趟公路旅行，进了宾夕法尼亚州和俄亥俄州的看守所。在这之后不久，多恩和咪咪就把他送到了丹佛总医院，住进顶楼的精神科病房进一步观察。

迈克尔需要服用三氟拉嗪，一种跟氯丙嗪差不多的抗精神病药物。他只住了一周左右，就觉得自己来错了地方。他觉得自己没疯，或者正在好转，因此要离开这里。他知道自己不属于这儿，于是他出逃了。

他瞅准机会——也是第一个机会——溜出医院，搭顺风车来到了一个朋友家并打电话给他的父母。"你们不能逼我回那里，"他说，"我也不打算回家。"

多恩和咪咪感到进退两难。迈克尔已经 18 岁了，严格说来已经不再受他们的管控。因此他们便提出一个权宜之计：他觉得去加州看望哥哥布莱恩怎么样？

迈克尔露出了满意的笑容。

在离开科罗拉多后，布莱恩还不时与兄弟们联系。有一次，理查德收到一封信，里面有一支大麻烟卷，裹着红白蓝色的包装纸，还有一张纸条，上面写着"请享用来自杰弗森飞机乐队的礼物"。

几个月后，兄弟们听说布莱恩实现了他最初的目标。他成立了一个新乐队，名叫"袋边街"，是以《霍比特人》中比尔博·巴金斯家附近的一条街命名的。这正是迈克尔眼下最渴望进行的那种冒险。对他来说最有吸引力的便是有机会去旧金山湾区，让他那个红头发的英俊天才哥哥把他引进嬉皮士和音乐家的圈子。

　　但迈克尔在到达以后才发现，布莱恩的新生活并不像他夸耀的那样精彩。布莱恩甚至都没有到达湾区。他和他的乐队在萨克拉门托租了个房子，离海滨有1小时的车程。布莱恩为了付房租得整天工作，大部分时间迈克尔都是一个人待着。之前期待的完美旅行如今有点让人失望。不过袋边街乐队很不错，表演的音乐与摇滚、爵士、布鲁斯都沾边，布莱恩负责吹奏长笛，也是乐队最大的亮点。和以前一样，布莱恩再次成为乐队中最突出的乐手。这支乐队跟他高中那支不一样，做的是原创音乐，还打算录制唱片。迈克尔偶尔会跟着他们去巡回演出，帮他们把哈蒙德电风琴从货车上抬上抬下。

　　迈克尔只待了一个月，没多久就惹上了麻烦。一天，独自待着无聊，迈克尔决定去看看太平洋。他知道路很远，因为这里是萨克拉门托，但他有时间，也知道方向，心想只要沿着某条运河走，就能到达太平洋海岸。他走了大半天，最后放弃了，开始往回走。路上他抄小道经过一个拖车停车场，走上了一条土路。他看到路中间有一个花园用的软管接头，于是把它捡了起来，放在最近的一辆拖车的台阶上，然后敲了敲门。这个举动引起了别人的注意。

　　警察在离布莱恩住处几个街区远的地方抓到了迈克尔。在听到有个警察提到"非法侵入"和"盗窃未遂"时，他很吃惊。他不懂自己究竟做错了什么，觉得可能因为自己是嬉皮士，所以招人忌恨了。他发了一通火，之后才意识到萨克拉门托的警察可不像宾夕法尼亚州耶路撒冷的法官那样宽宏大量。

　　在看守所，迈克尔明白了盗窃未遂是一项重罪指控。他从没在法律方面惹过这么大的麻烦。在等待开庭期间，迈克尔试图交朋友。

关在隔壁牢房的人教他用餐食里的奇迹牌面包做吐司：把卫生纸卷起来，用点香烟的火柴把卫生纸点燃，生一小堆火，把面包放在上面烤。迈克尔学会了，然后被逮了个正着，被单独关进了一间小黑屋。在此之前，他从没听说过有这种地方存在。

在被单独关了几天后，他得到了一个见医生的机会。迈克尔同意了，那位医生把他转到了看守所的医院。迈克尔有了室友和电视，一切似乎终于回到了正轨。但接下来情况又发生了彻底的反转：由于萨克拉门托总医院没有足够的病房，迈克尔要被转到加州臭名昭著的阿塔斯卡德罗精神病医院，这座精神病医院拥有最高的安全等级，关了 2 000 名精神病人。

迈克尔在一年中第二次被进了精神病医院，而且这一次的精神病医院还很像一座监狱。但他非常清楚自己的脑子没有问题。被关在这里的人要么杀了自己的老婆孩子，要么杀了自己的银行客户经理。直到这时迈克尔才醒悟过来，眼下不再是儿戏，而是真实的人生。

迈克尔被告知他只是在阿塔斯卡德罗接受观察，但没人告诉他要待多久，这种悬而未决更让人不安。

他父亲来探望过他，但这次已经是爱莫能助了。

布莱恩也来过，但他给弟弟的最大程度的安慰只是"人生在于旅途的过程，而不在于终点"。

5 个月后，法庭同意迈克尔认罪以换取减刑。没有辩说的余地，迈克尔只能忘掉一切，继续过日子。他在阿塔斯卡德罗的时光也不是完全没有乐子：迈克尔遇到了一个雅基印第安人拳击手，跟他讲自己的哥哥曾经和著名拳击手舒格·雷·罗宾逊打过比赛。不过这种机缘巧合没引起迈克尔的兴趣。他同意布莱恩的话，人生的确在于旅途的过程，但旅途也有好坏之分。

　　有一点迈克尔很确定：他跟唐纳德不同。他没疯。他会用余生向所有人证明这一点，包括他的父母。他认为他被贴上了错误的标签。观点与别人不同，不代表就有精神分裂症。要是那样，每个嬉皮士都可以说是疯子。

　　他用整个 20 世纪 60 年代的社会风潮作为依据，来证明自己这种观点：在当时很多人看来，只要有人站出来反对权威或者军事资本主义的上层建筑，就有可能被当权者贴上"疯子"的标签。20 世纪70 年代，大众关于精神疾病的讨论已经不再限于弗洛伊德和氯丙嗪，人们开始谈论把一个人简单地诊断为精神病人这种行为，认为这是一种陈规和权力的工具，是一种管制独立思想和自由的手段。

　　这种反文化现象的根源要追溯到反精神病学运动。在十多年前，一批精神病治疗师几乎不假思索地完全拒绝接受关于精神失常的传统假说。50 年代，让-保罗·萨特提出，妄想只是一种超越"现有的平庸"并迎接想象世界的极端方式。[1] 1959 年，受萨特和其他存在主义者的影响，反传统的苏格兰精神病学家罗纳德·莱恩在《分裂的自我》一书中指出，精神分裂症是遭受创伤的灵魂对自我的保护行为。[2] 莱恩曾言辞尖锐地谴责说："额叶切除手术和镇静剂在病人体内圈出了一座疯人院。"[3] 他认为精神病分裂症病人退缩到了自己的世界中，因为他们不想招致他人的关注，以此保护自己的自主权。毕竟，病人主动变成石头，总好过被别人变成石头。[4] 1961 年，社会学家欧文·戈夫曼出版了著作《精神病院》。他在书中探究了精神病院中的生活，并得出结论：是医院将疾病的概念灌输给了病人，而不是反过来的情况。[5] 同年，芬兰精神病学家马蒂·奥拉维·西伊拉拉（Martti Olavi Siirala）指出，患有精神分裂症的人就像先知，能看到社会的神经官能症——我们集体无意识的共同精神病。[6] 还是同一年，反精神病学运动的教父托马斯·沙茨出版了他最著名的作品《精神病的神话》，书中称精神病是掌权者用来对付被剥夺了选举权的人的一种概念，是将有不同思想的社会群体去人性化并投入贫民窟的一种手段。[7]

一年后的 1962 年，一本小说横空出世，使反精神病学运动进入了社会主流。《飞越疯人院》描述了一家州立精神病医院中的残酷现实，暗喻社会管控和权力压迫。小说讲述了"麦克"——兰道尔·帕特里克·麦克默菲，一个轻微犯罪分子和具有自由精神的反叛者，在疯人院里与医护人员斗智斗勇，最后被恶毒的权威力量击败的故事。[8] 在被拍成电影前，《飞越疯人院》就已经成为反文化运动的奠基性迷思，与电影《逍遥骑士》和《雌雄大盗》一样浪漫而影响深远，极好地解释了世界的运行方式，揭露了扼杀上一代人文化的原因。

当然，再往回深溯，社会上将精神疾病与有创意的艺术冲动等而视之的观念已经存在了好几个世纪。艺术家是反叛旧习和讲真话的人，是疯狂世界里唯一清醒的人。甚至连弗里达·弗洛姆-赖克曼在 1957 年去世前的几年，也开始相信在一些精神病患者的孤独精神世界中，有一种"次要因素"使他们"成为更敏锐、更敏感、更无畏的观察者"。[9] 她列举了患有精神疾病的作曲家、画家和作家，指出他们之所以才华横溢，是因为他们无法与他人达成直接、常规的交流。弗洛姆-赖克曼认为，患精神分裂症的人就像宫廷小丑，他们讲述的让人不适的真相是我们其他人不愿意听到的。她还用塞万提斯的小说《玻璃人》为例来阐述这种观点。小说写的是一个村里的傻子一直受到周围的人的善待，因为他嘴里冒出的话虽然是让人痛苦的事实，但仍可以被大家视作疯言疯语，一笑置之。后来这个人开始康复了，周围的人却百般阻挠，因为害怕他们突然需要把他说的每个字当真。

到 20 世纪 60 年代末，反精神病学运动不再只关注精神疾病的治疗，以及与之相关的创造性和艺术，也开始涉及政治、正义和社会变革。莱恩在自己 1967 年出版的书《经验政治学》中指出，精神失常的人其实一直都是神智正常的，并且认为将人定性为精神分裂在本质上是一种迫害。"如果人类继续存在，我猜想未来的人会将我们自以为的开明时代视为不折不扣的黑暗时代，"他写道，"他们应该比我们更能饶有趣味地体会到这种情况下的讽刺性。我们会成为笑柄。他们会看到，我们所谓的'精神分裂'是一种形式的启蒙，这种启蒙常常发生在普通人身上，像光一样照进我们完全闭塞的思想。"[10]

迈克尔相信，发生在他身上的唯一错误，在于他是在压抑的环境中长大的。"其中存在某种压迫。"他会说。迈克尔认为强制服从会侵害一个人的健康，他把兄弟们身上出现的所有问题都归咎于此。但他不知道该如何帮助他们。在他看来，他们似乎是作茧自缚，没有人，包括他在内，能找到办法解放他们。

1972 年，吉尔·德勒兹和费利克斯·加塔利在他们受马克思与弗洛伊德思想影响的作品《反俄狄浦斯情结：资本主义与精神分裂症》中指出，家庭结构是专制社会的隐喻。[11] 他们认为，家庭和社会都会试图控制自己的成员，压抑他们的欲望，如果他们反对大集体的组织原则，就会被宣判精神失常。

精神分裂症此时已经成为一种隐喻。理论家们完全抛弃了疾病的概念，执着于对其进行彻底颠覆。与此同时，像加尔文家这样亟须治疗的家庭被抛弃了，成了文化战争的附带牺牲品。

第14章

1967 年

波多黎各，多拉多海滩

6 月末的骄阳下，在地处热带的一家酒店里，大卫·罗森塔尔参加了一场精神病学界顶级思想家云集的学术峰会，探讨精神分裂症以及这种疾病究竟是先天因素还是后天因素导致的，这一争论从未停止过。问题很有必要开会讨论了，因此才出现这种空前的盛况。[1]

到 20 世纪 60 年代，氯丙嗪引发的革命大大提高了讨论的必要性。对于那些赞成遗传或者说先天论的人来说，抗精神病药的药效至少证明精神分裂症是一种生物学过程。但在持后天论的精神病学家看来，氯丙嗪之类的药物仅仅抑制了症状，不过是顶着光环的镇静剂。要治疗精神分裂症，除了深入探究引起这种疾病的无意识冲动，别无他法。这次会议是一次打破僵局的谨慎尝试。罗森塔尔是国立精神卫生研究所精神分裂症方面的首席研究员，也是这次会议的组织者之一。心理治疗阵营的参会者也都是赫赫有名的专家，其中有耶鲁大学的精神病学家和家庭动力学的研究先驱西奥多·利兹（Theodore Lidz）。为了体现对生物学家和谈话治疗师不偏不倚的态度，会议颇费心思地起了"精神分裂症的传播"这个名称。甚至会议地点选在波多黎各的多拉多海滩，都意在缓和紧张气氛，创造和平友好的环境。

在关于吉内恩一家的书出版之后的 3 年里，罗森塔尔一直在从不同角度研究先天和后天的问题。四胞胎方面的工作接近尾声时，他开始清楚地认识到研究相同环境下长大的兄弟姐妹具有局限性。于是他开始好奇，如果让有精神分裂症家族史的孩子在其他家庭环境中长大会有什么结果。也就是说，一个先天易感并与至亲生活在一起的孩子，一个遗传背景相同但被基因不同的人收养长大的孩子，哪一个更有可能患上精神分裂症？在这次会议上，他准备宣布他的初步研究结果。根据这些研究结果，他认为先天论的观点是正确的。

罗森塔尔和精神卫生研究所的所长西摩·凯蒂（Seymour Kety）在丹麦为他们的研究找到了实验人群。[2] 丹麦是很多遗传学研究者倾心的国家，因为这里的医疗记录保存得极好，也愿意将资料分享出来供科学研究。他们得以查阅档案，寻找被收养后患上精神分裂症的人，随后又研究了收养这些患者的家庭的其他成员的健康记录，寻找关联，并排除了大量患病孩子正好被患病家庭收养的病例。最后，他们将患病的被收养者与对照组，也就是那些在自己亲生父母家中长大的精神分裂症患者进行比较。研究的最终目标是搞清楚先天和后天到底哪一个因素会造成更多的精神分裂症病例。

他们的研究发现，两者差别很大。在多拉多海滩的会议上，罗森塔尔宣布，生物学因素，而非与有精神分裂史的人生活在一起，似乎可以解释几乎每一例精神分裂症病例。成长的地点和抚养者，似乎都与发病毫无关系。整体而言，虽然精神分裂症很少从父母直接遗传给孩子，但有精神分裂症史的家庭将这种疾病传给后代的可能性是其他家庭的四倍多。

这份结果充分说明，精神分裂症在家庭中会曲折地传递下去。单这一点就让人极为震惊。但在分析收养病例的过程中，罗森塔尔和凯蒂还发现并没有证据支持"后天论"，也就是说，对于那些在遗传学上和养父母没有关联的孩子，没有证据表明精神分裂症可以从患病家长身上传播到被收养孩子的身上。罗森塔尔总结说，如果一个人在遗传上对精神分裂症不易感，那么这个人就不太可能患上精神分裂症。

罗森塔尔认为自己终于解决了争议，并且证明了教养不良不会导致精神分裂。在会上，他发现至少有一个持相同观点的人——年轻的精神病学家欧文·戈特斯曼（Irving Gottesman）。戈特斯曼和他的合作者詹姆斯·希尔兹（James Shields）当时刚发表了一项研究，结论与罗森塔尔的很相近。[3] 这篇题为"精神分裂症的多基因理论"（A Polygenic Theory of Schizophrenia）的论文指出，精神分裂症可能并不是由一个基因导致的，而是多个基因共同作用的结果，也可能是由于各种环境因素激活这些基因导致的。他们的证据包含很多双胞胎病例，但他们的理论有个特别之处：他们不认为是一个显性基因或两个隐性基因导致了精神分裂，而是提出存在一个"易感阈值"（liability threshold），易感性超过这个理论值的人可能就会患上精神分裂症。在他们看来，遗传和环境因素——比如家族病史和童年遭受的创伤——可能联合起作用，使一个人的易感性接近这种阈值。

但如果各种因素累加起来没有达到临界值，那么一个携带精神分裂症基因的人可能一辈子都不会表现出症状。

戈特斯曼和希尔德的理论被称为"素质-应激假说"，其核心是后天因素激活了先天因素。几十年后，他们的工作被认为极具先见之明，可以追溯到弗洛伊德和荣格时代的大讨论至此开始走向终结。从某些方面看，素质-应激假说有些像是在先天论和后天论两个阵营之间达成了一种妥协。如果假说成立，那么无论氯丙嗪等抗精神病药物的治疗机制是怎样的，这些药物都只可能作为精神分裂症长期治疗的一部分手段而已。

然而，在多拉多海滩的会议上，戈特斯曼和希尔德的理论一如既往地不被接受。甚至罗森塔尔的一位同事也驳斥说混乱或贫困的童年也可能是病因：新的研究表明，城市越大，社会阶层与精神分裂症的相关性就越强。[4] 这位同事还提出了一个有关因果性的问题：究竟是贫穷导致了精神分裂，还是这种精神疾病是先天性的，致使家庭陷于贫困中？

精神分裂症妈妈的问题又回来了。赫尔辛基大学的一位参会者在做报告时公开批评那些"严厉、强势、缺乏温情"和"焦虑、没有安全感，并且常常带有强迫症倾向"的母亲。[5] 如果母亲真是罪魁祸首，为什么同一个母亲的多个孩子，有的会患精神分裂症，有的却不会？对于这个问题，这位治疗专家却无法给出解释，他只坚持说患病的原因肯定是粗暴的妈妈。

接下来轮到西奥多·利兹解释他的家庭动力学。他说，如果一个孩子"在幼年时期的养育方式不正确，或者遭受了严重的创伤"，那么这个孩子的发育就会不正常。[6] 除了他个人在精神分裂症家庭方

面的研究结果外，这位耶鲁的精神病学家没有引用数据来支持他的
观点。

这样的讨论进行了一周，7月1日，会议的最后一天，罗森塔
尔作为组织者总结了这个领域的现状。他举重若轻，先讲了个笑话。
他说精神分裂症方面遗传论与环境论的争论让他想起一场"白衬衫
法式决斗"，决斗双方"努力完全避开对方，以至于一点也没有暴露
自己，连彼此传染上感冒的风险也不会有"。[7]罗森塔尔接着使用起
了外交辞令，颇为周全地说，大家能齐聚一堂是个好的开始，"这一
周以来，我们天天坐在这里听大家详细论述各自的观点，这些观点
有的和我们自己的观点相一致，也有的和我们自己的观点相悖。但
我们之间并没有留下什么不快，我希望留下的只有大家认真求索数
据和观点的精神"。

两方真正的和解并不会来得太快。事实上，三年后，美国国立
精神卫生研究所家庭研究方面的首席研究员，同样参加过多拉多海
滩会议的大卫·赖斯仍然将遗传学家和环境论者称为"两个对立的
阵营"。[8]此时，精神健康领域的专业人士仍然在激烈地辩论，但对
像加尔文家这样依赖于他们救助的很多家庭来说，他们仍然无法提
供太多帮助。在多拉多海滩会议的闭幕词中，罗塔森尔说，精神分
裂症病因的谜或许要等到下一代人才能逐渐解开。

罗森塔尔还说，好消息是"过去所提出的所有合理的疑惑都得
到了解答，遗传论比较能让人信服"。[9]他认为这次会议"是一个值
得铭记的时刻，因为研究家庭互动的最优秀的学生都明确并公开地
认同精神分裂症的患病过程中涉及遗传因素这一点"。

但这引发了一个让人更为困惑的问题。"严格说来，遗传的不是

精神分裂症，"他说，"可以明确的是，并不是所有携带精神分裂症基因的人都会发病。"[10]精神分裂症确实有遗传性，但并不总是会遗传。于是大家不由得要问：这是怎么回事呢？

"对于相关基因的致病机理，"罗森塔尔说，"我们目前还不甚清楚。"[11]

多恩
咪咪

唐纳德　　乔
吉姆　　　马克
约翰　　　马特
布莱恩　　彼得
迈克尔　　玛格丽特
理查德　　玛丽

第 15 章

对咪咪来说，没什么比一个完美的感恩节更重要了。她会花上一整天来做饭，通常还会提前做好一个姜饼屋用来装饰。近些年，咪咪不得不强迫自己无视儿子们拿食物打架、用毛巾互抽的场面了，但每年 11 月，她的心中仍会重新憧憬起来，希望能度过一个愉快的节日。

1972 年的感恩节，约瑟夫和其他三个打冰球的弟弟以及两个妹妹仍住在家里。唐纳德从普韦布洛回来了。吉姆和凯西也带着小吉米回来了，布莱恩、迈克尔和理查德也回到了家里。只有约翰去他妻子南茜家过节了。但加尔文家这么多人聚在一起，很容易爆发冲突。刚开始的小打小闹一直持续到饭点，男孩们互相指责谁吃得太多，谁应该收拾餐盘，谁是娘娘腔，谁是浑蛋。

你盛得太多了！

吃不完怎么办？

你没给我留点。

你太可怜了！

滚开！

你臭死了。

你烂透了。

去你妈的！

你个浑蛋！

没轮到我洗盘子。

你从来不来帮忙。

娘娘腔。

你跟个娘们儿似的！

把这个拿出去。

长点脑子！

　　玛格丽特只能强打起精神。她当时 10 岁，感恩节时她要熨平亚麻桌布，还要把银质餐具和餐巾摆放到桌上。这些家务可以让她贴在妈妈身边，远离男孩们。按照传统，家里每个人都有指定的座位。大家长多恩坐在桌子的东面，唐纳德紧挨着坐在他右边，这样多恩可以随时留意他。咪咪的位置在桌子的北面，面对窗户，爱象棋的马克和爱内省的乔在她身边，叛逆的彼得离她最近，她好管住他。玛格丽特因为是左撇子，所以总是坐在桌子的一端，小玛丽当时才 7 岁，坐在离玛格丽特不远的地方。马特在她们对面，旁边是吉米和凯西。但他们还没有落座，就发生了可怕的事情。

　　如今的吉姆和唐纳德比以往更相互看不顺眼，只要待在同一个屋子里就会吵架。或许是因为在吉姆的眼里，唐纳德变成了一个孱弱的对手，终于可以被他打败了，又或许是因为吉姆和以前一样，满脑子妄想，觉得自己同样不受欢迎。不管是哪种情况，唐纳德都是那个需要解决掉的人，而这个事就应该由他吉姆来干。而在唐纳德眼里，吉姆就像一个永远纠缠不清的浑蛋，遭受过无数的羞辱：妻子不同意继续保持婚姻关系，兄弟们也不像他希望的那样听他的话。对唐纳德来说，把吉姆赶出家门，确认自己才是老大，是对吉姆最彻底的羞辱。

两个人很快就打起来了，一开始是像过去那样，在客厅里扭打在一起。唐纳德过去拥有的优势此时已不复存在，他住过院，体力被抗精神病药物削弱了，两人现在势均力敌。有人把小玛丽拉到了安全的角落，他俩的打斗在这之后升级了。

没多久，他们从一个房间打到了另一个房间。

加尔文家的客厅朝向餐厅。如果想到后院里去打一架，就必须得经过餐厅。这年感恩节，兄弟俩沿着这个方向你追我打，唯一挡住去路的是那张大餐桌。

唐纳德跑到餐厅的远端，把桌子抬了起来。吉姆从另一端向他靠近。玛格丽特记得，当唐纳德掀翻桌子时，桌上的所有东西都乒呤乓啷地掉到了地上。但据马克回忆，唐纳德实际上把整个桌子举起来砸向了吉姆。总之，咪咪期盼已久的完美感恩节毁了。

咪咪看着家里翻倒的桌子，散落一地的盘子和银餐具，以及拧成团的桌布。她最大的恐惧莫过于眼前真真切切发生的这一幕——她好心好意的准备，对家人细致入微的关怀，是的，她的爱，被碾轧得支离破碎了。美好的错觉荡然无存。她自己的母亲比莉如果看到眼前的这一幕，肯定会明白情况有多糟糕。任何人都看得出来，

第 15 章

咪咪彻底失败了。

咪咪没理会其他人,径自走进厨房。大家紧接着听到了一个沉闷的声音,姜饼屋被它的制作者砸碎了。

"你们这些孩子配不上它。"咪咪泪流满面地说。

***

在隐谷路的尽头,有一条将加尔文家和斯卡克家分开的小路,多年来人迹罕至。一天,斯卡克家买了一辆本田 90 型小型摩托车。跟玛格丽特差不多大的卡罗琳·斯卡克会骑摩托车顺着小路去其他朋友家玩。这条路严格说来在斯卡克家的地盘上,但从来没人提过这事,直到卡罗琳开始骑摩托为止。

一天,卡罗琳从山上骑车下来,在山底快到家的路上,她幸运地注意到一条电线粗细的绳索横向拦住了隐谷路的尽头。她在最后一刻及时偏转了方向,否则就会连人带车被绊倒。卡罗琳吓得半死,把事情告诉了她妈妈。在搞清楚状况后,她妈妈冲出家门,穿过小路,去加尔文家找咪咪。

卡罗琳至今还记得这两个平时客客气气的女人站在小路上对峙的那一幕,就像火冒三丈的棒球教练和冥顽不化的裁判。

"你为什么要这么做?"卡罗琳的妈妈喊道。

"我不喜欢那种噪声。"咪咪说。

这句话让卡罗琳的妈妈的脾气再也压不住了。

"警车天天到你家我们都忍着,我们一辆本田 90 你就受不了了?"

人人都知道加尔文家出了事。附近的邻居开车从自家的车道驶上隐谷路时都会非常小心，因为他们知道很可能会碰到唐纳德在路尽头转悠，向开车经过的人布道。他家的弟弟们也变得远近闻名。有一次，马特从一个邻居家偷东西，正好撞上回到家的主人，被抓了个正着。彼得一脸苦相，表情凶狠，惹得其他女孩指指点点。一次，彼得把一个女孩的脸埋到雪里，使她无法呼吸，之后却狡辩说他只是在开玩笑。

实际上，大家都已经不再登门拜访加尔文一家了。赫夫利家的孩子被禁止去加尔文家玩。周围要是发生了什么事，比如谁家的邮箱被破坏了，或者谁家失窃了，大家都会不假思索地把责任追究到加尔文家头上。

咪咪习惯了否认这一切："我家孩子才不会干那种事情。"但没人相信她，她正在无声地沦陷。她需要一个人面对难以应付的局面，而且她没有工具，没有接受过训练，也没有天资。她和多恩喜欢驯鹰是因为这中间有逻辑可言，但他们的孩子的行为却毫无逻辑。他们试图给孩子们灌输秩序和常理，但孩子们不是鹰。

这一切使咪咪变得愁容满面。如果现在有孩子做了什么出格的事，她已经不再是欣然迎战的战士，而是成了暴跳如雷的将军。当迈克尔、马特、理查德或彼得不听话时，她经常会说"你就跟唐纳德一个样"。她或许没意识到这句话的伤害性有多大。指责儿子们跟"黏答答"一个样可能是她能对他们说出的最重的话了，因为这句话提醒着他们，他们和那个把这个家变成难于容身之地的奇怪的人，那个毁掉他们所有人生活的人，有着共同的血脉。

有断断续续的时间，一周或一个月，唐纳德会表现出片刻的清醒，甚至还能工作，当动物管制员、地产销售代理、建筑工人。1971年，他开始改服另一种相关的抗精神病药物——三氟拉嗪，整个人的面貌随后发生了巨大的转变。"短短一个周末，他就意识到他脑中的很多思虑不过是自己的想象，而非现实，"普韦布洛的一位精神病学医师路易斯·奈姆瑟写道，"他说自己非常想建造一座教堂，因为这样会使他更像他前妻的父亲。他有个想当然的愿望，认为如果自己更像她父亲，她就会重新接纳他。"

唐纳德的病情好转了几个月。1972 年 4 月，他再一次去俄勒冈找吉恩，但吉恩没有见他。他随后去天主教教区办事处拜访了一位牧师，谈了一下自己的婚姻问题。牧师明白无误地告诉他，在教堂方面看来，他与吉恩的结合已经彻底失效了。这句话将他重新送回了普韦布洛，奈姆瑟医生同情地记录道，"他的眼泪止不住地流"。

奈姆瑟医生参考弗洛伊德和弗里达·弗洛姆-赖克曼的观点，认为唐纳德有能力摆脱目前的状态，他"似乎自己选择了再次发作精神病"。因此奈姆瑟医生决定，医护人员应该尽力帮助唐纳德做出明智的选择。他们费心费力地去体会唐纳德的感受，握住他的手，告诉他他们为他感到难过。这种方法的确对唐纳德产生了点作用。"他更加畅所欲言，表达自己对吉恩的看法，"奈姆瑟写道，"说他真的还喜欢她，希望吉恩有一天能联系他。不过他拒绝再主动联系她，因为每次他这么做，最后结果对他来说都是灾难。"

唐纳德的状态越来越好，很快就可以出院了，他还利用一天的外出假找到了一份吸尘器销售员的工作。这份工作挣钱多，时间灵活，非常理想。1972 年 5 月 2 日，他出院了。一个新的循环开始了，但这一次他的行为非常恶劣：他对多恩和咪咪发出了死亡威胁。多恩和咪咪不得不向当地法庭提出申请，在 8 月把唐纳德强制送回普韦布洛。在普韦布洛，当医护人员要关他禁闭时，唐纳德一把从门上拔下钥匙，把护理员推进禁闭室锁了起来。但他并没有试图逃跑，而是坐在禁闭室门外，说他只是想给护理员一点教训。医生给他服用了大剂量的氯丙嗪和小剂量的三氟拉嗪。渐渐地，他的精神病症状消失了。8 月 28 日，带着预后谨慎的警告，他出院了。

第二年春天，唐纳德再次试图去找吉恩，因此被送进了俄勒冈州立医院。他的收治记录上对他的描述是"非常不合作，难以控制"以及"思维混乱，晕头转向"。比如，尽管这已经是他第三次住进这家医院了，但他却说不记得自己曾经来过这里。

住院间歇，唐纳德回家参加过一次家人的婚礼，这次比一年前约翰的婚礼还要让人不快。老六理查德一直是加尔文家心机很重的孩子，有野心，胆子大，有创业头脑，为达到目标懂得随机应变。在空军学院高中上高一时，他想办法用口香糖打开门锁，溜进了学校的杂货店。他和朋友连续几个月从店里偷牛仔裤、食物和其他任何能拿的东西。最终，他在一次偷东西时被抓住了，被罚停学一年并被强制转到另一所高中，这件事让他父亲怒不可遏。"你要是一直这么胡闹下去，迟早会闯大祸的。"多恩说。

1972 年，理查德回到空军学院高中完成了高年级的学业，还在全州冰球锦标赛上打进了制胜球。比赛结束后，对方球队啦啦队的一个女孩问他会不会去参加庆祝派对，理查德告诉她他会去。那天晚上，这个女孩怀孕了。

几个月后，多少有些被逼无奈，他们在科罗拉多泉市的地质奇观——众神花园举办了婚礼。理查德嗑了药，在婚礼上表现得异常兴奋。他的朋友达斯汀用吉他弹奏起了《他们的时代正在改变》。一切原本进展得挺顺利，但婚礼突然被一个声音打断了。唐纳德爬到公园的岩石顶上，大声喊道："我不同意这门婚事！这场婚姻不是上帝的旨意！"

吉姆和多恩制服了唐纳德，婚礼得以继续进行。

1973 年 5 月，多恩和咪咪再次同意把唐纳德从普韦布洛接回家。这一次他安分了 4 个月。

9 月 1 日，治安官办公室的警员按照他父母的请求，再次将唐纳德送入州立医院接受"禁闭治疗"。唐纳德告诉工作人员，自己当天已经遵医嘱吃了三氟拉嗪，但当他向咪咪要一些苯海拉明时，咪咪拒绝给他，担心苯海拉明让他困倦，驾车会不安全。唐纳德这时失控了，他掐住咪咪的喉咙，开始摇晃她。好几个男孩上前阻拦他才没把自己的母亲掐死。

回到普韦布洛后，唐纳德要求见一位天主教牧师。"他否认自己有幻觉和偏执妄想，"医务人员的会诊笔记上写道，"他仅仅承认自己跟家人相处时有情绪问题，显然，其中还包括一些肢体冲突。"他的预后诊断再次被定为"谨慎"。

没过几天，唐纳德的问题就被家人抛在脑后了。

多恩
咪咪

唐纳德	乔
吉姆	马克
约翰	马特
布莱恩	彼得
迈克尔	玛格丽特
理查德	玛丽

第 16 章

　　布莱恩从加州驾车回来探亲了。这给罕有片刻安宁的家带来了些许安慰和活力，让大家都松了口气。毕竟，他是摇滚明星，至少加尔文家是这样认为的。布莱恩还带来了他的女友，这让大家很好奇。他俩在客厅里跟家人聊天，一盘接一盘地放布莱恩他们袋边街乐队的磁带。布莱恩还带了吉他，并和兄弟们一起弹奏歌曲，家里的气氛彻底变了。咪咪甚至让他俩一起睡在楼下的房间。这项特殊的待遇表明布莱恩在家里享受的地位很不一般。

　　罗蕾莱·史密斯是加州人，朋友们叫她"诺妮"。她聪明开朗，性格直爽，一头金发被晒得颜色略深，脸上总带着友好的微笑。她比布莱恩小 3 岁，童年比布莱恩过得要富贵得多。诺妮的孩提时代是在萨克拉门托一个叫洛迪的小镇上度过的，卧室的墙上挂满了马术比赛的奖章。但吸引布莱恩的却是诺妮生活中的那些悲伤和不顺，因为他向来对人类境况中的黑暗面更感兴趣。诺妮才十几岁时，她母亲就因为服药、饮酒死了。她父亲是镇上有名的儿科医生，续娶了一个马术表演行业的女人，比诺妮大不到 10 岁。诺妮从此没有再跟父亲一起生活。她在寄宿学校待了 3 年，高中住在洛迪镇自己姐姐的家里，在本地的高中完成了学业。和布莱恩交往时，她一边在读商学院的课程，一边在洛迪镇的兽医诊所工作。

近半个世纪后的今天，镇上已经很少有人还记得诺妮了。她的父亲、继母和姐姐都已经去世。她姐姐的前夫记得她是个快乐的女孩，很招人喜欢。她在洛迪镇高中待了一年，时间不长，没给人留下很深的印象。与诺妮同时代并且还活着的晚辈是她姐姐的儿子，现在的他已经是成年人，年纪差不多是 1973 年时的诺妮的两倍。这位侄子只隐约记得，曾经有个叫诺妮的女孩被她男友开枪打死了。之后，那个男友的家里发生了翻天覆地的变化。

去加州前，布莱恩就很喜欢琢磨嬉皮士式的哲思。他会谈论死亡，但不会太认真。他也不相信宿命论，而是将思考死亡当作一种精神状态，使他进入到另一个境界。"对他来说，死亡并不是终点。"老三约翰说。约翰和布莱恩都曾在科罗拉多大学博尔德分校学音乐，同住过一年。"死亡就像是去别的什么地方。他总对我说要去另一个世界。"

在约翰看来，布莱恩谈论死亡的方式并没显得多紧急和危险。"我们当时住在一起，那是个迷幻的时期。"约翰说。这种状况部分可能是毒品促成的，加尔文家的男孩中吸毒最厉害的就是布莱恩。但布莱恩身上的阴暗面却从没引起过兄弟们的顾虑，因为他们没有注意到过这种阴暗面，或者他们不想看见这种阴暗面，又或许是因为他们觉得这样挺有男人味的。

1973 年 9 月 7 日是周五，这天下午洛迪镇警方接到诺妮老板的妻子从切诺基兽医院打来的电话，电话中她担忧地说诺妮中午回家吃午饭后就再没回来。[1]员工失踪一两个小时一般很难上升到需要警方介入的程度，除非单位里人人都知道诺妮身上会有事发生，知道她的处境非常危险。

诺妮和布莱恩大约一个月前分手了，那之后他们一直在争吵，现在她一个人住。

第一位到达胡桃街 404 $\frac{1}{2}$ 号的警员发现公寓的门敞开着。他走进去，发现地板上躺着一对年轻人，旁边是一把点 22 口径的步枪。诺妮面部中枪，脸上满是鲜血。布莱恩的枪伤则在头部，现场的警察勘查后确定是他自己开枪造成的。

最小的三个孩子，彼得、玛格丽特和玛丽被母亲的抽泣声惊醒了。

楼下，咪咪在厨房的桌子上点起蜡烛，马克正试图让她平静下来。多恩在打电话，安排唐纳德从普韦布洛短暂出院，好回来参加弟弟的葬礼。

对外的解释——至少对年幼的孩子们是这么说的——是这是一场自行车事故。玛格丽特当时 11 岁，玛丽连 8 岁都不到，都太小了，不能跟她们说布莱恩杀死他的女友后开枪自杀了。很多其他人也不太清楚全部的细节，有人以为这对年轻人是被入室抢劫的匪徒杀掉的。大多数人可能根本想象不到警方发现了什么：布莱恩前一天在当地一家枪支店买了行凶的武器，洛迪镇上的这件惨案是蓄意谋杀。

多年后，家里的其他人想出了一些其他的解释，比如布莱恩和诺妮是商量好一起自杀的，或者两人在一起吸了 LSD 致幻剂后发生了意外。只有咪咪和多恩知道一个事实，多年来他们没有告诉过任何人：在布莱恩死之前的一段时间，医生曾让他服用过抗精神病药物替沃噻吨。在布莱恩的医疗档案中，并没有那些往往需要服用这种药物的诊疗记录，没有狂躁症，没有抑郁型精神病，没有创伤引发的精神病，也没有因为长期服用迷幻药而触发的精神失常。但有一点多恩和咪咪一定十分清楚，那就是替沃噻吨还能治疗精神分裂症。家里又有一个儿子疯了，而且还偏偏是优秀的布莱恩，这对他们的打击太大了。几十年来，他们都没有把布莱恩的病情公之于众。

在得知布莱恩的死讯后，迈克尔显得很木然。在到达加州后，他逗留在了洛杉矶，想过一段时间再北上去看布莱恩。现在他满脑子想的都是或许当时需要一个人阻挠布莱恩的计划，而自己没能帮上忙。现在，又需要他帮忙了：他父亲想让迈克尔跟他一起去加州，把布莱恩的遗体运回来，并处理掉布莱恩的遗物。在到达警察局后，一名警员向迈克尔和多恩解释了警方的揣测，迈克尔这时再也无法承受了。当他听到"谋杀他人后自杀"的字眼时，他拒绝再听下去，一个人跑了出去。

虽然不知道布莱恩的病情，弟弟们还是把布莱恩的事和其他哥哥的情况联系到了一起。先是唐纳德，然后是吉姆，现在是布莱恩。约翰的妻子南茜第一个说出了大家心中的猜测：加尔文家的男孩们身上发生的事情肯定具有某种传染性。她和约翰随后离开了科罗拉多，在爱达荷州各找到了一份音乐教师的工作。其他几个儿子也分散到了全国各地。老七乔，打冰球的四个男孩中最年长的那个，高中一毕业就去丹佛的航空公司找了份工作。老八马克一年后高中毕业，入读了科罗拉多大学博尔德分校。

参加完弟弟的葬礼后，唐纳德回到了普韦布洛。根据当年的医护报告，"他对他的宗教非常认真"，"在情感上非常克制"，但"暗藏的敌意随时可能显露出来"。唐纳德在医院住了 5 个多月，于 1974 年 2 月带着新开的两种药回了家。一种药是与氯丙嗪的作用类似的氟奋乃静。另一种是卡马特灵，这是一种治疗帕金森病的药物，经常用来缓解其他抗精神病药物的副作用。不算唐纳德，家里这时已经只有四个年纪最小的孩子了：马特、彼得、玛格丽特和玛丽。

多恩
咪咪

唐纳德	马克
吉姆	马特
约翰	**彼得**
迈克尔	**玛格丽特**
理查德	**玛丽**
乔	

第 17 章

多年来，多恩都在试图与孩子们保持距离。甚至儿子们发病后，他也没有停下工作。工作既是出于需要，也可以将他从日常的鸡毛蒜皮中解放出来。他一贯如此。布莱恩去世两个月后，他在联合会多了一个职业头衔：新成立的落基山艺术人文基金会的主席。

但在多恩和咪咪的心头，布莱恩的惨剧是挥之不去的。咪咪想着法子让自己忙碌于照料家中的孩子，多恩则把一切憋在心里。1975年6月的一个清晨，在正准备出门送彼得去参加冰球晨练时，多恩突然倒在了地上。

这次中风让多恩在医院住了6个月。他的右侧肢体瘫痪了，而且似乎完全丧失了短期记忆能力。在逐渐可以控制身体后，他仍然不记得大家的名字，也想不起二战后生活中的大部分经历。

多恩只能不情愿地宣布退休。来自联合会的告别信虽然有些言辞冷淡，但也不失礼貌。"鉴于你近期的中风，"负责联合会的董事——他手上的杂事都是交给多恩干的——写道，"你想要找一份可以充分掌控时间、差旅、责任的工作，我认为这个决定非常明智，也很合理。"

一直以来，多恩都把照顾孩子们的重任托付给了妻子，如今他自己也需要咪咪来照顾了。多恩以前总认为患病的儿子们应该出去接受治疗。他常常说"自助者天助"，如果孩子自己不努力，别人也帮不了他们。而现在，咪咪可以由着自己的性子来了，多恩也没有半句怨言。这一方面是因为多恩生病后失去了做决策的权威，另一方面是因为他们必须忘掉布莱恩的事情，把注意力集中到他自己的问题上来。

多恩过去的那些抱怨和观念——说咪咪太惯坏了儿子们，说他相信学校的棍棒教育，说他给儿子们看的自助书籍是教他们自食其力——再也不管用了。已经发生过最糟糕的情况了，咪咪不会再让自己失去任何一个患病的孩子。

***

十兄弟中最小的彼得已经14岁。他似乎受够了家中权威的约束，开始完全不把这些放在眼里，一有机会就反驳、违抗父母的命令。彼得非常叛逆，如果在一二十年后，他或许会被诊断为患有对立违抗性障碍。咪咪则习惯于说他很"朋克"，严厉批评他所做的任何不符合她观念的事。这似乎看上去有点苛刻，不过咪咪却觉得合情合理。彼得似乎还嫌家里麻烦不够多似的，总是故意做出些事情来火上浇油。最让咪咪最担心的是，如果彼得走得太偏，他可能也会走上唐纳德、吉姆和布莱恩的老路。

彼得向来就性格乖戾，父亲的中风——他当时在场，在不远的地方无助地看着——似乎进一步抹除掉了他曾经拥有的那么一点自控能力。他被人看到偷东西，甚至纵火。多恩中风后没多久的一个早晨，彼得在上九年级的代数课时突然向周围的同学胡言乱语起来。老师试图阻止他，但彼得走到她身边，坐在讲台的边沿继续说个不停。在老师把他弄回他的座位后，校长和教务长也赶来了。他们担心彼得会有暴力倾向，因此还带了个体育老师过来。

彼得被送进了科罗拉多泉市的彭罗斯医院，不过在那里待的时间很短，医生只是给他注射了些镇静剂。彼得回家后，咪咪因为忙着多恩住院的事，所以决定按预先安排的那样把彼得送到冰球训练营去。在冰球训练营期间，彼得彻底精神失常了。他尿床，在地板上吐痰，还殴打其他营员。他随后离开训练营，去了科罗拉多泉市一家名为布拉迪医院的私立精神病诊所。在长达几周的时间里，那里的医生都不让任何人探视他。

9 月初，咪咪终于可以去探视彼得了。她看到他只穿着内裤被绑在床上，身上也没有盖被子，整个房间散发着一股尿骚味。咪咪立刻给他办理了出院手续。走之前，医生给他开了小剂量的康帕嗪——一种通常用来治疗恶心呕吐的药。

咪咪就快没辙了。对于彼得这个年纪的孩子来说，普韦布洛的州立精神病院治疗唐纳德的方法太过极端了。因此，1975 年 9 月一个周六的晚上，彼得被送到了他的下一站——丹佛的科罗拉多大学附属医院。在等了很久后，他开始在候诊室小便起来。入院后，他说的话含混不清，别人都听不懂。

"让人很难过的一点是，病人变得越来越乖戾了，"医生写道，"而他的家人却认为这是他正常的状态。"

当彼得病情有所好转，咪咪和多恩来探视他时，医生留意到，他们曾提到彼得是几个儿子里最近发疯的一个。没过多久，医院的其他工作人员就都知道加尔文家其他男孩的事情了。

他们听说了唐纳德的情况，知道他和彼得的境况就像是被绑在一起一样——唐纳德表现得越古怪，彼得越容易在学校惹来别人的嘲笑，回家便会越多地把怒气撒在唐纳德身上。"当老大多容易，"彼得常说，"但不是每个人都能承受得了当老十的。"

他们听说了吉姆的情况，知道吉姆碰巧也在同一家医院的成人精神科病房，他的病被叫作"严重偏执增强型急性精神分裂症"。

他们也听说了布莱恩的情况，知道他先枪杀女友然后自杀的事情。他们还目睹了内省的老七乔有点不对劲。乔来病房看望彼得时，一位医生写道："他告诉彼得的医生，说自己过去有时也出现过和彼得类似的症状。"

看来第五个病例出现了。除了密切观察他有没有出现其他兄弟表现出的精神病迹象外，医疗档案中没有对乔采取过其他措施的记录。一切都证实了多恩和咪咪的担忧。儿子们的确一个接一个地出问题了，先是唐纳德和吉姆，然后是布莱恩，现在是彼得，很快就可能轮到乔。他们不知道如何阻止这一切，也不知道这一切有没有尽头。

咪咪和多恩冥思苦想，想搞清楚每个儿子的病会不会是某种情感伤害导致的：唐纳德和吉姆是婚姻问题，布莱恩是与诺妮分手，彼得是见到父亲中风倒地。咪咪也调查了他们的家族史，试图在远房亲戚中寻找先例。多恩的母亲曾经抑郁过一阵，多恩在战后也抑郁过。儿子们的病和多恩在加拿大出现的情绪问题有关吗？那属于精神崩溃吗？多恩的身上会不会潜伏着一种疾病，儿子们注定或早或晚会患上？

或许要怪那些药？男孩们过去爱听大都会歌剧院的音乐，现在他们爱放奶油乐队和吉米·亨德里克斯的歌。布莱恩、迈克尔和理查德都吸食 LSD 致幻剂，就连性格温和的乔也是。象棋天才马克爱吸"黑美人"等安非他明类的毒品。多恩和咪咪当时至少发现了些蛛丝马迹，但对于这么多儿子的问题却无能为力。他们从来没想到毒品会突然变得如此普遍，至少没料到他们自己这些优秀的孩子会染上毒瘾。

现在，在他们看来，反文化运动也有了致病的嫌疑。男孩们的问题会不会出在这个动荡而反叛的时代上？

但在见到彼得后，医生给出了不同的解释。

在彼得 1975 年的住院记录中，医生对咪咪提出了严厉的指责。一位医生写道，她"不愿意或者不能听不好的消息"，非常善于向彼得传达"混乱的双重信息"，并且"让他完全不能表达自己矛盾的立场"。这似乎是在指咪咪对孩子的教育方式非常恶劣，就像双重束缚理论所描述的那样。

一位医生还注意到，在治疗过程中，当彼得想要提起自己的幻觉和恐惧时，咪咪会打断他，不允许他继续说下去。"很显然，母子间的这种关系在别的儿子身上也存在。"这名医生写道。

尽管如此，咪咪和多恩对儿子的担心是毋庸置疑的，咪咪也无疑是儿子的极大安慰。"在全家聚到一起时，"医生写道，"病人有时会将头靠在他母亲的胸口，脸上带着微笑，让人觉得他是个心满意足的婴儿。"在医生看来，这种动态关系——无所不能的母亲和依赖性很强的孩子——至少"对母亲和孩子来说是非常舒服的"。

咪咪永远忘不了有一次去探视彼得时，她和多恩坐在一张很大的桌子旁边，两旁的医生直接向他俩灌输"精神分裂症妈妈"的理论。他们所说的一切都在一步步地认定她是彼得患病的始作俑者。进而言之，她是所有其他儿子患病的推动者。夫妻两人惊呆了。咪咪先是感到震惊，然后是感到恐惧，最后开始产生了戒心。

她决心再也不让这些大学里的医生靠近她的儿子们。她决定从此之后，只送患病的孩子去普韦布洛，不再去其他任何医院。

在待人接物上，以前的咪咪称得上得心应手，而如今，她的生活毫无逻辑可言。每有一个儿子生病，她就变得更像一个犯人，被秘密囚禁，被精神病带来的羞耻感压得不能动弹。

现在，假装正常都成了一种奢望。她再也无法幻想自己可以摆脱多年来闭口不谈的痛苦了。

究竟是什么使咪咪·加尔文陷入这种境地的？一个儿子死了，还杀了人；丈夫因为中风而卧床不起，失去了行动能力；家里还有两个病情严重的儿子，完全需要她一个人照顾。家里还有16岁的马克、13岁的玛格丽特和10岁的玛丽。无论是对咪咪还是其他任何人来说，要照顾这么多人，而且不知道未来会不会还有人患病，这样的负担太重了。

1975年圣诞节期间的一个晚上，加尔文家厨房里的电话响了。咪咪接起电话。是石油大亨塞缪尔·加里的妻子南希打来的，她是多恩和咪咪在联合会的朋友。

　　在家里现在这种情况下，南希并不是最符合咪咪期望的倾诉对象。听到南希在电话里一本正经、就事论事的声音，咪咪觉得自己好像听到了过去生活的回音，那个声音在呼唤她，在嘲弄她。乘坐南希和山姆的私人飞机去盐湖城或圣塔菲是她不可能再拥有的生活。别人都可能拥有那样的未来，但她不可能。

　　后来的事实表明，南希是当时最合适的求助对象。当她问起咪咪的近况时，咪咪第一次放下了戒心。她做出了以前根本想象不到的事情：在电话中泣不成声，向一个勉强称得上朋友的女人袒露心扉。

　　南希不是个喜怒形于色的人。要说她有什么长处，那就是利用她丈夫的财富去解决问题。

　　"你必须让女孩们离开家里。"南希说。接着，她就像是在订客房服务一样，轻快地补充说："把玛格丽特送过来。"

　　玛丽·加尔文知道不应该流露自己的情绪。在发生了这么多事之后，要是两姐妹中有人难以管控，那么妈妈就会处在歇斯底里的边缘。

　　但姐姐玛格丽特，家中唯一最接近于自己盟友的人，现在却要打包离开了。玛丽哭得比以往任何时候都更伤心、更大声。多恩和咪咪能看出来，玛丽非常伤心。他们担心在把玛格丽特送到加里家后，玛丽会大吵大闹，因此没有让玛丽一起去送玛格丽特。

　　但 1976 年 1 月的那天永远地烙在了玛丽的记忆中。10 岁的她站在隐谷路家的前门，无法自制地哭嚎，目送着父母带着 13 岁的姐姐驾车远去。家里只剩下她、唐纳德、彼得和吉姆。咪咪和多恩让吉姆看好兄弟和妹妹，为他们提供所谓的保护。但玛丽当时就很清楚，那不是保护。年幼的她那时就体会到了一种孤苦无依的无助感。

第 18 章

1975 年

华盛顿特区，美国国立精神卫生研究所

在很长一段日子里，琳恩·德利西（Lynn DeLisi）都感到自己仿佛在错误的时间置身于错误的地点——她觉得自己也许不属于科学界，觉得自己身处科学圈的想法也许愚蠢至极。但这些还算不上是最糟糕的情况。在情况最糟的那一天，她被告知可能是她把自己的孩子逼疯的。

做出这个诊断的不是普通人，而是美国国立精神卫生研究所——美国精神病学界公认的研究领跑机构——的一位儿童精神病学家。他是在一次讲座中顺便提到的。德利西是在场的几位女性听众之一，她是华盛顿特区圣伊丽莎白医院的第一年住院医生，也是其中唯一一位做母亲的，有两个蹒跚学步的孩子，此刻正在家中由保姆照看。和耶鲁大学的西奥多·利兹一样，这位做讲座的精神病学家也是一位家庭动力学专家。他似乎认为精神疾病，尤其是精神分裂症，和职业女性的数量增长之间存在某种联系。他告诉在场的住院医生，在孩子生命中的头两年里，母亲们应该把所有精力用在陪伴和照顾他们上。

德利西不由得感到这话像是专对她一个人说的。她住在弗吉尼亚州安南达尔市的郊区，但在华盛顿特区工作。她是社区里唯一一个把孩子留给保姆，自己出去工作的母亲。当然，她的丈夫也工作。因此，为了照顾孩子，她不得不想尽办法灵活调整自己的工作安排。比如，为了不上夜班，她只能做些特殊的调整，延长正常的工作时间。

其他第一年的住院医生都没说话，但德利西却开始发问，要求给出证据。"证据在哪里？"她说，"我想看看数据。"

但这位精神病学家没有数据。他所引用的不是自己的研究，而是弗洛伊德的理论。

之后的几周里，德利西不住地想，在没有实验证据，只有传闻和偏见的情况下，那位精神病学家怎么可以把话说得那么言之凿凿。那天发生的事深深地影响了德利西，彻底改变了她的职业生涯。当时，关于精神分裂症的治疗方法，学界分裂成了两派，一派支持精神分析治疗，另一派则拥护精神活性药物治疗。而德利西却被第三种途径吸引住了：她想寻找并证实导致精神分裂症的神经方面的原因。

德利西在新泽西州的郊区长大，从小就想当一名医生。她父亲是一名电气工程师，支持并鼓励女儿追寻梦想。在很长的一段时间里，他也是唯一支持女儿追寻这个梦想的人。在威斯康星大学读大学时，德利西最初希望在未来研究大脑及其与精神疾病的关系，因此阅读了大量有关致幻药物对神经系统影响的资料。但于她而言，时机并不是很理想。她毕业时是 1966 年，当时正值越南战争，班里很多男同学都向学校的医学院提交了博士入学申请，希望避免被征召入伍。在这种情况下，与这些男生一起提交申请的女同学自然没有优势：任何被医学院拒绝的男生都可能被送上战场，既然如此，医学院为什么不优先把机会留给男生呢？

面对这种不利因素，德利西努力想出了一个办法。毕业后，她休息了一年时间，在哥伦比亚大学找到了一份科研助理的全职工作，晚上则在纽约大学上生物学的研究生课程。在科学图书馆，她遇到了未来的丈夫，一个名叫查尔斯·德利西的研究生。在两人举办婚礼前，她被费城的宾夕法尼亚女子医学院录取了，这也是唯一一所愿意录取她的医学院。一年后，德利西曾试图申请转学去纽约的医学院，因为查尔斯也在纽约读研。在面试时，有位面试官问她，对她来说家庭是不是比职业更重要，另一位面试官则问她是否考虑过避孕。没有学校愿意接受她。

甚至她丈夫也希望她放弃医学院，读个轻松点的研究生课程。但在校长的帮助下，德利西还是留了下来。这位校长也是女性，长期支持女性学医，她给德利西在纽约大学医学院安排了第二年的学习课程。次年，德利西的丈夫在耶鲁大学找到了一个博士后的职位，两人随即搬到了纽黑文市。在这之后，德利西要去费城的女子医学院上课就需要乘火车通勤。怀第一个孩子时，那位女校长再次伸出援手，为她在耶鲁安排了最后一年的课程。

1972 年，德利西从医学院毕业。为了查尔斯的工作，全家再次搬迁，这次搬到了新墨西哥州。在这里，琳恩开始执业，为贫苦的移民工人提供全科诊疗。她还在新墨西哥生下了第二个孩子，但当丈夫收到来自华盛顿特区的工作邀请时，她也向那里的医院提交了住院医生申请。"我之所以对精神分裂症感兴趣，是因为这是真正的脑部疾病，"德利西后来回忆说，"你知道，这不仅仅是日常的焦虑问题，而是实实在在的神经疾病。"华盛顿的医院离美国国立精神卫生研究所很近，德利西认为在那里能找到和她有相同想法的人。

但找到和她有相同想法的人并不容易。虽然圣伊丽莎白医院的病房里满是精神分裂症患者，但将精神分裂症作为躯体疾病来研究并不热门，至少这一疾病没有受到德利西培训督导们的重视。这种态度的背后是一个很现实的问题：精神分裂症病人的病情似乎从来不会好转。哪怕把自己的职业生涯投入抑郁症、厌食症、焦虑症甚至双相情感障碍的诊疗上，都至少还有一点希望，因为传统的谈话治疗有时会对这些疾病产生些许效果。

另外还有一个更深层的原因：已经在学界持续了数十年的先天/后天的争议。负责德利西住院医生阶段培训的是精神分析师，而不是如她所愿支持药物治疗的精神病学家。在住院医生期的第三年，像德利西这样对精神分裂症感兴趣的医生可以在栗居精神病院工作。在那里，弗里达·弗洛姆-赖克曼过去的诊疗部门还在运行，就在马里兰州郊区沿公路过去几英里的地方。那里的医生仍然将童年创伤视为导致严重精神疾病的主要病因。德利西在圣伊丽莎白医院的很多老师也持相同的观点。

德利西如饥似渴地查阅她所能找到的所有关于精神分裂症生物机制的资料。一个反复出现并且与国立精神卫生研究所始终联系在一起的名字引起了她的注意：理查德·怀亚特（Richard Wyatt）。怀亚特是一位神经精神病学家，研究的不是治疗方法，而是精神疾病对大脑本身的影响。和国立精神卫生研究所的其他精神病学研究单位不同，怀亚特的实验室位于特区另一端的威廉·A. 怀特楼里。怀特楼是一幢有百年历史的红砖结构建筑，位于圣伊丽莎白医院内，病房很多，足够容纳长期研究的病人。1977 年，在圣伊丽莎白医院的住院医生阶段接近尾声时，德利西为了谋求一个职位去见了怀亚特。怀亚特显得并不太热情，他告诉德利西，他会看看他能不能做点什么，还说自己实验室的职位通常都是提供给来自哈佛大学的研究者。此外，他还说，没人会相信两个孩子的母亲能胜任这里的工作强度。

这一次，德利西没有感到愤怒，只是非常受挫。虽然由于家务等原因，她早就做好了延长住院医生阶段的准备，但她还是通过加倍努力按时完成了所有需要完成的工作。她不比任何男性研究者差，不管他们是来自哈佛还是来自其他什么地方。怀亚特实验室的男性研究者中有多少是有孩子的，有人问过他们同样的问题吗？

负责住院医生培训的导师不理解德利西为什么会如此沮丧。他们说，如果她真的想研究精神分裂症，为什么最后一年不去栗居精神病院呢？

在这之后，意料之外的机遇开启了德利西的职业生涯。怀亚特向她发来了邀请，说如果她愿意，可以在他的实验室完成住院医生阶段的最后一年。但怀亚特说这个额外的职位是无薪的，因此不勉强，但如果她表现出色，可以作为正式员工继续干下去。没有绝对的保证，不过她可以申请。

"如果你愿意，我可以开后门让你进来。"怀亚特说。

在怀特楼里，怀亚特的研究组占据了整整三层楼，有各式各样的独立研究室：脑生物化学实验室、神经病理学实验室、电生理学实验室、睡眠实验室，还有一个专门用于采集和制备用于研究的人脑组织样本的实验室，甚至还有一个研究脑组织移植的动物实验室。怀亚特的主要兴趣是分离出影响精神分裂症的生物化学因子，比如血小板、可能引发精神病或幻觉的淋巴细胞标记物和血浆蛋白。他的病房里有可以作为研究对象的病人，每个病房有 10~12 人。这些病人来自全国各地，都愿意尝试药物试验。照顾这些病人的实验人员就是像德利西这样的研究人员。

怀亚特研究组的大部分研究者都在利用新的 CT 扫描技术寻找精神分裂症患者脑部的异常之处。他们已经在精神分裂症病人的大脑中发现了充分的生理学证据，足以让很多人不再认为环境是这种疾病的致病原因或者致病因素。1979 年，怀亚特团队发表的研究结果显示，精神分裂症患者的脑室中存在更多的脑脊液。[1] 脑室是大脑边缘系统（limbic system）组织中的空隙网络。边缘系统有很多功能，其中之一是使我们对周围的环境时刻保持关注。杏仁核（amygdala）和海马（hippocampus）都是边缘系统的一部分。怀亚特团队的研究发现，脑室体积越大，病人对氯丙嗪这类抗精神病药物的耐受性就越强。此外，还有其他证据表明精神分裂症是源于生理因素，而非环境因素。正如这篇脑室研究论文的共同作者，圣伊丽莎白医院的精神病学家富勒·托里（E. Fuller Torrey）指出的那样，"如果是因为父母教育不良而导致这些疾病的话，那人类早就麻烦重重了"。

唯一的难题是没有办法确定脑室增大是这种疾病的原因还是结果——是病人生来就这样，还是患病后逐渐发展出的症状，又或者是药物治疗的副作用。德利西认为，这正是遗传学可以施展身手的地方。但在 1979 年，大部分研究者都认为不应该把过多精力花在精神分裂症的遗传学研究上，因为和阿尔茨海默病以及癌症一样，精神分裂症显然是多个基因共同作用导致的。由于当时相关领域的技术水平有限，类似的病症对于遗传分析来说太过复杂了。怀亚特实验室因此把重点放在了更为实际的手段上，如 MRI（磁共振成像）、CT 扫描以及最新的 PET 扫描（正电子发射断层成像），等等。有段时间，德利西也参与了这方面的研究。

在怀亚特团队工作的时候，气氛非常紧张，甚至会发生冲突。德利西记得有一次，在从事一项可能会获奖的研究时，她感受到了巨大的压力。她不止一次感受到一种被压榨感，比如有一次为了让一位男同事被顺利提拔，就让她来承担他的过失。她拒绝了。她厌恶跟这些男同事相处，而拒绝保持合作让她和怀亚特的关系变得非常恶劣。"过了两年，他和我说话的态度才逐渐变得像他和实验室的男同事说话的态度，"德利西回忆说，"他们可以随便闯进他办公室找他，而对我，他总是说没时间。"

最终，在德利西成功证明怀亚特长期以来对一种精神分裂症治疗药物的效果所持的猜想不正确后，怀亚特羞窘地当着这些男性同事的面承认，德利西做得比他们都出色。"他能这么说真是太好了，"德利西后来说，"不过那些男人可就不开心了。"

德利西加入怀亚特实验室后不久，美国国立精神卫生研究所一位声名显赫的老前辈来找她。此时距离大卫·罗森塔尔发表第一篇关于吉内恩四胞胎的研究成果已经二十年了，他觉得是时候进行追踪调查研究了。四胞胎姐妹此时都还在世，已经 50 岁了，这次她们要回来做一系列新的身体检查，看看她们之间还有什么其他共同之处。

德利西很高兴能有机会研究精神分裂症的生理根源。她很喜欢跟吉内恩四姐妹在一起，看她们中的某个人说了点什么，然后其他三个人一个接一个地模仿她。她给她们做了 CT 扫描、脑电图，以及血液和尿液检查。不过对于德利西来说，跟四个患不同程度同种疾病的同卵四胞胎待在一起带来的真正冲击是，这让她对遗传学研究产生了前所未有的浓厚兴趣。

在国立精神卫生研究所研究精神分裂症的研究员中，唯一一个关注遗传学的是艾利奥特·格森（Elliot Gershon）。1978 年，格森和其他研究者合作发表了一篇论文，描述了确认精神疾病的遗传标记物的最佳方法。[2] 他想研究不止有一位成员患病的家庭，并把这样的家庭称为"多发性家庭"（multiplex family）。格森认为，问题的关键是不仅要关注患病的家庭成员，还要关注没有患病的每一个人，甚至最好是关注一代人以上。如果研究者能发现一种只出现在患病的家庭成员身上，而其他健康家人身上没有的基因异常，那这将会是精神分裂症的遗传学铁证。

德利西去找了格森，并提起了吉内恩姐妹。她告诉格森，这家人——研究所各精神分裂症研究团队眼中的至宝——全都患了这种病，她们会回来再次接受全面的检查。"你希望做什么样的调查？"德利西问。

格森的回答让德利西非常惊讶。"我不想参与这事。"他说。

德利西问他原因。格森一解释，她立刻就意识到这个问题问得有多荒谬。

"利用这个家庭，你只能做单病例研究。"格森说。这意味着只有一组数据，没有变量，"你不会得出任何真正有意义的结论"。

虽然四姐妹有相同的遗传密码，但研究者没有什么可以用来和她们进行遗传学上的比较，或者说没有什么可以用来作为参照。正因为如此，格森觉得研究她们没有意义。他告诉德利西，家庭确实是要研究的对象，但得是合适的家庭：基因的来源要相同，同时也要有一定的变化和组合，家中患病孩子的数量要越多越好。

格森说，如果德利西要追踪研究这样的家庭，他一定会全力支持。

多恩
咪咪

唐纳德	马克
吉姆	马特
约翰	彼得
迈克尔	玛格丽特
理查德	**玛丽**
乔	

第 19 章

玛丽·加尔文最早期的记忆可以追溯到 1970 年，那时她大约 5 岁。一天深夜，她躺在床上准备睡觉，听到大哥唐纳德从医院回来，在父母卧室门外的过道里哭嚎。

"我好害怕，"他说，"我不知道现在是怎么回事。"

玛丽还记得父母努力劝他，告诉他一切都会好起来，他们会找医生搞清楚情况。

她还记得唐纳德不时会离家出走，大多数时候是去俄勒冈找吉恩，而父母则不得不追循他的行踪，给他寄去机票或者长途汽车票。

她还记得有天晚上，惊恐万状的唐纳德呼喊着让大家躲到安全地带去，说房子里有想要伤害他们的人。

她还记得自己相信了他的话。毕竟，他干吗要撒谎呢？

玛丽和姐姐有所不同。玛格丽特感情细腻，富有同情心，多愁善感，家人的困苦她看在眼里，也放在心上，以至于难以承受。玛丽也一样脆弱，但她更为精明实际，也更为独立。一年级时，班里

玛丽，家中最小的孩子

模仿总统竞选，她是唯一举手支持乔治·麦戈文而非理查德·尼克松的孩子。后来，她被发现在学校抽烟，母亲问她应该怎么办，玛丽说："张贴禁止抽烟的标识呗。"

玛格丽特被南希和山姆带到丹佛去后，玛丽的状态不时会从愤怒转为沉默。姐姐的离开让玛丽心绪不宁。她不明白为什么自己要被丢下。父母解释说，是因为她的年龄太小，不够玛格丽特在那边上的私立学校的入学年龄，但这种理由在玛丽看来说不通，无法抚慰这种突变带来的震惊。

1976 年，已经上五年级的玛丽变得形单影只，只能看着哥哥们在家里继续打个不停。彼得挑战着身边每个人的底线，不断地住院出院，还和家里最小的冰球男孩马特冲突不断。唐纳德搬进了玛格丽特的房间，就在玛丽的隔壁，这是为了让他离睡在楼下的其他兄弟远一点。但这样一来，玛丽就更难躲开唐纳德了。没有在睡觉或沉思时，唐纳德会踱来踱去，一边比画，一边自言自语。玛丽觉得尴尬，会没好气地用言语挤对他，如果不起作用，她就会央求他。要是还不管用，玛丽就会哭喊，但如果有人在就不会。她长时间待在卧室里，不停整理壁橱和写字台的抽屉，满怀思绪，希望能有一点控制感。

进入初中后，玛丽在跟人交往时总是满面笑容。她的人缘很好，在朋友家的时间比在自己家的时间还要多。她知道别的孩子不再被允许上她家去，而她自己也不想在家待着，于是她尽可能长时间地离隐谷路远远的：下午放学后去踢足球，晚上和周六去科罗拉多学院的芭蕾舞蹈室，或者在赫夫利家待很久，给她们家的马厩打扫卫生。去哪儿都行，就是不想回家。

在向南希倾诉了自己的无助并让他们把玛格丽特接走后，咪咪试图重归原样，向人呈现勇敢乐观的形象。她向玛丽证明，假装什么都没发生和闭口不语非常重要。不能哭，不能失控，不能流露一丁点情绪。咪咪希望孩子们都能表现出这种故作的镇静。在开车从学校到训练地点，或者到科罗拉多泉市的切努克书店，又或者在去跟克洛科特或格里菲斯一家喝茶的路上时，咪咪从不会对玛丽解释哥哥们出问题的原因或者解决的办法。她最多会说，跟哥哥们经历的麻烦相比，11 岁的玛丽遇到的困难根本不算什么事。

在感到极为无助的时候，玛丽会在后院山坡另一面离家几百码^①的樵夫谷找个隐秘的地方躲起来。孩子们有时把那里称作仙女岩。玛丽会假装仙女岩是自己的家，在那里假装做饭、睡觉、醒来，一

①　1 码≈0.91 米。——译者注

个人自由自在。

　　玛丽的父亲常会带玛丽去学院里的社区游泳池，因为他想要游上几圈，做点中风后的复健运动。多恩现在能认出人了，但他的短期记忆还是不行，至少看上去不像能完全恢复的样子。过去他能一天快速阅读两本甚至三本书，现在他只能看看电视上的体育节目，而在以前，他是完全不屑于在家里装电视机这种玩意儿的。驯鹰的日子已经一去不复返了，也完全不可能回去工作。山姆·加里帮他联系过几个给石油企业做顾问的活儿，但多恩都没法胜任这些工作。

　　除了发给多恩的军人退伍金，家里没有其他的收入来源。照顾唐纳德和彼得的压力毫无疑问非常重，但每当多恩尝试提出唐纳德和彼得住出去时，咪咪总会说："他们能去哪儿？"现在他俩都清楚，咪咪才是当家的那一个。虽然父亲的话不起作用，但对玛丽来说还是有些意义的，至少他为家里没生病的孩子争取过。

　　多恩的记忆力只有以前一半了，精力也大为衰减。每当父亲看电视上放的高尔夫球比赛时，玛丽就会坐在一边看着他。父亲是唯一愿意看清她的处境，同情并支持她的人。在单独与父亲相处时，玛丽会问他，发生这么多糟糕的事之后，为什么他还笃信天主教，为什么他还信仰上帝。这对玛丽来说是一个非常现实的问题，因为她每个礼拜天仍然需要去做弥撒，她想知道这究竟有什么意义。

　　多恩告诉她，自己一生中也曾多次疑惑过，但通过阅读和自己的领悟，他得以重拾对上帝的信仰。

　　他没有鼓励玛丽也这样做，因为他知道玛丽是一个不能被强迫的孩子。

　　有时在玛丽看来，自己的家好像一分为二了，但不是分成疯了的和清醒的两类人，而是分成了留在家里和离开家的两类人。在留在家的人里面，哥哥马特是玛丽的足球教练，有时也是她的守护神。玛丽曾在一篇作文里写过他，把他描述成她最仰仗的人。但 1976 年春天，马特高中毕业后也离开了家。家里的人员构成在这之后就没有变化了，除了多恩和咪咪，只剩玛丽和两个生病的哥哥，彼得和唐纳德。隐谷路的家成了所有患病兄弟的大本营，当他们在别处碰壁时就会回来，其中也包括当时在和凯西约会的吉姆。

　　给儿子们选择合适的治疗方案以及想办法保护大家的责任都落在了咪咪一个人的肩上。咪咪仍旧深信会有奇迹发生。她一度以为，自己在新泽西州普林斯顿市一位名叫卡尔·菲佛（Carl Pfeiffer）的药理学家的帮助下找到了办法。菲佛对药物的研究不算正统，有些还极为怪异。20 世纪 50 年代，美国中央情报局曾找了几个药理学家在犯人身上开展致幻剂方面的实验（实验征得了犯人的同意），[1]菲佛就是研究者之一。他还担任过埃默里大学药理学系的主任，但在 1960 年离开了传统学术圈，开始接连发表论文。这些论文的研究都缺乏标准的双盲实验，而是基于一种狂热的理念：大脑中的正常化学活动依赖于维生素的平衡，只有这样一个人才能保持精神健康。菲佛同时还向有需要的人有偿提供这平衡搭配的复合维生素。

　　1973 年，菲佛创建了脑生物中心。这是家私人诊所，后来几十年成了菲佛的业务总部。咪咪一直在阅读改善脑化学方面的资料，在菲佛独立营业几年后听说了这个人。在两人建立联系后，菲佛来到科罗拉多看望这位多个孩子患病的母亲。这次见面后，他邀请加尔文一家去新泽西做一套彻底的检查。

　　所有还住在家里的人都去了普林斯顿。玛丽记得有人查看了她指甲上的小白点，说她缺锌，她妈妈认认真真地记下了每一句话。菲佛告诉来脑生物中心的每个人，大多数被认定为精神疾病的病很有可能都是营养缺乏导致的。他还说，如果玛丽莲·梦露和朱迪·加兰调整一下她们的补血营养液，那么她们现在就很可能都还活着。在一篇论文中，菲佛曾经把精神病医院称为"储罐"。[2]对于一个感觉时时遭到医生和丈夫批判的母亲来说，这种话说到了咪咪的心坎里，尤其是他们都建议她把儿子们送到精神病医院去。

　　回到家后，咪咪亲手为每个孩子做了个陶瓷杯。每天早上她都会往那些牛油果色的杯子里倒满橙汁，让孩子们吞下菲佛医生开的药，雷打不动。上学的路上，玛丽总感到想吐，橙汁和维生素让她的胃烧灼得难受。她开始把药片藏在口袋里带出门，没人时赶紧扔到小树林里。

　　玛格丽特离开家两个月后，1976 年 3 月，科罗拉多州的一名高速公路巡警注意到一个深色头发的男人在 24 号公路上一路朝东走。这个人一边喃喃自语，一边沿着双黄线走在路的正中间，车辆从他两边嗖嗖地驶过。这个人是唐纳德。巡警叫他走到路边来，但唐纳德拒绝了。巡警因此试图逮捕他，唐纳德开始推搡挣扎。几个巡警加上当地几个消防员一起才制服了他。在科罗拉多泉市的看守所，警察了解到唐纳德已经好几个月没服药了。

　　警方把唐纳德转到了普韦布洛的精神病医院，他在那里已经很有名了。医生了解到唐纳德 1 月才刚刚回家。这次，他又是去俄勒冈找吉恩，但被告知吉恩加入了美国和平队。他在俄勒冈待了一阵，在一艘捕虾船上打工。当他回来时，多恩和咪咪同意他住在家里，但要他答应定期去科罗拉多泉市的派克峰精神健康中心接受药物治疗。唐纳德刚开始时同意了，但后来又反悔了，现在成了普韦布洛的医生们所谓的"管理难题"。"他们家还有几个男孩子，"普韦布洛的一份报告写道，"他和家人都认为他不应该再住在家里，因为他年纪不小了，而且对家中其他孩子会造成恶劣影响。"这份报告中写道：

> 他否认自己有幻觉，但会频繁转动他的头并看向两边，就像在倾听什么声音。他有很多关于宗教的思考，会说起脑中不断出现的象征符号。他描述过一个婴儿的形象，上帝的光辉照耀在这个婴儿的身上。在和他交谈时，他很多时候都显得非常紧张，表现出敌对情绪，例如想要把我的书写垫板打掉……

几天后，唐纳德仍然思维混乱，坐立不安，具有攻击性。或者像医护人员所说的那样，"想要攻击、毁灭、吵架、自杀，过于活跃、话多并且言辞夸张"。报告上还说他"在公开场合自慰"和"暴露自己的隐私部位"，溜进女病人宿舍，有次还闯入了女浴室。普韦布洛的医生给唐纳德服用氟奋乃静让他安静下来，但他仍坚持说自己脑中会闪过各种符号。

尽管如此，他还是被医生视为情况足够稳定，在 4 月出院回家。

***

周末的时候，吉姆的儿子吉米——玛丽的侄子，只比玛丽小几岁——会和玛丽组成一个小小的两人一日游团队。吉姆会对多恩和咪咪说他要带他们去教堂，而实际上他们是出去玩，要么去滑冰，要么去公园。渐渐地，玛丽和吉姆以及凯西共度周末成了父母期待的事情。"危机来临前，"玛丽后来说，"妈妈会打电话给吉姆和凯西，叫他们来接我。"

凯西仿佛变成了玛丽的代理母亲，吉姆相应地也就成了她的代理父亲。

自从玛格丽特走后，当玛丽在吉姆家的时候，吉姆会在晚上来到玛丽的床边，那时玛丽大约 10 岁。他会把手指伸进玛丽的身体，还会强迫玛丽给他口交。玛丽会感到困惑不解，但在拒绝一下之后还是会服从。玛丽没太反抗，因为她和姐姐有一样的想法：因为她喜欢凯西；因为这总比待在家里强；因为她也有点习惯了不反抗，把吉姆的这些行为理解为是吉姆喜欢她。

玛丽进入青春期后，情况变了。吉姆从未停止过殴打凯西，但现在玛丽看待这件事的方式跟小时候不一样了。她觉得这种行为不合理，觉得这种行为丑陋、恐怖，是不对的。但她不能抛弃凯西，所以即使是在这时，她还是会不断回来。为了不抛弃凯西，她继续忍受着吉姆对自己的所作所为。

玛丽某种程度上明白，这一切必须终止。她知道自己的身体正在发生变化，就像姐姐那样。她觉察到吉姆对她正变得得寸进尺。她想过如果吉姆在她身上为所欲为的话将意味着什么，想过那是否意味着她会生一个孩子。

她尽力不去想这件事，但事实就在眼前。她想要逃避，却不能永远躲开。

多恩
咪咪

唐纳德	马克
吉姆	马特
约翰	彼得
迈克尔	**玛格丽特**
理查德	玛丽
乔	

第 20 章

加里夫妇家有一个修剪树篱的园丁，一个给全家人洗衣服的女工，还有一个会为晚餐制作牛排和土豆的德国大厨。他们家总共有 7名员工，这还不包括开飞机的飞行员和私人滑雪课程的教练。

加里一家住在丹佛南部的樱桃山社区，这里很清静，远离市中心的喧嚣。房子外面是一望无际的马场，私家车道上停着一辆保时捷和一辆奔驰，后院有一个巨大的蹦床。室内玄关处的右边有一个游泳池，池水一片碧蓝，散发着氯气的味道，也让游泳池的周围湿气重重，游泳池里还装了龙卷风滑梯和泡泡屋顶。所有过道的墙上都挂满了油画：莫迪利安尼、德·库宁、夏加尔、毕加索。游戏室里有一张巨大的秋千和一座实物大小的玩具屋，里面有可以过夜的双层床。玛格丽特的房间里有一张水床，她刚开始觉得非常震惊。睡了几个晚上后，她才敢鼓起勇气要一张普通的床。他们给她换了一个。

玛格丽特和管家特鲁迪熟悉起来。特鲁迪像母亲一样照顾着加里家的所有孩子和他们的朋友。还有洗衣女工凯蒂，每个工作日会把玛格丽特的衣服洗得干干净净，叠好送到她的房间。玛格丽特也和加里家的 8 个孩子熟悉了起来，并且和苏西以及蒂娜成了好朋友。苏西比玛格丽特小几岁，是个小捣蛋，蒂娜要大几岁，是个乖乖女。玛格丽特跟着他们一家去过佛罗里达群岛和滑雪胜地维尔小镇很多次，他们在维尔镇的主街上有套公寓。玛格丽特可以走进各种商店，无论是滑雪服、新款的马克四号滑雪板还是缆车票，她想要什么就能买什么。滑完雪，她还能在糖果店买零食吃。南希·加里从来不出去购物，商店会把东西送上门。没多久，玛格丽特也穿上了跟加里家孩子们一样的法国鳄鱼牌衬衫和橄榄球衣。

夏末，他们一家人会飞去蒙大拿的家。那是一座现代风格的建筑，有一整面玻璃墙，透过玻璃墙能看到弗拉特黑德湖，视野远及鲍勃·马歇尔联邦荒野保护区。在加里一家数百英亩的地产上，有一个小海湾用来停放滑水和漂流用的摩托艇及双桅纵帆船，一个可以招待专业网球运动员住宿的网球场，一个开放采摘的樱桃园，和一个可以骑马的马场。来蒙大拿度假时，他们会专门把马从丹佛运来。用人也会一起来，负责照顾起居和准备饭食。在蒙大拿，南希·加里就像是负责所有孩子活动的 CEO，而管家特鲁迪则是她的副手，扮演着夏令营辅导员的角色，安排每个孩子的网球课、骑术课和滑水课。山姆·加里仍然需要经营自己的石油帝国，因此乘坐私人飞机往返于蒙大拿和丹佛之间，回来时会教孩子们滑水。他会坐在码头边缘，伸出脚，架住孩子们的腋窝，直到摩托艇开动，把孩子向前拽去。

玛格丽特的父母会说，他们给过她选择的机会，可以留在家里，不去加里家。但对玛格丽特来说，这根本不算真正的选择。她得到了一个不再做母亲助手的机会，不用再打扫餐具柜，不用再给楼梯吸尘，不用再搬运日用品，不用再喂鸟或者为早餐烤两条面包。对她来说，阿斯彭和圣塔菲的夏日舞会早就已经可望而不可即了。事实上，这些娱乐活动在父亲中风并离开联合会后就已经终止了。而现在，她有机会不用再被迫去观看冰球、棒球和足球比赛；不用去空军学院高中或者可怕的圣玛丽高中上四年学；不用去上体操课，不用跟合不来的教练相处；不用去跑道上跟那些比她快的人赛跑；尤其不用去参加她讨厌的啦啦队。

玛格丽特得到了一个逃离哥哥们的机会。除了随时可能会爆发的唐纳德和彼得外，还有住在路那头的哥哥，那个经常留她过夜，晚上不断骚扰她的哥哥。

最后这个原因——吉姆——才是让玛格丽特下定决心的关键。当她扪心自问时，她非常清楚，其他原因都只是借口。

由于这样的原因，去加里家对玛格丽特来说也不是一件至美之事。无论她玩得有多么开心，她总忍不住觉得自己像是受到了驱逐或者流放。她会想，为什么吉姆仍然是家庭的一员，显得那么重要，甚至受人尊重，而她自己却被打发走了呢？

被南希从隐谷路带走后不久，1976年2月，玛格丽特迎来了自己14岁的生日。在家时，玛格丽特得到的生日礼物通常都很普通，比如一双溜冰鞋，或者从斯宾塞礼品店买来的收音机。而在加里家，桌上铺满了手表、弗莱牌皮靴，还有满满一柜衣服，供她在肯特丹佛高中上学时搭配。加里家的孩子上的也是这所贵族私立学校。

玛格丽特很努力才跟上了肯特中学的学业。肯特中学的每个孩子都有自己的车、自己的银行账户、自己的零花钱和置衣金，学习世界历史的时候都能回忆起和家人一起去国外游玩的经历。在入读肯特中学以前，当玛格丽特在做弥撒和帮助妈妈照顾 14 个人的大家庭时，在肯特中学的每个人似乎都在学制陶和绢印 T 恤。这使他们似乎都比玛格丽特更有艺术创意，思维也更开阔，制作出的雕塑简直就像是瑞士雕塑家贾科梅蒂的作品一样。在各项比赛中，玛格丽特往往在预选赛时就会被淘汰，创意写作课也只能得"中"。在这里的第一年里，玛格丽特挣扎于感恩和恐惧之间，执迷于其他人对自己的看法。她告诉自己，那些排挤自己的女生都是势利眼，但她还是忍不住暗暗和她们比较。

在新学校，玛格丽特被指定要读的第一本书是《远大前程》。这本书正好戳中了玛格丽特的软肋，因为她和书中的主人公皮普一样，都受惠于一位神秘恩人的帮助。只不过在玛格丽特的情况中，神秘性更深不可测，因为加里一家怎么会那么友好，似乎要把自己所拥有的一切都分享给她。她同这家人的关系让她困惑不解。有一次，那是在蒙大拿时非常平常的一天，南希在切一块巧克力蛋糕。她动作夸张地给玛格丽特、其他人和自己切下一块，然后再切下一块，再切下一块，表现得好像她是在试图把蛋糕分得特别平均一样。看着这滑稽的一幕，玛格丽特笑了。但她很快明白，其实这蛋糕不属于她，只是一份礼物，永远只是这样。

山姆·加里跟多恩·加尔文年纪差不多。他跟多恩一样，也在纽约长大，不过他的家不是在皇后区的郊外，而是在公园大道。二战后，山姆在海岸警卫队服役。一次休假的晚上，他在康涅狄格州格林尼治的一个舞会上遇见了南希。1954 年，就在加尔文家搬到科罗拉多泉市没几年之后，加里一家搬去了丹佛，当时石油开采业正在迅猛发展。

跟多恩一样，山姆为人和善，讨人喜欢，性格沉静而谦逊。但两人也有差别：多恩善于搞学术，而山姆善于做生意，是个天生的商人。20 世纪 50 年代，南希对这位未来丈夫的主要印象是他坐在别人家前廊的摇椅里，和他想钻井的某块地的主人闲扯。"最后，山姆会说，'要不把你北边那块 40 英亩的地租给我吧'，又或者是其他什么地方，那些人会说，'没问题'。他在这方面很在行，很善于跟人打交道。"

山姆也天生爱冒险。多年来，他在丹佛被人称作"干洞山姆"，做决策时冲动冒失，总会在错误的地方钻井。20 世纪 60 年代中期，开采石油的人都在怀俄明州钻井，山姆却在蒙大拿州东南角的洲际线以北钻井。他一连钻了 35 口井，却全都是干洞，一个都不出油。他不止一次说不再干这种行当了，可又总是回头继续钻井。1967 年，山姆开始在一片 4 万英亩的土地上钻井，业内的其他人都确定那片地下面什么都没有。他后来说，自己之所以最后会有这么一大片土地，"主要是因为这些地我再也卖不出去了"。但他在联合会的好朋友多恩·加尔文向他伸出了援手，帮助他获得了这片土地的钻探权。

多恩在联合会的主要职责是为华盛顿特区的监管者和投资美国西部的企业家牵线搭桥。当多恩需要人支持一个艺术或文化项目时，山姆会是他求助的人之一。而当山姆需要找投资者在不被人看好的地方钻油井时，多恩也会动用自己的关系帮他。对山姆来说非常重要的一点是，多恩会把自己在华盛顿听到的政府土地租赁和到期的风声毫无保留地透露给他。1967 年 6 月 29 日，山姆在蒙大拿州贝尔溪钻的一口新井出油了，这是他钻的第 36 口井。此后，山姆开了 400 口新油井，最后保留了 30% 的所有权。大器晚成的山姆成了落基山脉地区的顶级富豪之一。多恩和山姆谁也没挑明，其实是多恩想办法，帮助山姆得到了那块最终决定他命运的土地。不过在山姆的油井出油后，他们之前的泛泛交往变得更密切了。

玛格丽特后来发现，在加里家的生活也有不容进犯之处。跟加尔文家一样，他们也有自己的家族病——肌强直性营养不良。这是一种无法治愈的遗传病，会导致身体肌肉不断萎缩。在南希和山姆的 8 个孩子中，有 4 个在小时候就开始表现出某些症状，他们最后都会因为这种病在年轻的时候就离世。与加尔文家不同的是，尽管山姆和南希面临着重重困境，他们似乎仍然决心老老实实面对自己的生活，带着家人和朋友一起去背包旅行和滑雪。有钱还是管用的：他们的暴富减轻了一点他们的负担，他们也会把自己拥有的东西与人分享。玛格丽特并不是加里一家收留的唯一一个孩子。除了她之外，还有一个他们去墨西哥旅行时遇到的男孩和一个来自丹佛的女孩。山姆从不隐藏自己的人生哲学，他觉得虽然自己的成功和努力工作分不开，但同时他也感到自己很幸运，因此他觉得应该尽自己所能帮助那些需要帮助的人。

加里家第五个患病的孩子曾在私立的梅宁格诊所接受过一段时间的治疗，这家诊所也善于诊治精神分裂症。南希和山姆知道，这家诊所是多恩和咪咪负担不起的，但他们的帮助当然也是有限的。他们不可能帮助加尔文家的所有孩子，所以他们带走了一个女孩，年纪足以上肯特丹佛高中的大女儿。

即使在玛格丽特过得最舒坦的那些日子，她都会思考这份善意的实质究竟是什么，这个想法现在成了她最大的敌人。她开始琢磨各种假设，这种思绪让她越来越感到如履薄冰。如果山姆从来没让她父亲帮他获取那些无人看好的钻探权，情况会怎样？如果山姆放弃了第 35 次钻井的计划，从来没发财，情况又会怎样？如果她没有从家里过来呢？另外，所发生的这一切，是因为山姆和南希真心想帮助她，真心喜欢她，还是因为他们心中有愧？

　　不可避免地，玛格丽特开始把心绪宣泄出来。她开始偷些小东西，因为她觉得自己没有什么可以拿去跟别人比。她在洗劫苏西的储蓄罐时被特鲁迪当场发现，但没有受到惩罚。这件事再次让玛格丽特感到愧疚，觉得自己欠加里家的，认为他们是出于慷慨才不予追究的。

　　但慢慢地，她适应下来了。在野外、河流以及圣胡安山脉的多年旅行使她成了一名特里马滑雪好手和出色的背包客。肯特中学的男生们之前都无视她的存在，后来才发现她原来这么善于运动。成为男生中的一分子并不能让玛格丽特博得女生们的好感，但这已经很了不起了。玛格丽特在肯特中学的第一个男朋友是一个很受欢迎的家伙，他帮玛格丽特打开了社交的大门。玛格丽特和他一起吸过当时肯特中学流行的各种毒品，从大麻到鸦片都有。她在红岩举行的一场埃里克·克莱普顿的演唱会上试过可卡因，还在丹佛大学举行的一场肯尼·罗根斯的演唱会上因为吃了太多大麻布朗尼蛋糕而晕过去。

　　她也跟那个男朋友做爱了。在经历过吉姆对她做的那些事之后，这似乎是她在努力回归正常，努力寻找一种被爱的感觉。她花了比自己愿意承认的更多精力来回避家人生病带来的耻辱感，并努力遗忘吉姆对她的伤害。

玛格丽特从没告诉过她在肯特中学的朋友自己有个哥哥死了，也没告诉过他们自己还有三个哥哥是精神病医院的常客。要想让这些秘密成为尘封的往事，玛格丽特就永远不能解释她跟加里一家一起生活的原因。她心中很清楚肯特中学给她提供了怎样的教育机会，而她能得到这种机会是多么幸运。隐瞒事实也许会让她在某些同学眼里显得有点虚伪，但只有这样她才能熬过每一天，才能筑造让她不太害怕的生活，才能活下去。

对玛格丽特来说，隐谷路如今既是家，又不是家。加尔文一家似乎已经离她很远了。尽管这会使她产生阵阵愧疚，但也让她如释重负。她父母来看她那天，开着那辆老掉牙的奥兹莫比尔从加里家的奔驰旁驶过，这让玛格丽特羞赧不堪。她对母亲的着装也有了不同的看法。玛格丽特只会在假日回隐谷路，而这绝非回家探亲的好时机，因为这时每个生病的哥哥都挤在家里。有一年，乔一个背摔把马特摔在露台上，导致马特后来不得不去医院检查脑震荡。而当马特的头撞到混凝土地面，鲜血开始往外冒时，其他人却变得兴奋了。几乎没歇一会儿，楼下又有人开始打架了，这次多恩只好过来拉开双方。多恩当时还在中风恢复期，但他实在太生气了，感到必须做点什么来结束这场混乱。

玛格丽特记得车库的木门被撞得七零八落，争斗最终停止了，家陷入了死一般的沉寂。最后，救护车过来，把马特带走了。

1976 年，马特进入劳莱特高地学院念美术，这是丹佛当地的一

所私立学院，离加里家不远。马特是多恩和咪咪的第九个儿子，冰
球男孩之一，比玛格丽特大4岁。他会制陶，而且手艺很好，甚至咪
咪也这样说。南希·加里也会鼓励马特，她是劳莱特高地学院董事
会的一员。加里一家还告诉马特，他们随时欢迎他来家里玩。

　　一天，马特带着自己制作的一只花瓶来到加里家，想给他们看
看自己的技术。玛格丽特突然听到楼下传来一阵骚动声，这时，马
特浑身赤裸来到了楼上。他在上楼前已经脱光了自己的衣服，把花
瓶也砸碎了。加尔文家其他男孩发病前至少都会表现出一些先兆，
马特的发病实在太突然了，让人难以接受。折磨着哥哥们的那种东
西仿佛正在加快速度。

　　玛格丽特的旧世界就这样击碎了她的新世界，提醒着她，她不
属于那里，没有什么安全之地。她感到她在肯特中学的朋友们迟早
会知道有关她家的真相，有关她的真相。

多恩
咪咪

唐纳德　　马克
吉姆　　　马特
约翰　　　彼得
迈克尔　玛格丽特
理查德　　玛丽
乔

第 21 章

"这里的心灵感应信号很强,"一个瘦巴巴的男人浅笑着对周围一圈西装革履的人说,"如果你们安静一点,就能感觉到。"[1]

斯蒂芬·加斯金是海军陆战队的退役士兵,[2]身高 6 英尺 4 英寸,[3]蓄着金色的山羊胡,发际线已经开始后退,一蓬不服管束的长发仍旧飘荡在肩膀上。在军队服役的时光早已过去,他沉浮于世,变成了一位预言家。20 世纪 60 年代末,加斯金最先通过一系列名为"周一晚间课"的演讲在旧金山招揽了一群仰慕者。[4]他通常在可容纳两千人的舞厅发表长篇大论,说辞中包括迷幻之旅、超自然活动,以及和平追寻社会变革的正确方式。1970 年,加斯金决定带着"周一晚间课"上路。他和 400 名追随者用 60 辆巴士组成车队在全国各地巡游,吸引了大批媒体的关注。车队的标语上写着"去拯救世界"。[5]在全国转过一圈后,加斯金的新社群——一个由老练的革命分子组成的四处漂泊的群体——支付了近 12 万美元买下了田纳西州萨默敦树林一片 1 700 英亩的土地,于 1971 年春天在那里定居下来。[6]几年内,这片被加斯金命名为"大农场"的地方变成了全国最大的公社。[7]

1974 年，迈克尔·加尔文第一次来到大农场，一方面作为嬉皮士寻找着新的生活方式，一方面也因为走投无路。布莱恩和诺妮的悲剧让家里每个人颜面尽失，但陪多恩去看尸体，听警察用冷冰冰的医学术语解释哥哥和那个女孩不幸的人，是迈克尔。他坚信，在另一个平行世界里，他是可能帮到哥哥的，也许如果他当时直接去萨克拉门托，而不是洛杉矶，就有可能及时赶到，挽回点什么。但究竟能帮什么，他也说不好。

咪咪和多恩一定觉察到了这件事对迈克尔的打击。他们决定送他去纽约，跟多恩的另一个兄弟乔治待一段时间。乔治在长岛铁路局工作，是一名列车长。咪咪和多恩认为，或许乔治能帮迈克尔找个司闸员的工作。但迈克尔没能通过技术测试，因此去新泽西找他外婆。在那里，外婆想出了一个新主意。

当时大农场名气正盛，吸引了约大约 1 500 人前来。[8] 迈克尔大概是唯一一个坐外婆开的别克车来到大农场的人。进入农场前，迈克尔被告知了农场的规章——不能公开发脾气、不能撒谎、不能私自存钱、不能吃动物制品、不能抽烟、不能喝酒、不能使用人造致幻剂（如 LSD）、不能有婚外性行为。对于这些规定，迈克尔全盘接受。关于婚礼，史蒂芬·加斯金获得了田纳西州的授权，可以主持婚礼。[9] 他经常帮人办结婚手续，更喜欢同时结合两对夫妇，他管这叫"四人婚姻"。[10]

尽管加斯金全心全意支持密宗性爱，[11] 还向人大量提供自己家乡产的致幻蘑菇，[12] 但很快，迈克尔就发现大农场不是个可以为所欲为的地方。大家的行动一直都在受到监视，监视者通常就是加斯金本人，他常常抱怨自己整天的时间只够帮大家解决争端。[13] 住在农场的这群反威权主义分子放弃了自己的现金、车子、房产，甚至继承权，却从来没有质疑过统治他们的领导人。加斯金决定着每个人可以吃什么样的致幻剂，谁可以和谁上床，乃至公社里的资金流动。[14] 他还制定了一个叫作"30 天流放"的惩罚机制，这期间"农场人"可以"洗心革面"。[15] 他曾经说，"树不修不成材"。[16] 加斯金要求别人保持贞洁，自己却和另外两个男社员分享三个妻子，这是属于他的"六人婚姻"。[17] 其中一个妻子，伊娜·梅·加斯金，后来在 1975 年出版了一本名为《精神助产术》的书，颠覆了美国人对自然分娩的看法。她擅长助产是有原因的：农场每个月都有超过 4 个婴儿出生，这让伊娜·梅和她的助产士学徒们忙个不停。[18] 她总说："农场人是群特殊的嬉皮士：他们愿意干活。"[19]

迈克尔发现自己并不讨厌干活，甚至还有点渴望干活。加斯金坚称农场不是邪教，而是一种展示不同生活方式的集体项目。他会在演讲中提到西藏瑜伽士米拉日巴（Milarepa）的教义，说米拉日巴的师父将他投进绝望的深渊，就是为了塑造他的品格。[20] 他还说关键不是要像个典型的嬉皮士那样满不在乎，而是要注意周围发生的一切，要能听到动静。"如果你太过习惯而不再注意，那就会像住在瀑布旁边一样，"加斯金说，"住在瀑布旁边的人是听不到这些动静的。"[21]

加斯金在每个周日上午做演讲，农场的每个人都要参加，一起集体冥想。迈克尔觉得这比他以往参加过的任何天主教弥撒都更有意义。迈克尔曾经猜测的事情在这里得到了解答和证实——科学只能解释客观世界，却不能解决心灵的问题。他喜欢加斯金所谓的

"圆融"的理念：如果你与他人一度变得疏远，一定要处理好你们之间的关系，不留误会。在隐谷路时，家里从来没有这种"圆融"的状态，只有兄弟姐妹间层层累积的纷争，甚至父亲的干预也没能让大家和睦相处。他们或许能一起坐下来看场橄榄球赛，但却无法消除分歧。还能有别的生活方式吗？

对于迈克尔来说，最紧张的一刻发生在一个叫"磨石机"的帐篷里。[22]这个帐篷扎得离公社很远，加斯金把他认为太喜欢寻衅挑事的男社员都送去了那里，让他们去互相剖析对方的问题：你究竟在做什么？为什么要这样做？按照加斯金的理论，他们要一直探讨，直到粗糙的棱角被磨平为止。对农场上被"派出去"的那些人——这些人要么容易心神不安，要么易怒，要么不能共情，要么太懒——加斯金总不吝惜自己"具有建设性的反馈意见"。[23]"你是你可以掌控的唯一变量，"他常说，"你要是总过得不开心，就去搞清楚你为什么过得不开心，把问题解决掉。"[24]

迈克尔以前从来没有听过这种话。他家一直以来奉行的都是自上而下的专制原则，这种啄序关系使年纪大的孩子有机会侵害年纪小的孩子。没错，农场也有一个领导，但大家都认同的一点是每个人都应该对自己的言行负责，并且会不断挖掘问题的潜意识根源，直到所有人理解问题的所在为止。

这种态度和对水门事件的调查很类似：对事情的否认、压制和掩盖与事件本身一样恶劣。

迈克尔爱上了"磨石机"帐篷。农场的一切在他看来都那么健康、开明、心善的人们总是善待彼此。但在农场期间，他对自己家庭的厌恶却与日俱增，有时甚至盖过了他当时感受到的美好一面。

他忘不掉父母曾经想把他送去住院的事，到底什么样的家庭和体制才会想把一个没有疯的人送进精神病医院？迈克尔确信，多恩和咪咪的独断是他们家庭问题的部分原因。

8 个月后，迈克尔和他在"磨石机"的伙伴已经被隔离得太久了，加斯金不得不下命令让他们回来，住得离公社近一点。在离开"磨石机"之前，迈克尔从帐篷下面掏出了一个他之前放在那里的包。当到达新住处并打开包后，他看到无数粒细小的虫卵从包口溢了出来。

迈克尔把这个细节看作自己应该结束农场生活的信号。他去找加斯金，说自己要离开了。正好这时有一辆去阿尔伯克基的大巴，带着一套全新的生活技能，迈克尔登上大巴离开了。

但迈克尔还没准备好回家。他有个老朋友正要去夏威夷，因此他花 130 美元买了一张机票，从洛杉矶跟了去。他在夏威夷住了大约一年时间，做些搭石膏板的短工，靠政府发的食物券吃饭，没有父母或农场大家庭的帮助，完全凭自己的力量生活。

渐渐地，他淡忘了一些过去的悲伤，并打算和几个朋友搬去菲律宾。但他妈妈打电话来说很想念他，想给他寄一张回家的机票。

从农场学来的经验此时正好可以运用到他早就抛诸脑后的家人身上。迈克尔回到科罗拉多泉市的家里，报名上了一所社区大学，学习机械制图。他没有料到自己会陷入更多的冲突中。唐纳德这时住在家里，迈克尔总会被他激怒。迈克尔有时会问自己，为什么唐纳德总是做些对他自己毫无益处的事，他是不是已经无可救药了？家里现在的情况比迈克尔走之前更糟了。父亲中风了，彼得也生病

了。一切都比他印象中失控得更严重。也没人听取他的建议。他想
让他们吃糙米和冥想，他们却一点也不愿意。

　　迈克尔备感挫折。怎样才能让兄弟们愿意做他做的那些事？他
们什么时候才能突破自我？他们什么时候才能注意到周围那喧杂的
瀑布声？

多恩
咪咪

唐纳德　　马克
吉姆　　　马特
约翰　　　彼得
迈克尔　　玛格丽特
理查德　　**玛丽**
乔

第 22 章

玛丽一直没有放弃争取去看望玛格丽特。如果加里一家没有乘飞机去其他住处的话，她父母每隔几个月就会让她去丹佛过周末。有一年的夏天，加里一家还出钱让玛丽去参加了为期两周的日内瓦峡谷夏令营。那是个全程在外住宿的夏令营，会让营员体验很多精心设计的场景，比如圆桌骑士，比如印第安人的传统。玛丽人生中第一次离开家，离开吉姆，可以放下防备，卸掉伪装，忘却家中的糟心事。1976 年夏天，第一次离家之旅临近结束时，玛丽打电话回家请求留下来。加里一家承担了她接下来 8 周的衣食住行。之后每个夏天她都会回加里家，直到上大学。

每年夏天的最后两周，加里一家会让一群孩子——包括朋友和表亲家的孩子——去他们在蒙大拿的住宅。玛丽也一定会去。她和苏西·加里很投缘，她们都爱玩闹，一起偷喝山姆的酷尔斯牌淡啤酒。玛丽还是不明白，为什么玛格丽特能长期住在这么好的地方，而自己求了好久却只能偶尔过来。随着玛丽逐渐长大并且和加里一家更加熟悉，山姆开始更多地和她聊起她的未来。每当玛丽说想在未来为社会做点善事时，山姆的回答总是一样："如果你想做那样的工作，那么就赚些钱，然后把这些钱捐出来。"

玛丽和玛格丽特都很喜欢来蒙大拿，但这里给两人的感觉却大不相同。对玛格丽特来说，蒙大拿从来没有给过她家的感觉，而对玛丽来说，蒙大拿是一种摆脱自己家的生活滋味。

在很长的一段时间里，科罗拉多泉市家中的焦点人物都是马特。在那段时间里，他自称是保罗·麦卡特尼。

那次在加里家发病后，1977 年，马特终止了在劳莱特高地学院的制陶课程，回到家和唐纳德以及彼得一起住。12 岁的玛丽是家中唯一神智正常的孩子，已经不再把马特当作保护自己的人，因为现在马特自己就是个麻烦，是个祸害。一天，玛丽被彼得烦得受不了，于是去向马特求助。父母当时都不在家，唐纳德也不在。两兄弟在客厅打了起来，就像过去唐纳德和吉姆那样。一旦拳脚相见，打架的理由就不再重要了。马特和彼得都失控了，仿佛释放出了某种原始的力量，某种玛丽未曾见过的力量。她确信他们会杀死对方。

在这种情况下，玛丽已经学会了固定不变的应对方式。她冲进多恩和咪咪的卧室，扣上锁，打电话报警。这让马特对她大为光火，因为他最不希望的就是警察上门。玛丽浑身发抖，坐在卧室里，手中拿着电话，而那个曾经她最景仰的马特，正试图把门撞开。

所幸警察及时赶到，把马特送去了医院。这是玛丽第一次亲手把一个哥哥送进医院。她后来惊讶地发现，在自己对患病的哥哥们满怀愤怒这么多年后，她竟然会为自己的所作所为感到愧疚。

同样让她惊讶的是，自己实际上并不希望哥哥们伤害彼此。在对他们积蓄了如此深厚的憎恶后，她发现自己还是在乎他们的。

马特第一次住进普韦布洛精神病医院是在 1978 年 12 月 7 日。5
天后，彼得也住院了，这是他一年中第三次去普韦布洛。唐纳德那
年在普韦布洛进进出出。加尔文家的三兄弟住在同一家医院的不同
病房，而这并不会是最后一次。从那以后，只要玛丽单独和马特以
及彼得待在家，她就会把自己锁在父母的房间里，直到其他人回家。

彼得是年纪与玛丽最相近的哥哥，只比她大 4 岁。在家里，他总
是拒人于千里之外，拒绝任何帮助和建议。他从不觉得自己需要任
何医疗照护，也不认为自己需要每三个星期注射一次氟奋乃静。

到 1978 年彼得 18 岁时，派克峰精神健康中心的医护人员都已经
很熟悉这家人了，尤其熟悉咪咪，知道她是每个儿子热情的代言人。
如果只是去看门诊，彼得会住在隐谷路，直到他实在无法继续待在
家里，或者他父母难以忍受他，把他送走为止。他会在桥下面扎营，
一住好多天，或者搭顺风车去维尔小镇，沿着主干道溜达。

彼得那年住了 6 次院。科罗拉多泉市一个叫作看护之家的公益住
宿组织曾经短期收容过他，但他在没有获准的情况下不告而别，从
此上了那里的"黑名单"。7 月 2 日，彼得跟父母大吵了一架，说他
们拿了他的氟奋乃静，愤怒的他砸碎了家里四扇落地窗。事后彼得
解释说他"真没想把事情闹那么大，但脾气上来了拦不住"。于是父
母再次将他赶出了家，只是这一次，他到了可以被送进普韦布洛州
立精神病医院的年纪。

在彼得进进出出普韦布洛三次后，医护人员们开始注意到他的
两面人格。他可以非常招人喜欢，"在面谈的时候是一个衣冠楚楚的

年轻人，举止得体，机敏又亲切"。一旦话题涉及他的家庭，"他整
个人就会明显变得浮夸，满是妄想"，还会表现出"攻击性"，"充满
敌意"。彼得会说自己曾面试过一个修建艾森豪威尔隧道的工作，会
说自己决定几个星期后去做一名滑雪教练，还会提到自己最近为电视
连续剧《查理的天使》做过滑雪替身。普韦布洛的医护人员有时不得不
给他穿上束缚服，但只要一脱下束缚服，彼得就会逃出去。有一次，他
逃到了普韦布洛以东 50 英里的奥德威，那是个只有一千人口的小镇。
他在那里跳上一辆轿车，企图再跃上一辆行驶中的卡车，差点被撞倒。
另一次，他说自己是为英国女王服务的特工。"彼得目前精神错乱，说
话漫无边际，"一份报告写道，"与他的谈话不会有任何结果和意义。"

在这种情况下，医生们大概第一次对彼得"易怒、要求不断、比较
亢奋和有控制欲"的特点感到非常震惊，怀疑彼得的毛病很有可能完全
不是精神分裂症，而是双相情感障碍。如果真是这样，那么就会出现一
系列新的问题：彼得的状态太不稳定，不能长期服用当时被广泛用于治
疗双相情感障碍的锂盐。在抗精神病药物中，锂盐是少数几种轻微过量
使用就会引发危险的药物，因此病人服用锂盐不仅要严格遵循医嘱，还
要配合医生检测血药浓度。在这一点上，彼得是几乎不可能做到的。但
只要彼得还在使用氟奋乃静，那他从表面上看就多少还能过得去。于是
医生决定还是将精神分裂症作为他的诊断结果，总结说"在现阶段区别
精神分裂症和双相情感障碍的实际意义不大"。在接下来的几年里，医
生给彼得开的药都是治疗精神分裂症的，尽管他有可能患的是另一种病。

即使唐纳德不在家，或者要去科罗拉多泉市的派克峰精神健康
中心看门诊时，他仍然会每周去外面走上 200 英里。他的工作换了又

换，但行走是他永远不变的主题，他的宗教见解和布道也是。但他的晃荡不时会让他陷入麻烦。1978 年 9 月，他在一家运动品商店和售货员发生了口角，之后被送回了普韦布洛。他住了近 3 个月的院，其间说自己打算在圣诞节离开美国，放弃他的公民身份。

一年后，唐纳德和派克峰精神健康中心的护士又发生了争执，再次被送回了普韦布洛。这期间，他开始说起天上各种各样的星星，说这些星星能指引他找到地下特定的元素，还说这些元素和他所谓的"岩刀化学"有关。他认为自己必须找到这些元素，然后用锤子把它们砸成粉末后吃掉。

1980 年 1 月 7 日，唐纳德出院了，但 3 月时又入院了。这是他10 年间第 6 次住进这家位于普韦布洛的州立医院。事情的起因是多恩和咪咪对他失去了耐心，叫他自己去找公寓住。在病房里，唐纳德叫嚷着有关耶稣的话题，他的氯丙嗪用药剂量被加大了好几次，但效果甚微。医生后来给他使用了一种叫作琥珀酸洛沙平的抗精神病药物，使他的状态稳定了下来。6 月，唐纳德再次出院了。

但他在 11 月又被送回去了。他停止了服药，一天有 18 个小时都醒着，在屋内光着身子走来走去，声嘶力竭地喊叫。吉恩又回到了他的思绪里。他还把吉恩称作自己的妻子，并且会提到刀和枪。

医院的报告上说，咪咪和多恩非常害怕他们的长子。"他们希望唐纳德能清楚认识到父母是爱他的，但在他接受药物治疗、病情稳定之前，他们无法接受他。"

当音乐教师的约翰住在爱达荷州。理查德，那个曾经家中机最重的男孩，正试图在丹佛做生意。两个没有患病的冰球男孩，马克和乔，分别住在博尔德和丹佛，回家需要好几个小时，这种不远不近的距离使他们没有目睹家中最困难的时刻。在知道他的冰球队友马特和彼得身上发生的事后，家里曾经的象棋天才马克备感心痛。乔在机场找到了一份开燃料卡车的工作，生活得很平静，但他似乎也表现出了一些精神病的征兆——与日常生活完全脱节，并且在理解基本的社交原则上有障碍。

还有吉姆。

家中最重要的一条原则再清楚不过了：玛丽绝对不能聊起大家生病的话题。但家人身上正在发生的一切玛丽都看在眼里，她对此很气愤，心中甚至已经在暗暗准备接受自己将是下一个患病的孩子的现实了。她长大一些后，玛丽不再掩饰自己这方面的焦虑。她差不多已经13岁了，不再是个小女孩，不能再被敷衍了。晚上，她毫无歉意地狠狠捶着墙壁，企图让唐纳德安静一点。

玛丽也注意到了其他的变化。白天，她发现父母正在彼此疏远对方。咪咪现在似乎只是多恩的护理员，而不再有其他身份。有一次，咪咪甚至离开家去跟她在东部的妹妹贝蒂住了几周，把玛丽和她父亲以及哥哥们丢在家里。又一次离弃，又一个逃兵。

咪咪一定注意到了玛丽的这些想法。她觉察到了玛丽心里的怒火，甚至能够理解她的怒气。于是她开始带玛丽去市中心购物，就她们两个人，还带她去和朋友一起喝茶。虽然没有明说，但咪咪在努力讨好玛丽，试图告诉她，妈妈也爱她。尽管有点不情愿，但玛丽还是很喜欢与母亲独处的时光。尽管玛丽认为她唯一的愿望就是逃离这个家，但她真正想要的，或许是这种亲近的感觉。一种并不复杂的爱，没有困惑，也没有危险。

多恩
咪咪

唐纳德　　马克
吉姆　　马特
约翰　　　彼得
迈克尔　　玛格丽特
理查德　　玛丽　**琳赛**
乔

第 23 章

玛丽尝试过跟玛格丽特一样去肯特中学上学。但她提交的七年级入学申请被拒绝了，这让她极为生气。**我进不了肯特？我姐姐就在肯特！**

1978 年，即将上八年级的玛丽告诉父亲自己想去寄宿学校。多恩向山姆·加里征询了建议。山姆问玛丽，他自己的母校，康涅狄格州的霍奇基斯中学那样的地方对她有没有吸引力。严格说来，山姆是被霍奇基斯中学开除的，但学校和他之间的纠葛现在已经化解了。

玛丽没有一丝犹豫。如果她能入读离家 2 000 英里的高端寄宿学校，她就有机会不用再回家了。

玛丽申请了安多佛菲利普斯学校、埃克塞特中学、霍奇基斯中学和塔夫特中学，全都通过了。她最终选择了霍奇基斯中学，因为这所学校看起来最漂亮，也离市区最远。学校附近的伯克夏尔似乎比较能替代科罗拉多的大山，是她最好的选择。

玛丽的学费是由另一名校友赞助的奖学金支付的。加里一家则负责她的其他开销，比如交通费。在过去的三年里，玛丽一直在寻觅逃离这个家的途径。现在，她终于赢得了她的车票。

这将是不寻常的一个晚上。玛丽知道这一点。

她13岁。吉姆31岁，还和凯西在一起，也还在曼尼托索道工作。山顶的索道站后面有个霉迹斑斑的小木屋，里面有几个旧垫子和睡袋。作为索道经理，吉姆可以随意使用这座小木屋。有时，他并不在家里招待弟弟妹妹，而是邀请他们上这里，在索道顶上住，这样可以单独待在一起。

这次，1979年春天一个凉爽的夜里，玛丽和马特来了。吉姆邀请他俩上来宿营，抽大麻、喝啤酒。夜深后，玛丽在小木屋的一个房间里睡着了，两个兄弟住在另一个房间。马特昏睡得不省人事，但灯还亮着。和过去一样，尽管玛丽知道吉姆会来找她，她还是尽力假装熟睡，假装一切都没有发生，假装这些事并不是发生在自己身上，就好像这种自欺欺人可以帮她解脱一样。

但玛丽那天晚上没法应付过去，因为她来例假了。相比吉姆遭她拒绝后的愤怒，她更害怕怀孕。

因此，当吉姆向她走来时，她第一次控制不住自己，说出了自己也没料到的话。**走开。离我远点。我恨你。**

但吉姆还是侵犯了她。他进入了她的身体，这是他从来没对玛丽的姐姐玛格丽特做过的事情。吉姆还把精液射在了玛丽的身体里，但在之后，他再没跟玛丽提起过这件事，基本上总在躲着她。

之后的几周里，玛丽一直很害怕自己可能会怀孕。在发现自己没有怀孕时，她原以为自己会感到如释重负。毕竟，她反抗过，试图保护过自己，他再也不敢那么做了。想到这一点，她几乎会感到欣喜若狂。

但有些意外的是，吉姆从她的生活中消失这一点竟会让她感到非常痛苦。她试图忽视这种感觉，但这种痛苦却是真实存在的，她感到万分伤心。她像一个孩子那样真心地认为，那就是爱。

***

现在，玛丽自由了。她的生活中已经不再有吉姆，彼得、马特和唐纳德很快也会消失。她的未来属于她自己。八年级末，在被霍奇基斯中学录取后不久，玛丽收到一位朋友的哥哥的邀请，去参加一个高中聚会。她立刻就答应了。

玛丽告诉她妈妈，她要在朋友家过夜，但没提聚会的事。当她到达时，那位大哥哥已经在和另外两个男生一起喝七七牌威士忌了，她加入了他们。

男生们约玛丽和她朋友去镇上一个有名的幽会场所喝酒。她朋友拒绝了，因为她要留在家照顾妹妹们。玛丽接受了邀请，和男生们一起上了车。等他们回来的时候，玛丽的朋友和她妹妹已经睡了。玛丽喝得酩酊大醉，甚至没法走进房里。

男生们找到一个内嵌式壁橱，打开门，悄悄地引导玛丽走进屋，然后一个一个地跟了进去。

几小时后，玛丽醒了，根本不知道自己身在何处。她打开壁橱门，摸索着进了客厅。阳光从窗户照进来，玛丽一阵发抖。按约定，她妈妈会来接她。她跌跌撞撞地走到屋外，捂着肚子，在马路牙子上等，回想着究竟发生了什么。

她母亲原本计划带她去看牙医。"我去不了，"玛丽一钻进车里就说，"我不舒服。"咪咪大概也猜到女儿昨晚喝酒了，但什么也没说。毕竟，这已经是她第 12 个步入青春期的孩子了。

在回家的路上，前一晚的记忆突然一下子涌入了玛丽的脑海：两个男生轮流过来，另一个男生在一旁不是很积极地阻止他们。玛丽差点吐了自己一身。对于一个坏女孩来说，这是合适的惩罚，她当时想。谁叫她对妈妈撒谎呢，谁叫她喝醉呢，谁叫她不逃走呢。

玛丽的脑子里满是羞辱感，她只能把错都怪在自己身上。她没有对任何人说起过这件事，但觉得她认识的所有人迟早都会知道。那天，她暗暗下定决心，去了霍奇基斯以后，再也不回来。

不会再有壁橱里的男孩。

不会再有索道顶木屋里的吉姆。

不会再有唐纳德、马特、彼得或其他人。只有她自己。

***

现在还在适应期，不要过早给别人留下先入为主的印象，她想。她只希望霍奇基斯中学不要有人觉得她与众不同。但一位第一次见到她的老师在读了她的名牌后皱了皱眉。

"这个学校已经有一个玛丽·加尔文了，"这个老师说，"你的中间名是什么？"

玛丽没有立刻回答。她知道她的名字会透露出很多自己不希望别人知道的事。她想短暂地遗忘玛丽·克莉丝汀这个名字，这个使她在哥哥唐纳德眼中成为基督的贞洁圣母的名字。坐在那些家世显赫的男女同学中间，玛丽深切感受到了这里的新教白人精英气息，她觉得自己的天主教名在大声说，**她不是这个群体的一分子**。

玛丽立刻想到了一个名字。托马斯·林赛·布莱尼是她曾外祖父的名字。林赛是家族中的学者和佼佼者，就像老一辈和善聪慧版本的多恩·加尔文。林赛一直跟他们家往来密切，常给多恩和咪咪写信，很疼爱曾孙辈的孩子们。

对玛丽来说，"林赛"就像一个专门为预备学校准备的名字，更好，更有霍奇基斯味。她不小心拼读错了字母，将"林赛"（Linsey）说成了"琳赛"（Linsay），不过这反而使这个名字为她一人所独有。她必须采取行动，抹去过去 13 年生命中的一切。

"琳赛。"玛丽说。

从那天起，"琳赛"成了玛丽的名字。

第 24 章

1979 年

科罗拉多州，丹佛市，科罗拉多大学医学中心

　　罗伯特·弗里德曼和琳恩·德利西从来没在同一个实验室，甚至同一家研究机构或者医院共事过。他们只是世界上成百上千名研究精神分裂症的专家中的两个。他们的专长也不同，各自用不同的方法研究同一个问题。德利西想要找到精神分裂症的遗传因素，而弗里德曼则在追寻对这种疾病的生理学解释。她想搞清楚这种疾病的原因，而他则想搞清楚这种疾病的机制。

　　他们俩都不知道，他们的研究道路有一天会汇集到同一个不寻常的家庭上，而他们从这个家庭窥得的信息将会帮助解锁对精神分裂症的新认知。

　　与德利西的医学生涯困难重重不同，弗里德曼的医学研究之路走得顺风顺水。他 1968 年毕业于哈佛大学，比德利西从威斯康星大学毕业晚两年。在这之后，他直接进入了哈佛医学院。研究生期间，

弗里德曼痴迷于一种观点，认为人类的思想是可以自己形成的，是完全独立的另一种现实。"在我看来，如果有一种专属于人类并且具有哲学意义的疾病，那就是精神分裂症。"同时，弗里德曼也对机体非常着迷，尤其是中枢神经系统的运行机制。从医学院毕业后，他把研究大脑设定为了自己的职业发展方向。他相信，像氯丙嗪这样的抗精神病药物起效的原因一定可以有更好的解释。

通过一些初步的新研究，弗里德曼发现精神分裂症患者可能难以用有效的方式处理中枢神经系统感受到的全部信息。这种"脆弱性假说"[1]是一个来自哈佛大学和哥伦比亚大学的研究团队于 1977年提出来的。这个团队指出，精神分裂症患者的某些遗传特征对大脑的感觉和信息处理功能产生了不良影响，使大脑在面对环境中的触发因素时变得非常脆弱。这一假说算得上是欧文·戈特斯曼 1967年提出的"素质-应激假说"的升级版，[2]或者说是在先天 / 后天之争中找到的中间派解释。这些研究者认为，无论是日常遭受的情感伤害，长期的贫困，还是童年时受到的创伤性虐待，这些经历都不会直接导致精神分裂症，但会提供"让脆弱生根发芽的机会，最终发展成精神失常"。[3]很多人认为，这种脆弱实际上与"感觉门控"（sensory gating），或者说大脑正确处理即时信息的能力（或失能）有关。[4]发生在诺贝尔经济学奖获得者约翰·纳什——电影《美丽心灵》的主人公——身上的精神分裂症就常常被认为是感觉门控异常导致的。[5]纳什可以探究别人无法理解的数学模型，却依然会出现妄想，幻想有人来抓他。他人格的这两个方面都被认为是大脑信息处理能力过于敏感导致的。

神经元之间通过突触（synapse）进行交流，这些突触是在中枢神经系统中传递神经信息的重要神经元之间的联系点。很多当时的研究者开始猜测，那些像约翰·纳什那样的精神分裂症患者之所以会患病，是因为他们的神经系统无法像正常人那样修剪自己的突触。[①] 这些研究者认为，有些精神分裂症患者可能对令人分心的声音极为敏感，容易被太多信息所吞噬，就像彼得·加尔文有时会感到的那样，或者像 1897 年丹尼尔·保罗·施瑞伯所经历的体验那样。有些患者可能会反应过度，小心谨慎，甚至偏执，就像唐纳德·加尔文莫名其妙地受到启发，把隐谷路屋子里的所有家具搬出去那样。还有些患者则无法放心地做出选择，可能会妄想，有幻视和幻听，就像吉姆·加尔文那样。

在当时，感觉门控只是有关精神分裂症的众多理论中的一种。1978 年，当弗里德曼作为一名研究者在丹佛的科罗拉多大学医学中心接触到这个课题时，他开始研究测量大脑感觉门控能力的方法。最终研发出的方法简单得简直令人难以置信，而且稍加扩展就可以间接测量精神分裂症患者大脑的脆弱程度。弗里德曼发现，在测量受试者对各种光线、声音等刺激的反应时，当时致力于感觉门控的其他研究者恰恰忽略了研究过程中最重要的一环。弗里德曼知道，在一个人运动时，除了向肌肉发出运动指令的神经元外，还有一些神经元会向相同的肌肉发出抑制指令。例如，要走路，你的中枢神经系统需要有控制行动和抑制行动的两种神经元，否则就会摔倒。作为一名神经生理学家，弗里德曼清楚机体的反射及其与大脑

---

① 1982 年，加州大学戴维斯分校的欧文·费恩伯格（Irwin Feinberg）将这个概念命名为"修剪假说"。[6] 他提出，精神分裂症之所以经常出现在青春期后期或青春期刚结束时，是因为"[大脑]在发育过程中出现了问题"，在此过程中"突触被过多、过少或错误地清除了"。

之间的这种独特甚至反直觉的关系。那么思考这种活动会不会也是
如此呢？

　　顺着这个思路，弗里德曼进一步猜想，精神分裂症患者的问题，
会不会并不是因为他们缺乏对众多刺激做出响应的能力，而是因为
他们缺乏对刺激**不**做出响应的能力？他们的大脑会不会并没有过载，
而只是缺乏抑制，每分每秒都在被迫处理所有接踵而来的信息？

　　1979 年，弗里德曼一直都在丹佛的实验室里做研究，那里离隐
谷路的加尔文家只有一个多小时的车程。他发明了一种测量抑制过
程的方法，只需在受试者的头皮上贴一个小电极，电极就能以电波
的形式检测到脑电活动，并且不会给病人造成痛苦。电波的波动幅
度反映了大脑活动的强弱，幅度越大，大脑的活动越强，反之亦然。
在实验中，弗里德曼测试了受试者听到一模一样声音时的反应。他
会把相同的"咔嗒"声播放两次，两次之间只有短暂的时间间隔，
通常是半秒钟。

　　弗里德曼的研究发现，只要是所谓的"正常"大脑，也就是非
精神分裂症患者的大脑，对第一次咔嗒声的反应都比对第二次的反
应大。这说明正常的大脑会从自己所感知到的信息中学习，如果收
到相同的信息，就不用从零开始。但精神分裂症患者的大脑却做不
到这一点。弗里德曼的实验室经过不断测试确认，患者脑部对两次
咔嗒声反应的脑电波幅度完全相同。对于第二次咔嗒声，他们的大
脑仿佛要重新反应一遍，尽管他们在不到一秒钟之前刚听到过相同
的声音。

　　这种双咔测试本身并不是为了检测精神分裂症，而是为了测试
大脑的感觉门控能力，而感觉门控能力异常是精神分裂症的潜在特

征之一。测试结果之所以激动人心，是因为感觉门控异常很可能是遗传所致，因此研究人员就可以在几代人中追踪这一特征。弗里德曼预感自己即将迎来一项重大突破，这一突破不仅有助于对精神分裂症的理解，还可能有助于精神分裂症的治疗。如果他能分离出对双咔测试反应不正常的基因异常会怎么样？如果能分离出这种异常，并且具有这种基因异常的病人确实被诊断为患有精神分裂症，那么他就证明了与精神分裂症相关的基因确实存在，从而打开这种疾病基因疗法的大门。

很多人都曾想过开展这方面的研究，但从未有人真正实践过。这种策略在其他疾病的研究中很常见。以糖尿病为例，研究结果表明与这种疾病相关的基因可能有 10~20 个，而第一代治疗糖尿病的药物只针对其中一个基因。

弗里德曼知道，如今需要做的全部工作，就是鉴定出一个这种基因。他认为，要开展这样的研究，可能需要一个发病率极高的大群体——一个大家庭。

去哪儿找这样的家庭？弗里德曼对此毫无头绪。但这样的人一定存在。很可能比他想象得还要近。

多恩
咪咪

唐纳德　　马克
吉姆　　　马特
约翰　　　彼得
迈克尔　　**玛格丽特**
理查德　　**琳赛**
乔

第 25 章

　　加尔文家的两姐妹都生得漂亮，有着高高的颧骨、动人的明眸和酒窝，以及一头褐色的长发。二十岁出头时，她们甚至还为平面广告和户外杂志做过模特。琳赛在山脊上摆出滑雪的姿势，长发飘扬在紫色的派克大衣上。她们都交过男朋友，还挺不少。她们也都吸过毒，主要是大麻，但似乎都不太喜欢这些东西。毒品更多是用来遗忘和逃避过去的。

　　两姐妹小的时候算不上特别亲密。即便在搬到加里家去之前，玛格丽特也总是忙着去其他地方待着，不怎么和小她 3 岁的妹妹玩。而在这之后，琳赛因为玛格丽特的离开备受打击，变得非常嫉妒玛格丽特，气愤于姐姐可以离开，自己却不能。不过当姐妹俩发现自己都已经远离隐谷路，走在了相似的道路上时，情况发生了变化。**我非常爱这个姑娘**，大学时的玛格丽特在日记中写道，**她知道这一点——我们的姐妹关系非常好——我们非常亲密，这太不可思议了。**

　　琳赛也给玛格丽特写了一首以她们当时的亲密感情为主题的诗。

她不是每天无谓的存在

她成了我的一部分

她塑造，打开，找到我

窥进我，看到我

变成我的一部分

她登上高山

我便成功

她吸入空气，我便呼出空气

大自然填满她的内心

又溢入我的心田

她是山峦、空气、树木和植物的一部分

她也是我的一部分

噢，我俩

她哭时我笑了，她笑时我哭了

她的喜悦，我的伤悲

我的哀伤，她的欢乐

我能感受她的痛苦，她的愉悦也能触及我

身处异地却心系彼此

噢，我俩。

　　家里很多人花了很长的时间才适应琳赛的新名字。还有人，比如她妈妈，却永远也叫不惯。琳赛并不介意。起这个新的名字不是为了家人，而是为了她崭新的生活。即使在新的伪装下，或者说在改头换面之后，琳赛在霍奇基斯中学从一开始就仍然是非常惹人注

琳赛（左）和玛格丽特

意的。这里的大部分学生入读时都已经 10 年级了，而琳赛入读的是
9 年级，这一点足以成为其他孩子们的谈资。不按部就班上学的人必
定有什么不寻常的原因。她是被别的学校开除了吗？她的父母正在
闹离婚吗？还是有什么值得大家发挥想象力猜测一下的其他好戏？

　　琳赛在其他方面也引人关注。她穿格子裙和有领衬衫，像个预
备学校的女生，不知道霍奇基斯中学的女生都是一副颓废嬉皮士的
打扮。琳赛从小受父亲自由派政治观念的影响，如今在这里却听到
有同学在大谈特谈领救济金等于占别人的便宜。她认识了几个富有
同情心的大人，其中包括一位英语老师和一位哲学老师，他们不介
意琳赛冲进办公室，眼泪汪汪地问，**他们怎么能这么想？** 她也想出
了一种生存策略。显然，她是不会被别人邀请去曼哈顿购物的，也
不会在春假时去巴黎度假。但通过努力，她成了学校的一名运动员，
主要是踢足球，也打长曲棍球。这些课余活动足以让她挨过在霍奇

基斯的时光了。

琳赛长期以来都在练习压抑自己的情感，这逐渐成了一种习惯。她总面带微笑，一副自己的事情自己解决的样子。这种不求人的态度也使她付出了代价：她没能如愿拿到全优的成绩。跟霍奇基斯的其他学生一样，她也会读《瓦尔登湖》。梭罗的超然主义像一帖强心剂，鼓舞着她走进大自然，就像她母亲那样。远离母亲之后，琳赛才惊讶地意识到，自己和母亲有如此多的相似之处。

琳赛在心中仍然认为自己不配进霍奇基斯。她表面上装作无忧无虑，实际上心神却总漫游到别处，想着其他事情。她会时不时地感到自己与这里格格不入。一次，琳赛和朋友去看在学校放映的电影《飞越疯人院》，没看 10 分钟就离场了。她流着眼泪冲出了放映厅，她的朋友非常担心。在琳赛低声含糊地说自己家有人是精神病患者后，朋友便没再多问。

***

1982 年，当琳赛在霍奇基斯上学时，冰球男孩中最年长的乔，那个温和、体贴的老七，那个比琳赛大 7 岁的哥哥，精神也出问题了。

十年前乔去看望彼得的时候，见过乔的医生都觉得他有点不对劲。在家人看来乔好端端的，至少完全能独立生活和工作。高中毕业后，乔在丹佛机场找到了一份工作，不时还会带琳赛去滑雪，让她离开家，调节心情。后来他在芝加哥的美联航做行李搬运工，搬去那里后，他爱上了一个医生的女儿。快结婚那阵，乔的一次升职机会被否决了。这似乎是乔在芝加哥工作以来所能忍受的羞辱的极限。在此之前，他有一次膝盖受伤都忍着没向公司提工伤索赔。乔开始给他的老板寄威胁信。在美联航解聘他后，他还寄了更多的威胁信件，甚至寄到了白宫。

在很短的一段时间内，乔就失去了一切，他的车、他的公寓，还有他的未婚妻。接着，他开始出现幻觉。先是唐纳德和吉姆，然后是布莱恩和彼得，现在是马特和乔，10 个兄弟中有 6 个人疯了。

琳赛在精神上再次受到了打击。她飞到芝加哥，和父母一起去医院看望乔。所见的景象让她惊恐不已。乔被注射了药物，对他人毫无反应。琳赛突然想起她从来没有去普韦布洛看过其他哥哥，从来没见过彼得、唐纳德和马特不在家时的模样。她第一次开始思考他们的所作所为以外的东西，开始思考适合他们的医疗措施。

乔回到了科罗拉多泉市，和彼得、唐纳德还有父母一起住在隐谷路。现在的他总能听到各种声音。一天夜里，在市中心的大街中央，他一边跑一边声嘶力竭地大喊："有狼在追我！"最终，两个身高 6 英尺的士兵一起才把他制服。1982 年 5 月的绝大多数时间，乔都是在普韦布洛的州立精神病院度过的。

在大农场待过的嬉皮士迈克尔这时也住在附近。对于乔的变化，他也和其他人一样感到震惊。他仍然觉得，如果兄弟们的教养方式没那么压抑，他们就绝不会发疯。他认为乔病得还不严重，也许自己能帮助乔恢复健康。迈克尔回家去看了乔，花了一个晚上驾车带他兜风，试图让他释放心中的苦闷，想要理解他隐秘不宣的内心。**我们得谈谈。你在干什么？你为什么要这么做？**迈克尔把乔带到空军学院的操场上。**嘿！发泄出来！**迈克尔记得自己一遍又一遍地这样说。

没有效果。乔无动于衷，神情困惑，经常在恍恍惚惚地想着别的什么事。迈克尔觉得自己好像在跟一个酒鬼说话，这个酒鬼完全只关注自己当时的状态，没法想象其他状态。迈克尔不禁觉得精神病不过是另一种选择，乔只是做出了错误的选择。

如果说乔的病情让迈克尔深感沮丧的话，回到寄宿学校的琳赛却发现自己内心的愤恨消散了，这让她无比意外。和玛格丽特一样，琳赛也感到在这所高端的私立学校里被边缘化了，但她不觉得否认家人的存在是解决办法。她反而感受到了和生病的哥哥们亲近的一面：他们受到了社会的排挤，有时候她也有相同的感觉。

***

1980 年秋，玛格丽特东行去纽约州北部的斯基德莫尔学院上大一，学院离霍奇基斯中学有两小时的车程。在斯基德摩尔学院，玛格丽特经历了之前在肯特中学遭遇过的同样的文化冲击。与此同时，她的妹妹也在体验着类似的冲击。玛格丽特的同学们来自美国东海岸的上等家庭，沐浴在纽约的光环下，每天读的是《纽约时报》和《华尔街日报》。但玛格丽特却向往户外活动，宿营、徒步、登山、骑行以及划艇。在一个朋友的引领下，她第一次参观了艺术系。她知道那是她憧憬的地方，但艺术家的生活方式太过奢侈，她负担不起。

在大学，玛格丽特已经不再接受加里一家经济上的扶助，而是开始勤工俭学，在餐厅里为同学端递食物、清理垃圾。这让她开始意识到，过去几年因为加里一家的慷慨而过上的生活，在某种程度上来说不过是一种错觉。大一学年末,玛格丽特决定转校去科罗拉多大学博尔德分校,那里的学费相对便宜,她可以用佩尔助学金来承担这笔费用。她在那里还有朋友,而且那里离家的距离足够远,足够安全,远到刚好不用每天往返,远到不想回家时可以央求几句就不用回家。

可以说,玛格丽特做的每一个决定都是以不用回家为前提的。家,是彼得在地上撒尿的地方,因为房子下面有魔鬼;家,是唐纳德在离婚十年后还在为前妻痴语发狂的地方;家,是马特在加里家发病后休憩的地方;家,也是吉姆想来就随时可以来的地方。

在科罗拉多大学博尔德分校,玛格丽特的班上有很多以前肯特中学的老朋友,那些夏天会去法国或者葡萄牙旅行的有钱的同学。玛格丽特则尽力攒钱,至少能在国内玩玩。她在史蒂夫冰激凌店做店员,并且不定期帮一个比她老得多的毒贩卖致幻蘑菇。这个人对她总是色眯眯的,不过从来没有什么出格的举动。玛格丽特和肯特中学过去的一个男朋友一起,在全国各地看过感恩至死乐队的 50 场演唱会,边看边吸毒。她想要感受自己的力量,感受自己的能力,感受自己的独立性。但她的内心却在等待着被解救,希望自己不再与任何深层次的痛苦有直接的瓜葛。

我为什么还要回家?我的脑子就像被上满了发条,会旋转个不停。我不理解,也应付不了我的哥哥们,尤其是马特、彼得、乔和唐纳德。现在我泪流满面,因为我解决不了这些事……生活是家人永远纠缠在你身上的根。我的家人让我压抑,他们在很多方面阻碍了我的发展。我被疯狂困住了,没有人应该一辈子努力去遗忘……

玛格丽特的日记，1983 年 4 月 3 日

　　那年夏天，玛格丽特跟着感恩至死乐队东行，没想到自己能被心仪的对象大献殷勤。克里斯是斯基德摩尔学院的高年级学生，当时注意到了玛格丽特。在大学里，克里斯被人称为"热刀"，这个词表示的是一种抽大麻的方法：把一块大麻浓缩提取物放到两把烧红的刀上并压碎，然后吸入散发出来的烟。这一次，当在康涅狄格州的一个派对上再次见到玛格丽特时，克里斯采取了行动。

　　克里斯比玛格丽特大几岁，机敏聪慧，有一种志在必得的气质。他父亲是一家石油公司的总裁。克里斯是父亲的游艇俱乐部的常客，参加过世界各地的激光级帆船锦标赛。他出机票让玛格丽特 8 月时飞到缅因州来看他。他们驾船去乔治敦和布斯贝湾附近的岛屿，喝血腥玛丽和蓝莓得其利鸡尾酒，吃龙虾，带着 19 只龙虾回到康涅狄格州，然后克里斯带玛格丽特去见了自己的父亲。第二天，他们开着克里斯的宝马飞驰进曼哈顿，去萨克斯第五大道精品百货店和布鲁明戴尔百货店购物。对玛格丽特来说，克里斯不是什么随随便便的男朋友，而是一页全新的篇章。

　　我从来没想过自己会遇到这么慷慨的人，最令人惊讶的是，他想要与我分享他的一切。

玛格丽特的日记，1983 年 8 月 31 日

　　9 月，玛格丽特又去看了克里斯。10 月，克里斯飞到科罗拉多

来看她，感恩节时又来了一次。元旦前夜，他们一起在曼哈顿的彩虹厅酒店，盛装迎接新年的钟声。他俩被香槟和大麻迷得半醉半醒，在新年的钟声敲响后，克里斯坏笑着向玛格丽特靠过来。

"你能保密吗？"

"行。"

"你愿意嫁给我吗？"

"你不能嫁给这个人。太荒谬了。"

说这话的人是怀利，玛格丽特在科罗拉多大学博尔德分校的同班同学。他也是玛格丽特的情人，至少他希望自己是。克里斯是一名争强好胜的水手，而怀利则喜欢把夏日的时光花在粉刷房屋上。怀利平时头脑冷静，说话轻声细语，但玛格丽特要嫁给克里斯的消息和她手上的戒指让他非常意外。

但玛格丽特是认真的。除了克里斯，没有人再会照顾她了，无论是她的家人还是加里一家，都不会。何况克里斯已经准备好了，去德国、克里特岛和埃及的行程全都安排好了。

琳赛理解玛格丽特。她可能是地球上唯一一个知道玛格丽特想要逃离什么的人。这是她姐姐获得一个新家庭的机会。

咪咪和多恩也同意了。他们意识到克里斯家很有钱，便以自家的房子作抵押，尽力为女儿办了一场最美的婚礼。咪咪按照著名时装设计师奥斯卡·德拉伦塔的款式亲手制作了所有的服装，用粉色的丝绸在裙子的上身和臀部缝上了饰边。

他们把日子定在了 8 月。玛格丽特要做的就是想办法从 9 个哥哥中间穿过，然后走向圣坛，并且不让他们闹出什么笑话。

在玛格丽特婚期几个月前，彼得在维尔镇被捕了，因为他在街上到处拉人为一个癌症协会筹款。在医院里，他请求医生给他穿上防弹背心以保护自己。他说维尔镇的警察嫉妒他，要来抓他。最后，彼得跟咪咪和多恩回了隐谷路的家，成天躺在床上，不洗澡，靠咖啡和香烟度日，时而沉默不语，时而情绪爆发。有一次，他把咪咪锁在屋外，将自己的药放到全家人的咖啡里。

另外两个冰球男孩，乔和马特，这期间也不断在普韦布洛的精神病院出出进进。乔沉迷在天主教的臆想中，跟唐纳德很像，只是没唐纳德那么具有威胁性。他说自己脑中的声音不是那么邪恶，只是有点烦人。马特的幻想更为偏执，这让他很难长时间保持稳定。在住院的间歇，他曾经因为在科罗拉多泉市非法游荡而被捕，被判缓刑。

在 1980 年最后一次被送进州立精神病院后，唐纳德出院以后一直待在家里，还算平静。现在大家最警惕的反倒是吉姆。

那年早些时候，在度过 16 年的婚姻后，凯西终于离开了她有家暴行为的丈夫。这些年来，她一边工作、抚养儿子吉米，一边还要应付吉米情绪的起落。凯西的朋友都知道吉姆的情况，知道他的精神病和暴力行为。凯西对此默默忍受，直到她第一次目睹吉姆打吉米。吉米当时 14 岁，吉姆此前没有动过他一根手指头。那天，吉米看见父亲要打母亲，想介入调解，这是他为了保护母亲第一次与父亲发生正面冲突。当吉姆一拳打在儿子的肚子上时，凯西立即报了警。之后，她很快带着吉米离开了家。

吉姆现在一个人住，定期去门诊注射抗精神病药物，以控制他的症状。他现在不怎么工作，酒喝得越来越多。家里没人知道他会做出什么事来。

玛格丽特婚礼前几天，吉姆来到隐谷路的家里，琳赛这时也和男朋友在家里度周末。吉姆到家时，琳赛正巧不在，但她男朋友的车在外面。家里的其他人看着吉姆一边把那辆车的四个轮胎割开，一边大声地骂骂咧咧。做完这一切后，吉姆又在众人的注视下驾车扬长而去。

住在家里的所有人都被迫暂时搬出去，不想被吉姆找到。如果说琳赛此前对玛格丽特与克里斯建立新生活的决定还有些许怀疑的话，这种怀疑现在也完全消失了。她希望自己也能够逃离。

婚礼前的预演晚宴安排在众神花园乡村俱乐部。至少会有 200 人参加教堂的仪式，之后会在一个世交的新家后院里举办招待会，他们的家位于科罗拉多泉市最时髦的老北角。

怀利在婚礼前夜最后一次尝试给玛格丽特打了电话。他当时在马萨诸塞州，和家人在一起。"如果你决定不嫁给他，我会给你寄一张飞过来的机票。"他说。

玛格丽特为此哭了很久。琳赛把冰袋敷在玛格丽特脸上，帮她消除哭泣后留下的水肿。玛格丽特知道自己其实并不了解自己要嫁的那个人，知道这桩婚事不靠谱。但还有什么别的办法呢？飞去找怀利？靠在他肩上哭一场？告诉他自己的一个哥哥猥亵了她很多年，另一个哥哥自杀了，而且家里还有四个这样的哥哥？

玛格丽特觉得自己别无选择。怀利想从她这里得到的比她能给予的更多，她能给怀利的只有自己家冰冷的现实。但跟克里斯在一起时，她不需要再想自己家里的事。

多恩
咪咪

唐纳德	马克
吉姆	马特
约翰	彼得
迈克尔	玛格丽特
理查德	**琳赛**
乔	

第 26 章

琳赛没有想到自己会如此思念那些大山。

1984 年，琳赛以全班排名靠前的成绩从霍奇基斯中学毕业。她原本可以去比科罗拉多大学博尔德分校离家更远的大学，但她惊讶地发现，科罗拉多在召唤自己。准确地说，不是隐谷路，而是科罗拉多这片土地让她觉得有家一般的感觉。在她回来后，琳赛总想要爬遍所有的"十四峰"（fourteener）[①]。很快，她有了归属感，直到过去的那些恐惧重新回来。

在科罗拉多大学，琳赛基本没打工，一门心思拿全优，但有时候她会突如其来地感到恐惧。她有社交，有男友，会参加派对，也嗑药，但什么都不能消除她的焦虑。她读过所有能在书店里找到的自助书，想要搞清楚原因。

当琳赛第一次尝试致幻蘑菇时，她认为那种感觉应该很像精神分裂症患者的感受：一种绝对的恐惧。其实她不用毒品也能感到恐

[①] "十四峰"是美国西部的登山术语，指的是海拔超过 14 000 英尺的山峰。科罗拉多是拥有这种山峰最多的州，一共有 53 座。——译者注

惧，她需要担心的事情太多了。

她厌倦了假装一切正常。她在寻求帮助，却又不确定去哪里寻找。

***

"告诉我一些你家的情况。"学校的治疗师说。

琳赛开始了倾诉。当她说自己有 10 个哥哥，其中 6 个都有精神分裂症时，治疗师的表情变了。

刚开始时，治疗师似乎还不怎么相信琳赛的话，以为她在编故事。这时的琳赛才明白治疗师在想什么。治疗师想知道，这些事里有多少是琳赛凭空想出来的，她觉得琳赛才是发疯的人。

治疗没什么效果。谁会真正倾听琳赛的心声，相信她的话呢？

那年秋天，琳赛开始和一个认识多年的男生约会。蒂姆·霍华德是山姆和南希·加里的侄子。他和琳赛一样，一生中都是加里一家在蒙大拿湖边住宅的常客，是山姆和南希经常邀请的孩子中的一员。蒂姆和很多男孩一样，一直很敬重加尔文姐妹俩，她们既漂亮，又擅长运动。两人开始交往时，蒂姆和琳赛一起在科罗拉多上大学。

在琳赛和蒂姆开始约会几个月后，一次学校放假，加里一家邀请他们去维尔镇，住在主街的公寓里。其他人要么去滑雪了，要么去购物了，这使他们终于有了可以独处的机会。他们俩差点就有更亲密的举动了。

琳赛说她不能这么做。

蒂姆问她怎么了。

琳赛看着他。

这不是一个在要求做爱的生气男友，而是一个比她小差不多 1 岁并且暗恋了她快 10 年的男孩，一个真心喜欢她并且不会妄加评判她的男孩。他对她家的事已经有所耳闻，尽管他并不清楚其中那些最可怕的细节。眼前的是蒂姆，不是什么陌生人。玛丽还没遇到过一个更适合倾诉的人。

琳赛说着说着就哭了起来，这最初让蒂姆有点不知所措。玛丽在他眼里从来都是那么坚强，总能解决好自己的问题，是山姆口中的"女强人"。蒂姆留了下来，听她诉说。

就在吉姆的名字即将脱口而出时，琳赛停了下来。她没说谁侵犯了她，蒂姆也没有问。此时的蒂姆苦苦思考着该说些什么。

"我不知道该怎么做，"最后蒂姆说，"但有人知道。"

他们穿好衣服，走出公寓。蒂姆看见南希·加里从远处沿主街朝他们走来。蒂姆留下琳赛，向他的阿姨跑去。"我能跟您谈一谈吗？"

蒂姆和南希交谈时，琳赛站在原地，周围的地面上落满积雪。没过一会儿，南希从蒂姆身边转身朝琳赛大步走来。琳赛和南希走进公寓，聊了起来。

***

露易丝·斯尔文现在还记得 1984 年第一次见到琳赛时的情景。当时的她听着这个漂亮的 19 岁女孩冷静地谈着自己的家庭和遭遇。琳赛对自己的家庭和成长经历的细致讲述，无疑是露易丝从所有病人那里听到过的最痛苦的故事。当听到琳赛说起大学里的健康治疗师不相信她的话时，露易丝非常愤怒，因为她始终认为，医生的第一职责就是不让病人有病难言。

有一种说法，或者说谬见，认为我们的社会过分沉迷于创伤和治疗了，对于儿童遭遇的侵犯这种难于启齿的问题尤其如此。这种谬见始于误认为儿童是没有能力倾诉自己遭受的侵犯的。但事实上，如果一位治疗师足够敏感、亲和，是可以打开孩子的心扉的。这正是《我从未许诺你玫瑰花园》中的弗里德医生（弗里达·弗洛姆-赖克曼的原型）采取的方式。一旦孩子袒露心扉，创伤便会如噩梦般散去，病人会康复如初，仿佛放下了心中的重负，得以重新拥抱这个世界。在书籍和电影中，这个过程往往会发生在一个伤感、愤怒和悲痛的场景中。可能在深夜，一场小小的危机触发了病人心灵深处尘封多年的秘密，终于使治疗有所进展。

琳赛的情况完全不支持这种谬见。斯尔文是琳赛的第二位治疗师，在科罗拉多大学博尔德分校工作，南希·加里专门请她来诊治琳赛。琳赛觉得斯尔文是一位专业的倾听者，能通过敏感和亲和营造一个让人产生接纳感的空间。这让琳赛感到安全，觉得自己可以根据自己的意愿讲述自己的遭遇。

当治疗有突破时，谬见自然而然就粉碎了。对于琳赛来说，这种突破如同循循而来的渗透，在一周三次稳步而紧张的治疗中渐渐显露出成效。在拿着全优的成绩、跟男友约会、滑雪、爬山之余，琳赛每周还要匆匆赶去向治疗师倾诉一个小时的家庭秘密，有时甚至要倾诉两三个小时。治疗过程较为漫长，但斯尔文一直没有催促、急躁。她与那些电影里的治疗师不同，并不想过于关注每段治疗的结果。这种压力会使病人变得就像表演的海豹，只会做出他们认为治疗师希望他们做出的反应。在情况最糟的时候，这种压力甚至会让病人的情况雪上加霜。

开始时，斯尔文几乎什么都不做，在好几次治疗过程中，都只是仔细听琳赛诉说，留心那些把琳赛压垮或者说把她压得"支离破碎"，使她把自己完全封闭起来的话题。斯尔文解释说，"支离破碎"意味着病人被完全隔绝于自己难以面对的因素，而这会使这些问题变得更加难以面对，更加根深蒂固，从而造成更大的伤害。解决办法，或者说治疗的目标，是帮助琳赛找到自身的力量，让她自己解决难题，将精神上的碎片"拼合起来"，而不是避而不谈。

当然，琳赛希望治疗能快一点。她想把问题解决掉，想找个人——任何人都行——驱散她的担忧。为了哥哥们和她自己，她也希望斯尔文能解释清楚精神病的本质以及诱因。创伤或性侵会造成精神失常吗？彼得、乔、马特之所以进精神病院，会不会是因为吉姆对他们做过什么？

这种解释似乎挺说得通的。虽然还没有研究表明性侵能造成精神分裂症，但如果确实如此，那就意味着琳赛也有患病的可能。

琳赛也害怕自己患上精神病。斯尔文明确地告诉她，要克服这种恐惧，需要非常的勇气。

***

治疗的费用是琳赛自己付的。斯尔文将她没能支付的数目记在账上。毕业之后的很多年里，琳赛坚持继续偿还这笔费用，最终在快 30 岁时用做生意的钱付清了所有的欠款。

琳赛从没要求父母支付这笔钱。咪咪和多恩根本就不赞成她接受治疗。为什么又把这档子事翻出来？过去的事就让它过去吧。正是父母的这种态度让琳赛在吉姆最初对她动手动脚时羞愧不已，不敢告诉他们真相。

斯尔文一心希望琳赛说出自己的故事，希望琳赛变回这一切发生之前的那个她。这不仅仅是面对现实那么简单，还需要移除掉强加在她身上的所有"有色镜片"。斯尔文解释说，孩子会依赖身边的成人来解释发生在自己身上的事情，他们会利用父母已经成形的观念系统来判断是非，或者判断他人是否可以依靠。她还说，当身边的大人无法帮助他们时，孩子们会借助耻辱感和愧疚感来应对创伤。

对于琳赛来说，问题的关键当然就是吉姆。

吉姆仍然置身于加尔文家所有成员的生活中，地位稳固。在凯西离开他后，他回自己家住过一段时间，但每当琳赛在假期回到家时，他一定会出现。在回到科罗拉多后，琳赛尽量让自己适应这种状况，尤其是在一些大事上。比如，在玛格丽特的婚礼上，琳赛就装得像没事人一样，就好像一切都好。但吉姆在妻儿离开后变得越来越难以捉摸，琳赛也逐渐厌烦了假装一切正常。

琳赛后来问斯尔文：**当吉姆在的时候我怎么可能感到自在？在知道他随时会过来的情况下，我怎么可能回家？如果选择不回家，我该怎样处理随之而来的不安？**

斯尔文会帮助琳赛构想如何处理对吉姆的怒意。琳赛曾不止一次想过杀掉吉姆，但马上又会对自己的这种想法感到愧疚。然而她最大的担忧，甚至大过面对吉姆的恐惧，是她必须向母亲坦白这件事。如果咪咪不相信她怎么办？**那我就会成为另一个发疯的孩子。**

琳赛再次陷入了年少时的困境——只要表现出愤怒，就表示她的精神不稳定了；如果因为考试得了"良"而哭泣，那么或许你就是时候去普韦布洛了。

在琳赛的眼中，多恩依旧保持着理想化的父亲形象。多恩的身体虽然已经有些羸弱，但他仍然是琳赛在家中唯一的盟友。琳赛曾多次和斯尔文聊到咪咪让她保持沉默的方式。咪咪不会直接说"闭嘴"，而是会问："你觉得你有麻烦了吗？"她会一步步地弱化琳赛的情感，对它们表现得不屑一顾，或者让琳赛觉得自己在无理取闹。

据斯尔文介绍，在加尔文家，表达情感是一件可怕的事。这种恐惧难于控制，让人别无他法。

按照斯尔文的说法，复原力（resilience）是"一个美妙的术语，描述的是一种我们仍然不太了解的能力"。当然，复原力其实是无数学术研究的主题，而且如果有人能把它搞得一清二楚，一定会把这种能力打包出售。斯尔文根据自己的经验认为，拥有从创伤中恢复的能力有时需要靠点运气：如果一个人恰好有可以消解创伤的性格特征，那么他就能用"护具"把自己包裹起来，接受人生的历练，开始新的生活。

应对创伤的机制有很多，但其中一些比较局限于自我。琳赛是个坚强的孩子，从童年时代起就会用自立和倔强的面具很好地隐藏自己。最终，这张面具融入了她的真实面孔中。问题是，这张面具现在对她还有多管用？如今的她高度警觉，难于接受失败，害怕展示不完美的自我。

斯尔文告诉琳赛，当一个人用越来越厚的"护具"来应对问题时，"护具"最终会成为一种阻碍。前进的道路会变得狭窄，你会处处设防，如同患上幽闭恐惧症一样。她希望琳赛能换个地方，开始新的生活，希望她去信任新的人，在适当的时候卸下"护具"。

要实现这个目标，琳赛必须学会在创伤后应激反应出现时及时意识到这一点。比方说，她必须意识到，她和一个朋友之所以有一天晚上看完电影后会发生激烈的争吵，至少部分是因为电影中有强奸的镜头。

在治疗期间，有一阵琳赛决定谈一谈八年级派对那晚发生在壁橱里的事情。刚开始时她有点含糊其词，"我有件事跟几个男孩有关"。

斯尔文知道，琳赛得按自己的节奏来倾诉，得先克服自责的心理。

琳赛说她对母亲撒了谎，去了不应该去的派对。后面发生的事难道不是她活该吗？

别这么说，斯尔文告诉琳赛，不是你活该。

是我主动邀请别人占我便宜的吗？

不是的，斯尔文说。

是我像被哥哥性侵时那样，以不恰当的方式把性和爱等而视之，发出了某种性信号吗？是我自找的吗？

不，当然不是。

当时为什么我不离开壁橱呢？

因为壁橱里有三个男生跟你在一起。

这时斯尔文冒险使用了那个词。

"他们强奸了你。"斯尔文说。

琳赛没有对斯尔文的措辞感到震惊，反倒有些释然。这件事必须得有个词来表达。

如此犀利的表达就像一杯泼到琳赛脸上的冷水，性侵就是性侵，强奸就是强奸，受害就是受害。那天晚上她无法离开壁橱的原因，跟她无法离开曼尼托索道顶的小木屋的原因一样：比她身强力壮的人践踏了她的信任，侵害了她，她无力反抗，只能服从。

接下来是小心翼翼地描述细节。重述这些过去会完全回避的细枝末节可以帮助琳赛重新获得控制感。这些细节充分表明，琳赛过去的一些自责是多么不切实际。虽然不切实际，但也可以理解，因为孩子在应对创伤时往往无法跳脱出自己的经历，因此常常会责怪自己。在向斯尔文倾诉之前，琳赛从未将这些细节告诉过别人。她惊讶地发现，真的有人会在了解完她所经历的一切后，仍然关心她，希望看到她变得强大，尊重并理解她。斯尔文以一种琳赛的家人都不曾有过的方式，给琳赛提供了一个可以保有自己的情感，并把这些情感经常表达出来的环境。

对于琳赛来说，把被那些男孩强奸的经历告诉治疗师是一个巨大的进步，同时也为接下来的一步做好了准备：她将同样清楚地向家人坦白，只不过坦白的内容事关吉姆。

***

琳赛和母亲驾车去咪咪的朋友艾莱诺·格里菲斯家。她们把车停在房子旁，慢慢走向大门，发现艾莱诺还没到家。

这时只有母女俩，没有别人，琳赛决定跟母亲谈一谈。

琳赛此前曾经向咪咪敞开过很多次心扉。在学校时，她经常给咪咪写长信，对家庭和疾病表达哲思。她写到过在唐纳德身边长大的感受，写到过没人注意到她的痛苦，还写到过这些年来笼罩她的恐惧。咪咪的回应总是那样，先承认女儿说的没错，然后敦促她往前看，提醒她有些人过得还不如她，让她学会原谅。然而母亲的这种高超柔术——对女儿的遭遇只会动动嘴皮子——实际上却是在磨灭事实，淡化事情的意义，抹去大家的记忆。

因此，当琳赛在格里菲斯家门口告诉咪咪过去几年来她被吉姆性侵过无数次，而咪咪告诉她自己小的时候也发生过同样的事情时，琳赛并不感到惊讶。

咪咪所描述的那个迷人的纽约童年，那个她不断得意地讲给女儿、朋友和邻居的故事，有一个更真实的版本。在这个版本里，咪咪的妈妈在曼哈顿做服装生意，而她的继父、画家本·斯柯尼克则在家教她音乐和美术，以一种前所未有的方式帮助她欣赏文化。这倒是事实。他用唱片机给她放柴可夫斯基的乐曲，如果她扭伤了脚踝，他会建议她听《卡门》。

但同时本也酗酒，会对咪咪为所欲为。在罗德与泰勒百货公司开始出售咪咪的妈妈制作的 A 字裙后，由于她的制衣速度不够快，因此大多数晚上都住在城里，让咪咪留在家和继父待在一起。就是从那段时间开始，本·斯柯尼克对咪咪有了非分之举。

咪咪故意对细节轻描淡写，琳赛也没有追问，但显然继父侵犯了咪咪，对她有了不当的行为。

在咪咪对琳赛讲述这些事时，琳赛感到母亲童年里那些令人诧异的变化一下子都有了头绪。她明白了比莉和本在战后就分开了的原因。咪咪说当本开始对她的妹妹贝蒂动手动脚时，她把事情告诉了母亲。这让琳赛瞬间对母亲有了全新的看法。

琳赛清楚，身处那种境地的女孩说出实情需要多么大的勇气，这等于是为了救妹妹赌上了自己的名誉。琳赛感到，如果母亲真的做过这样的事情，那么自己对母亲并不像自己认为的那样了解。

那次与母亲推心置腹的谈话大概是琳赛一生中最百感交集的时刻。她被母亲的坦率震撼到了，在听完母亲的故事后，她感到与咪咪前所未有的亲近。但与此同时，琳赛也感到自己仿佛遭到了拒斥，她的不幸再一次被别人占先了。咪咪谈着自己的经历，恰好绕过了琳赛希望谈的——有关吉姆的细节。琳赛需要咪咪站在自己这边，告诉自己吉姆的行为是错的。

但咪咪没有。在健康的孩子和患病的孩子之间，她以前从来没有站在过健康的孩子那一边，现在也不会。她反倒开始说吉姆的精神病很严重。

琳赛气得脸都红了。她认为精神分裂症不能作为吉姆侵犯她的借口，不会有主流的研究者或者精神病学家说，吉姆是因为有精神妄想而变成恋童癖的。

但咪咪并不打算把这两件事分开来看。琳赛虽然早有心理准备，但还是感到被深深地伤害了。为什么除了自己的儿子，母亲对任何人都没有同情心呢？她仿佛把所有的同情心都用在了患病的孩子身上——也包括吉姆——而没有给其他人留下任何东西。

但那一天，琳赛准备好了。她告诉母亲，她不会再跟吉姆共处一室。

*＊＊

吉姆原本不应该出现的。父母向琳赛保证过他不会来。

在很长时间没回家后，琳赛在一个周日回隐谷路的家吃晚饭——自从在格里菲斯家那晚后，这是她第一次回来。父母都在家。还有乔，他服了药，头脑清醒。跟其他患病的哥哥不同，他完全清楚自己有病。这原本是加尔文家一个平静的夜晚，直到吉姆走了进来。

多恩让他马上离开。"吉姆，你不属于这里，请回你自己家。"

"为什么我不属于这里？"吉姆问。

咪咪没说话。

琳赛咬着嘴唇，但没用，她控制不住自己了。她站起来，开始尖叫。

"你他妈的浑蛋！你性侵了我！"

吉姆当时的状态不太好。他的妻儿都已经离他而去。他仍然在大量服药，由于药物的副作用，他已经变得很胖了。但他没有承认什么，而是准备反击。他抓起地上的一把吉他，将它摔成两半。吉姆说琳赛在撒谎，他开始大吵大嚷起来。

"没这回事！都是你想象出来的！"

但吉姆感受到了房间里其他人的反应。他发现没人听他的。他看见父亲叫他滚出去，说自己再也不想见到他。

吉姆离开了。整晚琳赛都忍不住在哭。父母退到厨房去洗盘子，让她独自待着。乔过来安慰她。"你没有撒谎，"他抱着她说道，"我知道你没有撒谎。"

在那之后的很多年里，琳赛常常会想起这一幕——哥哥乔相信她，父亲也相信她。

第 27 章

新的成像研究——包括 CT 扫描和 PET 扫描——发现了精神分裂症患者脑部的一些生理异常。如今，利用这些成像技术和其他一些手段，美国国立精神卫生研究所在精神病学家琳恩·德利西的带领下，正努力在不止一人患精神分裂症的家庭中寻找这种疾病的遗传标记物。

这项研究既需要家庭中的患病成员参与，也需要健康的家庭成员参与。患者将由他们此前的医生继续治疗，研究参与者会有经济报酬。

若有意参与可联系琳恩·德利西医生：496-3465。

《华盛顿邮报》

1984 年 7 月 20 日 [1]

琳恩·德利西坐在加尔文家厨房的长木桌旁，立刻就看出了咪咪这么多年来所承担的重担。

她的丈夫卧病在家，身体虚弱，虽然能帮着做点家务，甚至可以驾车，但每天晚上睡觉时都会担心自己第二天是否还记得前一天读过的书的内容。

长子唐纳德现在基本上也一直住在家里。另外三个患病的儿子——乔、彼得和马特——则不断往返于医院与家之间，他们有时会住在自己的公寓，不过最后还是会回来。甚至吉姆也不时会回来，但多恩一看到他就会命令他立即离开。

暴力的打斗近来少了一点。儿子们年纪都大了些，而且都在持续服药。咪咪要负责让他们保持锻炼，处理各种鸡零狗碎，送他们去就诊并分发药物。

考虑到所有这些情况，德利西被加尔文家的这位女家长表现出的快乐情绪震惊了。"你总不能每天都以泪洗面吧。"咪咪会这么说。

在琳恩·德利西踏进加尔文家家门之前那些年，还没有一种被普遍认可的关于精神分裂症的理论。这种疾病的发病机制一直是个谜，关于先天 / 后天的论战还在继续。但这个领域正在缓慢而悄无声息地发生一些变化。

流行了近三十年的"精神分裂症妈妈"理论开始受到了质疑。1982 年，一位名叫戈登·帕克（Gordon Parker）的澳大利亚精神病学家在《神经与精神疾病》（*The Journal of Nervous and Mental Disease*）杂志上发表了一篇有关"精神分裂症妈妈"研究的综述，认为尽管情感淡漠、控制欲强的母亲无疑是存在的，但没有证据表明相比其他人，这样的母亲养育出精神分裂症孩子的可能性更高。[2] 第二年，弗里达·弗洛姆-赖克曼曾经领导的那家栗居精神病院发生了巨大的转变。在弗洛姆-赖克曼领导期间，这家精神病院坚定地拒绝将精神分裂症当作一种生物学疾病来治疗。20 世纪 70 年代，一位名叫托马斯·麦克格拉逊（Thomas McGlashan）的治疗师加入了栗居精神病院。他研究了这家医院 1950 年至 1975 年间收治的所有病患的病历记录的，并发表了一篇论文。[3] 他的结论是，在栗居精神病院的病人中，只有三分之一勉强有所改善或者恢复。如果你跟栗居精神病院的精神分析师一样，认为合适的治疗手段就能治愈任何精神病人，那么 33% 的成功率可没什么值得夸耀的。更要命的是，医药行业当时宣称，使用药物治疗精神病的成功率比这高得多。"弗里达……进行了一项重大的实验，"麦克格拉逊当时说，"但数据摆在那儿，实验失败了。"[4]

　　在经过数十年的争论后，关于精神分裂症的思考似乎终于沉淀在了这种病的生理学本质上。1983 年，美国国立精神卫生研究所的精神病学家富勒·托里在《菲尔·唐纳修脱口秀》上宣传了自己的书《战胜精神分裂症》（Surviving Schizophrenia）。[5] 此后多年，这本书一直是精神分裂症方面最有影响力也最畅销的作品。托里向观众展示了健康人和精神分裂症病人的脑部 CT 扫描影像，可以看出精神分裂症病人的脑室比健康人的脑室更大。托里告诉观众："你们看到的是一种脑部疾病。"[6] 在同年发表的一项研究中，托里和理查德·怀亚特的团队合作，排除了抗精神病药物导致脑室增大的可能性。[7] 这表明脑室增大是这种疾病导致的，而不是治疗这种疾病的药物。托里开玩笑说，要是有人现在还不承认精神分裂症是一种生理疾病，那他的阅读面真是有点狭窄了。"不幸的是，精神病研究领域有那么一部分人只读《国家地理》杂志，"托里说，"他们还不知道这些新发现。"[8]

　　那时，精神病学已经进入生物精神病学的时代，精神药理学也在高速发展。最新的《精神疾病诊断与统计手册》(1980年，第3版)对精神分裂症的诊断标准变得更加严格，精神分裂症不再像一种综合征，而更像一种明确的病症。[9]按照这种新标准，《我从未许诺你玫瑰花园》的作者乔安妮·葛林柏据说也是被栗居精神病院误诊为精神分裂症的。1981年，一个研究团队指出，这名产生妄想的少女得的并不是精神分裂症，她只是有过一段时间的躯体化障碍，有短暂的幻觉以及急性而暂时的生理性疼痛，这种病症在过去被称为"癔病"。[10]这位精神分裂症的"明星病人"刚开始时可能病得并不太严重。

然而，在先天/后天之争中宣布胜利还为时尚早。随着谈话治疗逐渐退出舞台，抗精神病药物开始崭露头角。这些药物改变了无数人的命运，在他们与妄想之间拉开了些许距离。在大众的印象中，甚至很多医生也认为，抗精神病药物就像治疗糖尿病的胰岛素一样，是一种特效药。但如果精神分裂症仍然神秘难解，药物本身还可能对身体造成伤害，这又怎么可能呢？服用这些所谓的"神药"会使一些病人发胖，另一些病人则会肢体僵硬、举止笨拙，甚至全身僵直。对于长期的精神病患者来说，被这些药物"成功"治疗后的表现其实和不成功时的表现相差无几。

毫无疑问，这些药物唯一真正的受益者是制药公司。所有这些药物都是在20世纪50年代研发的氯丙嗪的基础上研发的，而这些新药的效果又打压了创新。为什么每次投入市场的新药不是氯丙嗪的某种类似物，就是氯氮平那样的非典型抗精神病药物？为什么没有第三种类型的药来打开新局面？

大量有精神病患者的家庭开始出来发声，他们形成宣传组织，发动病患权利运动，想要把自己的女儿、儿子、兄弟、姐妹、妻子和丈夫在夹缝中挣扎的经历传达给大众。他们希望告诉大众，这些病痛并没有被传统的精神病心理疗法治好，但另一方面，药物也只能缓解其症状。对于那些感到药物治疗毫无效果的病人来说，将精神分裂症划为一种生理疾病无疑等于用绝望扼住了他们的咽喉。这些病人的困境真实而痛苦，而且没有明确的解决办法。尽管反对药物治疗的人——比如20世纪60年代反精神病学运动中的罗纳德·莱恩——宣称，不是每个社会都会遏制反传统的思考者。但对精神分裂症患者的至亲来说，是很难无视病人所经历的痛苦的。除了药物之外，他们更想象不到还有什么其他办法。

在精神分裂症被认识得更透彻，秘密被破解，进而出现有效的治疗方法之前，这些病人，包括加尔文家的孩子们，都只能悲哀地身陷商业利益的牢笼，听任市场的摆布。

1984年，作为艾利奥特·格森实验室的一名研究人员，德利西开始收集精神分裂症家庭的遗传物质。这时距离她加入国立精神卫生研究所已经过去差不多十年时间了，当年遥不可及的目标如今正变得越来越近。分子生物学当时正发展迅猛，研究人员已经可以轻易地无限扩增一段DNA。遗传密码，这片曾经无人涉足的人类生物学的疆土，第一次可以被深入探究了。借助这些新的工具，其他机构的研究者鉴定出了导致苯丙酮尿症（一种会导致智力残疾的疾病）的基因，也有人在研究亨廷顿舞蹈症。但这些疾病与精神分裂症不同，因为后者被公认为是一种多基因异常导致的疾病。对于精神分裂症这样复杂的疾病，其基因异常的组合很可能是当时的技术手段无法解析的。在研究所其他实验室的很多同事看来，在全国各地收集病人家族成员的 DNA 简直是徒劳无益的傻事。

但德利西始终坚信这些精神分裂症多发的家庭会给出答案。她不介意别人认为她过于自信一根筋。"琳恩会以不同于其他人的思路思考问题，"格森回忆说，"她会选择与众不同的方向。"

德利西没有离开医院就找到了第一个这样的家庭。格森长期治疗的一个病人正好有一个哥哥被诊断为患有精神分裂症。德利西了解到，两兄弟的父母吉姆和卡罗尔·豪伊是美国精神病病人联盟的创建者。这个组织 1979 年创立于明尼苏达州，并且不断在全国增设新的分会。德利西认为，如果想迅速找到可供研究的家庭，精神病病人联盟会是绝佳的帮手。

德利西联系了联盟的地方分会，请他们在内部通讯刊物上宣传她的研究项目。报名的家庭通常有两三名精神分裂症病人，有一两个家庭有多达四名病人。随着报名的家庭越来越多，德利西没办法亲自去每一家了，因此雇了个社工来做这份工作。但当德利西听说了科罗拉多泉市的加尔文一家的情况后，她知道自己一定要亲自飞过去见见他们。

德利西一走进隐谷路加尔文家的家门，立刻就意识到这是一个堪称完美的研究样本。这可能是全美国病得最厉害的精神病家庭。

德利西要求加尔文家的每个人，包括当时诊断为未患病的人，都接受精神病学面谈评估，以确定或排除每个人是否患病。之后她抽取了每个人的血液样本，希望能在这个家庭的基因中找到引发精神分裂症的蛛丝马迹。她认为，加尔文家有的家庭成员可能是致病基因的携带者，只是还没有发病。她还认为，每个人可能都携带了精神分裂症的遗传标记物。

在咪咪的密切关注下，加尔文家所有患病的男孩在检查中都没有惹事，这让德利西的工作轻松了不少。另外 6 个健康的孩子中多数都同意参与，老三约翰在爱达荷州做音乐教师，因此在当地抽血后将样本寄到了德利西的实验室。只有老六理查德，那个从小心机较重的孩子，因为对家族疾病仍然紧张兮兮而不愿参与兄弟的治疗，他这时已经是丹佛的一名矿业投资人。

琳赛和玛格丽特非常期待这项研究未来能做出突破性的发现。咪咪脸上的表情则始终平静安详。在她看来，最重要的突破已经出现了：她一直在等一个像琳恩·德利西这样的人来敲开她家的门，等了好几十年，这个人现在终于来了。

罗伯特·弗里德曼在琳恩·德利西访问加尔文家之后不久也第一次造访了隐谷路，随后还多次邀请加尔文兄弟访问他在丹佛的实验室。在那天以及加尔文兄弟访问弗里德曼的实验室期间，弗里德曼和他的研究团队记录了他们的脑电波，抽取了他们的血样，还让他们填写了调查问卷。逐渐对这家人熟悉后，弗里德曼非常惊讶咪咪让这些孩子在家待的时间比很多其他家庭都要长。"她很讨人喜欢。"他说。

把一个女儿——玛格丽特——送去跟别的家庭生活，这让弗里德曼很震惊。他思量着这一家人的情况得有多可怕，才会让咪咪和多恩做出这样断然的决定。弗里德曼看到多恩的健康每况愈下，生病的男孩们又不省心。但他也和德利西当时一样，惊讶于咪咪照顾孩子们的坚定心态。"过去的药物治疗让男孩们肢体僵硬，反应迟钝。他们像傻大个似的坐着，也不怎么说话，咪咪要——照护他们，像个出租屋的房东一样忙前忙后。"

德利西知道弗里德曼一直想寻找患病家庭来检验他的感觉门控理论，因此把加尔文一家推荐了给他。20 世纪 80 年代早期，弗里德曼一直都在开展他的双咔研究，希望用这种测试来测量大脑筛选信息的能力。他始终认为感觉门控是大脑的一种运行机制，具有遗传性，并认为感觉门控异常会使某些人成为精神分裂症的易感者。他感到自己离真相正越来越近。1984 年，在见到加尔文一家之前不久，弗里德曼研究了精神分裂症患者及其直系亲属的感觉门控能力，发现有一半直系亲属与病人一样，也表现出了感觉门控异常。[11] 这再次表明他走的路是对的，感觉门控是可遗传的。

但在精神分裂症患者的亲属中，同样是感觉门控异常的兄弟姐妹，有一些会表现出精神分裂症的症状，有一些则不会，其原因仍然是一个谜。弗里德曼下一步希望确定大脑中负责感觉门控的具体部位。多亏德利西，弗里德曼现在找到了一个不同寻常并且无比复杂的患病家庭。

1986 年 2 月，在首次拜访加尔文家数月后，德利西利用这些数据证实了理查德·怀亚特团队发现的结果：精神分裂症与脑室增大具有相关性。[12] 一年后，她又使用这些数据做了一项研究，分析精神分裂症和人类白细胞抗原之间是否存在关联（后者是人体中参与免疫系统调控的基因复合体）。[13] 她的研究没有发现这种关联，但多发性患病家庭的数据库仍在不断提供着精神分裂症方面的信息。对于德利西而言，一切才刚刚开始。

德利西随后把加尔文一家的血液样本寄给了新泽西州卡姆登市的柯里尔医学研究所，这家机构保存有大量疾病的细胞系。在这之后，世界各地的实验室都可以获得加尔文家的 DNA 并开展研究了。德利西坚信，如果她能在像加尔文家这样的家庭的遗传数据中找到精神分裂症的标记物，那么精神分裂症就有可能会变得像心脏病一样，具有明确的诊断标准和致病风险因子，而且这些指标都可以被测量。1987 年，德利西离开国立精神卫生研究所，转而去纽约州立大学石溪分校工作。石溪大学给她提供了教授职位，并让她主持一个研究项目。在那里，德利西继续研究多发性的精神分裂症患病家庭，手上已经有包括加尔文一家在内的 40 个这样的家庭。此后，她利用之前研究所的拨款，进一步扩充了这个名单，最终积累了 1 000 个这样的家庭，远超同侪。

在之后的几年里，德利西的研究几乎毫无进展。家系研究在其他一些疾病的研究领域（如早发型乳腺癌和阿尔茨海默病）取得了惊人的成绩，但在精神分裂症方面却再无突破。1995 年，德利西汇总整理了自己收集的患病家庭数据，发表了两项研究。第一项研究证实，精神分裂症的致病基因与其他精神疾病——如抑郁症或分裂情感障碍——存在关联。[14] 第二项研究没有发现精神分裂症与双相情感障碍之间存在联系，至少在当时已经发现的似乎与双相情感障碍存在关联的一条染色体上没有发现联系。[15] 德利西仍然相信，也许有一天有人能在这个数据库中找到致病基因的痕迹，从而证明对这种病起到决定性作用的是先天因素，而非后天因素。"我完全不相信环境会有什么影响。"德利西在 1999 年告诉一名记者。[16]

　　尽管在一段时间里没再有更多进展，但仍然有人支持德利西的工作。"不要过早地失去信心，这很重要，"弗吉尼亚医学院的肯尼斯·肯德勒（Kenneth Kendler）在 1993 年给德利西的一封信中写道，"人类的大脑非常复杂，要研究清楚相当困难。"[17] 但德利西在理查德·怀亚特实验室的一个老同事，丹尼尔·韦恩伯格（Daniel Weinberger）却开始怀疑研究患病家庭的方法行不通。"根据现行的诊断标准，精神分裂症患者的亲属中 90% 以上都没有患病。"[18] 他在 1987 年告诉一名记者。

　　韦恩伯格的质疑并非完全没有道理，一个家庭中有兄弟姐妹同时患上精神分裂症的概率的确很低。[19] 但另一方面，精神分裂症患者的亲属患病的概率仍然大约是无病家庭的人患病概率的 10 倍。[20] 与其他多种疾病的遗传率相比，精神分裂症的遗传率实际上非常高，甚至高于心脏病和糖尿病。[21] 这样看来，不继续研究患病家庭是非常愚蠢的。

　　在美国国立精神卫生研究所，研究者仍然在寻找精神分裂症的生理表现，不过研究显得没有方向性，令人茫然。使用磁共振成像技术，怀亚特的实验室扫描了一些同卵双胞胎的大脑，并比较了两者海马的大小。这些双胞胎中有一人患有精神分裂症，另一人没有患。不出意外，他们在 1990 年发现两者存在差异。他们的研究表明，精神分裂症患者大脑的海马比健康人的海马要小。[22] 和十年前脑室增大的发现一样，这项新的发现似乎也揭示了一些这种疾病的机理：海马的功能是随时提醒一个人自己身处何处，而精神分裂症病人的海马发育不够充分，这使他们容易丧失对现实的掌控能力。

"我们对这个发现兴奋不已，"这两项研究的联合作者丹尼尔·韦恩伯格回忆说，"但我心中还有一种不安在折磨着我。"他认为，所有这些关于大脑的研究都从不同角度证明了同一件事，那就是精神分裂症患者的大脑在生理方面异于正常人的大脑。在那些平常治疗精神分裂症患者的医护人员看来，这不足为奇。"你只要跟病人聊上五分钟，"韦恩伯格说，"就会发现他们的大脑转得跟一般人不一样。"

随着时间的推移，磁共振成像研究的价值变得越来越小，只能算是更大拼图上的边边角角。韦恩伯格怀疑，一些研究者喜欢开展这类研究的唯一原因，是他们拥有相关的成像仪器。"有句老话可以很好地概括精神病学研究，'只在有光的地方找钥匙'。一切都像是，'嗯，我们有这种工具。我们有锤子，那我们就去找钉子'。我们是会找到点什么，因为这是现象学的本质，你总能找得到东西。"只是没人知道你找到的东西会把你引上正轨还是带着你越走越偏。

1987年，韦恩伯格提出了一个理论，这一理论改变了每一名精神分裂症研究者对这种疾病的看法。[23] 在此之前，研究者一直都认为精神分裂症的症状最早出现于青春期刚结束的那一段时间。脑扫描研究似乎也支持这一点：一方面，额叶是人类大脑中最晚发育成熟的部位，要到青春期后期才会发育成熟；另一方面，很多精神分裂症患者脑部的磁共振扫描影像都显示额叶的活动存在异常。但韦恩伯格在他的新理论中提出，脑部的异常在更早期的阶段就无声无息地出现了。他将精神分裂症重新定义为一种"发育障碍"：患者在出生时，甚至在子宫中，就已经出现了发育异常，这些异常会引发一系列问题，使大脑的发育越来越偏离正轨。韦恩伯格认为，基因的作用是为大脑的发育和功能提供一份蓝图，具体的发育过程是在环境因素的帮助下一点一点逐步完成的。

如果韦恩伯格是对的，那么大脑最终发育成熟的青春期阶段就只是故事的尾章而已。患病的大脑在妊娠期、出生时和童年期都在经历着发育障碍，只不过到发育的最后阶段，当大脑成熟时，才会有人注意到这一问题。这么看来，精神分裂症的发病过程有点像一个脱手时微微偏左或偏右的保龄球，刚刚滚出的几英尺显得一切正常，笔直朝前。但随着球距离球瓶越来越近，局面开始明朗起来：球已经逐渐偏离了球道，最终只能击倒边角的一只球瓶，或者直接滚入边沟中。早在 1957 年，爱丁堡大学的康拉德·沃丁顿（Conrad Waddington）就曾用类似的比喻来解释细胞发育和增殖的多种可能。他假想有一包弹珠从一个沟壑纵横的斜坡上滚下来，每个弹珠滚下来的路径都各不相同。沃丁顿把这样的斜坡称作"表观遗传学景观"（epigenetic landscape），并认为每个弹珠滚下来的路径部分取决于景观固有的形态，部分取决于运气。[24, ①]

根据自己的直觉，韦恩伯格感到沃丁顿的比喻有道理。对所有人来说，青春期都是一个关键阶段。经过十多年的拼命扩张和更新后，大脑这时需要必要的大扫除。大脑发育的这个特殊阶段可以解释很多现象，例如，青少年为什么需要更多睡眠，或者为什么在青春期之后，大多数人学习外语或者修复脑部损伤会变得更为困难。这或许也可以解释为什么如果一个人的基因有精神分裂症的易感性，那么这种疾病往往会在青春期时表现出症状。韦恩伯格的发育

---

① 沃丁顿 1957 年提出的这个"表观遗传学景观模型"虽然当之无愧地有名，但不应与后来的"表观遗传学"（epigenetics）或者环境激活基因的概念混淆。

障碍假说未必能解释所有现象，但至少可以解释为什么如果一对同卵双胞胎中有一人患有精神分裂症，那么另一人患病的可能性大约为 50%，但两人将疾病传给后代的概率又是完全相等的。"不管有没有发展出病症，"都柏林圣三一大学的遗传学家凯文·米切尔（Kevin Mitchell）曾在他的著作中写道，"风险都会被传下去。"[25]

情况似乎是，得病还是不得病，取决于"保龄球接触球道的那一刻"。

在随后的很多年中，随着遗传学研究的范围越来越广，目标越来越远大，发育障碍假说得到了越来越多科学家的支持。在发育障碍理论的支持者们看来，要想有效防控精神分裂症，必须在病人表现出症状之前就开展治疗。这在当时看来，似乎就意味着研究者需要鉴定出导致精神分裂症的遗传学因素。正是因为这样的原因，一些其他领域的研究者也加入到了德利西和弗里德曼对基因突变的探索中来，他们的研究或许最终能帮助科学界彻底解开精神分裂症之谜。

多恩
咪咪

唐纳德　　马克
吉姆　　　马特
约翰　　　彼得
迈克尔　　玛格丽特
理查德　　琳赛
乔

第 28 章

当美国国立精神卫生研究所和丹佛的研究人员们来到隐谷路时，他们发现唐纳德沉默不语，眼神呆滞，身体日趋肥胖，行动也很僵硬。他差不多已经不再尝试找工作了，甚至不再像过去那样在周边溜达。除了吃饭的时候，他在其他时候表现得像个隐士。看到他这样，咪咪心里很难受。但有唐纳德在家也有好的一面，他平时会陪咪咪购物，帮她做家务，还会给咪咪带来一种目的感。

唐纳德已经有 7 年没去普韦布洛精神病医院了，而是定期去派克峰精神健康中心取药，有抗精神病的盐酸硫利达嗪片，还有针对狂躁症的碳酸锂缓释片。他偶尔会尝试出去住，但从来不会很久。就在那段时间，1986 年的圣诞节前后，唐纳德出现了彻底的代偿失调。1 月，他第 8 次住进了普韦布洛。或许是因为仍然对与吉恩的失败婚姻难以释怀，他拒绝回答任何关于自己婚姻状况的问题，还总是拿《圣经》中的内容来说教。病情发展到更严重的程度时，他还说有立陶宛人在追捕和迫害。

当医护人员问他为什么停止服药时，唐纳德说是因为他的手表不走了。当他被问到他的母亲时，他称她为"我父亲的妻子"。他坚持说咪咪不是他的亲生母亲，因为他小时候在医院被调包了，还说自己是章鱼的后代。当被逼问自己与家人的关系时，唐纳德讲了自己因为买车的问题和父母发生的争执。当被问起他是否持有驾照时，他说他有"金凤花和三只小熊"版的科罗拉多驾照。

几周后，新的药物稳住了唐纳德的病情，他再次回到了家中。1990 年早春，在自己的房间不受打扰地住了几年后，唐纳德听说彼得好几次独立生活的尝试都失败了，可能会搬回隐谷路。他估计彼得会占用自己的房间，因此决定采取行动。他给美国陆军和空军打电话，要求把他调到格陵兰岛去。他宣布自己宁愿在房间里吃饭，也不会去厨房。他去市场买来生的章鱼，带回房间，任其腐烂。咪咪这时注意到唐纳德已经很久没有去医院注射癸酸氟哌啶醇了。当唐纳德拒绝吃一天两次的卡马特灵时，咪咪和多恩就又把他送回了普韦布洛。

"我和家人因为经济问题闹掰了，"唐纳德到达普韦布洛时宣布，"我不想跟彼得住在同一座房子里。"

吉姆还是一个人住，靠氟奋乃静勉强支撑，那些偶尔看到他的人会以为他正在遭受抑郁症的折磨。多年服用抗精神病药物磨灭了他的锐气，他的身体变得既臃肿又羸弱。他的心脏很虚弱，每次呼吸都会导致胸口疼痛，但他的偏执和妄想却从来没有彻底消失过。虽然吉姆现在已经被逐出家门，但咪咪还是会去看他。毕竟，他是她的儿子，她是永远不会对任何一个孩子闭上心门的。女儿们从来不会问起吉姆，咪咪也尽量不在聊天时提起他。

在所有患病的哥哥中，乔最让玛格丽特和琳赛觉得心痛。乔和马特住过一阵子，后来住到了政府资助的八区公寓里。乔知道自己看到的东西是不真实的。他不断说起中国的历史，说自己前世生活在中国，尽管他自己也意识到这非常怪异。有一次，他激动地指着天空，告诉琳赛云是粉红色的，还说有一个他前世时代的中国皇帝正在和他说话。"我产生幻觉了，"他说，但又半信半疑地加了一句，"你看到了吗？"

乔的情况可以允许他独自住在科罗拉多泉市的一间公寓里，但还没好到足以使他彻底独立的程度。当医保也无法支付他的医药费时，他信用卡上的债务开始越积越多，怎么也还不完。在迈克尔的帮助下，乔申请了破产。迈克尔告诉乔不要再办信用卡了，但他还是办了一张，说他就想拥有一张印着丹佛野马队队徽的信用卡。乔过去清瘦俊朗，现在体重涨了很多，肥胖让原本很小的问题也变得更糟糕了。他的视力减退了，而且已经到了罹患糖尿病的边缘。除此以外，他跟吉姆一样，胸痛、精神错乱、紧张、恐慌。但乔仍然保留着他的幽默感，至少还有一点点。他总跟迈克尔聊起超验冥想，筹划着去印度。在一些小细节上，他还是原来的那个乔。"他好像有一种可以在某种程度上摆脱这一切的能力，"琳赛说，"他会说，'我不想像现在这样'。"

乔从未想过跟家人断掉联系。他会寄来宗教主题的生日卡片和不愿花在买礼物上的钱。有一次，迈克尔一个正在读大学的女儿抱怨没钱买课本。圣诞节时，她的邮箱里出现了一个信封，信封里装着 500 美元和一张纸条，上面写着"用来买书"。大家都知道，除了乔，没人会做这种事。

　　曾经擅长制陶的马特是四个冰球男孩中第二小的。据他自己说，从他年少时在加里家发病，母亲决定把他送去看精神病医生那天起，他的人生就彻底改变了。"1977 年，妈妈送我去科罗拉多大学的医学中心，"他说，"他们把我安排在精神病科病房，但那并不意味着我就是精神病。"

　　中年的马特头发日渐花白，比吉姆、乔和唐纳德都胖，毛发倒是很浓密，蓄着厚实的络腮胡，说话粗声粗气，有种地狱天使般的威猛劲。跟马特最亲近的朋友都是些越战老兵和流浪汉，他们跟马特一样，靠社保和八区的住房补贴过活。马特的医生知道，他会在街头出售自己的药，而且卖掉的药比他吃掉的还多。

　　在很长的一段时间里，马特都不断在普韦布洛进进出出。1986年，医生把他的药换成了氯氮平。在服下第一剂这种药后，马特就注意到了变化。他开始一次不落地去医院复诊。他告诉家人，他就像从噩梦中醒来了一样，不再认为自己是保罗·麦卡特尼。氯氮平是一种非典型抗精神病药物，与氯丙嗪那样的典型抗精神病药物的生效原理有些不同。氯氮平对唐纳德和乔都很有效，但对彼得似乎效果不太好。"在氯氮平有效的时候，"普韦布洛精神病医院的医学总监阿尔伯特·辛格尔顿说，"氯氮平和其他药物在效果上的差别，就像高效镇痛药奥施康定和阿司匹林之间的差别一样。"

　　只要有辆车可以开，马特就会整天为朋友们跑腿。他做这些事时很有成就感，他也确实可以帮上忙。多年来他作为志愿者在公益厨房为无家可归的老兵做饭，他帮助过的很多人都成了他的朋友。退伍军人事务部曾经专门给他写过感谢信，感谢他的这些付出。"马特对其他人的小小责任感支撑着他，"迈克尔曾说，"我想我们所有人也都需要这种责任感。"

虽然换了更有效的药物，但马特还是会陷入一阵阵长时间的自怜，对家里所有人和政府充满怨愤。每个月去科罗拉多泉市的派克峰精神健康中心看病时，他都竭力劝说医生，说自己不需要再吃药了，但每个月他都失望而返。与擅自停药的彼得不同，马特的应对方法只是抱怨，他觉得整个世界都在与自己作对，觉得家人已经彻底放弃他了。只有在他最愤怒的时候，马特才会对现实感到无力。只有在这种时候他才会深信，药物治疗不仅是不必要的，更是世界上发生的那些乱七八糟的事情的原因。

"他们给我吃的药越多，就会有越多的人死掉，"马特曾经说，"你要是看了最近的新闻就知道，有 480 人死于 4 起飞机失事；有 8 000 人在喜马拉雅的地震中丧生；有 150 人在尼日利亚被射杀；有 22 人在教堂被杀；有 22 人死于另一次空难。别再给我吃药了，不然这种灾难还会不断发生。"

"我就是你常听说的那个预言家！"

1985 年 11 月，25 岁的彼得·加尔文被人发现在科罗拉多泉市市中心的大街中央祷告。此时的他瘦得像根竹竿，打冰球时的大块头早已成为历史。几天后，警察又看到了他，当时的他躁动不安，充满敌意。当警察告诉他他应该去州立精神病院时，彼得变得怒不可遏，扬言说谁敢动他他就要跟谁动手。当一名警员向他靠近时，彼得说自己要撕开对方的颈动脉，接着就真的动手了。

这是彼得第 8 次进普韦布洛。到医院时，他怒气冲冲，拒绝进食。在医院观察期间，医护人员都熟悉了彼得变化无常的特点。"观察他的反应很有意思，"一位精神病学家写道，"他说他会吃药，但是当摆出他最近拒绝吃药的事实时，他又会说，'没错，我是拒绝过'，就好像出尔反尔对他来说不算什么似的。"

普韦布洛的医生决定，等彼得的病情一稳定，就送他去法庭面对袭警的指控。在此之前，他被安顿在看护之家，这里多年前曾拒绝接纳彼得。彼得试图逃走，四天内四次从相同的窗户爬出来，回到隐谷路。每次咪咪都驾车把他送回来，但第二天又会看到他走进家门。

很多年来，彼得的医生都对他精神分裂症的诊断结果有疑惑。他们最终开始给彼得开碳酸锂，认为他的症状更接近双相情感障碍。但碳酸锂也只有吃下去才会有效。咪咪和多恩原本就已经被彼得和唐纳德的冲突搞得焦头烂额了，现在，彼得又开始拒绝服用碳酸锂和氟奋乃静。在一份医学报告中，附有一段咪咪的陈述。根据这份记录，彼得"不吃不喝，躺在床上，也不说话，只盯着家里人看，完全没有反应，偶尔会突然爆发出强烈的情绪"。关于咪咪的看法，这份报告记录道，"病人的母亲认为彼得正试图绝食，有求死之心……另外，万圣节前后，彼得突然失控，跟一个哥哥大打出手"。这个哥哥应该是唐纳德，唯一还住在家里的兄弟。"家人每时每刻都会感到威胁，病人的母亲'被可能发生的后果吓得面色煞白'。"

医生们仍然猜测，或者说希望，存在一种完美的药物组合，能把彼得的病情拉回到可以控制的状态。在普韦布洛的一次会诊中，咪咪说她认为碳酸锂和氟奋乃静对彼得效果很好，但多恩说他有些担心彼得服用氟奋乃静后出现的震颤。因此医生建议彼得把氟奋乃静换成另一种治疗双相情感障碍的药物痛痉宁。彼得同意了，不过他对医生的态度还是非常狂躁多疑。

彼得对精神科医生说他想写一本关于自己人生的书，说他打算去西藏学习武术，说他曾被钉在十字架上，但后来又复活了，还说他的身上满是基督的血。有的时候，他还会突然放声歌唱。"我被治好了，我很健康，"他在 1986 年 5 月第 9 次回到普韦布洛时说，"牧师给我抹圣油，治好了我的身体……我相信你只要被涂了圣油，就意味着你做了忏悔，你**不用**吃药就会被治愈。"

两个月后的 7 月，彼得拿着一本《圣经》走进房间，接受医护人员的面谈评估。他吹嘘说自己在前一天晚上让几个病友改信了基督教，还说他知道自己有病，知道服用碳酸锂是为了让他"不要太紧张，不要一天 24 小时都保持兴奋，好像同时在干三份工作似的"。他说如果不吃碳酸锂，"我的血液就会泵得非常快"。

大概在这个时候，彼得接受了一项评估，并且在评估过程中流露出了一种前所未有的东西。他先是表现得像往常那样玩世不恭。当被问到婚姻状况时，他说"我把美国休了"；当被问到是否受过特殊的职业训练时，他说"我在联邦政府工作"，似乎是在表达对父亲以前工作单位的认同；当被问到是否对什么东西过敏时，他说他对碳酸锂和氟奋乃静都过敏。

医生接着问了一些有关精神健康的常规问题。

你是否听到什么声音？

"我听到来自上帝的声音。他告诉我要遵守诫训，对人友爱。"

你是否有过自杀的念头？

"有，如果我手上有一把刀或者一个勺子，我就会把它们吞掉。我曾经吃过一整瓶碳酸锂。"

你是否伤害过其他人？

"伤害过，各种各样的人。"

你是否受到过虐待或者性侵？

"有过，"彼得说，"我小时候被一个哥哥性侵过，但我不会告诉你是哪一个哥哥。"

***

其他没有患病的兄弟都在努力地生活，并且取得了不同程度的成功。

约翰，那个用功的古典音乐学生，在 20 世纪 70 年代搬到了博伊西市，但发现那里与世隔绝，实在没有意思。在这之后，他第一次去玩飞蝇钓。他发现自己感觉不到任何束缚感，这时他才意识到自己进入了一片新天地。约翰整个人身上都散发着加尔文家族的双重特质：既爱户外运动，又爱钻研书本；身材矫健，同时沉迷于精神生活。在加尔文家的男孩中，他是唯一将儿时所学的钢琴课派上用场的人，成了一名小学音乐教师，收入稳定。约翰和同是音乐教师的妻子南茜很少回科罗拉多，据他说是因为往返费用对他们这样的教师家庭来说太高了。

不回来也会省掉很多麻烦。发生在兄弟们身上的事完全吓到了约翰和南茜。每一次回到科罗拉多，他们内心的恐惧都会加深。一次，夫妻俩把两个年幼的孩子留给父母照看，出去了几个小时，回来时发现车道上有灯光在闪烁。闪烁的是警灯，生病的兄弟们又打起来了。咪咪把约翰和南茜的孩子藏在壁橱里，直到警察赶来。虽然孩子们没事，但约翰和南茜此后回来得更少了，而且没再在隐谷路过夜。

在其他几个兄弟姐妹看来，约翰好像彻底抛弃了这个家。但从约翰的角度来看，他感到和家人的距离越来越远了——这种可怕的疾病剥夺了他拥有一个家的权利。当是时候告诉自己的孩子他们有6个患精神病的叔伯，或者家族中遗传的基因有一天可能会让他们也患病时，约翰和南茜选择了沉默。约翰有患病兄弟的事从未成为过家中的话题，他的儿女在20岁前从来没听说过自己的家族病。

在离开大农场后，迈克尔在与科罗拉多泉市毗邻并且嬉皮文化盛行的曼尼托泉安顿了下来。他结了婚，育有两个女儿，之后离婚了。他到处打零工：照顾老人、维修房屋，偶尔还会在各种地方弹古典吉他。迈克尔对医疗机构给兄弟们安排的治疗方案仍然心存疑虑，仍然对自己早年的误诊耿耿于怀，仍然不甘于循规蹈矩，仍然相信兄弟们的病能好起来。

理查德，那个改头换面的心机少年，更像咪咪的肯尼恩外公：自负，不安于现状，冲动。当然，这些只是表象。布莱恩的死让理查德开始好奇，自己是不是早晚也会发疯。"我胆都吓破了，"他后来说，"20年来，我不断麻痹自己，希望自己没事，希望把家人从大脑中抹掉。"因为女友怀孕，理查德在十几岁时就仓促结婚，但这段婚姻没有维持太久。离婚后，理查德努力跟儿子保持联系，但20多岁的他也把很多时间花在了其他事情上：参加派对，晚上去当地俱乐部弹奏爵士钢琴，如果弟弟妹妹问他要可卡因，他还会和他们一起吸。他越来越不怎么回家，只会在感恩节或圣诞节回家时了解一下家里近期的危机。"每当听到那些可怕的事情时，我都会想'噢，我的上帝，你不会相信唐纳德都干了些什么'，或者吉姆干了些什么，或者马修、彼得、约瑟夫干了些什么。"

20 岁出头时，理查德开始在一家采矿企业上班，这家公司跟科氏石油家族以及亨特石油家族都或多或少有点关系。他花了很多年来开拓这种关系并张罗演出，为世界各地的开矿项目招揽投资商。理查德一直不想让家里的事情败坏他的前程，所以总是离得远远的，但当兄弟们出事的消息偶尔传到他耳朵里时，还是会让他挂心。1981年，罗纳德·里根遇刺。理查德正好认识枪手小约翰·辛克利的一位近亲，他听说联邦调查局去找了辛克利的家人并收集了一些信息。一个念头突然闯入了理查德的脑海：联邦调查局会不会很快也来找他？

据理查德说，他在 20 世纪 80 年代中期买下了一片矿场。但在这之后，那里被美国环保署列为了超级基金地块①。他跟前矿场老板的官司打了 20 年，损失了 300 万美元，之后就破产了。在此期间，他还在做其他生意，对兄弟姐妹吹嘘自己的成功。当遗传学研究者们来检查他家人时，理查德参与得很少，抽过血，谈过话，那之后就跟这些医学事务不沾边了。他会单独来看望母亲，给咪咪带来些许慰藉，让她暂时抛开那些烦心事。他和其他人一样惊讶地发现，他还挺喜欢和咪咪这样亲近的，因为年幼时母亲在他眼里一直都不苟言笑。

老八马克一度看起来像是家中最聪明的儿子，10 岁时就能下象棋，没有任何哥哥能赢他。小时候他是家里的和事佬，总想阻止别人打架。"我觉得自己有点像妈妈的小天使，"他后来说，"她好像

---

①　超级基金地块是美国环保署根据《超级基金法》认定为被严重污染，需要整治清理的地块。——译者注

对我没有对哥哥们那么严厉，因为我没犯过什么错。"但这么多哥哥出事让马克心里很不好受。他后来从科罗拉多大学博尔德分校辍学，结婚，生了三个孩子，再也没回到校园。在这之后，他离婚，再婚，最后找到了一份稳定的工作，在科罗拉多大学书店当经理。"我觉得他只是决定要卸下所有负累，去过一种简单的生活，"琳赛说，"那是他应对压力的方式。"

马克和父母还有妹妹们一直保持着密切的联系，常有心绪重的时候，想起过去会大哭一场。他虽然没病，却受困于疾病的阴影。乔、马特和彼得曾是他的队友，是他孩提时朝夕相处的亲人。他们四个是冰球兄弟，其他人在他们心目中的地方都要往后靠。他们一个接一个发病，对马克来说，如同生命中最重要的三个人从地球上消失了。

***

加尔文家的男主人如今已经 60 多岁了，中风使他衰老了很多，而且最近又新增了一些其他健康问题。20 世纪 80 年代，多恩收到了他的第一份癌症诊断书：他的头顶长了一个 5 分硬币大小的肿瘤，癌细胞已经扩散了。在接下来的 15 年里，他接受了 3 次手术，包括开胸从 45 个淋巴结中清除癌变组织、前列腺手术，以及切除结肠息肉。20 世纪 90 年代，他被检出有高血压并开始服降压药，此后又面临着充血性心力衰竭的威胁。

随军队周游世界、在北美防空司令部为国效力、为落基山脉诸州联合会应酬政客，这样的日子一去不复返了。多恩现在整天都待

在家，研究阿拉斯加的地图，一坐就是几个小时，计划着跟过去的
驯鹰同好一起跋山涉水去找苍鹰。然而这些计划都是空想。他的脚
踝肿得很大，心脏里有血凝块，精神状态也已经非常差，根本就没
有能力出行了。但多恩会跟那些鹰友打电话，给他们写信和卡片，
抓着驯鹰的念想不放，认为"驯鹰"这两个字概括了他过往的人生。
他想象着自己和那些王公贵族、鸟类学家以及博物学家一样，拥有
精湛的驯鹰技艺。假如没有驯鹰，如今的他可能已经称得上一无所
有了。

　　多恩一生中拥有的一切，包括他的学位、他的军衔、他的业务
能力，如今已然毫无意义。仿佛这样的打击还不够。过去，他上完
一天班回到家，看到孩子们，会觉得自己是某项伟大事业中的一分
子，是显赫部落的骄傲首领。而如今，他只能无力地看着眼前的这
一切，不知道接下来还会发生什么。多恩会和来访的客人一起翻看
相片簿，笑着指出一个个生病的儿子，苦涩地谈起他们每个月从政
府领到的补助。"这个儿子能领 493 美元，这个能领 696 美元……"

　　琳赛有时会想，父亲是不是对他们每个人都感到失望，即便是
没有患病的 6 个孩子，在某些方面是不是也让他不满意。无论是约
翰、迈克尔、理查德、马克、玛格丽特还是琳赛，常常都会觉得自
己辜负了父亲曾经的期望。这份期望对他们每个人都是相同的，他
们也都感受到了这份期望，但也都觉得自己差得很远。

多恩
咪咪

唐纳德　马克
吉姆　　马特
约翰　　彼得
迈克尔　**玛格丽特**
理查德　琳赛
乔

第 29 章

　　一天晚上，加尔文家的两姐妹在博尔德相聚，坐着聊天时，琳赛终于提起了那件事。在她看来，这有点冒险。她还记得那次她跟姐姐说起的时候，被她打断不想再谈的样子。

　　但这次不同。这次，玛格丽特说："你，也是吗？"

　　玛格丽特不记得琳赛曾经和她提起过吉姆的事情。在此之前，她始终都坚持像什么都没发生过那样生活。但现在，她们都准备好了。她们比较了吉姆性侵她们的细节。是的，他同时对她们两个下手，但她们都不知道对方也在受到伤害。一开始，她们都惊讶于彼此的经历竟如此相似，就好像一个人突然发现自己有一个双胞胎姐妹一样。

　　之后她们都感到一种被掏空的疲惫，对所说的话感到恐惧，甚至后悔。谈论这件事让她们产生了比亲身经历还要真实的感觉。

　　这种感觉紧接着又被一种庆幸所取代，庆幸的原因很简单：还能有人懂得自己所谈论的秘密，还能有人理解自己那份深刻的痛楚。她们生活在同样的家庭，经历和体会过一样的不幸，对她们彼此来说这也算是一份少有的幸运。在很长的一段时间里，她们一直都在回避着对方，后来才开始小心翼翼地相互接触，都不希望戳破对方假装什么都没发生过的那层虚幻的肥皂泡。现在，她们终于发现可以相互安慰了。

在这之后的几年里，姐妹俩无所不谈。**你还记得那个吗？那件事真的发生过吗？还记得那天晚上吗？**她们一起做饭，一起锻炼，一起解构童年。这一段时间是她们最亲密的时光，她们都希望搞清楚为什么这一切会发生在她们的身上，这将她们紧紧地联系到了一起。

她们约定，如果她们中谁动了一点点自杀的念头，一定要给对方打电话。

琳赛告诉了玛格丽特自己得到的帮助——她怎么样把事情告诉了蒂姆，蒂姆又告诉了南希，南希怎么样帮助她找到了合适的治疗师，玛格丽特认真地听着。琳赛推荐了一本书《治愈的勇气》（*The Courage to Heal*），玛格丽特答应去读一读。

玛格丽特和克里斯的婚姻只维系了一年。他们去希腊和开罗度了蜜月，克里斯的父亲（那位石油公司的总裁）在开罗给他们安排了私人导游。回到家没多久，玛格丽特发现自己怀孕了。她没有计划怀孕，现在有了身孕，她不知道该怎么办。克里斯要求她去堕胎，并威胁说如果不照做，他就会离开她和孩子。玛格丽特立刻明白了，他们根本不该结婚。

玛格丽特去做了手术，但克里斯后来还是提交了离婚申请书，他们的婚姻戛然而止。此时离玛格丽特发现自己怀孕仅过了 9 个月，这个时间点太特别了，她不可能忘掉。她搬回了博尔德，住得离妹妹很近，想要完成大学学业，重新开始。1986 年，玛格丽特获得了大学学位。在此之前，她还经历了一段感情，只是依旧所托非人。那是个做蘑菇买卖的人，爱好登山，肌肉紧实，身材魁梧，蓝色的双眼炯炯有神，每天早晨都会吸大麻，然后去埃尔多拉多大峡谷采蘑菇。毕业后，玛格丽特把他甩了。太好了，我巴不得呢，他这么对她说。在他看来，加尔文家两姐妹都挺没劲的。

> 月亮现在一定落在天蝎座……我一直努力想好起来，但抑郁的情绪让我想死。我的感觉都麻木了，对周围的反应也不太好。或许是因为我不够积极，我也不知道怎么回事。
>
> 玛格丽特的日记，1986 年 4 月 23 日

玛格丽特找了一家戒毒门诊，每周去和治疗师谈一次心。她不再每天早上吸大麻，而是去旗杆山跑上一圈。她在珍珠街购物商城的一家小饰品店找到了一份工作，开始练习瑜伽，寻找新的思考方式，比如"走进自我柔软的内心"。她有时感觉这种体验就像交了一个新朋友。

跟妹妹不同，玛格丽特不是很想弄清楚家里发生的事，也不想寻求更彻底的治疗。她就想对自己好一点。她去犹他州的莫阿布宿营、骑山地自行车，被一望无际的红色岩石深深吸引。在峡谷地国家公园，她花了 4 天 3 夜沿白缘小径骑了 100 多公里。《营养年鉴》（*Nutrition Almanac*）成了她的新圣经，科罗拉多唯一的一家健康食品超市几乎成了她唯一的购物场所。慢慢地，她觉得自己能够去思

考那些过去一直在逃避的问题了，无论是婚姻破碎的痛苦，吉姆的
性侵，还是整个家庭尚未解决的问题。

她和琳赛找到一个新公寓合住，平摊租金。**我们拥有彼此实在
太幸运了**，玛格丽特在 1987 年的日记里写道，**我们要永远记住这一
点**。怀利到科罗拉多来看她。他是一个性格沉稳的人，在芝加哥商
品交易所的交易大厅上班。玛格丽特在结婚前就认识他，而他一直
想跟玛格丽特在一起。

尽管怀利十分适合玛格丽特，但她还是害怕，因为跟怀利在一
起可能意味着需要坦诚地把自己的一切告诉他。**他人很好**，玛格丽
特在日记中写道，**愿意告诉我他的一切，这让我想退缩**。

继琳赛之后，玛格丽特也和吉姆发生过对峙。琳赛是在情急之
下当面怒斥吉姆的，而几年后，玛格丽特是隔着安全的距离打电
话的。

吉姆还是像以前那样否认一切。当玛格丽特对母亲开诚布公地
谈起吉姆时，咪咪的反应也跟上次对琳赛一样——她坦白了自己跟
继父的关系，然后以吉姆有病为由，还是更倾向于相信吉姆。

玛格丽特非常愤怒，几周都没缓过来。她现在就像站在一个很
高的山峰上，四面都是悬崖，无路可走。她感到如果她一直对自己
的家庭羞惧交加，那么自己很可能都没办法继续活下去了。但她不
知道还能怎么办。

怀利现在是玛格丽特的依靠。她需要一个值得她信任的人陪伴，
同时她也在思考性以及亲密关系对她的意义。他们在芝加哥一起生
活了几年，然后一起搬回博尔德。两人在 1993 年组建了家庭，玛格

丽特仍然在寻找让生活继续的方式。

　　她找到了一位治疗师，是琳赛的治疗师推荐的，除此之外还接触到了无数营养和锻炼养生法以及一些非传统的治疗方式，后者很有点儿博尔德的地方特色。她跟着纳罗帕大学一位备受尊崇的老师进行艺术治疗，并跟一位佛学导师学习冥想。她还用霍夫曼法训练自己，这是一种将东方神秘主义、格式塔和集体疗法结合起来的向内疗法。在这个过程中，她需要创想出一个丰富的视觉空间，并让自己沉浸其中——将自己面临的困境想象成一头恶龙，然后把它杀掉。有那么几年，她在脑点疗法中找到了慰藉，这种另类的创伤疗法的核心是在人创想时控制其眼球的运动。脑点疗法是有名的眼动脱敏再处理疗法的分支，意在帮助病人在有控制感和安全感的前提下重新经历创伤过程。"我们正在激活这个孩子的记忆，她正在得到呵护。"玛格丽特的治疗师玛丽·哈特奈特会这么说。在治疗过程中，治疗师会追踪玛格丽特视野的方向和焦点，而玛格丽特需要回忆自己经历过的所有伤痛，从点点滴滴的小事开始——在她婚礼前那一晚，吉姆割破了琳赛的车胎；唐纳德赤裸裸地躺在地板上，房间空空的，所有家具被他搬到了院子里；马特在加里家脱得精光。在治疗师的引导下，玛格丽特逐渐回忆起那些重大的创伤，包括吉姆对她的性侵，以及布莱恩杀了女友后自杀。在治疗期间，玛格丽特有时会哭，甚至一哭就会哭上一个半小时，为这些不会发生在正常家庭的灾难而哀痛。治疗结束后她会径直回家，蒙头睡到大天亮。

　　反省人生时，玛格丽特总会想到母亲，想知道为什么她要生这么多孩子，为什么她不惜牺牲健康的孩子也要保护生病的孩子，为什么她明知吉姆精神不正常还要把两个女儿周末送去跟他住。慢慢地，她努力地从另一个角度去理解母亲。她开始认识到，咪咪没有能力目睹性侵在她眼皮底下发生，她甚至从来没承认过自己遭受过性侵。这会不会是咪咪一个接一个地生孩子，没有分寸、没有节制的原因？她的母亲不断扩充这个家庭，其实只是为了逃离过去，她试图建立一个理想的家，一个没有瑕疵的家。

长久以来，玛格丽特第一次体会到了与母亲同为幸存者的共鸣。玛格丽特的情况正在一点点好转，除了妹妹，她需要远离其他家人才能彻底抚平创伤。

多恩
咪咪

唐纳德	马克
吉姆	马特
约翰	**彼得**
迈克尔	玛格丽特
理查德	**琳赛**
乔	

第 30 章

　　琳赛去了博尔德的看守所，在那里待了很久，好好地探望了哥哥。彼得已经 31 岁了，但看上去仍像个大学生，脸蛋红扑扑的，穿着运动式的羽绒服、羊毛袜和登山靴。他在很多方面仍是那个叛逆的少年，聪慧、健谈、讨人喜欢，总爱惹麻烦，跟父母作对，往返于家和医院之间。但这种情况越来越严重了，他现在似乎已经完全无法控制自己，但琳赛觉得以自己现在的状态，或许可以帮助他。

　　彼得和父母在家时，动不动就会发火，有一次把家里所有的窗户都砸了。还有一次，在去彭罗斯医院的路上，他突然酒瘾发作，感到皮肤上好像有虫子在爬，看到蛆从天花板上掉进自己的嘴里。医疗记录上说他"在病房里非礼护士"，甚至要殴打一名护士。出院后，彼得在街头流浪过，也跟熟人发生过冲突。一次，他在路边往开车路过的司机的眼睛反射阳光，被捕后争辩说他是飞行员，要拯救这个城市。异想天开的时候，他发誓说自己要像父亲那样管理落基山脉诸州联合会，为家里重振昔日的荣耀。

　　法庭要求彼得待在普韦布洛精神病医院，但他擅自决定去博尔德。他走出医院，搭顺风车去看妹妹们。一到博尔德，他就惹麻烦了。1991年5月18日，彼得被人看到在便利店偷一包香烟。店里的人跟着他追出来，看到他坐在门口，不愿意移动。两名警察过来，问他的名字和出生日期，彼得回答"1851年"后撒腿就跑。当警察试图拦下他时，他惊恐万状，对着警察的脸挥拳就打。彼得后来说他只是想摆脱他们，但警察铐住了他，对他提起二级袭警的指控。

在琳赛去看守所看望彼得之后，法院把他转到了普韦布洛，因为他没有行为责任能力，所以这一案件不再受理。9月，彼得再次被送回看守所，琳赛抓住这次机会把彼得保释出来，带回了家。琳赛有个计划。她认为在妹妹的支持下，加上一些医疗手段，彼得应该能够走上正轨，不用再徘徊于家和普韦布洛之间。彼得是家里最小的男孩，因此琳赛觉得也许他病得还不太离谱，在所有患病的哥哥中康复的希望最大。彼得从14岁起就进了医院，在琳赛看来，这是自己家和整个医疗系统的错。

琳赛把计划告诉了母亲。她原以为母亲会感到被冒犯，并且会伤心、不屑和警觉，但母亲只是害怕。

"噢，玛丽，你不会想掺和进这摊事的。"

"我必须得试一试，"琳赛说，"我是说，如果不试试，我会一直惦念着的。"

此时，琳赛接受治疗师露易丝·斯尔文的治疗已经7年了。大学毕业后，她凭借自己市场营销的学位在埃尔多拉滑雪区找了份活动策划的工作，比如为世界高山滑雪锦标赛安排赛程。一两年内，她成了滑雪区的销售主管，负责为景区协调和筹办团体活动。在埃尔多拉工作期间，琳赛遇到了男友里克，两人在几年后就结婚了。在

玛格丽特、彼得和琳赛在隐谷路的家中

遇到里克时，琳赛觉得自己已经能够规划自己的人生了，并准备更投入地谈一段恋爱。1990 年，利用自己在滑雪景区的人脉，已经有 3 年工作经验的琳赛自己出来单干，成立了一家团体活动策划公司。20 多岁时，她最厉害的成就或许是那次带着父母出去吃了一顿饭，还偷偷地结了账。

琳赛的工作热情从来不会减退，只要还有精力，她就会工作个不停。但这种成功感持续不了太久，总是会出点小岔子，有待她去解决。最终，琳赛在接受治疗的过程中意识到，残酷的命运打击的是哥哥们而自己幸免了，她为此产生了一种愧疚感。她想让一切变得正常起来。琳赛欣喜于治疗给她带来的变化，因此免不了会想，或许哥哥们不应该再被送进普韦布洛精神病医院，而是应该给他们提供改变了她人生的那些心理治疗。

在琳赛的这个新想法中，隐含着对母亲强烈的质疑。琳赛坚定地认为，在童年阶段，咪咪一直把普韦布洛作为一种管控哥哥们的手段，压制他们、软化他们，让他们在最脆弱的时候寸步难行。更重要的一点是，在哥哥们接受的治疗中（比如迈克尔接受的治疗），似乎总是缺失了一项：哥哥们从未获得过自己的治疗师给自己提供的那些帮助——吐露心声，从而得到恢复。

琳赛认为哥哥们受到了不当的治疗甚至虐待。医院不过是给他们开了点药，并没有做什么其他治疗。在琳赛看来，无论使用这些药物的目的有多合理，都无异于另一种形式的额叶切除手术，都在禁锢哥哥们的灵魂。会不会还有别的办法？如果有人询问哥哥们的需求，切切实实地倾听他们的声音，会不会有不一样的效果？

另外，琳赛还想在家里扮演新的角色。吉姆已经不会再在家里出现了，因此她不再需要躲着吉姆。她觉得在重新掌控自己的人生并让生活恢复正常的努力中，下一步应该是回到家中去帮助那些被落下的人。

为什么不是我发疯呢？琳赛常常想。**我欠他的，因为疯的不是我。**

玛格丽特没有心情协助琳赛的新计划。她觉得这个想法太突兀了，完全是心血来潮。她的这种看法并非没有道理。

不过其实玛格丽特心里也挺害怕的。她在年龄上比琳赛更接近彼得。小时候，她是四个冰球男孩嘲弄欺负的对象，彼得也这么干过。现在，彼得更出格了，砸窗户、打警察。一想到要接近彼得，就会让她浑身不自在。她的反应跟琳赛正好相反：**我不愿意自己的人生中有这种事。我不能让我的生活跟这种事沾边。我不想靠近他们。**

琳赛无法理解玛格丽特的这种反应。琳赛想要站在风暴之眼，尽管那是她痛苦的来源。她渴望有机会直面父母，指出他们的过错，让他们知道他们把问题处理得有多糟。她想以孩童时从未有过的方式主宰自己的命运。

玛格丽特只想淡化这一切，让自己的童年看起来就像普通孩子的童年，想挽回曾经迷失的那些东西。琳赛则决心不再像个孩子一样只是被人主宰。

***

26 岁的琳赛成了彼得的指定监护人。在这之前，她在全职工作之余填写了大量的申请表格。但现在她可以为彼得处理补贴支票，安排他的治疗，为他申请联邦八区的住房了。几个月来她不断去博尔德的警署，消除对彼得的犯罪指控。1991 年 12 月，彼得先是在普韦布洛精神病医院住了 6 个月，然后回到了博尔德，准备在琳赛的监护下生活。

琳赛送彼得去预约好的医疗机构接受会诊，并让他开始在科罗拉多大学博尔德分校接受治疗。大学免除了他的治疗费用，并把他介绍给了博尔德精神健康中心，那里主张药物和谈话联合治疗。琳赛会陪着彼得去接受诊疗，她觉得彼得似乎对此很满意，因为精神健康中心的医护人员能体会他的心绪，让他觉得他的人生是有意义的，他经历的痛苦是值得同情的。

琳赛对彼得的病情也有了更多的认识。虽然大多数精神分裂症和双相情感障碍的患者最终都会向精神病诊疗体系低头，但彼得从来没有停止过抗争。琳赛对这一点并不感到惊讶，让她好奇的是彼得抗争的原因。据彼得的医生说，很多病人都会因为受到强迫而发飙，但彼得的行为却非常少见：他会就自己疾病的核心问题，针对精神病诊疗体系的弊病侃侃而谈，指出这样的体系会阻碍他恢复健康，或者至少限制了他的合法权利。这种态度使他的抗争变得越来越激烈，病情也变得越来越严重。

得知这一点让琳赛更加确定自己收留彼得这件事做对了。她要在博尔德照顾他，打破他反抗和发病的循环，帮他重新掌控自己的人生。她和彼得现在有共同的目标：**我们的家很重要。别试图掩盖问题。为什么生活一定要像我们家现在这个样子？**

琳赛的男朋友里克带彼得去滑雪和溜冰时，彼得的肌肉记忆苏醒了过来，整个人进入了一种放松的状态，身体突然有了过去和兄弟们一起打冰球时的活力。"他好像变了个人似的，"里克回忆说，"他的语气里透着自信，在冰场上显得神采奕奕。"彼得似乎在努力，也有可能能够找回原来的那个他，这让琳赛和里克感到高兴，也让他们看到了希望。

琳赛觉得彼得非常希望向所有人，包括他自己，证明他可以恢复健康，或者证明他没有疯。在琳赛看来，情况在好转。彼得现在总是爱嚷嚷，不仅冲动还争强好胜，但总是情绪高昂，显得那么可爱。通常情况下，他已经不再会有幻觉，而是能够分得清现实，并且可以应付简单的工作。

博尔德的一名病例管理人员注意到，彼得似乎在努力尝试解决问题：他清楚围绕自己的精神健康医疗系统的现状，知道其弊端，并积极地投身于改进这个体系中。一次，琳赛带着彼得去参加科罗拉多精神病病人联盟的一个会议。彼得在会上令人动容地谈起了自己和警察的摩擦，谈起了像他这样的人需要特殊的训练才能变得足够敏感，才能不让人感到受到了威胁，才不会惹事。

琳赛认为彼得知道她和玛格丽特的童年经历，知道她俩现在都活得好好的。她感到彼得也开始认为自己同样能做到这一点。

这样顺利的阶段持续了一个月或者稍长一些，直到彼得开始确信自己不用再吃药了。在这之后，他会整夜不睡，急速地说话——快到几乎不喘气的程度——将从前要管理父亲的联合会的幻想讲个不停。他会一趟又一趟，一趟又一趟地骑自行车去博尔德大峡谷的山顶，然后返回。由于焦虑，他开始喝酒和吸大麻，用有劲的东西自我治疗。他整天待在博尔德人流最多的珍珠街商贸城，跟流浪汉坐在一起，放着录音机，还经常把新朋友带回琳赛的公寓开派对。

正因为这样，执法部门再次注意到他。这次他不用去普韦布洛精神病医院，而是需要去丹佛一家叫洛根堡的州立医院，直到病情好转才能被琳赛带回家。

一天晚上，在珍珠街，彼得放着音乐，抬头看到一个小男孩在看着他。小男孩身边的那个男人彼得认识。他笑了。

"嗨，弗里德曼医生！"

罗伯特·弗里德曼此时已经非常了解这家人，他曾在丹佛的实验室里检测过他们大多数人的感觉门控能力，但弗里德曼当时并不知道彼得在博尔德。在彼得到达洛根堡医院之后，弗里德曼开始用心地治疗彼得，并向琳赛介绍彼得的情况。见过几次面后，琳赛注

意到弗里德曼在使用"脆弱"这个词描述哥哥，这意味着最微小的
事情——例如晚上没睡好，或者漏吃了一次药——都可能会引起精
神病发作。

弗里德曼告诉琳赛，这是多年来治疗不到位的结果。问题不仅
仅是彼得拒绝吃药，还因为他被先后诊断出精神分裂症、分裂情感
障碍和双相情感障碍时医生开的药都不对。整个治疗不到位似乎要
归咎于病人自己，但让琳赛尤其心痛的是，她觉得自己帮助哥哥的
时机太晚了。这么多年来，彼得吃的药甚至都可能不对，如果这个
世界上有对的药的话。

其他哥哥的情况让琳赛感到更难过。哥哥们这么多年来吃的那
些原以为正确的药让他们变得脆弱不堪，甚至更糟。他们比彼得更
沉默，生活中出现一点点变动都应付不了。琳赛总忍不住想，无论
哥哥们吃的药正确与否，他们都受到了诅咒。

琳赛的尝试开始显露出了失败的迹象。她的付出无法一直让彼
得远离精神失常的旋涡。弗里德曼警告说，随着时间的推移，彼得
的情况会恶化，更适合他的医生不在洛根堡，而是在普韦布洛。

通过弗里德曼，琳赛了解到有一些研究者认为精神分裂症具有
遗传易感性——丹尼尔·韦恩伯格的发育假说称其为脆弱性——可
以被环境中的应激源触发。无论彼得的应激源是什么，或许琳赛都
无能为力。

在思考先天和后天的综合影响时，琳赛意识到既然自己和哥哥
们有相同的易感性，那么她没有患病这一点就是环境因素非常重要
的证据。在她经历了创伤后，由于得到了适当的治疗，她并没有像

哥哥们那样发病。她的创伤是性侵，哥哥们也有各自的伤痛：唐纳德的妻子离开了他，布莱恩和女朋友分手了，乔的未婚妻弃他而去，马特则有过两次严重的脑部受伤——一次是在打冰球时，另一次是跟乔打架时头砸到了露台的地面上。

彼得的创伤似乎就更显而易见了，他在 14 岁时目睹了父亲中风的过程，几周后他自己也住院了。不过还有别的原因。在琳赛和彼得的关系变得更加亲密后，琳赛问彼得是否像自己和玛格丽特那样，也曾经遭受过吉姆的性侵。彼得承认了，但没有多说什么。

琳赛并没有感到很意外，吉姆好像对年幼的弟弟和妹妹都有过非分的举动。这难道不也是她的伤痛吗？在经过多年的努力后，琳赛开始重新思考自己的境遇。她的脑化学、她的基因，以及她对谈话治疗的全情投入，这些让她最终没有变成彼得那样。

多恩
咪咪

唐纳德	马克
吉姆	马特
约翰	彼得
迈克尔	玛格丽特
理查德	琳赛
乔	

第 31 章

　　琳赛和玛格丽特一直觉得惊讶，为什么在隐谷路之外的人眼中，她们年迈的母亲对家庭的付出可以用"神圣"来描述。1987 年，一位普韦布洛精神病医院的医生写道："尽管她自己也有一些病痛，但她似乎从来没被这种事打倒过。她的态度是，她要坚持下去，船到桥头自然直。"

　　无论在普韦布洛、派克峰精神健康中心、彭罗斯医院，还是在儿子们偶尔落脚的看护之家，咪咪总是让人印象深刻。她能用歌剧、乔治亚·欧姬芙，以及她外公和潘丘·比利亚的故事把医生逗得很开心。"她总是一副很开心的样子。"派克峰精神健康中心主任霍尼·科伦达尔回忆说，他曾在不同时期收治过加尔文家的几乎所有男孩。"从没见她情绪失控或者脸色难看过，但她总说，'你得放下手上的事处理一下这个事，先把这个事处理了'。"咪咪再次成了快乐的斗士，但战斗变了。

　　跟患病的儿子独处时，咪咪比外人想象的更容易发脾气。她会斥责马特不讲卫生，骂彼得没有礼貌，数落乔长得胖。她对唐纳德

的耐心稍微多一点，毕竟她跟大儿子的关系最亲。在看护院住了很
多年后，唐纳德最终搬回了隐谷路，似乎要永远待下去。"他没法容
忍跟其他病人在一起。"咪咪解释说。在她看来，这个儿子和普通人
没有区别。唐纳德的双手现在会出现震颤，医生称之为迟发性运动
障碍。这是服用抗精神病药物的常见不良反应，病人的动作会变得
僵直，并且肢体会不由自主地颤动。唐纳德则认为，他之所以会表
现出震颤，是因为父亲"想要我们当医生，让我们站军姿"。

　　唐纳德每天说的很多话都和现实没有什么逻辑上的联系，但服
药让他的病情有所缓解，使他有的时候处于清醒的状态。天气好时，
他会和咪咪出去观鸟，在看到某些鸟时还会表现得有些活跃，"噢，
有只红尾隼！""有只鹰！"。这些时刻会让他回想起和父亲一起驯鹰
的日子。咪咪走亲访友时也会带着唐纳德，他就像母亲的护卫，安
静地坐在一旁，直到动身回家。但一年年过去，咪咪开始厌烦唐纳
德难以驾驭的个性。她把家庭相册藏了起来，以免唐纳德把纸页抽
出来撕掉。他砸坏过咪咪放在壁炉边多年的圣约瑟夫的大雕像。一
次跟咪咪去银行时，唐纳德告诉柜员他想开一个账户，改掉自己的
名字。但大多数时候，唐纳德根本不会离开自己的房间。即使是在
圣诞节时，他也只是给每人一个拥抱，然后又躲回自己的大地里。
有一次，在发现了唐纳德的踪迹后，咪咪一个 5 岁的孙女对她说，
"咪咪"——孙子孙女们喜欢像玛格丽特和琳赛那样亲切地叫她的名
字——"唐纳德坐在壁橱里"。

　　即使是在这些时候，咪咪的心还是会向着唐纳德。"节日尤其难
过，"她后来说，"大家聚在一起，都在聊着要去哪儿，要做什么，
孩子的事情，等等。这种时候对他来说不好过。"这样的时候对咪

咪来说也不好过，她会想起曾经对唐纳德的期望。当她看着唐纳德时，经常会想起他生病前的样子。"别人那时经常说，'哦，他真有礼貌'。他们都不了解他的真实情况。"

在聊天中，咪咪提到了一本别人给她的书，书名叫《圣人、学者和精神分裂症患者》，讲的是在爱尔兰的一些社区，精神病患者会得到照料，甚至被视为对未知世界有独到见解的人。哪怕仅仅知道有这样的地方存在，对咪咪来说也是一种慰藉。也许唐纳德和其他患病的儿子身上有什么特别之处，可以稍稍弥补他们缺失的一面。

当家里开始笼罩上精神病的阴影时，咪咪的人生也彻底改变了。在她的心中，她所期望的未来原本就像东方即将升起的旭日，很快就会降临。但现在，这样的未来似乎永远也不会出现了。她从未当着任何人的面抱怨过，但有时女儿回来时会注意到她言辞中多出的那一份怨愤。她挂在嘴边的故事变了，不再就霍华德·休斯和雅克·丹波瓦说个不停。她谈起自己曾希望自己的丈夫、孩子们的父亲，当一名律师，但他却坚持要参军。她说自己一直想住在东海岸，但多恩却带着她全国到处跑，来到了科罗拉多。她说自己从来没想到自己会生 12 个孩子，但多恩想要 12 个，那他们就生 12 个。她做了一个妻子可以做的一切，甚至改信了天主教，因为那是她的责任。她为其他人奉献了一辈子，做出了巨大的牺牲。

在心情最差的时候，咪咪责怪过多恩的家族，觉得是他们把疾病传给了孩子们。多恩哥哥家有一个儿子现在也有点精神失常，似乎是双相情感障碍。她会说，科学迟早会证明她的孩子们的病都是从加尔文的家族遗传来的。

这话让琳赛和玛格丽特觉得既刻薄又残忍。她们的父亲如今已经与以前截然不同，只是过去的一抹残影，大部分时间都坐在电视机前。每当家人谈起男孩们的病时，他似乎都无法承受这样的场面。要是有人说起吉姆对妹妹们做的事，他的下巴就会止不住地颤抖。至少在玛格丽特看来，多恩当年没有尽到保护她和琳赛的职责。但现在的多恩已经不再像过去那样无所谓了，置身于这样的谈话中，他会泪流满面。何苦现在要这样折磨他呢？

有一件事让咪咪心里不舒服——跟女儿们有关。她知道在她们眼中自己既是家里的恶霸，又是全家的英雄。一方面，她是一个不喜欢给予人肯定的母亲，因为更喜欢患病的儿子，会没心没肺地忽视女儿们；但另一方面，她又是一个独自照顾病儿，力争维持家庭完整的母亲。咪咪能觉察到有人对她评头论足，但最让她难过的是，自己的一些孩子似乎也没有对她心存感激。对此她只能默默忍受。

20 世纪 90 年代，咪咪听说了一件让她始料未及的事。这件事让她非常心痛，而且越想越后怕：唐纳德非常突然地告诉她，自己青少年时期曾被人性侵过。当咪咪问起性侵者的姓名时，唐纳德说是咪咪的一位亲近好友。

20 世纪 50 年代后期，还是小孩的唐纳德是家里第一个去圣玛丽教堂为罗伯特·弗洛登斯坦做祭台助手的男孩。弗洛登斯坦就是那位引导咪咪改信天主教并为她洗礼的牧师。那些年"弗莱迪"跟他们家走得很近，是咪咪和多恩的知心好友，小唐纳德跟他关系也很好。唐纳德 16 岁时曾跟弗莱迪去草原上住过一周，因为弗莱迪的驾照丢了，唐纳德过去帮他开车。现在唐纳德告诉咪咪，自己受到过弗莱迪的性侵。

咪咪不知道该怎么办。现在的她已经年近 70，还能承受得住多少这样令人震惊的秘密？唐纳德总是话很多，而且大部分都是胡言乱语，因此咪咪试图不去想这件事，但唐纳德不断用他那冷幽默般的平淡语调告诉她这是真事。当时的新闻里也在报道天主教堂的性侵危机，从公开的那些案件看，似乎大多数受害者都会像唐纳德那样，因为羞耻感或者受到威吓，几十年后才敢吐露实情。

弗洛登斯坦神父从来没因为这种事上过新闻。但咪咪忍不住会想到他，想到自己本应该保护好儿子，却发生了这种事，这让她的心情前所未有地沮丧。这是自布莱恩的死后咪咪遭受到的最大的打击。想得越多，她就越意识到弗莱迪侵入自己家的生活有多深：他是如何变成自己不可或缺的朋友的，而自己又是多么信任他，才放心把唐纳德以及其他大一点的男孩都交给他。牧师性侵小男孩的新闻她听得越多，就越忍不住想自己有几个孩子可能遭到过侵害。

刚开始，好像没有什么可做的。这么长时间过去了，何况唐纳德被诊断患有精神分裂症，几十年来服了大量药物。但唐纳德会毫无保留地对问起的人重复他坦白过的事。其他的弟弟对弗莱迪的回忆各不相同。约翰记得自己被弗莱迪挑逗过，迈克尔和理查德回忆说他们很喜欢弗莱迪。理查德记得弗莱迪有次带着几个哥哥——唐纳德、吉姆、约翰和布莱恩——去格伦伍德斯普林斯徒步过两天。"爸妈都很放心，"理查德说，"他们有一个信任的牧师。"

峰回路转，理查德完全出于偶然对弗莱迪有了更多了解。理查德的女友蕾妮有个近亲，名叫肯特·施努布什。他告诉他们说，1966 年，自己还是青少年时，就认识这位牧师，说他当时受到了弗洛登斯坦的勾引，和他发生了性关系。多年后，在参加牧师性侵幸存者联盟科罗拉多分部的会议时，肯特提到了弗洛登斯坦的名字。在参会者中，还有两个人说他们听说过弗莱迪，说他是个同性恋并且酗酒。这或许可以解释他为什么多次被调到小的教区而且从未在教会中晋升过。弗莱迪于 1987 年退休，生命中最后几年的健康状况急转直下，于 1994 年去世。

会议结束后，肯特决定向主教管区举报弗莱迪，并看看这个性侵过自己的牧师还干过什么好事。会面相当简短，内容却让他惊骇不已。管区的牧师没有搪塞肯特，而是直接问他想要多少赔偿。肯特完全没预料到管区是这样一种反应，因为相比赔偿，他更想求一个结案的安慰。他回答说 8 000 美元，管区给了他 10 000 美元。

在肯特把这件事告诉理查德和蕾妮时，震惊的不只是理查德和蕾妮。肯特也感到无比震惊，因为在侵犯自己的好几年前，弗莱迪就已经和加尔文家的男孩们熟识了。肯特认识弗莱迪的时候 18 岁，和给弗莱迪做司机时的唐纳德一样，还只是个十几岁的少年。

在听说肯特的经历后，咪咪心中的怀疑已经确证无疑，不仅有了进一步的佐证，连犯罪手法也已经非常明显。对此时的咪咪来说，弗莱迪的名字有没有被性侵幸存者和民间组织公开，弗莱迪有没有被起诉过，都已经没有意义了。她觉得该来的是总会来的。谁知道还有没有什么事没有被公开，还有哪些龌龊的牧师在隐藏自己的罪恶呢？咪咪相信，当时的弗洛登斯坦就像是在超市选麦片一样，细细地比较着她的儿子们，然后选择他最中意的那一个。"他特意选择了我们家，他知道我们家男孩多。"

打这起，咪咪就把弗洛登斯坦神父视作一切问题的原因，是他们家出事的罪魁祸首。她会说，弗洛登斯坦神父性侵了唐纳德，这些创伤使唐纳德用暴力对待自己的弟弟们，而至少其中一个弟弟，吉姆，又性侵了自己的妹妹们，这不是很说得通吗？吉姆有没有可能也被弗洛登斯坦神父猥亵过呢？这是否就能解释吉姆的恋童癖？家里所有精神分裂症患者之所以患病，会不会都是这一连串性侵引发的焦虑导致的？在此之前，咪咪真心觉得这种病是遗传导致的。但看看唐纳德和彼得，他们俩在病得最重的时候对宗教的笃信已经到了极端的程度，这真的完全是巧合吗？或者是因为天主教的意义正在于此，在人受到创伤后那些意象就会降临？

当然，咪咪构想过好几种可能。但有一点是肯定的，性侵不会导致精神分裂症。即使真的像咪咪猜想的那样，家里很多孩子都遭受了性侵，也还是无法解释为什么会出现这么多例精神病。琳赛知道咪咪把性侵和精神病这两件事混为一谈，也知道咪咪为什么会这样。把责任推到弗洛登斯坦神父身上，至少可以减轻一些咪咪所遭受的指责。但这又引出了一个新的问题，那就是一对父母究竟有多疏于照料，才会让不怀好意的牧师对自己的孩子们有那么多可乘之机。

咪咪不再信天主教了。她告诉孩子们，她不想在去世后举行天主教的葬礼，而是希望被火化。她再也不想掺和天主教的事。她的时间不多了，她想让全世界知道谁该对此负责。

在听唐纳德讲完弗洛登斯坦神父的事情后，过去总强调自己家在被精神病击垮前是一个完美家庭的咪咪，决定更加坦诚地谈论过去，告诉了女儿们自己以前从未想过要说的事情。让两个女儿始料未及的是，咪咪揭开的是她们父亲的往事。

咪咪开始细数婚姻中的一段段经历，她觉得这些片段都能反映多恩的另一面。第一次是在 1955 年，一家人刚从科罗拉多泉市调到加拿大不久，多恩就进了华盛顿特区的沃尔特·里德陆军医院。按照咪咪现在的说法，入院是因为多恩患了严重的抑郁症。之后他们住在加州北部时，多恩也出现过类似恐慌发作的轻度症状。这些年多恩都待在家里，大家都看得到，经历过一系列健康危机的他变得愈加消沉。咪咪现在认为，多恩一生都有临床抑郁症史。

琳赛和玛格丽特都不太相信，至少刚开始时很怀疑。她们觉得咪咪可能又在搞什么障眼法，或许是想把儿子们的精神病怪罪到多恩的基因上去，好减轻自己所受的指责。但两姐妹也不知不觉地回忆起父亲的行为举止。会不会是战争引起的创伤后应激反应渗入了父亲对他们童年的影响中？他的这些创伤会不会以某种方式转移到男孩们的身上？最大的一个疑问是，多恩的家族中是否存在暴力特质，这种特质让唐纳德打吉恩，让布莱恩杀了诺妮，让吉姆对其他人做出了那些令人不齿的事？这么多年来，玛格丽特和琳赛关注的都是母亲的所作所为，现在又出现了她们从未料想到的新问题。

让姐妹俩更想不到的是母亲接下来的话。咪咪说，在多恩中风前的很多年里，他有过很多个女人，她猜至少有 6 个。第一个是在弗吉尼亚的诺福克，那是战后不久，当时多恩正随"朱诺号"沿着大西洋海岸四处巡游。咪咪说有一次她原本也要带当时还年幼的唐纳德和吉姆同行的，但后来没有成行。她说多恩就是在那一次遇到一名高级军官的妻子并有了外遇的。她告诉玛格丽特，如果自己那次跟多恩同行，那么这场外遇就绝对不会发生。咪咪说她是后来才发现这件事的，之后他们就从诺福克调走了，但多恩并没有就此收手。

听到这时，姐妹俩都惊呆了，但对父亲的新认识以一种奇怪的方式填补了她们对父母关系的认知空白。她们在家里看到的很多事，现在就更说得通了。比如父亲在官职最大的时候，似乎总不在家。还有在克洛科特家的晚宴上，邻居们的妻子会管她们的父亲叫"罗密欧"。她们越回忆，就越觉得这些外遇解释了童年的很多事，甚至解释了咪咪对完美家庭的渴求。

咪咪现在这样如实相告，是想告诉女儿们，父亲只是人，并不完美，对他的要求只要跟其他人一样就好。她的这些经历和态度使姐妹俩现在倒想更多地了解她了。为什么她一直留在多恩身边？她不离开是因为她不想离开，还是因为她生完多恩想要的孩子后已经别无选择？为什么她愿意听任丈夫的摆布，而他自己却可以在外面风流快活？

玛格丽特想起了母亲画的一幅油画，画的是匹诺曹。那幅画现在在琳赛那儿，被绳子穿着挂在一个隼标本弯曲的喙上。玛格丽特觉得那幅画仿佛是母亲感受的贴切隐喻，她不得不照顾 12 个孩子，而丈夫却远在天边。她开始怀疑，那些她曾以为全都遗传自母亲的特质——譬如无法真正集中注意力、精神脆弱，等等——会不会实际上都来自父亲。母亲也许有这样或那样的不是，但至少她从没抛弃过这个家。她从未放弃过努力。

第 32 章

1998 年

科罗拉多州，丹佛市，科罗拉多大学医学中心

20 世纪 90 年代，加尔文家住在科罗拉多的成员——咪咪、多恩、琳赛、玛格丽特、理查德、迈克尔和马克，以及患病的唐纳德、乔、马特、彼得——都曾先后去过丹佛，在罗伯特·弗里德曼的实验室接受耗时数天的测试。弗里德曼一有机会就会谈起他的研究。至少在琳赛看来，弗里德曼对感觉门控和易感性的描述，以及精神分裂症大脑处埋信息存在障碍的观点似乎很有道理。她会回想起某个患病的哥哥有时会对背景噪声特别敏感，比如电扇的嗡嗡声。

弗里德曼从来没想到，自己开展的脑部电生理学实验——那些测量病人感觉门控能力的双咔测试——会成为精神分裂症检测的标准测试。他原本只是把这种测试视作考察受试对象脑内情况的很多种策略中的一种。在研究加尔文一家的过程中，弗里德曼发现他们家有很多人，包括一些没有患精神分裂症的成员（比如琳赛），都无

法抑制对第二次咔嗒声的反应，但也有一些人能抑制。研究的下一步应该是搞清楚相较于能抑制这种反应的人，那些无法抑制这种反应的人是否具有某种相同的遗传性状。

这使弗里德曼进入了一个他所不熟悉的领域。他是研究中枢神经系统的，不是琳恩·德利西那样的遗传学家。"我是后来才搞遗传学的，"他说，"琳恩比我早得多。"

弗里德曼熟悉的是脑的功能。他知道海马——左右大脑半球中的一对海马形状的结构——是如何帮助大脑产生位置感的。这个过程使一个人随时都清楚自己身处何处，以及身处此处的原因和到达此处的过程。他的双咔测试也证明，这个过程不仅需要神经元（也就是脑细胞）传入感觉信息，还需要抑制性的中间神经元即时擦除大脑这块白板上的情境信息。没有这些抑制性的中间神经元，我们就需要从头再次处理相同的信息，这不仅浪费时间和精力，还会"磨损"我们的"硬件"，令人变得不知所措，或许还会引起焦虑、偏执，甚至妄想。

弗里德曼这时开始好奇，这些抑制性的中间神经元会不会是通过开关某种细胞层面的东西来实现这一点的，而加尔文家的男孩之所以会患病，是因为这种机制出现了异常。弗里德曼实验室随即开始用大鼠的脑细胞开展相关研究，并发现抑制性神经元的开关环路是受海马细胞中的一种关键分子控制的，这个分子叫作 α7 烟碱型乙酰胆碱受体。虽然这个名字听起来很复杂，但这个分子存在的意义却简单直接。这种 α7 受体就像一位沟通大师，在神经元之间传递信息，保证系统能正常运作。要完成这项任务，α7 受体需要和一种叫作乙酰胆碱，起神经递质作用的化合物结合。弗里德曼怀疑，精神

分裂症患者的 α7 受体出了问题，或者缺乏足够的乙酰胆碱，使 α7
受体无法正常工作。如果弗里德曼的猜想是正确的，那么加尔文家
某些兄弟之所以患病，就可能是因为维持他们大脑清醒的机器的燃
料用罄了。

要证明这一点，弗里德曼需要以人为对象开展研究。于是，在
20 世纪 90 年代末，他开始了自己职业生涯中的第一项遗传学研究。
他采集了包括加尔文家在内的 9 个家庭的数据，一共 104 人，其中
36 人患有精神分裂症。他在那些对双咔测试反应不正常的家庭成员
中寻找共有的遗传模式。通过分析他们的组织样本，弗里德曼追踪
到了受体问题发生的准确位置。在染色体的这个位置上，是一个叫
作 CHRNA7[①] 的基因，这个基因编码的正是 α7 受体。

1997 年，弗里德曼鉴定出了 CHRNA7 基因，[1] 这也是科学界鉴
定出的第一个确定与精神分裂症相关的基因。[2] 他和同事一起创造了
历史。但更重要的是，他向理解精神分裂症的机制迈出了重要的一
步。接下来，他需要搞清楚精神分裂症患者的这个基因出了什么问题。
他已经发现了一条重要的线索：在那些他研究的患病家庭成员（包括
加尔文兄弟）的大脑中，α7 受体的数量虽然只有正常大脑的一半，但
这些存在的 α7 受体仍然能够正常工作。问题的关键在于，病人的脑
中没有足够的乙酰胆碱来打开这些开关，进而制造更多的受体。

---

① 在生命科学领域，有许多基因和蛋白都没有对应的中文名称，即使有中文名称，常常也有多
种译法而且中文名称可能非常冗长。此外，无论有没有对应的中文名，中文科学文献中绝大
多数情况下也都统一使用基因和蛋白的英文名。本书中文版依照这种惯例，基因和蛋白都统
一使用英文名。——译者注

玛格丽特还记得她有一次走进弗里德曼的实验室的那一刻，香槟啵的一声开启的情形。她和怀利那次是去咨询弗里德曼自己是否可以生孩子。弗里德曼和他的团队当时刚发现 CHRNA7 基因，他很乐意从欢庆中抽空给他们解释一下这个新发现对加尔文家意味着什么。

弗里德曼非常不想打击玛格丽特和怀利要孩子的念头。尽管精神分裂症患者的兄弟姐妹患这种病的概率确实比普通人高，是常人患病概率的 10 倍，但弗里德曼也强调说，这种关系并不一定适用于父母和子女或者叔伯与侄子侄女。他认为玛格丽特家族成员的基因异常未必表明存在某些能影响一代又一代人的"超级基因"。精神分裂症会在家族中消失，之后再次出现，因此没有理由认为玛格丽特生的孩子一定会患精神病。

似乎很难想象玛格丽特和怀利的孩子患病的概率会和普通人的孩子一样低，但弗里德曼就是这么说的。那他的实验室刚发现的跟精神分裂症相关的基因又怎么解释呢？在一块大白板上，弗里德曼写满了对应染色体上与精神分裂症相关的位点的信息。能得出这些成果，得益于玛格丽特家的数据。弗里德曼认为，这种基因异常不能被用来预测精神分裂症，只能在异常出现时为治疗提供一份方案指南，而且他很清楚应该如何运用这份指南。

弗里德曼的发现并不是独一无二的。几十位其他研究者也在研究其他染色体上的基因突变。截至 2000 年，研究人员已经鉴定出至少 5 个问题区域，后来又发现了更多。[3]

由于其与尼古丁的特殊关系，α7 受体格外引人注意。烟民的体会是最真切的：尼古丁能增强乙酰胆碱与 α7 受体结合后产生的效果，而烟民，或者说他们脑中的 α7 受体，喜欢乙酰胆碱的效果增强引发的体验。烟民之所以喜欢吸烟带来的体验，是因为尼古丁在短时间内会使他们精神更集中，或者使他们感到镇静。弗里德曼很好奇，很多精神分裂症患者——譬如彼得·加尔文——总是不停吸烟，难道只是巧合吗？在他看来，尼古丁可能给这些患者提供了抽离妄想的片刻解脱。如果想办法增强这种效应——在实验中模拟和确认尼古丁的效果，然后以药物的形式把它用在精神分裂症患者身上——那么会不会可以更有效地缓解精神分裂症的症状，并且副作用比氯丙嗪更小呢？

首先，他需要更多的证据。1997 年，弗里德曼设计并开展了一项实验。他把尼古丁——通常以尼古丁口香糖的形式——分发给精神分裂症患者，然后用双咔测试测量他们的脑电波。[4]实验结果非常明确，精神分裂症患者在咀嚼了三片尼古丁口香糖后轻松地通过了测试。和没有患病的人一样，他们对第一声咔有反应，但对第二声咔没有。尽管在尼古丁的效力消退后，这些患者对第二声咔恢复了反应，但这一结果足以让弗里德曼感到震惊。

弗里德曼的研究为他赢得了很多同行的赞许，包括理查德·怀亚特。对于这项尼古丁口香糖实验，琳恩·德利西在美国国立精神卫生研究所的这位前领导的评价是"重要而且令人兴奋"，他的直觉告诉他尼古丁疗法"非常有前景"。[5]弗里德曼开始全身心地投入到对尼古丁的研究中。他计划研发一种同样作用于 α7 受体的药物，但效果要比尼古丁更好，能够让精神分裂症患者脱离妄想之苦的时间从几分钟延长到数小时，甚至数天。他从美国精神分裂症与抑郁症研究联盟（如今的名字是脑与行为研究基金会）争取到了药物试验的经费。和美国癌症协会一样，这家机构的资金来源也是捐赠者的捐赠。"我们想研发出一种更好的尼古丁。"他说。

弗里德曼的研究发现，一种名叫毒藜碱的天然物质可以模拟尼古丁的功效。在佛罗里达，有一位研究者一直在人工合成毒藜碱，只是不敢确定这种药的实际用途。他后来说，他等待弗里德曼这样的人来找他已经等了 10 年。以这种化合物为基础，弗里德曼研发出了一种被称为 DMXBA（3-2,4 dimethoxybenzylidene anabaseine 的缩写）的药物，并开始对其展开测试。这种药在双咔测试中具有和尼古丁相同的效果。2004 年，弗里德曼在一组精神分裂症患者中开展了这种药物的双盲对照实验，结果出奇地好。[6] 一位服用了这种药物（而非安慰剂）的受试者告诉弗里德曼，她之前一直无法写完自己正在创作的短篇小说，现在她能集中精神写完了。另一位受试者说，"我现在不会注意自己的声音了"。第三位受试者的母亲则说，她的儿子第一次能够注意到周围的风景了，看到院子里的兔子会很开心，不会受到自己幻觉的干扰。

一年内，几家不同的制药公司都开始努力研制这种药物的类似物。弗里德曼的药品专利归佛罗里达大学所有而且很快就要到期了，没有公司愿意购买一份几年后就会到期的专利。"我们已经开始对这种药物进行临床试验了，所以制药公司对这种药物不会有太大的经济动力，"弗里德曼说，"因此他们得自己去研发。"

作为不拿薪水的顾问，弗里德曼告知了每家公司这种药物的特性，希望他们使用他建议的方法来研制自己的类似药物。有几家公司的药物研发和试验走得很远，但最后都未能成功。一家名为论坛制药（Forum Pharmaceuticals）的公司在很多位受试者出现便秘后暂停了试验。另一家公司——雅培公司的研发分部艾伯维公司——在DMXBA 的基础上研发出了一种新药，但这种药物的 III 期临床试验结果非常混乱，很难确定是否有效，因此只能终止研究。弗里德曼认为，问题出在艾伯维一天一次的给药方式上。他的团队之前的研究发现，只有采取一天分三四次，每次剂量都较小的给药方式，他的药才会奏效。艾伯维认为，一种需要频繁严格按时服用的药物是没办法营销的。彼得·加尔文的情况很能说明问题，他不断漏吃药，这导致他病情不断复发。弗里德曼团队也曾尝试过一天一次的给药方式，但实验也失败了。"艾伯维的药理学家很优秀，我认为他们应该清楚这一点，"弗里德曼说，"但公司的营销部门左右着他们研发药物的方式，因此他们从某种程度上说注定会失败。"

弗里德曼从这次经历中吸取了制药公司运作的经验教训。"这太令人失望了，我原本以为他们能研发出一种好药的。"在经历了从希望到失望的过程后，弗里德曼决定从头开始。要想以 α7 受体为靶点增强大脑处理信息的能力，弗里德曼必须另辟蹊径。

第 33 章

2000 年
纽约州立大学石溪分校

从琳恩·德利西初次见到加尔文一家算起，已经过去 10 年了。这些年来她一直在坚定地寻找更多的精神分裂症家庭，采集这些家庭的成员的 DNA 样本，希望找到能够解释精神分裂症的基因异常。但她一直运气不佳，其他人也一样。1994 年，《新英格兰医学杂志》发表了一项有关精神分裂症研究的调查，指出医学界对这种疾病几乎仍然一无所知，治疗方面也毫无进展。[1] 医生所能做的似乎还是多年来的那一套：开点药，然后寄希望于病人的状况能有所好转。在《自然》杂志几年前发表的一篇评论文章中，编辑认为精神分裂症"无疑是包括艾滋病在内的所有疾病中对人类伤害最深的疾病"。[2]

然而，1995 年，德利西的研究引起了一家资金充裕的投资方的注意。这是一家名为塞奎娜医疗公司（Sequana Therapeutics）的民办医疗企业，后来和帕克–戴维斯制药公司合作，联合研发各类抗精神分裂症药物。塞奎娜公司的遗传学部主任杰伊·里希特很清楚德利西能够给他们提供什么："德利西博士和她的合作者收集了大量的家庭信息，这些家庭的成员中有一个或多个子女患有精神分裂症。"[3]塞奎娜公司认为这些是德利西所具有的优势，可以帮助她发现与精神分裂症相关的遗传因素，取得众人期待的进展。作为回报，公司向德利西提供了当时最先进的基因分析设备。"这种技术超越了一家小型实验室可能具备的能力，"她说，"因此我们希望能更快地取得结果。"[4]

在德利西的领导下，塞奎娜公司启动了一个研究项目，专门研究多发性的精神分裂症家庭，德利西是研究的唯一负责人。这项研究也是截至当时为止规模最大的同类研究项目。研究人员将会研究大约 350 个不同的遗传标记物与精神分裂症之间的联系，这些遗传标记物遍布整个基因组。[5]加尔文一家的 DNA 也包含在这项研究的样本中。德利西似乎很有把握取得突破，但短短几年内，她就和罗伯特·弗里德曼一样，切身体会到了市场的变幻莫测和残酷。2000 年，帕克－戴维斯公司被辉瑞公司收购。德利西很快就听说辉瑞将会终止她的研究项目。所有的研究将会立刻停止，她在帕克－戴维斯积累的所有遗传样本，包括加尔文一家的 DNA，都将成为辉瑞的资产。除非德利西能找到其他公司支持她的项目，否则她将不能再使用这些样本。

为什么辉瑞对德利西的家庭研究不感兴趣？她一直在缓慢地取得进展，这一点毋庸置疑。但在研究领域，如果有人在赶超你，那么你必须加快步伐。

人类基因组计划是一项引发媒体广泛关注的工程，旨在绘制和理解人类每个基因的结构、组织和功能。换句话说，这项计划的目的是绘制出一幅完整的人类 DNA 图谱。[6]这项工程于 20 世纪 80 年代由美国能源部发起，当时美国能源部和美国国立卫生研究院都在为这项计划筹钱，很有点友好竞争的意味。1990 年，人类基因组计划正式启动，研究资金估计有 30 亿美元。这相当于生物学界的登月工程。如果这个项目真的能成功绘制出人类的基因组图谱，那么所有遗传疾病的研究都会发生翻天覆地的变化，精神分裂症这样复杂的疾病也不例外。

在人类基因组计划之前，琳恩·德利西和其他精神分裂症研究者都明白，如果希望寻找与精神分裂症相关的基因突变，相对容易的方法是研究加尔文一家这样的家庭。但到当时为止，他们的连锁研究仍然没有取得什么进展，他们认为这充分说明精神分裂症非常复杂。在这种情况下，另一种研究策略——在普通人群的基因中寻找与精神分裂症相关的基因突变——似乎显得荒谬至极。但有了人类基因组计划后，情况就不同了。

人类拥有超过 2 万个基因，这些基因编码蛋白质，而蛋白质构建起了我们的身体，并使身体保持正常运行。正因为如此，基因在使我们每个人各不相同的过程中起着重要的作用。要从数量庞大的基因中筛选出与疾病相关的某个基因，无疑是大海捞针。但理论上，一旦人类基因组计划收集并绘制出足够多人的遗传信息，大海就不那么漫无边际了。有了人的基因组信息，接下来需要做的就是把病人——任何遗传病都行——的基因组与对照组的基因组进行比对。通过这种比对，无论患病人群的基因组中存在什么样的异常，研究人员都能发现。在发现相关的基因后，制药公司就能以这个基因为靶基因，用药物干预相应的遗传学过程。

有了人类基因组计划的帮助，针对任何疾病的新型治疗手段的研发时间似乎都能缩短好几年。1995 年，癌症研究专家、美国国立卫生研究院院长哈罗德·瓦姆斯（Harold Varmus）在美国科学院组织了一个为期两天的精神分裂症研讨会。[7] 瓦姆斯曾和迈克尔·毕晓普（J. Michael Bishop）因为鉴定出某些癌基因在细胞中的来源而共同获得诺贝尔奖。瓦姆斯邀请了很多长期研究精神分裂症的学者来展示他们的最新研究，包括富勒·托里、欧文·戈特斯曼、丹尼尔·韦恩伯格，以及耶鲁大学的帕特丽夏·戈德曼-拉基奇（Patricia Goldman-Rakic）。瓦姆斯对他们的研究成果反应平淡。据韦恩伯格回忆，国立卫生研究院神经疾病研究部新上任的主任扎克·霍尔突然站起来说："你们这些人都研究这种病 30 年了，按我说，你们真的是一事无成。"[8]

这些话让参会的研究者目瞪口呆，有人绵里藏针地回击了几句。这时瓦姆斯插了进来，说出了他心中或许酝酿了很久的话。"你们都没有意识到问题的关键。"在瓦姆斯看来，在场的人可以不去管他们的酶学研究，他们的磁共振扫描，他们的 CT 扫描，他们的 PET 扫描。但是如果你不研究基因，瓦姆斯说，"你的研究就会很原始"。

参与人类基因组计划的科学家来自全球各地，他们原本预计这项工程要花 15 年的时间，但实际上整个计划在 2003 年就提前完成了。人类不仅有史以来第一次可以完整地读取这本生命之书，而且科学家在基因组测序的过程中还发现了遍布基因组的新的遗传标记物，可以用于开展相关研究。在此前的研究中，德利西只能利用基因组中的几百个不同标记物，而人类基因组计划的完成使科学家可以利用的标记物的数量达到了数百万个。有了如此丰富的新标记物，研究者得以研发出一种可以快速分析基因组的工具，从而找到 DNA 上与疾病相关的区域。这就是所谓的全基因组关联分析（Genome-Wide Association Studies，简称 GWAS）。

全基因组关联分析要想成功，首先需要尽可能多地收集目标疾病患者（比如精神分裂症患者）的 DNA 样本，还要收集大量没有患这种疾病的健康人的 DNA 样本，样本越多越好。在电脑的辅助下，开展全基因组关联分析的研究人员会比对两组人群的信息，寻找患病人群共有的遗传标记物。经过比对，研究人员在理论上可以揭开任何疾病遗传标记物的神秘面纱，让病因立刻水落石出。

在 21 世纪最初的 10 年里，科学家几乎对每一种可能有遗传性的疾病都开展了一项或多项全基因组关联分析，如心脏病、糖尿病、类风湿性关节炎、克罗恩病、双相情感障碍、高血压，等等。2005年，德利西在波士顿主持了一场国际精神病遗传学学会的会议。在这场会议上，博德研究所（隶属于麻省理工学院和哈佛大学的研究机构）的专家爱德华·斯科尔尼克宣布，博德研究所计划成为全球精神分裂症遗传数据的信息中心，并致力于利用全基因组关联分析来鉴定与精神分裂症相关的基因。到 2008 年时，精神分裂症研究领域的几乎所有研究者，包括德利西，都加入了精神病全基因组关联分析联合会（这个组织现在的名称是"精神病基因组学联合会"）。这个组织汇集了大约 5 万份各类精神疾病患者的 DNA 样本，其中也包括德利西从加尔文一家采集的样本。2009 年，利用这个联合会提供的信息，一项研究分析了超过 3 000 名精神分裂症和双相情感障碍患者的 75 000 个基因异常，发现了"数千个病人共有的等位基因（可能是突变基因），这些基因对病情都有一些微小的贡献"。[9]

这项精神病学全基因组关联分析发现了很多可能相关的基因的位点，位置遍布整个基因组，为精神病是如何在脑中发生的提供了更深刻的新认识。这些新发现后来使遗传学家们认识到，精神分裂症以及其他精神疾病与基因的复制错误密切相关。具体来说，在基因的复制过程中，有的时候一整段的 DNA 会被过度复制，有的时候又会丢失，这将导致不同的人的同一个基因存在基因拷贝数差异（copy number variation，简称 CNV）。[10] 对于那些希望用全基因组关联分析找到几个关键基因来"定罪"的研究者来说，这项研究结果显得不太鼓舞人，而这还仅仅是开始。随后开展的精神分裂症全基因组关联分析鉴定出了最初一批似乎与这种疾病紧密相关的基因位点。在一项 2013 年发表于《自然 遗传学》（*Nature Genetics*）杂志的全基因组关联分析研究中，科学家分析了 21 000 个遗传学样本，发现了 22 个这样的位点。[11] 另一项发表于 2014 年的《自然》杂志的全基因组关联分析研究则涉及 36 989 位病人，发现了 108 个位点。[12] 罗伯特·弗里德曼的 CHRNA7 基因也位居这些可疑位点之列，这为他的观点提供了些许证据。但研究者发现的位点越多，这些结果就越显得意义有限。

把这些基因异常一个一个地拿出来看，每个基因异常只会轻微增加一个人患精神分裂症的概率。面对这样的难题，研究者们把所有微小的因素纳入考虑，设计出了一种"多基因风险评分"来评估一个人患精神分裂症的风险。[13] 但很多研究者认为，多基因风险评分只是把一堆不重要的细节变得稍稍重要了一点而已。即使把《自然》杂志2014 年发表的全基因组关联分析研究鉴定出的遗传标记物综合到一起来看，这些基因异常也只能把一个人的患病概率提高大约 4%。[14] "这种评分机制挺无脑的。"[15] 德利西国立精神卫生研究所的前领导艾利奥特·格森说。他在德利西离开国立精神卫生研究所几年后去了芝加哥大学。"多基因风险评分根本就不能说明什么问题。"

全基因组关联分析并没有像瓦姆斯等遗传学家预期的那样给出一个简单明了的结论。面对这种巨大的失望，博德研究所领导精神分裂症全基因组关联分析研究的科学家们决定加大投入力度，开展更大更好的全基因组关联分析研究。"我的同事估计我们需要 25 万名精神分裂症患者，"博德研究所斯坦利精神病研究中心主任史蒂文·海曼说，"这个数字大得惊人，但对于这种病来说是可以实现的。"[16] 海曼预计，当研究完成时，"将会发现与精神分裂症相关的数百个基因的数千个变异体"。[①]

有一些科学家认为整个研究可能会把学科带偏，使研究者们再一次只在有光的地方寻找钥匙，而不是去寻找钥匙的真正位置。经过这么多探索后，科学界对精神分裂症的深层本质仍然存在巨大的争议。精神病遗传学家肯尼斯·肯德勒在 2015 年提出疑问说："精神分裂症是一种经典的器质性生物医学疾病吗？还是某种在家族中聚集出现的综合征谱系的极端表现？"[17]

琳恩·德利西知道自己在这个问题上的立场。多年来她一直很清楚。"我认为这数百个基因或者标记物不会带来什么发现，"她说，

① 对于某个基因来说，在不同的人或者人群中，基因的序列可能存在一些差异（有时是非常微小的差异），这些同一个基因的不同版本被称为这个基因的变异体（variant）。与其他变异体相比，一个基因的某个变异体可能对人体更有益，也可能更有害，还可能两个变异体间没有明显的差别。——译者注

"我想要看看在加尔文家这样的大家庭里造成精神分裂症的原因。"

2000 年，在辉瑞公司取消掉德利西的精神分裂症家庭研究项目
后，她被迫停下了所有工作。就像离婚一样，她和辉瑞分割了这些
家庭的生理学标本。每一份血液样本都被一分为二，她和辉瑞各获
得一份，理论上足够双方继续开展研究。但讽刺的是，谁也没有继
续下去。德利西有想法却没钱，辉瑞有钱却缺乏意愿。

为什么大型制药公司都不愿意投入精力研发更好的精神分裂症
药物，一种以某个关键基因为靶点，可能解决氯丙嗪类药物无法解
决的问题的药物？和这些药企打过交道的专业人士都很清楚原因。
即使有弗里德曼的 α7 受体这样明确的靶基因，研发和测试新药的整
个过程依旧会耗资巨大，而且还需要有愿意承受不可预测的副作用
的受试者。如果在整个过程完成后有望获利，那倒没问题。但事实
是，氯丙嗪类药物已经被研制出来很久，几乎每家制药公司都有自
己的版本。这些药物在缓解精神病发作方面效果很好，没有必要大
费周章再拨款研究其他新药。

德利西把自己与辉瑞的纠葛称作"一场灾难"[18]。她别无选择，
只能把手上 300 个家庭的 1 000 多份血液样本——包括加尔文家的样
本——保存在她的新工作地纽约大学的冷库中。2003 年，纽约市发
生了一次大规模停电，德利西不得不把这些样本送到其他研究机构
的同行那里保存，先是保存在冷泉港实验室，然后又转移到加州大
学圣迭戈分校。

德利西的精神分裂症家庭样本在漂泊中没有遗失，但她不知道
还要过多久才能把它们拿回来。

多恩
咪咪

唐纳德　　马克
吉姆　　　马特
约翰　　　**彼得**
迈克尔　　玛格丽特
理查德　　琳赛
乔

第 34 章

彼得在博尔德和琳赛住过一段时间后，又回到了往返于普韦布洛精神病医院和隐谷路的循环中。琳赛放弃了对他的合法监护权，这样彼得可以作为科罗拉多州的被监护人得到治疗，有必要的话还可以在州立医院长期住院。医院目前对他的诊断是双相情感障碍，伴有偶发性的妄想。十年间，彼得每次住院的时间都很长，直到他可以独立生活时才会出院。每次回到现实世界，只要按时服药，他都能撑一段时间。

2004 年，彼得已经 43 岁了，情况也更不乐观。他更瘦了，脑子也更糊涂了。2 月 26 日，在普韦布洛住了 2 个月后，医生让彼得出院了，并给他开了一种叫维思通的抗精神病药物以及双丙戊酸钠，后者是一种抗癫痫药物，也被用作治疗双相情感障碍的情绪稳定剂。但彼得两种药都没吃。3 天后，2 月 29 日，他又被送进了普韦布洛，他当时坚信乔治·布什要轰炸科罗拉多泉市市中心的布罗德摩尔酒店。这是他第 25 次住进普韦布洛精神病医院。

医生这次给他开了三种不同的抗精神病药物，每两小时服一次氯丙嗪，另外两种非典型抗精神病药物，氯氮平和再普乐一天服两次。每天他还要服一次加巴喷丁，这是一种抗癫痫药物，有时候也用来治疗酗酒。但这些药都没什么效果。4月，医院里的两名女性病人说彼得抓住并强行亲吻了她们。6月，有人看到他故意把自己的药扔到厕所里。夏天的时候，他曾冲向一名医护人员，捶墙，还骂其他病人是"娘娘腔""杂种""浑蛋"。他对一名工作人员说，"别拿着你的药靠近我，贱人"，他还对另一个人说，"我要杀了你"。他会在其他病人打电话时一把抓过听筒，把电话挂断，在别人看电视时关掉电视机，还会把浴室弄得水漫金山。他还开始对周围的人布道："我是摩西。你会下地狱。脱掉你的衣服。你们都有麻风病。你已经死了。我要打你的头。闭嘴，不然我可要揍你。"因为这些行为，他不止一次受到了当时最严厉的训诫——关禁闭和穿拘束服。到8月时，彼得使用的药物已经多达8种：齐拉西酮、利培酮、加巴喷丁、利培酮长效注射剂、再普乐、氟奋乃静、奥卡西平和氯丙嗪。但这些药也都不管用。

面对这种情况，医生们在9月14日获得了法庭的相应授权，第一次对彼得进行了电休克治疗。

在所有历史悠久的精神病治疗方法中，没有哪一种治疗手段像电休克疗法那样，在文化上经历过如此大的认知反转。在《飞越疯人院》中，肯·克西浓墨重彩地描述了麦克默菲遭受的种种野蛮对待。或许自那一刻起，这种通过用电引发痉挛来镇静大脑的方法就成了一种简洁的文化符号，成为几十年来医疗酷刑的缩影。但在彼得第一次接受电休克治疗时，这种技术已经相当精细，被认为是安全有效，甚至接近无痛的。[1] 通过电休克治疗，双相情感障碍患者的狂躁可以被扼杀在萌芽状态，这一点已经有广泛的文献报道，因此彼得或许迟早都会接受这种治疗。

改进过的新型电休克疗法的出现或许就是为了推翻大众几十年来对它的成见。病人在接受电击前会使用镇静剂，肌肉松弛剂可以减轻他们的焦虑情绪，电击在病人沉睡过去后才会开始。医学界知道这种疗法会损害病人的记忆力，多次电击尤其如此。但在有些病例中，电休克疗法似乎比任何药物都能更有效地改变5-羟色胺和多巴胺的水平。据说很多才华横溢的名人，包括钢琴家弗拉基米尔·霍洛维茨、参议员托马斯·伊戈尔顿、音乐家塞隆尼斯·蒙克、演员凯丽·费雪和电视明星迪克·卡维特，都多少接受过电休克治疗。

但多次接受这种治疗会出现什么后果则是另一个问题。彼得会因此失去记忆、自我意识和个性吗？先不谈风险，接不接受治疗并不由彼得说了算。彼得现在是科罗拉多州的被监护人，他的医生可以代表他向法院提出申请。咪咪是不太会跟医生的决策过不去的（如果医生征询了她的意见的话）。她会说，这也许是能真正帮助彼得的唯一方法了，如果不接受电休克治疗，他的情况还会进一步差到什么程度？

在普韦布洛精神病院二楼接受电休克治疗时，彼得会换上病号服，躺在手术台上，接受全身麻醉。他会戴上一个面罩，通过一台机器辅助呼吸。他还需要服用一粒含有咖啡因的药片，以帮助降低他痉挛的阈值，这样医生可以减小电击使用的电压。治疗前，他还

得吃胃长宁，一种防止流口水的药。他的身体会被固定住，除了下
颌外，其他部位都不能弯曲，也不能做任何动作。醒来后，彼得会
感到头脑昏沉，需要摄入更多咖啡因——通过服药或者喝咖啡——
才能彻底清醒过来。

彼得不喜欢这样。"我不要做那些破事，"他在 2004 年 11 月 8 日
说，"我的骨头都被搞坏了。我要打电话给空军学院，让他们炸了这
个地方。"

10 月，彼得多次被套上拘束服关禁闭，有一次一连关了 40 个小
时。他一周接受一次电休克治疗，但总是完全不配合。他对一名医
护人员说："你是个婊子。你要是跟我和我的律师作对，你就会被炒
鱿鱼。我要起诉你，要求你赔偿 5 万亿亿亿美元……你是巴比伦大
淫妇①……我的胳膊昨晚断了，不过我自己把它治好了。"

一位医护人员嘱咐彼得在接受电休克治疗的前一个晚上不要饮
用任何液体，但他回答说："去你妈的，婊子。我想干什么就干什
么。你去死吧。"同一个月，彼得踢断了一位护工的肋骨。

精神病院需要申请更多的法庭授权才能对彼得开展更多的电休
克治疗，但随着治疗频率的增加，医生们注意到了彼得的变化。在
连续 3 周，平均每周 3 次的电休克治疗后，电击频率在 2005 年 1 月
调整到了每周 2 次。医生最终在 5 月宣布，彼得的症状彻底消失了。
"他没有表现出对他人的危险性，因此可以出院了，他和家人相处得
也不错，"他的出院文件写道，"问题在于加尔文先生仍然对自己的
疾病缺乏清醒的认识……加尔文先生不相信他未来病情的稳定需要

---

① 巴比伦大淫妇是《圣经》中提到的寓言式的邪恶人物。——译者注

电休克干预，或者说他意识不到电休克治疗会不断出现在他的人生中。"正因为如此，他的长期预后诊断书上的诊断意见是"谨慎"。

一年后，2006 年 6 月，彼得再次被送回了普韦布洛精神病院。这一次，他宣称"我已经修复了灵魂"。他拒绝进食，认为自己的食物被人投了毒。他一直在跟耶稣说话，他说他是圣彼得，魔鬼正在抓他。

普韦布洛的工作人员申请召开了更多的听证会，向法庭申请维持彼得电休克治疗的频率：一周一次，如果有需要可以更高。彼得不想这样，但决定权不在他，从来都不在他。正如他在一次入院面谈时——他再一次被要求复述他的病史——说的那样，"精神问题控制了我，毁掉了我的一生"。

多恩
咪咪

唐纳德	马克
吉姆	马特
约翰	彼得
迈克尔	玛格丽特
理查德	琳赛
乔	

第 35 章

几周以来，吉姆·加尔文去了科罗拉多泉市彭罗斯医院的急诊室好几次，抱怨头痛和四肢刺痛。医护人员每一次都让他回家，诊断书上说他的情况只是他常有的妄想症状。

最后，吉姆认为自己的胸口上有个洞。"你看不到我被枪击了吗？"他说。

2001 年 3 月 2 日，吉姆在自己位于科罗拉多泉市的公寓里孑然死去，年仅 53 岁。医院的记录说他死于抗精神病药物引发的心力衰竭。基于这一诊断，他的家人认为他的具体死因是抗精神病药物恶性综合征。这是一种可能致命的罕见病症，往往由治疗精神病的药物引起。有一些研究者反对滥用药物治疗精神疾病，认为这会导致成千上万的病人死于这种综合征。[1] 抗精神病药物恶性综合征的某些症状——比如焦躁不安和妄想——很容易被误认为是精神错乱引起的，另一些症状——如痉挛和震颤——在表现上也和一些抗精神病药物的副作用完全相同，因此这种综合征往往只能在患者死亡后才能被确诊。吉姆死亡时的症状无疑非常明显，因为医生给他开了丙环定，一种通常用于减轻帕金森病症状的药物。

玛格丽特和琳赛认为，吉姆的死传达了非常清楚的教训：精神分裂症的治疗和精神分裂症本身一样危险。数数家里的另外四个哥哥——唐纳德、乔、马特、彼得，姐妹俩不由得想谁会是下一个。

与此同时，咪咪继续把吉姆的精神病归因于他的人生境遇——不幸的婚姻，或许还有先被邪恶的牧师性侵，然后又性侵他人所带来的心理创伤。她从没想过彻底放弃任何一个孩子，哪怕是吉姆，哪怕女儿揭露过他的恶行。"我认为婚姻不幸的影响和其他因素一样大，"咪咪会说，"还可能因为他自己在良心上也感到了愧疚。但家里**所有**孩子都很喜欢他啊。"

吉姆的前妻凯西和儿子吉米没有来参加葬礼。他们现在住在加州，在重建自己的生活，试图忘记那个折磨过他们的男人。

在吉姆去世前，有一个问题玛格丽特和琳赛一直都没有提过。多恩和咪咪很早就知道吉姆刚结婚不久精神状况就不稳定，甚至知道他住过院。为什么他们还允许两个女儿在吉姆家过夜，很多个周末都单独跟他待在一起？

2003年的一天，玛格丽特手里拿着录音机，直截了当地向咪咪提出了这个问题："你为什么那时候一直让我去吉姆家？"

咪咪立刻回答说："因为他已经恢复了啊。他恢复健康，回去工作了，有他老婆照顾，一切看上去都好好的。虽然他复发过几次——他一直在看一位私人诊所的医生——但最后也恢复了，半年都好好的。"

玛格丽特说话时声音已经嘶哑了，微弱得像个孩子。

"从来没人告诉过我他有病。"

"噢,老天!"咪咪说。比起震惊,她对重新提起这件事更感到恼怒。

"我一直都不知道。"玛格丽特说。

"玛格丽特,你要知道,患病的哥哥们当时也**不知道**啊,"咪咪说,语速加快起来,"你知道吗,他们似乎突然就好起来的。吉姆也确实好了。他回来了,可以回去工作,而且状态一直不错。只是他总是好过头了。他不仅干一份工作,还想做两份工。他一天工作 18 个小时,差不多这样,最后又病倒了。他还酗酒。是的,他一直酗酒。"

***

2003 年 1 月 7 日,癌症最终带走了饱受病痛折磨的多恩·加尔文。去世时多恩 78 岁,体重不足 100 磅。空军学院在小礼堂为他举办了军葬仪式,这座学院的标志性建筑是多恩生前发起建造的。学院的一只演出隼也参与了葬礼,其间一直停栖在一名空军军官的手上。

众人进入葬礼现场时,迈克尔弹起了古典吉他。男孩们以前的钢琴老师则弹奏了开场圣歌《不要害怕》。过去的天才棋手马克大声朗读了《传道书》第 39 章里对一位智者的描述,这段文字很贴合多恩希望自己被世人看待的形象:**明智人必考究历代古人的智慧,必专务先知的预言 / 必保留名人的言论,必领悟比喻的妙理……**[①]

---

① 作者此处有误,这段文字出自《德训篇》第 39 章,中文译法引自简体中文版《思高圣经》。——译者注

　　理查德读的则是《约翰福音》。做音乐老师的约翰从爱达荷州赶来，主持了信众的祷告。近60岁的唐纳德读了《圣经》"八福"中关于四种美德的部分：审慎、正义、刚毅和克己。迈克尔和琳赛都读了诗。玛格丽特念了悼词："他的记忆力在晚年衰退了，但这并不意味着他的人生很平凡。他的一生非同寻常。"

　　葬礼在《鹰之翼》的旋律中结束。美国空军的雷鸟飞行表演队原本计划在空军学院上空举行飞行表演来纪念多恩的，因为这里是给多恩带来最多快乐的地方，但糟糕的天气使表演未能进行。

　　多恩的遗体随后被送到了科罗拉多大学，罗伯特·弗里德曼的团队检视了他的大脑。他们惊讶地发现，多恩的大脑没有表现出任何与精神异常或者精神疾病相关的迹象。

　　咪咪对此并无多言，有些事她心知肚明。

＊＊＊

　　秉性温和的老七乔一个人住在八区公寓里。在最后一次跟母亲交谈时，他说自己的双脚感到麻木，无法行走。当时正在下雪，这种恶劣天气下咪咪无法驾车出门。她说第二天一早去看他。但第二天已经太迟了。

　　2009年12月7日，约瑟夫·加尔文独自死于家中，年仅53岁。当地的验尸官报告说死因是氯氮平中毒引起的心力衰竭。这种强力的非典型抗精神病药物曾经在一定程度上对乔有所帮助，但其副作用也在缓慢地摧毁他的身体。乔的死就像是吉姆之死的重演，很可能也是抗精神病药物恶性综合征导致的。

琳赛和玛格丽特在吉姆去世时都没有感到特别难过，但乔不同。两姐妹小时候都幻想过没有哥哥该多好。但事实是，看着乔以及其他她们深爱的哥哥患上精神分裂症，就像是看着他们一个个从地球上消失一样。这种失去亲人的伤痛在乔真的消失时卷土重来，让人难以接受。

一家人一起分撒了乔的骨灰。彼得虽然衣衫褴褛、浑身烟味，但面色红润，蓝眼睛亮亮的，一头乌发，仍有些青年人的模样。唐纳德跟大家说他要是死了，就让大象来吃掉他的遗体。迈克尔让大家在他死后撒掉自己的骨灰，只是还没想好地点。理查德倒是想好了位置：落基山脉的北风关。玛格丽特希望自己的骨灰撒在阿斯彭的褐溪。琳赛则选了维尔镇的碗形后雪区，那里是滑雪者的天堂。

大家回忆起了和乔共同度过的美好时光。唐纳德提到了看乔打冰球的日子，马克想起了乔用自己的 GTO 跑车跑赢了一辆达特桑240Z，彼得回忆起了自己和乔在芝加哥共同生活的短暂时光，那时乔还在为美联航搬运货物。玛格丽特说起了乔在阿拉帕霍公路附近教自己手动换挡的情景。

咪咪说起了更为久远的过去。此时的她或许不仅想到了小时候的乔，也想起了年轻时的自己。家中的男孩那时年纪都还小，当时的欢乐仿佛也预示着精彩的未来。她说乔还是个婴儿时，睡觉的样子非常美，就像一个天使。

第 36 章

2009 年

马萨诸塞州，剑桥市

截至 2009 年，斯特凡·麦克唐纳（Stefan McDonough）已经在安进公司（Amgen）工作 7 年了。这位神经生物学家之所以离开学术界，是因为安进是世界上最大的生物科技公司之一，在这样一家机构研发真正的药物和疾病治疗方法对他更有吸引力。在最初的几年里，麦克唐纳一直在研发新型的疼痛管理药物。在这之后，他在神经科学部的研究范围扩展到了包括精神分裂症在内的脑部疾病。安进一直在试图寻找一个靶基因，希望通过改变这个靶基因来帮助精神分裂症患者。如果麦克唐纳能够找到一个这样的基因，安进就能针对这个基因研发治疗精神分裂症的药物。

在他剑桥市的办公室里，麦克唐纳全身心地投入到了研究工作中。他对基因组学的革命性前景极富热情，甚至跑去哈佛大学旁听研究生的遗传学课程。他周复一周地在下班后坐在一把只有一个扶手的老课椅里，梦想着自己找到了引发精神分裂症的关键基因。但麦克唐纳很快就备感沮丧。自从人类基因组计划完成以来，科学界已经鉴定出了 100 多个与精神分裂症相关的基因位点。尽管有不少人很看好这些发现，但每一个这种位点对精神分裂症的贡献都非常微小，因此以任何一个这样的位点为靶点来研制药物都显得颇为荒谬。面对这种情况，麦克唐纳开始探寻新的方法，希望缩小关键基因的搜寻范围。与其盲目地研究成千上万无关的人的基因，为什么不去研究具有共同的基因异常，同时又都患有精神分裂症的少数人群呢？

为什么没人研究有精神分裂症病史的家族？

对于这样一种研究策略，麦克唐纳也意识到了其短板。他知道一个家庭中的基因突变——或者按学界现在的说法，"引发疾病的基因变异体"——有可能是这个家庭独有的，投入大量的精力研究单个家庭也许对理解精神分裂症并没有太大的意义。但他也明白，一个家庭的基因异常可能会揭露出大家没有注意到的重要问题。他需要找到志同道合的同行——一个精神分裂症和精神分裂症家庭领域的专家——来给他更多的指导。每天从家去剑桥市上班的路上，麦克唐纳都会经过哈佛大学。他在那里找到了一位教授，她很乐意和麦克唐纳谈论精神分裂症患者脑部成像的话题，不过患病家庭研究不是她的研究领域。

但她认识琳恩·德利西。

"我发表的论文数量已经超过了我的实际需要，"德利西说，"我只想找到那些基因来帮助解决这种疾病。"

　　德利西当时刚加入美国退伍军人事务部在波士顿的医疗保健系统，在精神病部上班，工作地点在布罗克顿，离麦克唐纳不远。同样是在 2009 年，她从纽约搬到了马萨诸塞州。除了在退伍军人事务部的医疗保健系统工作外，她同时还在哈佛医学院授课。自从 2000 年与辉瑞分道扬镳后，德利西被迫放弃了自己的研究，因为没有公司有兴趣捡起这些帕克-戴维斯公司收购后遗留下来的问题。但现在情况有了转机。

　　听着麦克唐纳阐述他的想法，德利西心中百感交集。她既惊讶于一家制药公司在这么久后竟仍然对她的工作感兴趣，又没有信心从头再来。德利西的丰富资历让麦克唐纳印象深刻：她是全世界这个领域具有开创性的研究者，也是一位兢兢业业的临床医师，看重与病人的直接交流，同时还是一位决意要找到一种精神分裂症治疗方法的遗传学家。但对麦克唐纳来说，最重要的一点是，在他还没高中毕业时，德利西就开始收集精神分裂症家庭的数据了。而且德利西人很和善，不少学术研究者对制药产业的人是颇怀戒心的。

　　德利西邀请麦克唐纳和她一起去她所在医院的精神病科病房查房。这是麦克唐纳作为生物科技研究者第一次面对面接触他想要治愈的疾病的患者。麦克唐纳看着德利西柔声细语地和一名病人交谈，言辞干脆而坚定。这名病人看上去非常平静，他的妄想被控制得很好，麦克唐纳后来才得知他曾犯下过不可言说的罪行。这里其他病人的病情看起来似乎都被药物控制住了，然而事实上他们都还有幻听。一名病人告诉德利西和麦克唐纳："有声音叫我杀人。"

　　麦克唐纳注意到有一些病人其实是有自我意识的，但缺乏正常人对当下情景所表现出的应有的情绪。有一次，他目睹了一名病人病情剧烈发作的过程。这名病人把自己房间的门锁了起来，并对周围的护理人员大发雷霆。麦克唐纳这时才真正体会到那里每一个病人所面临的困境。"他们都被困在了自己的世界里，没有人能真正帮助他们。"

这才是真正的原因，他想，可以解释为什么大型药企在精神分裂症治疗药物研发这个问题上那么变幻无常，为什么几十年来都没人能找到新的药物靶点：这些病人无法表达他们的需求。

德利西最终与安进公司达成了协议，和麦克唐纳一起着手新的精神分裂症研究项目。要走的官僚流程让人应接不暇。首先需要确定德利西是否真正拥有那些家庭样本的所有权，因为大部分样本都是她在纽约州立大学期间采集的，而且她也已经从那里离职。接着，安进公司需要文件证明德利西采集的每一份样本的当事人都同意基于这些样本的生物学数据被用于医学研究。在数百封电邮往来后，德利西和麦克唐纳终于取回了德利西保存在柯里尔研究所的一部分样本，这些保存完好的 DNA 样本来自大约 300 个家庭。

当他第一次看到德利西过去的研究内容时，麦克唐纳震惊不已。在 20 世纪 90 年代，对整个基因组进行测序几乎是不可能的，但德利西对这些样本的分析的水平已经远远超过了她所处的时代。现在，在这个有强大计算机辅助的遗传学分析的时代，这些样本像瑞普·凡·温克尔 ① 一样被重新唤醒了。分析工作比过去更容易，更精准，更细致了。

---

① 瑞普·凡·温克尔是美国作家华盛顿·欧文同名小说的主人公，一次在山中喝了仙酒，睡了一觉，醒来后下山，发现世间已过去了 20 年。——译者注

在这项新的研究中，德利西和麦克唐纳打算只以那些病情最严重的多发性患病家庭为研究对象。研究的家庭必须至少有 3 人患精神分裂症，并且家中还要至少有 3 名没有患病的成员。他们锁定了 9 个家庭，其中 4 个是德利西在退役军人事务部医院工作时接触到的，另外 5 个是她过去寻找并联系上的。加尔文家属于后者，是兄弟姐妹数量最多的家庭。

通过研究这些家庭，麦克唐纳和德利西希望看看这些家庭的患病成员是否都携带某种罕见的基因突变或基因异常。要搞清楚这些异常和精神分裂症的关系，家庭成员的数量至关重要：德利西和麦克唐纳知道，精神分裂症患者所携带的任何基因变异体，都有可能会碰巧出现在患病的父母或兄弟姐妹身上，但这样的基因变异体未必就是导致他们患精神分裂症的原因。毕竟，父母与每个子女有一半的基因是相同的，一个孩子携带的基因变异体也有 50% 的概率会出现在另一个孩子身上。但随着患病家庭成员数量的增加，如果每个成员都携带同一个基因变异体，那么这种基因突变是无害的或者与精神分裂症无关的可能性就越来越小，是导致精神分裂症的原因的可能性就越来越大。在麦克唐纳和德利西看来，任何他们能发现的罕见突变都可能为理解这种疾病提供新的信息。"即使某种突变可能只出现在一个家庭中，"德利西说，"这种突变影响到的或许仍然是所有精神分裂症病人体内异常的生物化学通路的一部分。"

在加尔文一家身上，德利西和麦克唐纳果然发现了值得注意的地方。德利西曾在 20 世纪 80 年代采集过一些加尔文兄弟的生物学样本，她和麦克唐纳发现这些兄弟都携带了一个相同的基因突变。[1] 这个突变位于一个叫 SHANK2 的基因上，会影响大脑中的一个重要过

程，而这个过程似乎又与精神分裂症密切相关。在大脑中，SHANK2
基因所编码的蛋白扮演着脑细胞通讯助手的角色，能帮助突触传递
信号并协助神经元迅速反应。德利西和麦克唐纳的研究发现，加尔
文兄弟携带的突变显著地改变了 SHANK2 蛋白。"我们发现突变出现
在 SHANK2 基因一段功能已知的区域，"麦克唐纳说，"这个区域对
SHANK2 基因的功能非常关键。"正因为如此，这个 SHANK2 基因的
突变指出了一个理解精神分裂症的新方向，一个可能普遍存在于精
神分裂症患者中的分子层面的异常。精神分裂症或许就是因为这个
过程出现异常导致的。"按照科学界的标准，这个发现肯定不能证明
SHANK2 基因突变导致了精神分裂症，"麦克唐纳说，"但它确实给
出了精神分裂症的一种可能的致病机制。"

　　在其他疾病的研究中，科学家也发现过罕见的基因变异体。以帕
金森病为例，研究者曾经在意大利的一个家庭中发现过 α-synuclein
蛋白的一种突变，这一发现为药物研发指出了一个新的方向。最了
不起的例子要数他汀类药物的研发，这类药物降低了无数心脏病高
风险人士的胆固醇水平。科学家多年来就知道高胆固醇会导致心脏
疾病，但降低胆固醇水平方面的工作却毫无进展。直到后来，位于
达拉斯的得克萨斯大学西南医学中心的两名研究者发现，在一些有
早发型心血管疾病病史的家庭中，家庭成员携带了一些不同寻常的
突变，这些突变影响到了机体从血液中清除低密度脂蛋白胆固醇的
能力。虽然大多数心脏病患者都没有携带这类突变，但这并不重要。
对这些突变的研究发现了降低胆固醇水平的方法，这些方法不仅对
那些患病家庭成员有效，而且几乎对每一个人都有效。基于这些发
现，研究者研制出了降低低密度脂蛋白胆固醇水平的药物，这些药

物后来被证明引发了一场治疗心血管疾病的革命。

　　人类基因组计划带来的真正奇迹，或许不是为找到某个独一无二的致病基因（这种基因甚至可能根本就不存在）提供了机会，而是使科学家拥有了研究清楚精神分裂症在大脑中发生机制的能力。SHANK2基因只是诸多研究发现中的一例，还有一项是罗伯特·弗里德曼的CHRNA7基因，这个基因负责大脑的信息处理过程。在德利西和麦克唐纳开展研究的同时，位于剑桥的博德研究所——那个隶属于哈佛大学和麻省理工学院，主导精神分裂症全基因组关联分析的机构——的一个团队发表了一项引发高度关注的研究成果。这个团队在一个叫作C4A的基因上鉴定出了一个突变，这个突变似乎会导致突触的过度修剪。[2]这个突变在人群中出现的比例虽然比SHANK2基因上的那个突变更高，但仍然非常罕见，因而暂时还没有针对这种突变的药物。这项研究提示，精神分裂症患者可能在青少年时期修剪掉了一些大脑中未来需要的突触，这是对精神分裂症发生机制的另一种解释。虽然不太清楚加尔文家的成员是否携带C4A基因的突变，但他们还是为这项研究做出了些许贡献：他们是最早把自己的DNA捐赠给数据库供博德研究所的团队分析的家庭之一。

　　2016年末，德利西和麦克唐纳的研究发表在了《分子精神病学》（*Molecular Psychiatry*）杂志上。虽然无法百分之百地确定是SHANK2基因的这个变异体导致加尔文兄弟患上了精神分裂症，但这个结论与德利西和麦克唐纳的发现至少在方向上是一致的。从德利西第一次在樵夫谷加尔文家的客厅里见到这家人算起，已经过去30年了。她或许终于找到了一个答案，可以回答一直困扰着这个家庭的那个问题：为什么？

伴随这个答案而来的也有惊讶。首先，基因组中有三个不同的SHANK 基因（SHANK1、SHANK2、SHANK3），这些基因不仅与精神分裂症有关，也和其他一些精神疾病存在联系。在此之前，有研究者分别研究过每个SHANK 基因与自闭症以及其他一些脑部疾病之间的关联。³ 现在，综合所有这些研究发现，科学界认为至少一部分精神疾病其实都是同一个精神疾病谱系的一部分：在携带某些SHANK 基因突变的人中，有的人可能会患自闭症，而另一些人则可能患双相情感障碍或者精神分裂症。

这种疾病谱系的概念似乎非常符合加尔文一家的情况。例如，医生对彼得的诊断就游移在精神分裂症和双相情感障碍之间，而唐纳德在患病早期也曾被诊断为狂躁症，服用过锂盐，后来医生才让他改服常见的抗精神病药物。乔的所有症状都跟吉姆不同，吉姆的症状又和马修不同，而且毫无疑问的是，没有人的症状和布莱恩一样。然而在这项研究中为德利西提供过样本的所有 7 个兄弟——其中有一些尚未诊断出患有精神疾病——携带的都是同一个突变，而且突变所在的基因在其他精神疾病中也表现突出。

"琳恩是对的。"麦克唐纳说。对多发性精神疾病家庭的研究，最终都会落到家庭成员所携带的相同基因上。但具体的表现是因人而异的，"这些家庭都有不止一人患病，他们在症状上的差异表明，相同的遗传因子会导致个体患上有着细微差别的不同疾病"。

类似加尔文家的突变这样的发现，或许早晚会引发对精神疾病的全新认知。在一些领域中，这种情况已经在发生了。2010 年，当时的美国国立精神卫生研究所所长、精神病学家托马斯·因瑟尔呼吁研究界将精神分裂症重新定义为"一系列神经发育障碍"，而不是一种单一疾病。[4]停止将精神分裂症视作一种单一疾病或许是一个开始，将使各界慢慢不再视患有精神分裂症为耻。精神分裂症会不会不是一种疾病，而只是一种症状？

"我做一个对比，很多年前，临床医师还把'发烧'视作一种疾病。"约翰·麦格拉斯说。麦格拉斯是澳大利亚昆士兰精神卫生研究中心的流行病学家，也是精神病患人口量化领域的世界级权威。"之后他们把发烧分成了不同的类型。再然后他们意识到发烧只是一种很多疾病都会有的非特异性反应。而精神病只是大脑运转不良时人表现出的状态。"

第二个令人惊讶的发现和咪咪有关。几十年来，咪咪一直坚称孩子们的病源自多恩的家族那一边。在她看来，多恩的抑郁史可以证明这一点，研究加尔文一家的专家也没有可以反驳这种观点的证据。"我们一直在寻找从这一家的父亲身上遗传的东西。"麦克唐纳说。

然而德利西和麦克唐纳的研究发现，SHANK2 基因的突变源自咪咪这一边，这表明咪咪才是导致加尔文兄弟患病的突变基因的携带者。在另一项有关 SHANK2 基因和精神分裂症的关系，与麦克唐纳和德利西的研究几乎同时发表的论文中，研究者报道了另外几个未患病的母亲将突变遗传给儿子，从而导致其患病的病例。[5]父亲也可能是未患病的携带者，因为 SHANK2 基因没有性别特异性，这个基因并非位于性染色体（X 染色体或 Y 染色体）上，而是在第 11 号染色体上。

为什么 10 个男孩中有 6 个患有严重的精神病，而 2 个女孩却都没有患病？一种可能是这完全是运气——没有患病的两姐妹和另外四个兄弟可能只是命运的骰子掷得好。但也有可能像德利西和合作者在研究中指出的那样，加尔文家SHANK2突变引发的问题表明，存在一种能影响精神分裂症发生的"与性别有关的未知影响因素"。但假如真的存在这种因素的话，这种因素仍然不能解释为什么另外4个儿子没有患病。

或许孩子只有在同时携带咪咪的SHANK2突变和遗传自多恩的某种遗传因子时才会患病？也就是说，或许单独的SHANK2突变并不会导致患病，只有另一种突变也同时存在的情况下，人才会患上精神分裂症。这就是基因突变有时候导致精神分裂症的一种方式。遗传学家凯文·米切尔曾指出，某些突变在不同的人身上会有不同的表现：同样的突变在有些人身上会引发癫痫，在另一些人身上会引发自闭症或者精神分裂症，而在其他一些人身上则不会产生任何影响。[6]有时，一个人基因组上的另一种罕见突变会和第一种突变共同作用，对人体产生某些影响。

导致加尔文兄弟患上精神分裂症的基因缺陷可能不仅仅是咪咪或者多恩一个人的错，而是两个人基因缺陷的共同结果。这种共同的结果就像一杯完全原创的鸡尾酒，威力之强足以改变这个家庭所有人的人生。

第 37 章

2016 年

科罗拉多州，丹佛市，科罗拉多大学医学中心

德利西和安进公司的新搭档们在剑桥追踪 SHANK2 基因的同时，罗伯特·弗里德曼则继续在丹佛开展他的研究工作。和德利西一样，弗里德曼在研究早期很长的一段时间里也曾感受到希望，但随后又经历了痛苦的反转：先是分离出了第一个确定在精神分裂症的发生中起着重要作用的基因，体会过随之而来的那种兴奋，然后又眼看着激活这个基因所编码的受体的药物试验失败，感到心痛不已。他遇到了死胡同，现在正在寻求其他出路。他知道这个基因很重要，因此在寻找修复或者增强这个基因的新策略。

对于他十分看重的 CHRNA7 基因，有一个想法一直盘桓在弗里德曼的脑海里。他认为当研究者们发现一个人的 CHRNA7 基因存在异常时，或许已经太晚了，因此无法帮助像加尔文兄弟这样的成年患者。和很多基因一样，CHRNA7 基因在胎儿还在子宫中的时候就

开启了。弗里德曼倾向于将婴儿的大脑发育视为一系列电脑升级：胎儿最初搭载的是一个非常简单的"操作系统"，随着生长发育，会"安装"更为复杂的系统。根据弗里德曼的了解，这个基因在子宫中被开启后的作用是帮助"安装"最终版的"操作系统"，我们成年后使用的就是这个系统。这意味着在婴儿出生之前，骰子就已经被掷出了。如果一个人是否患精神分裂症取决于 CHRNA7 基因的情况，那么避免一个人患精神分裂症的唯一办法就是在他（她）出生前"修好"这个基因。

弗里德曼的目标非常明确，如果能修复子宫中的胎儿的 CHRNA7 基因的缺陷，就有机会将精神分裂症遏制在萌芽状态，防止疾病最终发生。如果真的能做到这一点，弗里德曼或许就能使有精神分裂症遗传易感性的人（以及他们的后代）避免患病。这是他能想象到的最为现实的目标。然而要想以孕妇为受试者开展药物研究，需要获得美国食品药品管理局的批准，但获得批准的可能性应该不大。直接给未出生的胎儿使用药物则几乎绝无可能。

弗里德曼需要的是一种不涉及手术也不涉及合成药物的方法。神奇的是，他发现乙酰胆碱——大脑中负责执行他希望纠正的那个信息处理过程的物质——并不是 CHRNA7 基因编码的蛋白[①]一开始时最需要的。在胎儿期，这个蛋白实际需要的是一种没有毒性的良性营养素，可以在美国每一家营养品商店买到。

胆碱存在于人们日常所吃的各种食物中，包括蔬菜、肉类、蛋类和禽类。通过羊水，孕妇腹中的胎儿每天都可以从母亲那里获取

---

① 也就是前文中提到的 α7 受体。——译者注

到胆碱。弗里德曼的想法很简单：对于那些怀的孩子有精神分裂症易感性的孕妇，如果在孕期服用大剂量的胆碱会有什么效果？胆碱或许也可以被用作营养补充剂，使原本有患病风险的孩子的大脑健康发育。这有一点类似为了防止婴儿出现脊柱裂和腭裂，孕妇被建议服用含叶酸的产前维生素。

食品药品管理局批准了这项实验。弗里德曼在丹佛的团队开展了一项双盲研究，让一些准妈妈摄取高剂量的胆碱，同时确保对照组的孕妇食用足够的肉类和蛋类，避免出现有人胆碱摄入量不足的情况。研究团队在婴儿出生后对他们开展了双咔测试，他们发现在子宫中得到胆碱补充剂的婴儿的听觉门控能力要优于对照组的婴儿：76% 的实验组婴儿拥有正常的门控能力，而门控能力正常的对照组婴儿的占比只有 43%。① 在这项实验中，甚至很多携带异常 CHRNA7 基因的婴儿也拥有正常的听觉门控能力。随着这些婴儿慢慢长大，好消息也持续而来。弗里德曼的团队在第 40 个月时发现，与实验组的婴儿相比，对照组婴儿的注意力更容易不集中，而且表现出更强的社交退缩行为。胆碱似乎对所有人都有非常好的效果。

弗里德曼有关胆碱的研究最终于 2016 年发表，[1] 博德研究所有关 C4A 基因的研究以及德利西有关 SHANK2 基因的研究也在同年发表。2017 年，美国医学会通过一项决议，指出产前维生素中应该包含更高剂量的胆碱，以预防精神分裂症和其他脑部发育疾病。[2] 从弗里德

---

① 要记住，双咔测试是用来检测感觉门控能力的，而感觉门控能力异常只是精神分裂症诸多表现——具体有多少种目前仍然未知——中的一种，因此用双咔测试来预测精神分裂症未必会百分之百准确。基于这些原因，对照组中那 57% 感觉门控能力异常的人仍然有可能不会患精神分裂症。

曼开始研究精神分裂症算起，已经过去 30 年了。在研究的道路上，他至少有一次走入过死胡同。对于那些在出生前高剂量摄入胆碱的孩子，或许只有时间才能说明在随后的数十年间他们的机体会受到何种影响。但通过与加尔文一家的合作，弗里德曼至少找到了一种能够扭转局面，预防精神分裂症的方法。

2015 年秋，弗里德曼去纽约参加了一个由脑与行为研究基金会赞助的年度研讨会。这个组织以前叫美国精神分裂症与抑郁症研究联盟，为精神疾病新疗法的研究筹集过数百万美元。弗里德曼有关胆碱的研究成果这时已经在领域内传播开，他此次来是要接受精神分裂症研究领域的最高荣誉——精神分裂症研究杰出成就奖（利伯奖）。

在纽约，与弗里德曼一起庆祝的是南希·加里，她和丈夫山姆曾经资助过弗里德曼所在的科罗拉多大学精神病学系。弗里德曼的胆碱研究引发了南希的无限遐想。很多年前，她和山姆曾捐资为科罗拉多大学医院的精神疾病患儿建造了一个活动馆。如今，南希已经 80 多岁，山姆则已经超过 90 岁，他们都承诺要继续支持弗里德曼接下来的工作，追踪那些在子宫中高剂量补充了胆碱的孩子在未来几十年中的成长。他们明白，如果胆碱真的作用非凡，那么某些类型的精神分裂症将会像腭裂一样容易治疗。"这个人太优秀了，"南希说，"无论他做什么我都会支持他，因为他太棒了。"

南希还邀请了一个人和她一同乘私人飞机来纽约，这是一位弗里德曼好几年没见的故人。自从她和哥哥彼得一起住在博尔德后，弗里德曼就再没见过她。直到南希重新把琳赛介绍给他时，弗里德曼才想起他们之间的联系。这和电视剧《这就是生活》中的情节很像：他最慷慨的一位赞助人也一直在帮助他所研究的最大的家庭。

在博尔德生活了很多年后，琳赛和里克搬到了维尔镇，琳赛继续做着公司活动策划的生意，而里克成了一名滑雪教练。他们一起养育了两个孩子，女儿凯特和儿子杰克，现在都已经十几岁了。琳赛和南希有好几年没有联系了，直到有一天她们在维尔镇的滑雪坡上偶遇，当时杰克和南希的一个孙子正好在同一个滑雪组。这次重逢让南希非常开心，她邀请琳赛和玛格丽特姐妹俩参加她在维尔镇的家庭聚会。咪咪没有参加这次重聚，她和南希·加里的交往早就已经成为往事，但琳赛和玛格丽特对重新联系上加里一家感到非常兴奋，因为这个家庭彻底改变了她们的人生。

琳赛带着女儿凯特去参加了纽约的研讨会。南希把她们安顿在皮埃尔酒店，并且大家坐在一起听弗里德曼发表获奖感言。"那些涵盖人从出生到死亡全过程的研究有很多让人感到不幸的地方，其中之一是你和被研究者在一起变老并走向死亡。"弗里德曼的开场白引得观众哈哈大笑。"等我们完成这项研究的时候，我都要135岁了。到时候这个项目的某个年轻研究者必须来养老院找我，告诉我研究有没有按我计划的那样发展。"

会后，当弗里德曼有空聊天时，南希笑容满面地告诉他说，是她把琳赛送到霍奇基斯中学，在加尔文家最糟糕的时候带琳赛姐妹俩逃出生天的。

琳赛默默地微笑着，决定不去争辩。严格意义上说，给琳赛支付霍奇基斯中学学费的不是南希，而且她姐姐比她早离开家3年。当南希赞扬起琳赛和她做过的一切时，琳赛笑得更真心了。南希告诉弗里德曼，这是她拯救下来的那个女孩，那个躲过不幸活下来的女孩。

咪咪

唐纳德	彼得
约翰	**玛格丽特**
迈克尔	**琳赛**
理查德	
马克	
马修	

第 38 章

嗨，加尔文家的家伙们：

来自研究前线的新消息！哈佛的研究团队希望抽取咪咪和爸爸孙辈的血液样本，但年龄必须在 18 岁以上才行。这是在继续为精神分裂症研究做贡献。

咪咪和爸爸从 70 年代后期就一直积极参与研究。今年秋天德利西博士会派一个采血员来。我想我们可以就此庆祝一下。

我知道大家都想找到这种悲剧性疾病的解药。相聚的时间和地点待定。

爱你们！

玛丽

琳赛给家人的电子邮件

2016 年 9 月 9 日

11 月的一个星期天，加尔文家的十几个人应邀来到玛格丽特在博尔德的家里。这次家庭聚会的目的是要从没有患病迹象的加尔文家人身上采集尽可能多的 DNA 样本，用作研究者已有样本的对照材料。德利西的一名助手和一名采血员为此专门乘飞机赶来，采集到的样本会被采血员带回波士顿。

"这就像一个抽血派对，"玛格丽特说，"应该在万圣节的时候举行的。"

那年夏天，在有关 SHANK2 基因的研究结果发表前，德利西联系了加尔文一家。家里当时完全没人能想象到他们的血液样本会成为美国国立精神卫生研究所探究精神分裂症遗传学基础的基石——之后几乎所有精神分裂症的遗传学研究中都包含了从加尔文一家获得的研究数据。德利西已经有几十年没和这个家庭联系了。联系或许是在 20 世纪 80 年代晚期断掉的，当时德利西的一位同事在她初次访问加尔文一家后接过了与这个家庭联系的工作。当这名研究者打来电话时，不管接到电话的家庭成员是谁（现在已经很难查清了），他（她）都不愿意安排见面，并且让对方别再打来了。这种情况时有发生，有时有些家庭会改变主意，有时则是因为研究者的电话来得不是时候。

当然，德利西的研究中并没有写明加尔文一家家庭成员的姓名。但她还是很热切地把有关基因突变的消息告诉了琳赛，琳赛又告诉了她姐姐和母亲。刚满 90 岁的咪咪在听到这个消息后有些羞愧。多年来她都把病因归咎于多恩的家族那边，现在她无话可说，只能羞愧地笑笑。虽然母亲的猜测现在被实打实地证明错了，但琳赛和玛格丽特没有丝毫幸灾乐祸。不过她们也很兴奋，因为这项很早之前就开始的研究如今还在继续，而且很可能已经有了一些发现。这么多年来，她们第一次感觉到了希望。

研究人员未来不会告诉被抽血的人他们携带的是不是突变的SHANK2 基因，DNA 测序的结果也只会被用于研究，并且是匿名使用的。"在发表的研究论文中，我们只有数字编号，没有名字。"玛格丽特说。但当玛格丽特和琳赛看到哪些人来了，哪些人没来时，她们还是有点惊讶——有人愿意接受自己可能携带了问题基因，也有人立刻表现得好像问题从来不存在似的。她们的哥哥迈克尔来了，但他好像不是很高兴，对他来说这有点像是在旧伤口上撒盐。咪咪的妹妹贝蒂已经年近 90，她结婚后生下的孩子似乎都没什么精神问题，这对咪咪一家打击很大。贝蒂现在仍然生活在东海岸，因为路途太远所以没来，她的孩子以及他们的家人也都没来。晚辈们尤其来得参差不齐。迈克尔的孩子们来了，马克的孩子没来，理查德 17岁时生的儿子甚至光听到要来的建议就非常恼火。

医务人员告诉琳赛，有人不来很常见，他们害怕这种疾病，甚至都不愿意想起。

一周后，我访问了加尔文一家。咪咪从卧室小步挪下一段楼梯。她走得很稳当，助行器边上挂着一个便携式的氧气瓶，最后在厨房找了一把椅子坐下。

"我的关节炎很严重，已经换过关节，"几个月前她曾在电话里说，"我就像电视剧《无敌女金刚》的那个女主角。"她觉得我会笑，又说："这并不好笑，亲爱的，等你老了就知道了。我动过两次髋部手术，现在 90 岁了，他们可能还会让我做一次手术，可是我太老了。我真的太累了。"

咪咪眼睛里有一个血凝块，阅读对她来说变得很困难。"捧着一本好书阅读的感觉再好不过了，"那天她在厨房里说，"只是我的手现在状况太差，已经拿不住书了。"她的两只耳朵都配了助听器，得不停地摆弄，要是有很多人同时说话，还是会听得很费劲。但她能听萨尔茨堡音乐节录音版的《唐璜》。"一个人在家时，我可以把歌剧的声音想调多大就调多大，还能听芭蕾，什么都行。"她的脑子还像从前那样清醒，还是那个倔强的自己——聪明、坚强、博览群书，经受得住各种可怕悲剧的打击，仍然很不喜欢自我反思。

姐妹俩都非常熟悉咪咪想要转移话题时的娴熟技巧，知道她可以把让人不适的谈话巧妙地引导到她在联合会时的经历上去，比如"我们那时遇到的人，那些美妙的夜晚，我几乎都可以写本书了……"。或者她会说起自己还是一名少女时对纽约的探索，又或者会谈起多恩的军旅生涯。她还把用鹰作为空军吉祥物的点子归功于自己。"很多人都说自己是第一个建议用鹰作吉祥物的人，"她说，"这些都是假话。"

姐妹俩小心地想把她引到更有意义的话题上，尽管这会让咪咪不太舒服。咪咪没有主动挑起话题，但她回答了几个关于南希·加里的问题，说起以前她、多恩、南希和山姆交往的岁月。"我们当时关系挺近的。"她说。但她没有和南希发展出单独的亲密友情。"据我了解，南希从来不是能发展成闺中密友的那种人。"咪咪冷冷地说。

"那我那时为什么要去跟他们一起生活呢？"玛格丽特问。

咪咪转向女儿说："噢，因为我们当时有4个孩子同时在医院。"

"我知道，我知道故事的这部分，"玛格丽特说，"但如果你们不是特别好的朋友，为什么他们会收留我呢？"

咪咪摆摆手，随口打发掉了这个问题："我真的不知道。哦，她知道布莱恩死了，就打电话过来了。"

咪咪越觉得左右为难，就越会固守自己的完美主义。"我不再画画了，"咪咪看了看玛格丽特说，"主要是因为我比不过我女儿了。"玛格丽特后来拾起了画笔，跟自己长大了一些的女儿们一起画，而且画得很不错。和母亲过去的油画一样，她也以自然为主题，但更为大胆，更有创意，甚至还卖出去了几幅。

咪咪转过身，看着琳赛。"**她**总有事情做，会办很大而且很**漂亮**的派对。但她没签下那份合同！"她轻声笑了起来，又说："为了和那家石油公司签这份合同，她花了很大一笔钱办了一个派对。"

琳赛的脸上一直挂着笑意。她尽可能地提起自己最近承办的几个活动，甲方分别是一家投资公司和一家医疗保健公司。

"她已经入行 20 年了，现在手里有非常多的客户，"咪咪说，"她曾经说：'妈妈，我做这个的时间不会长，这不是什么费脑子的工作。'但收入挺高的。她本来应该去读研究生的！"

咪咪转向琳赛。"你明年打算退休吗？"

"希望吧。"琳赛说。

"希望吧，"咪咪重复说，"然后她要开一家书店，这样她就能读书了！"她凝视着两个女儿。

"我们俩，我们三个人，都喜欢读书，"她说，骄傲地露出笑容，"我们**都是**书虫。"

***

儿子们现在都没有和咪咪住在一起。三年前，咪咪因为中风歇了几个月。她的身体在这之后太虚弱了，没法再在家照顾唐纳德，因此唐纳德搬到了松尖园护理院。为此咪咪很难过。她喜欢有唐纳德的陪伴。但咪咪还是会见到他们，还是会对生病的儿子们厉声斥责，尤其是彼得和马特，他们的卫生状况让她咋舌。**把裤子拉链拉起来！你的皮带呢？去冲个澡。**

对于咪咪的这种态度，玛格丽特和琳赛多多少少能够理解。但他们系上领带，穿上运动外套就会好一些了吗？这些不都是无关紧要的小事吗？"她没法跟我们祖露她对任何重要事情的真正想法，"玛格丽特用母亲听不清的音量说，"但对米饭的做法却能侃侃而谈。"

坐在厨房桌边的姐妹俩都笑了起来。

"妈，"琳赛逗她说，"如果你多对我们表示一点肯定，家里就不会有人得精神分裂症了。"

咪咪立马回她说："我的问题，就是对你们肯定得太多了。"

慢慢地，在女儿们的引导下，咪咪说起了过去发生的事情，以及她的真实感受。

她记得吉姆在 16 岁时曾举着一个大罐子威胁她，也记得唐纳德在自己的药被放错地方后想要掐死她。"这把我吓坏了，"她说，"要不是还有三四个其他男孩在，我估计我已经死了，因为他当时真的掐住了我的脖子。"

吉姆和乔都死于本该有益于他们的药物，对此咪咪并不懊悔。"这两个孩子经常去医院，抱怨自己胸痛，但没人理他们，"她说，"因为他们有精神病，而且心脏也都有问题。"

她回忆起在知道弗洛登斯坦神父的所作所为后自己遭受了多么大的打击。咪咪说她和多恩从来没怀疑过，因为谁会怀疑这种事呢？"唉，我们完全不是那种警觉的父母，一天天就这么没心没肺地过。"

她谈到了多恩脆弱的精神状态，认为这跟他的战争经历有关。"他亲历过很多战斗，但从不说这些事。我觉得他只愿意把这些经历留在心底。"战争结束 10 年后，多恩在被派驻加拿大期间曾经住过院。"空军部很惊慌，因为多恩是情报官员，他们想让他赶紧出院。于是他被转到了沃尔特·里德医院。没发现他有什么病。那时候可没有什么创伤后应激障碍。"

当谈到自己因为儿子的精神病而受到的指责时，咪咪坐直了身子："我和多恩都跟医生探讨过孩子们的病情，但其他人却把我们钉上了耻辱柱。我们成了世界上最差的父母。这让我们感到糟透了，重重地伤害了我们。我和多恩在精神上受到了很大的打击。你会觉得无能为力，因为你不知道该怎么办，也没人可以倾诉。我们过去是个体面的家庭，人人都把我们当楷模。发生了这种事，我们感到非常羞耻。"

咪咪现在终于卸下了重担，能坦然谈论这种耻辱感。"噢，这就是事情的全部，非常让人难堪。其他人对我的指责让我很受伤，我甚至觉得自己无法跟朋友谈起这件事，只能搁在心里，这很难。那时候我对教会的依赖多少帮助了我，我把教会视作我命中注定的信仰。"

"我很受打击，"咪咪说，"因为我认为我是个好母亲，每天晚上我都会烤个蛋糕，做个馅饼，或者至少会做个淡奶油果冻。"

***

　　玛格丽特心里会不断涌起对母亲的同情，同时又无法挥去对她的责怪：为什么母亲无视其他事情——包括自己所期望的那种亲密的母女关系——把生命中的一切都花在了唐纳德和其他患病的儿子身上？"我永远得不到我的母亲，"玛格丽特说，"就因为唐纳德。"她幽幽地看着母亲，觉得她是在自食其果。"她总是这样我行我素，"玛格丽特说，"这严重影响到了她和我们这些没患病的孩子的关系。她最后是输了，她把那些本可以对她好的人都拒于千里之外。"

　　在玛格丽特眼中，被咪咪拒于千里之外的人还包括她的父亲。"我不知道，我不是在为他的婚外情开脱，但我觉得他们双方都有很多值得反思的地方。"

　　玛格丽特现在能想通很多年轻时不能理解的事了。这么多人的一大家子，情况不失控、一点事情不出才叫奇迹呢。

　　"首先，我觉得生12个孩子就是欠考虑的，"玛格丽特说，"而且他们还期望每个孩子都能成长为最佳美国人。"

　　玛格丽特和怀利现在有自己的家庭，有两个十来岁的女儿，艾丽和萨莉，但童年时可怕的记忆仍在她脑中挥之不去。玛格丽特永远不会忘记儿时唐纳德和其他哥哥给她造成的那种不安全感，因此她不会独自去看唐纳德，也不想唐纳德靠近她的孩子。现在的她结了婚，有了家庭，生活安逸，拥有了很多哥哥没能拥有的幸福生活，但这又会让她感到愧疚。哪怕是在露露柠檬（Lululemon）服装店给女儿们买价格不菲的打底裤，也会让她陷入一阵惶恐的自我评判中。她几个生病的哥哥从来没有机会过上这样的生活。

过去，当他们一点点变疯的时候，我在乡村俱乐部游泳，玛格丽特在日记中写道，**现在，他们仍然是疯的，我还在同一家乡村俱乐部游泳。**

于是玛格丽特想出了一个折中的办法。她远远地伸出援手，寄去钱和礼品卡，在电话里给妹妹打气，一边听一边表达同情。但她仍然觉得自己太脆弱了，无法参与到他们的生活中去。"这就好像往一个没有底的玻璃杯里倒水，你是永远没法把杯子装满的。任何帮助他们的尝试都是徒劳的。不是他们不想变好，而是没办法变好。我没法像琳赛那样，只能老老实实待远点。"她几乎不再去医院探望患病的哥哥们，少数几次去也没有带上自己的孩子。

"我在摆脱家庭创伤的自我治愈之路上非常孤独。"玛格丽特说。

琳赛很庆幸有个姐姐可以倾诉，因为"这让你知道还有其他人懂得你在说什么，并且理解你所承受的那种深刻痛苦"，但玛格丽特与全家的疏离如今更像一种离弃。琳赛决定做的事情跟姐姐正相反，她继续关心着哥哥们，去看望母亲，做该做的事。让母亲和哥哥们头疼的那些跑机关部门的差事都是琳赛去办的，包括争取社保福利、采买住在精神病院等机构时最适合的生活用品、代为管理他们的医保、所吃的药效果不佳时跟医生申请换药，等等。哥哥们和咪咪的代理责任她也都接管了过来。在扛起照护整个家庭的重担时，琳赛觉得儿时崇拜的母亲好像附身到了自己的身上。这种孜孜不倦的奉献热情让两位医生——德利西和弗里德曼——在第一次拜访时就印象深刻。

"我的父母受到了很大的打击，"琳赛说，"我父亲真的垮了，我母亲也完全变了个人，要照护全家。"

琳赛知道自己的行为跟姐姐完全相反。玛格丽特选择躲避，而琳赛觉得不能对明显应该做的事情视而不见。

"我会竭尽全力，不求别人帮助，"琳赛说，"要是求别人，我会厌恶我自己的。"

***

2017年年初，咪咪又中风了，琳赛照例是第一个赶回来的。咪咪被送进重症监护病房后，迈克尔和马克也过来跟琳赛换班看护母亲。连马特也来了。

3月，咪咪回到家接受临终医疗关怀。她躺在床上，但没有连接任何监测设备。除非请人全天候看护病人，否则临终医疗关怀其实算不上真正的照顾，只是家属自己给病人注射吗啡等药物，并根据照护指南满足病人的需求。就咪咪而言，这意味着她的家人需要处理失禁和导管之类的事情。

咪咪回家后，玛格丽特也加入到了照顾母亲的队伍中。她握着咪咪的手，给她做轻柔的按摩。迈克尔在一旁用吉他弹奏着巴西风情的旋律。琳赛忙着整理屋子。兄妹三人会聊起那些老电影，享受着彼此相伴的时光。这样过了10天后，咪咪突然又开始进食了。

"我以为我快死了，"她说，"所以我才一直不吃东西。"

然后她要了一只嫩嫩的水煮蛋。

***

玛格丽特的大女儿艾丽计划去一次西海岸，参观各所大学。在听取了琳赛的意见后，玛格丽特决定为了艾丽，她应该一起去。

但就在玛格丽特出发那天，一系列突如其来的事件让琳赛措手不及。

先是哥哥马特开着他那辆老爷车回来了。他过去教过琳赛踢足球，现在仍然在服用氯氮平，住在政府补助住房里。

然后迈克尔开车把彼得也接来了。他曾经在博尔德和琳赛住过一段时间，现在是普韦布洛精神病医院的住院病人，在接受常规的电休克治疗。

接着是唐纳德，咪咪的保姆黛比从看护中心把他接回来了。他是孩子中年纪最大的负担，琳赛小时候曾经幻想过把他绑在木桩上烧死。

三个生病的哥哥都回到了家。很快就会只剩下他们仨，他们的母亲以及琳赛了。

玛格丽特马上就要出门了。

琳赛知道这不过是一时的事，哥哥们只是过来看看。但这不重要，刹那间，琳赛仿佛变回了 10 岁的自己，又成了那个无人问津、孤立无援的小女孩。她竭力控制自己，但那种感觉就像肌肉记忆一样迅速袭遍她的全身：**曾经的一切又回来了。**

在之后的几个星期里，玛格丽特会过来待上一两个小时，但坚决不会多待。4 月，她按计划跟朋友结伴去卡波圣卢卡斯度假，又从那里前往科罗拉多州的王冠峰，在那里与怀利和孩子们度过了一段假期。

琳赛对姐姐感到非常愤怒。只要家里有谁没来看咪咪，都会让琳赛窝一肚子火。马克住在丹佛，看在上帝的分上，他到底是被什么绊住了，不能驾车回来待一天？理查德也是，过去对咪咪很关心的，现在跑哪儿去了？甚至琳赛崇拜的约翰，都选择不回来看望咪咪了。他说他宁愿用记忆中咪咪的样子来想念她，而不是咪咪现在这个样子。

"他们觉得我事事亲力亲为很奇怪，"琳赛说，"我觉得他们什么都不做才奇怪呢。"

唯一例外的是哥哥迈克尔。2003 年，这个曾经的大农场嬉皮士娶了他的第二任妻子贝琪。贝琪是附近曼尼托泉市市议会的议员。迈克尔仍然留着马尾辫，一边帮贝琪经营她的园艺生意，一边还会接活在当地的餐馆演出。迈克尔如今过着完全健康、务实的生活，没再发过精神病，不再有妄想，已经告别了精神分裂症。迈克尔对生病兄弟的照顾让琳赛更爱他了。"迈克尔认为传统的精神病治疗毁了他们，这是真的。我是说，这一点毫无疑问。"她说。琳赛认为，只消看看哥哥们的状态——体重超标、震颤、旧习难改、自顾不暇——你就会发现自从他们第一次发作精神病以来，他们就从来没有朝治愈的方向前进过一步。

琳赛后来尝试过其他一切办法。"我不知道还有什么办法，"她说，"我只能说，'好吧，迈克尔，如果你愿意把他们带回你家，不再吃药，当然可以，就这么做吧'。"

迈克尔在临终关怀方面有些经验。多年来，他照顾过博尔德的一个男病人，甚至他岳父，还有父亲多恩，也都是他照顾到最后的。琳赛叫迈克尔过来照顾咪咪，和保姆黛比以及一位叫杰夫·切尼的世交分摊工作。三人都由咪咪的账户支付薪水，账户里的钱来自多恩的军人退伍金以及琳赛负责照管的存款。

这笔钱迈克尔用得上，但真正令他难以拒绝的原因是，要照顾的这个人影响了他的整个人生。但迈克尔很快就发现，无论咪咪多么虚弱，掌控一切的仍然是她。比如，迈克尔知道她爱吃肯德基的食物，因此告诉她晚上会带肯德基的炸鸡给她当晚餐，但咪咪会拒绝，说自己前一天晚上吃过了，而如果迈克尔改煮意大利面，咪咪又会说面煮太多了。

"真让人不懂，"迈克尔说，"我气得差点就把面倒在她头上。"

咪咪

唐纳德　　彼得
约翰　　　玛格丽特
迈克尔　　琳赛
理查德
马克
马修

第 39 章

"我必须——非常慢。"咪咪一字一顿地说，她的话有点含糊，但笑容不减。"我有，我有闹部——脑部——问题。所以我的脑子很乱。你得说清楚点儿，声音大点儿。"

从咪咪嘴里说出的话，有一半都不是她本来想说的。整整一分钟，她都在反反复复地说着"奥地利"这个词，而实际上她想说的是"印度"。"她说的大部分话都像没关闸流出的水一样。"加尔文家的老朋友杰夫·切尼说。他是过来照顾咪咪的。但咪咪仍不放弃解释，而且还会一边说一边咯咯笑。

"玛格丽特在这儿。她那样——你知道的。我的嘴巴在那里——也许也要走了——我们等着看——但因为我——你知道——我的最初是因为变老，变得特别老而 8 美元。"

咪咪无力地嗤嗤笑着，有点恼火。"太糟糕了。但我会努力试的。我有时会练习说**男孩**，**学校**，但今天只练习说**男孩**或者书!"

她又笑了起来。"所以我在一点点努力。真糟糕。情况不太好。我想，到现在，我已经**完了**。"她笑的声音更大了，然后说了句比较清楚的话。"那个，就像玛丽说的，'妈妈，你现在只是说话时需要多花点时间而已！'。"

咪咪身边的人已经学会解码她在失语症的混乱中试图表达的意思。他们在地下室放了一张医院的病床，让护理她的人方便起居。每天都会有新情况，膀胱感染、胃不舒服、恶心想吐，接连不断的病痛只能靠吗啡来缓解。但咪咪还能看电视，无论是电影、有线新闻，还是她最爱的《雷切尔·玛多秀》。虽然她早已习惯了孤独，但现在还是感到无助，一个人待着，想到需要做的杂事，就会感到不安，直抹眼泪。大部分事情都是她臆想出来的，但那些想法就像从已经满了的污水处理池漫出的污水一样，不断冒出来。咪咪有生以来第一次产生了妄想。

琳赛在咪咪身边待得越久，就越能理解母亲，或者认为自己是理解的。当需要把一个复杂的想法告诉咪咪时，琳赛有时会把想法写在便条上。当咪咪不断拒绝食物，要求吃别的东西时，琳赛会在给她的纸条上写说，她认为这都是母亲想在人生尽头试图操控一切的最后努力。咪咪同意这一点，但她还是会固执己见。

因为失语症，咪咪不再像过去那样能控制谈话。"这是我儿子。"咪咪会介绍唐纳德说。她的长子最后决定来看她，还带来了鲜花，咪咪显然非常喜欢。"他不是经常来看我。"咪咪说。"我们今天**探了**天，但过去不在家的人现在也回来得多了。一个疯子，你知道的。"她笑起来。

唐纳德穿着平常的工装短裤，牛津衬衫没有扎到裤腰里。他坐在母亲病床的尾端。他对咪咪的病情没有什么反应，至少表面上看不出来。唐纳德现在大部分时候都很安静，很难知道他在想什么。

但琳赛注意到，自从他住进护理院，他的步态就更轻盈了，笑容也多起来。"我感觉过去母亲让他在家与世隔绝真的对他不好。"琳赛说。咪咪的保姆黛比还兼职陪护唐纳德，每隔几天会去接他，载他去外面转转，或者去林地公园散散步，更多时候的计划是让他来看望咪咪，但唐纳德往往最终又决定不来。"她太爱指使人了。"唐纳德对黛比说。

但今天，他来了。由于咪咪无法打岔，唐纳德可以尽情谈话，不会被打断。他还准确记得家里所有人的名字，甚至记得弟弟妹妹们的配偶和他们的子女的名字，以及他们居住的城市。这些年来他似乎一直都很关注身边的情况。但没过多久，他就分心进入了幻想中，仿佛开车拐下公路，驶入了无人之境。

"我承包了学院的驯鹰系统，"他说，"吉祥物，是我想出来的。我也是那方面的建筑师。我设计了学员教堂。我们的圣母建造了它，但她为了感谢我所做的一切，使用了我的设计。"

唐纳德说多恩和咪咪不是他的亲生父母，说他实际上比出生证上的出生日期早出生 5 年，并且不是在美国，而是在爱尔兰，出生在另一个也姓加尔文的家庭。"我父母用了加尔文这个姓，但他们的祖上并不姓加尔文。"唐纳德说。他还说，他是在他的亲生父母去世后才来到现在这个家庭生活的。

唐纳德把咪咪称作自己的妻子，把已故的父亲称为"她的丈夫"。唐纳德还说，养育他的多恩·加尔文是"一个圣人"，一个在神经外科领域训练自己的"神经外科医生"，但自己选择了不同的人生道路。

"我成了一名生物学家，同时还是通晓各个医学领域的科学家。

我能从事 9 万种行业，但我只做过 6 006 种。"

他说他最爱的是"驯鹰"。

在他所有的故事中，唐纳德似乎特别沉迷于做家中老大的角色——因为他患病前确实如此，而如今只能在疯狂的白日梦中幻想一下。在他的幻想中，自己不仅掌控着一切，而且具有超出人类的生育能力。他说自己是家里所有人的父亲，那几个他不喜欢的人除外，比如彼得，被他叫作"抱养来的孩子"，马特也是。他说弟弟妹妹们虽然是他的后代，但都不是通过性行为诞生的。唐纳德说他是通过"美式皱眉"授精并创造出——他用的词是"繁殖"——这些孩子们的，他只要用正确的方式盯着某个人，就能把自己的种子传播到她们身上去。

"盯着人的时候要想着自己的睾丸，脑中死死地想着，然后像这样转动眼睛。"他的眼睛眯成一条细缝，快速眨了一下。"这就是**皱眉**，美式皱眉。这样可以把迪克·特雷西① 种子传入一个女人体内。种子会进入她的眼睛里，并在数学化以后沉入子宫中。种子通过数学的方式渗透进去，充满整个身体。孩子就是这样产生的。"

在被问起时，唐纳德简单地说了几句有关那个性侵过他的牧师的事情。"他很邪恶，他是被人雇来伤害我的。"他说。唐纳德说他不知道这个牧师有没有伤害过其他人，还说他只被性侵过一次。他现在对此非常坦然。"我受到过创伤，结痂了，恢复了。是自然的恢复。"

他提起了自己必须服用的药物，一说就没完没了。"这些药物对

① 迪克·特雷西是美国著名漫画《至尊神探》的男主角。——译者注

我帮助很大。"他说。"这个药是治疗葡萄球菌感染的,因为我住在人多的地方。氟哌啶醇解决的是跟大家一起住在走廊里的问题。我是个药剂师。作为建筑师,我在美国建了 9 000 座新药房。这就是我必须当药剂师的原因,我要吃药。中国政府愿意给我机会试试,我们要征服世界,给所有人开药房。所以我爱中国。我是神经生理学药剂师。作为一名科学家,我在自己的科学领域做的就是这个。"

唐纳德微笑着。咪咪也恹恹地笑了。

"是啊,"唐纳德说,"生活要向前,不是吗?"

***

2017 年 7 月 13 日,琳赛来到科罗拉多泉市帮马特。几周前,马特的破旧卡车因为事故彻底报废了,现在他需要搭车去看病。琳赛先载他去抽了血,接着在药房开了氯氮平,然后去诊所拿了处方药所需的票据,又回到药房取药。琳赛之后还跑了几趟,为两位残疾朋友送东西,他们在马特有卡车时都仰仗他的帮助。

把马特送到他的公寓后,琳赛去隐谷路看了母亲。咪咪现在都不下床了。这天,咪咪的头疼得厉害。看护她的杰夫给她吃了扑热息痛和一种叫劳拉西泮的镇静剂,但情况变得更糟了。

琳赛隐隐有一种预感。上一次也一模一样,也是从剧烈的疼痛开始的。

"她中风了。"琳赛说。

母亲不愿意琳赛离开她的床边。每次琳赛想到楼上去休息一会儿时，咪咪都会用含糊不清的声音竭力叫喊："玛丽？玛丽去哪儿了？"

通过电话，临终关怀服务机构的人让琳赛给咪咪注射更多吗啡，每小时 10 毫克。四五个小时后，咪咪的疼痛终于退去了。下午大约 4 点时，咪咪出现了剧烈的痉挛。她抓着琳赛，不由自主地颤抖，吃力地说："我要走了，我要走了。"她已经失去意识了。

琳赛、杰夫和迈克尔轮流去睡觉，换人坐在咪咪身边，按时给她注射吗啡并喂她口服氟哌啶醇。如果他们不按时给咪咪使用药物，咪咪就会极度躁动，浑身不舒服。有了药物的作用，她的呼吸声虽然仍然很大，但节奏均匀。通过一个婴儿监视器，他们能听到咪咪的呼吸声就像风箱拉动的声音一样在屋子里回荡。咪咪的呼吸偶尔会暂停几秒钟，每一次他们都以为她走了，不过她的呼吸之后又会恢复过来。

3 天过去了。周日那天，琳赛驾车去普韦布洛把彼得接了回来。彼得给咪咪带了一大束粉色玫瑰，还为她念了《玫瑰经》。琳赛还从松尖园护理院把唐纳德接来了，也把马特从他在科罗拉多泉市的家里接来了，让他们俩回来道别。马克来了，理查德和蕾妮也来了，蕾妮为大家做了饭。约翰在爱达荷州，计划一周后赶来。玛格丽特从王冠峰打来了电话，说她早已和母亲和解，不用驾 3 个小时的车赶来再看她一眼。

7 月 17 日，周一，早上的时候，琳赛给咪咪喂了一剂止痛药，然后回楼上睡觉。下午 2 点，迈克尔从监视器里听到咪咪的呼吸声发生了变化，便过去查看。他站在母亲旁边，看着她深深地吸气呼气，大约有 10 次。

之后，便沉寂了。

迈克尔叫醒了琳赛，他们之后都没再睡觉。琳赛哭了起来，兄妹俩就这样一起待了几个小时，点燃蜡烛和香，坐在后院的平台上，听着雨声。那声音有一种宽慰人心的力量。

雨仍下个不停。琳赛打开屋子的前门。天空一片阴沉，但还有些阳光，使雨云泛出微蓝的光。琳赛走到前院里，在那里站了好久。她伸出胳膊，凝视着天空，雨打在她的身上。

琳赛向迈克尔打手势，让他也过去，迈克尔因此加入了她。他们一起在雨中笑着，任由雨将他们淋湿。琳赛晕晕乎乎地叫迈克尔和她一起跳舞，却发现哥哥连基本的方形步都不会。"我是音乐家，我都是坐在舞台上的！"迈克尔说。

琳赛笑了起来。当迈克尔抓起妹妹的手时，他突然僵住了。他感受到了一种很久以前经历过的感觉：这只手很像记忆中母亲的手。

第 40 章

母亲葬礼的前一天，7 月烈日炎炎。在河畔疗养院——离普韦布洛精神病院只有几个街区远——彼得的房间里，廉价的录音机大声放着经典的摇滚乐，房间里的大屏幕电视也开到了最大声，但彼得对这一切都无动于衷。

"**太好了，**"彼得看着周围说，"我有《圣经》，什么都有。"而琳赛，就站在他的身边。

他打开一本相册，里面都是加尔文家的照片。彼得指着一张张脸，念着他们的名字。

"多恩、吉姆、约翰、布莱恩、罗伯特、理查德、约瑟夫，这是我，彼得，玛丽坐在椅子上。"他说，用颤抖的食指对着相片指指点点。"他们都**很棒**。这是我爸爸，他那时是空军中校。他会在空军的橄榄球赛事开场前放鹰，雷鸟飞行表演队则会在半场休息时做飞行表演……多恩、吉姆、约翰、布莱恩、罗伯特、理查德、约瑟夫、马克、马特，这个是我，彼得。玛格丽特、玛丽，"他笑了，"这是我的小妹妹。她**非常棒**。"

"彼得，你能带上《圣经》吗？"琳赛说。

"可以，可以。我想我应该带着，而且不仅应该带着，还应该**配合**《圣经》。我爱你！"

"杰夫明天早上会来接你，"琳赛说，"我们今天只是一起去吃午饭。"

"我能跟你们一起去吗？"

琳赛笑了："当然可以！"这本来就是原定的计划。

彼得现在不只是瘦，简直是皮包骨头，裤子得用腰带系紧才不会掉下来。他笑着从房间里走出来见妹妹。他穿着鼠灰色的滑雪夹克，里面是冰球套衫和法兰绒格子浴袍。他还戴着一顶棒球帽，脚上是厚重的工靴，手上是冬季戴的手套。他的声音低沉沙哑，脸上胡子拉碴。他还是那么爱玩笑，电击导致的疲惫对他的情绪影响并不太大。琳赛来访的这天恰好是周二，彼得刚从医院做完一周一次的电休克治疗回来。

在没有长篇大论地阐述他的医生为撒旦工作的时候，医生们发现彼得还是挺有魅力，甚至很贴心的。"我格外关注他，他是唯一一个我会带着出去散步的病人。"彼得的一位医生马特·古德温说。在普韦布洛长期住院期间，彼得一直都由古德温负责治疗，古德温也常给彼得做电休克治疗。"我经常带他出去吃午饭。"在病房里，彼得常用自己的录音机给病友和医生们播放《昨天》《由它去》《漫漫崎岖路》等歌曲。每年圣诞节，他会拿出全家人在空军学院楼梯上拍的那张照片，指给大伙儿看谁是谁，滔滔不绝地聊着和父亲一起放鹰的往事。

2015 年，古德温向决定彼得照管权的法院提出申请，试图让普韦布洛所在的埃尔帕索郡在当地的辅助生活机构为彼得开放一个入住机会。古德温的理由是，只要彼得按时去接受电休克治疗，就不需要住在普韦布洛精神病院里。一个月后，12 月 17 日，彼得搬到了河畔疗养院，这里住的主要是阿尔茨海默病和痴呆症患者。彼得是目前最年轻的入住者，他的诊断书上的诊断是 Ⅰ 型双相情感障碍和精神病，需要服用的药物包括心境稳定剂双丙戊酸钠、抗精神病药物再普乐，以及一种经常用来治疗双相情感障碍的抗抑郁药物鲁拉西酮。

在河畔疗养院，彼得想要保持规律的作息。他必须在特定的时间抽烟，否则就会烦躁不安。"每天的生活太单调了，"河畔疗养院的一位管理人员说，"这能让他有点活动调剂调剂。"彼得从来不会动手打人或者挑事，但有时候会大声说话和固执己见。（"你说过你要带烟给我的！"）他经常在街对面的一个长期护理院播放他的录音机，那里的病人都会为他鼓掌，要他多放点歌。如果病人愿意，彼得每天都会去。

出去吃午饭前，琳赛好说歹说让彼得把浴袍脱了。此时正值盛夏。治疗耗尽了彼得的精力，他从前一晚开始就没吃过东西，跟琳赛一起出去却让他非常活跃。"我想喝一杯 38 盎司 ① 的大可乐，"他说，"我还想要一杯咖啡。我喜欢咖啡……我用香波洗了头发，所有东西都清理干净了，穿了袜子、新鞋和新内衣……嘿，我们能不能停一下，买包烟？我想停一下，用 5 块钱买包烟。"

他对电休克治疗怎么想？

---

① 1 盎司 ≈ 28.35 克。——译者注

彼得的脸色沉了下来。"他们会把我弄晕，用氧气把我冷晕。"

之后他有什么感觉？

"我只是完全配合，他们说什么就照做。"

出去时，彼得在大厅停了下来，拿出他的录音机，放了一首他最爱的圣诞歌曲——《天使歌唱在高天》，然后动作僵硬地走出门。

"我想要吃汉堡！"他坐在琳赛的SUV后座上说。他从钱包里掏出钱。"钱我都有。25块钱，放这儿。"

"没关系，我有钱。"琳赛说。

"好，我完全配合。"

"那，明天会有一大群人哦，彼得。"琳赛说。

"是啊，会有一大群人。"

"你有没有好一点的衣服可以穿？"

"有。"

"咪咪的孙辈和曾孙辈都会来。"

"我要抽烟！真希望我带了烟啊。"

"吃完午饭我们可以去买点烟。"

他们在普韦布洛市中心的一家酒吧门前停了车。彼得点了一大杯可乐，还有汉堡、薯条、番茄酱，并且立刻就拆开了薯条。酒吧里有些河畔疗养院的员工注意到了彼得，走过来打招呼，笑着问他今天感觉怎么样。

"他们是谁？"在他们回到自己的座位后，琳赛问。

"我不知道。"彼得说。

"他们是医院的人吗？"

彼得没有回答。

"你今天感觉还好吗？"

"不好。我烦透了我身上发生的一切。我想买包烟，然后再**配合**。我要自己买，然后就会完全配合你，你想让我做什么都行。只要你别抽我的烟。我要自己抽……我吃不了这个有芝士的番茄酱。我的胃有点儿闹腾，这个番茄酱让我觉得不舒服……我会**完全**配合。我想配合，为你做我能做的任何事都行。"

午饭后，琳赛把车停在一家商店前，让彼得自己去买烟，这样自己可以开诚布公地谈谈他的病情。"弗里德曼医生向我解释过，"琳赛说，"在过度用药很多年之后，他们现在只能对彼得开展电休克治疗了，因为药物已经对他不管用了。"这是一个她所有患病的哥哥都面临的问题。但如果不按时服药，情况又会变得更糟，发病会更频繁，并且越来越难于控制。面临这种矛盾，挚爱的家人就像痛苦地受困于"第 22 条军规"中一样：不服药会让他们病得更重，因此他们需要服药，但服药有的时候又会让他们的病情变得比不服药时更严重。琳赛知道，服药后病情加重的情况不同于不服药导致的情况，但前者导致的仍然是一种病态。

"弗里德曼医生说药物最终都会不再有效，"琳赛说，"而且电休克治疗确实会导致大部分记忆丧失，会造成思维混乱，让人无法回答问题。还让他不停念叨'**我完全配合**'这种口头禅。"

这个口头禅的意思非常明确，因此对彼得一定有某种特殊的意义。琳赛说，多年来父母和医生都说彼得不配合，或许这一点对他有很大的影响。

彼得跳回车里，笑着说："天啊，买个东西真快。我买了一整包烟。我能在车里点一根吗？"

"不可以！"琳赛笑呵呵地说。

"好吧，"彼得回答说，然后咕哝起来，"我完全配合。"没过多久，他的情绪又好了起来。"我有一整包万宝路。你们都**太棒了**。"

***

琳赛那天的下一站是马特家。他住在科罗拉多泉市的城堡公寓，屋子很小，也没什么装饰，租金靠的是八区公寓的住房补贴。马特从不在意个人卫生，但却像个爱整洁的囤积者一样，把堆成山的东西码得很规整。"我打赌他买了不少黑胶唱片。"琳赛一边说一边把车开进停车位。

马特最宝贝的收藏是他那堆克林特·伊斯特伍德的电影，有DVD，也有录像带。在跟家里人通电话时，马特那头大多数时候都响着电影《荒野大镖客》或者《黄金三镖客》里的声音。"我跟他说克林特·伊斯特伍德是共和党人，"琳赛笑着说，"他听到后非常失望。"不过他还是会看伊斯特伍德演的所有电影。

在去他家探望他或者和他通电话时，马特的状态从来都无法预测。有时他会因为被人贴上"精神病"的标签而大发雷霆。无论是母亲让他进行药物治疗，他说起科罗拉多州政府因为建造那些路和桥而欠了他几百万美元，还是精神健康这个行业如何毁掉了他的父亲以及哥哥吉姆和乔，都会让他生气。"他们不如杀了我！"他会埋怨说，还会说他活得没什么奔头了。但这天，在母亲葬礼的前一天，马特心情还行，没有出现妄想，只是跟往常一样有点沉闷，有点爱拌嘴。琳赛来的时候，他还在看电影《吊人索》。他穿着牛仔裤和骑行背心，高高壮壮，长头发和胡须显得潇洒不羁，深深的眼睛跟唐纳德一样。每次见到马特，琳赛的孩子们都会说他长得很像《哈利·波特》里的鲁伯·海格，就连他的声音也像海格一样含混低沉。

"哎呀，我的肩膀疼得不行。"马特一边坐进 SUV 的后座一边说。

"还好，你已经跟医生预约了！"琳赛赞许地说。马特从来都不喜欢看医生，琳赛这些年一直让他去修整牙齿，但他觉得牙医会在他脑袋里植入什么东西。

"我 8 月 10 号有个预约，在帕克维尤医学中心。"马特说，然后开始大谈其他老旧话题，说要把卡车出事的事情处理好，这事在咪咪去世前一直由琳赛在帮着处理。事故发生时马特其实正在做好事。当时他开车送他的朋友布罗迪——一位下半身瘫痪的越战退伍老兵——去丹佛，为他的导尿管买新的尿袋。那天是周五，他们回程时遇上了晚间的车流高峰期。马特突然看见中间车道上停着一辆车，赶紧踩了急刹车。他没撞到那辆车，但后面两辆车连坏撞上了他的车。

"拖车场给我发了通知，说我需要付 850 美元？"

"我知道。"琳赛说。她跟警察、法院和保险公司在电话里沟通了很长时间，还寄去了马特签名的律师文件复印件，证明她可以全权代理马特的案子。"如果他们打电话给你或者有任何事情，又或者需要写任何材料，都交给我。"

"我想把事情解决掉。"

"我们会解决的，只是要花点时间，马特。法院甚至都还没给这个案子编号呢。"

　　琳赛试图把话题引到第二天的葬礼上，但马特一个字也没说。在附近的地铁站吃完一个三明治后，他又一个劲地说起自己这里或那里受过的伤。"我做过 6 次牙齿手术，还在 1979 年做过一个脑血栓清除手术，那时我才 12 岁半。"

　　"那场冰球比赛我也在场。"琳赛说。

　　"那是在空军学院，"他说，"那是场冠军联赛。我们打败了米切尔队。他们有 22 名队员、2 个守门员，还有一名教练。我们有 11 个人。你知道你说了什么吗？击你妈的球去吧！"

　　琳赛笑了。她习惯了马特的笑话，大部分都带点儿脏话。

　　"我们队打进了州赛，"马特说，"但我没能参赛，因为我的脸撞伤了。有个人从背后把我铲翻，使我撞在了挡板上。"

　　"我记得！"琳赛说，"我坐在车的后座上，就在你旁边，你的眼球都快从眼眶中掉出来了。"

　　马特给琳赛看他侧脸上的伤疤。

　　"我缝了 157 针，"马特说，开始了他一贯的夸张叙事，"我奄奄一息，他们给我用了电击。你知道那个叫《急诊室的故事》的连续剧吗？里面也有电击的情节。他们电击了我 10 次，我的心电图连续 7 分半钟都是平的。他们最后说再电一次。第 11 次时，我终于有了心跳，两周半后我醒了。"

　　马特回忆起了一些在劳莱特高地学院时的往事，宿舍里的女生、走廊里的飞盘，以及他在那里认识的冰球队员。他记得自己辍学过一年，去保龄球馆打过工，卖过报纸，跟乔一起生活过一阵子。

　　"乔死后，我、马克还有迈克尔三个人过去，把他的东西分了，"他沉重地说，"我拿了他的电视。"

一提到乔，马特就陷入了更艰难的境地。"唐纳德把我的人生变成了噩梦，"马特说，"他把怒气发在全家人身上，他在地板上搂我。"越多地说起童年，马特就越沉浸到自怜的情绪中。琳赛还记得，马特曾经训练过她的足球队。她还写过一篇关于他的作文，把他称为自己的英雄。她很清楚，马特是真正的受害者，就和自己一样。

"唐纳德、布莱恩、吉姆，都欺负过我。"马特说。但这是马特的一家之言，很难判断其真实性。"于是我离开家待了 8 到 10 年。后来我回来了，吉姆发了心脏病，就在主街那里。乔也发了心脏病。我父亲死了。后来我妈妈也死了。我失去了家人，而且完全无能为力。"

"还有我在这里。"琳赛说。

她哥哥看着她。"有人在真好。"

***

那天晚上，隐谷路的家里来了一大群加尔文家的人，他们都是来参加咪咪的葬礼的。迈克尔和妻子贝琪以及一个女儿一起从曼尼托泉驾车赶来了。他还在不停地分享照护咪咪到最后一刻的那些体验。"我跟玛丽说，像这样照顾一个人实在是一种荣幸，"迈克尔说，"因为当你**必须**做某件事时，你就只能去做。但因为不缺钱，照顾病人这样的事已经不是我们中的大部分人非做不可的了。"

"嘿，阳光宝贝儿！"约翰看到迈克尔后喊道。

当音乐教师的约翰现在已经退休，这次跟南茜一起从爱达荷州过来。他们上次回家已经是三年前了，当时是为了庆祝咪咪的 90 大寿。

迈克尔面露喜色。"嗨，他来了！"兄弟俩拥抱在一起。"我看你像是缩了几英尺啊，兄弟。"

"呃，可能是有一点。"约翰说。

"不是可能，我确定你是矮了，"迈克尔说，"以前你都比我高的，不是吗？"

"嗯，是的。"约翰说。两年前他从梯子上摔下来，度过了漫长而痛苦的恢复期。"3 次背部手术、4 次膝盖手术、3 次脚踝手术，过去两年我离残废只有一步之遥。"

"嘿，我还有点儿需要爬梯子的活儿，如果你想干的话。"迈克尔坏笑着说。

约翰和南茜退休后挥霍了一把，买了辆房车，这次就是开着这辆房车过来的。他们在博伊西度过了半辈子，如今进入黄金岁月①，开始有了一点物质方面的享受：他们有一台精心呵护的古董钢琴，在后院开辟出的池塘里养起了锦鲤，还搭了个小凉棚种葡萄，自己酿小批量的葡萄酒，甚至还制作了标签。他们开着房车到处旅游，如果想来科罗拉多的话是很方便的。但他们却与其他家人保持着距离，部分是有意为之，部分——按他们的说法——是因为需要。"玛格丽特和玛丽扛下了几乎所有负担，照顾家里患精神病的人，对他们有求必应，"约翰说，"她们的经济状况也负担得起这些事。"

刚到不久，约翰就不禁有点恼火。他为母亲的葬礼练习了一支钢琴曲，但现在得知他无法表演。琳赛把场地安排在了一片草地上，约翰原以为他们会为母亲准备一个更为正式的仪式。不过理性告诉

---

① 在英语中，"黄金岁月"指的是退休后的时光。——译者注

他，自己其实无权这么想，因为葬礼的时间是迁就他的到达时间定的。尽管如此，这场告别没有达到他的预期，这还是让他有一点不开心。约翰还发现，周围的一切自己都不再熟悉，因此完全没有参与感。但事情就是这样，很多时候都是这样。如果你像约翰一样离开了家乡，那么你就可以按自己的原则办事。可是一旦回家，周围发生的一切就有可能与你的原则和风格截然相反。虽然约翰是主动离开的，但这种情况下还是会觉得自己受到了排挤。

很多年前，约翰决定尽可能过好自己的日子，从没想过要照顾兄弟们。"每次我过来的时候，如果马修和彼得有空，我会去看看他们，大概一年一次吧，"他说，"不过我的大哥唐纳德，哦，你是完全没法跟他聊什么的。"

马特决定不来吃晚饭。那天的午饭他和琳赛一起已经吃得很饱了，但看到大家都在隐谷路又让他很为难。彼得没收到邀请，让他在葬礼前夜跟一大家人相聚太难为他了，不仅很消耗他的精力，也很消耗其他人的精力。但马特和彼得第二天都来参加了葬礼，马特在一边晃来晃去，流汗不止，彼得在大家面前笑容满面。葬礼结束时，彼得用自己的录音机放了一首《我最爱的事》，收获了一片掌声。在大家的要求下，他又絮絮叨叨地念起了《尼西亚信经》："我相信天堂和人间全能的神……"

马克·加尔文从丹佛回来了，赶上了葬礼前夜的晚餐——他是老八，过去的冰球明星和象棋天才，也是如今家里健康的儿子中最年轻的那一个。马克身材魁梧，已经谢顶，蓄着山羊胡子，跟家里其他人长得都不像，但说话的样子挺像的。他和约翰、迈克尔颇有见解地聊起政治、音乐和象棋，这些都是他们的母亲当年一直希望培养的。马克已经从大学书店的管理岗位退休，开始领州编制的养老金。退休后，马克为博尔德两家最豪华的酒店——圣朱利安酒店和博尔德拉多酒店——提供私人出租车服务，生意很稳定。这份新职业让马克接触到了一些人，要是咪咪在，一定很爱听他们的八卦，比如博尔德爱乐乐团的艺术总监，她曾雇马克为她从机场接送宾客。"我搞到了一月维瓦尔第的票，"马克说，"我送世界级的钢琴家西蒙娜·黛纳斯坦去机场，他们送了我音乐会的门票。"

其他的冰球男孩要么得病，要么已经去世了，这让马克几十年来在家中感到格外孤独。有时他会觉得整个童年仿佛是一片空白。他时常有种冲动，想要忘掉过去，好好继续生活，或者至少终止曾经的伤痛，但有几段鲜活的记忆从未褪色。他清晰地记得45年前的感恩节那天，唐纳德和吉姆发生了激烈的争吵，记得唐纳德抬起餐桌砸向吉姆的那一幕。"这里是疯人院。"马克摇着头说。

在健康的孩子中，只有理查德和玛格丽特没来隐谷路吃晚饭。理查德似乎想避免与妹妹们发生正面的冲突。因为咪咪遗嘱的事情，他最近和琳赛在电邮上吵得不可开交。理查德认为琳赛不应该作遗嘱的执行人，但其他健康的哥哥姐姐都支持琳赛。

琳赛认为，理查德生气是因为咪咪的遗嘱中没有提到他。但咪咪决定不分遗产给理查德，是因为几年前为了帮他度过一段艰难时期，多恩和咪咪已经给了他一笔钱。"我父亲受不了理查德。"琳赛说。但她也承认，咪咪对理查德的生活并非不管不顾，每次理查德来，咪咪都和他谈笑风生。"咪咪只顾自己开心，让我们兄妹互相作对，"琳赛说，"这种个性我得很小心别学去。"

过去看到理查德讨咪咪欢心时，迈克尔都会笑。"理查德想跟父亲一样，左右逢源，"他说，"我想他过于钻营了。"

但理查德却不这么看。据理查德说，他和琳赛发生冲突是因为他觉得琳赛挂念的都是生病的兄弟们。"我很生气。我说，'玛丽，我想吃饭的时候聊聊月亮、星星和天空，不想谈精神病的事'。我听到那些会很压抑。"

理查德更像母亲，而不像父亲，他只愿意聊愉快的话题，比如去圆石滩和卡波的旅行，或者他在迪拜的生意之类的。理查德和咪咪一样，相信名门世家那套价值观。这能从他讲起父亲的过往时看出来，他的描述方式和家里其他人的都不一样。理查德口中的父亲，不是"朱诺号"上的副指挥官，而是舰长；不只是恩特空军基地的情报官员，更与艾森豪威尔总统有私交；不仅是落基山脉诸州联合会的首位执行理事，更是这个机构的创立者；他的"年度父亲奖"不是克努特·罗克尼俱乐部颁发的，而是尼克松总统直接授予的；他不只是科罗拉多泉市当地鸟会的主席，还"为西部带来了奥杜邦"。[①]

多恩·加尔文也不仅仅是北美防空司令部的一名通信军官。"我爸在战略情报局工作，也就是后来的中央情报局。"理查德说。

理查德会滔滔不绝地聊起父亲在冰岛、厄瓜多尔和巴拿马的秘密行动，说他在空军学院和北美防空司令部的工作只是一种掩护。

---

① 此处的奥杜邦指的是奥杜邦学会，该学会以法裔美国鸟类学家、博物学家约翰·奥杜邦命名，致力于鸟类以及鸟类栖息地的保护工作，有数百个地方分会。理查德这里的意思是在多恩的努力下，美国西部地区也建立起了奥杜邦学会的地方分会。——译者注

他还说这些都是从和母亲的闲谈中分析得出的，因为"她说这些都
是父亲绝不会说起的事情"。

没有任何军事单位或情报机构有哪怕一丁点证据可以证实多
恩·加尔文曾经是一名间谍。但这种对父亲的浪漫化加工却让理查
德很受用。比如，这至少可以解释父亲的军事生涯为什么会突然终
结——或许是因为他持有的是学者一贯偏好的自由主义政治观点，
而不是一名军官应有的鹰派观点，还可以解释为什么在被放逐去做
表面光鲜的公关工作时他会咬牙接受下来。

不过理查德不愿过多地去想这些，而是更愿意沉溺于方便的自
我妄想中，但这种妄想并非《精神疾病诊断与统计手册》中描述的
那种妄想。毕竟，我们每个人讲故事都有自己偏好的版本。

玛格丽特之前告诉过琳赛，她不想去隐谷路过夜，说她宁愿第
二天早上跟怀利和两个女儿一起来参加葬礼。琳赛再次感到自己被
抛弃了，她不知道该如何处理这种情绪。晚上大部分时间，她都没
提这事，直到在厨房里约翰问起她。

"那么，玛格丽特没来？"

"是啊，随她吧。"琳赛说。

"怎么了？"

琳赛犹豫了几秒钟，不知道该如何妥帖地回答。

"我猜玛格丽特是感到太愧疚了，"她最后说，"她从来没有帮过
忙，他妈的一根手指头也没动过，**从来没有**。"

"是啊，她都在忙自己的事。"约翰说，小心翼翼地控制着谈话
的分寸。

"她**有自己的事要忙**。"琳赛说，大笑起来。"没错，你说对了。这就是她的理由。"

琳赛走到露台上，抱了抱迈克尔和马克。他们聊着葬礼上谁可能会不来，聊到这次的好天气能持续几天，因为天气预报说一场暴雨快来了。然后大家开始回忆往事：那次为了参加 1964 年的纽约世博会，全家人展开的跨越全国的漫长公路之旅；父亲错误地估计了 A&W 餐厅的车道空间，急停车后行李从车顶飞了出去；所有行李都飞进了另一辆车里，跟孩子和鸟塞在一起。

"在肯塔基的另一场暴雨里，他不是还把车子开出公路了吗？"马克说。

"是啊，"约翰说，"暴雨中有个石块砸中了卡车，就是那辆大巴。他得把车开到纽约新帕尔茨的维修商那里。他后来又把一枚螺丝落在刹车盘里了，修车师傅最后在刹车盘里找到了那枚螺丝。"

"我还记得那场暴雨，"迈克尔说，"但其他事我都不记得了。"

"你不记得石头砸到车子了？"马克问。他们都笑起来。

"谁现在还养鹰啊？"琳赛说，"每次我跟别人说起鹰的事，他们都说：'啥？'"

"我开出租车总会跟别人说起这些故事。"马克说。

约翰想起葬礼的事，突然很认真地对琳赛说："如果下雨怎么办？"

"有伞，"琳赛说，"如果下雨，约翰，你就可以在酒店弹琴了。"

"那个键盘是电子的，"约翰说，"那感觉可不一样。"

琳赛笑着指了指咪咪还保留在家中的钢琴。"那我就说服他们把这台钢琴从地下室抬到草地上去。"

大家又哄笑起来。

客厅里只有唐纳德一个人，离大家远远的。如果有人朝他微笑，他也会礼貌地回笑一下。这天恰巧是他72岁生日，琳赛嘱咐过黛比准备一个生日蛋糕作为惊喜。但唐纳德一直沉默不语，直到有人问他，他有没有在母亲去世前与她道别。

"有，那次她先走的，"唐纳德说，"她和我说'谢谢'，我也对她说'谢谢'。我感谢她在我身边。"

他会想念她吗？

"不会，"唐纳德说，"她已经转世了，没受到过伤害。我是说，她现在在海里，是三胞胎之一。"

他妈妈是个三胞胎？

"我让她作为三胞胎之一出生的，她现在在海里。"

她是人还是鱼？

唐纳德面露不悦，觉得这个问题很可笑，"是人"。

但她在海里？

"是啊，"唐纳德说，"他们和一只章鱼一起生活。"

人和章鱼一起生活？

"是的。章鱼可以生出人，可以生出很多人，还可以生出所有其他动物。当洪水来临时，章鱼有时会把他们养在水里。"

那咪咪作为三胞胎之一，现在在海里？

"是的。她现在还小，是个小宝宝。她就在海里，现在大概有5个月大了。"

你想去世后也一样吗？

"哦，我不介意啊。"唐纳德说。

就在唐纳德要回松尖园护理院前，大家把蛋糕推了出来。这是个巧克力蛋糕，顶上有切碎的士力架小块。整个晚上唐纳德都非常安静，就像一个影子，大家甚至可能注意不到他也在。但此时大家的关注让他很高兴，他温和地抿嘴笑着。

黛比点上蜡烛，把蛋糕拿到露台上，大家这时都坐在这里。这里曾是他们养芙蕾德莉卡和阿瑟尔的地方。在和乔打架时，马特的头也曾被摔到这里的地上。大家唱起了《祝你生日快乐》，唐纳德，现在家里最年长的人，家中的老大，站在蜡烛旁，露出了开心的笑容。他双臂交叉在胸前，闭着眼睛，好像在许什么愿望。

Part Three

第 三 部 分

唐纳德
约翰
迈克尔
理查德
马克
马修
彼得
玛格丽特
琳赛

第 41 章

在 13 岁离开隐谷路时，琳赛决意从此再也不回家。她从博尔德搬到维尔镇，后来又搬到特柳莱德，就是为了与原来的家保持距离。而如今，在咪咪去世后，琳赛回来得比前些年更频繁了。她会去探望唐纳德，会去看看马特的情况，会驾车去更远的地方看彼得，还要准备把老房子卖掉。驾车行驶在科罗拉多泉市的街上时，一段段往事浮上琳赛的心头，比如市西头的那些小房，过去当吉姆施暴时，琳赛和凯西就曾躲在附近。"我现在每次都会经过那里。"她说。

琳赛仍然觉得自己是家里最小的那个孩子，觉得家人经历的一切都会沉淀到她的身上。她心里总惦念着把事情梳理清楚，也总感到有点孤单，没有安全感，就好像在刀锋上行走一样。或许是因为这种原因，除了承担起患病哥哥们的医护责任外，琳赛还把更多的精力投入了工作当中。有的时候，她觉得自己注重细节、无比谨慎的性格也不失为一种优点。"露易丝在治疗的时候曾开玩笑说，生活中初现端倪的冲突不过是个红旗警告，还说这不失为一个健康的应对机制，可以提醒你该整理整理装袜子的抽屉了，"琳赛笑着说，

"我可是非常爱整洁的。"

为什么选择留下来，而不是放下这一切？对于这个问题，琳赛自己也很困惑。

"在我接受过的那么多治疗中，"她说，"我的治疗师都说：'见鬼了，你在开玩笑吧。过去那些事你都忘了吗？'但我还有其他选择吗？沉湎于过去？那会是什么样？做个瘾君子？我不知道。从小时候一直到青年时期，我都非常希望那些患精神病的哥哥们全都死掉。但这种想法其实很让人心痛的，挺折磨我的。"

在咪咪的葬礼结束几个月后，隐谷路的老房子被挂牌出售了。2018 年夏天，最终的买家给房产经纪人发来了一封电子邮件。

加尔文家的朋友们，早上好，

感谢你们让我和我丈夫有幸在昨晚参观你们的住宅——这座房子真的很好。在房子里转悠时，我们能明显感受到这座房子里曾经弥漫的关怀和爱意，并立即希望能再延续它的故事。我们想要在这里组建我们的家庭，希望你们能多加考虑我们的购买意愿。

谢谢！祝你们生活愉快！

在一次去科罗拉多泉市的途中，琳赛拐去了普韦布洛精神病院，想看看哥哥们过去的医疗记录还留下了多少。当时她或许应该做一些心理准备，准备好家里还有一些未曾揭开的秘密。在医院主楼的地下层，琳赛翻阅着两辆手推车上堆满的文件夹。这些厚厚的文件夹中塞满了文件，纸张从边边角角中戳出来。从这些纸页上，琳赛第一次得知唐纳德曾试图用氰化物和酸剂杀死他自己和妻子吉恩。那些年，咪咪只是说唐纳德的病是他的妻子离他而去导致的，但真相却根本不是这样，反倒跟三年后布莱恩杀死诺妮的情况很类似。

在科罗拉多州的医疗报告中，琳赛看到唐纳德说过自己 12 岁时曾企图自杀，这也是弟弟妹妹们以前完全不知道的。或许咪咪知道，但即便如此，她也是决不会提的。她只会觉得，唐纳德出事是在离家后，而不是还在家的时候。

在听说这件事后，玛格丽特感到自己被蒙骗了。"我完全不知道唐纳德企图杀死他的妻子，"她说，"这样就能解释通很多事了。一直以来我都不满意那些含糊的解释，都只是唐纳德生病了。"直到去世时，咪咪都在营造着一种幻象，想要维持"生病前"的美好，直到无可维持。玛格丽特不禁好奇，如果父母对唐纳德的事更开诚布公一些，如果大家都知道他对吉恩做的事，情况会不会有所不同。大家会不会对布莱恩的精神状态更注意一些？如果她的父母能更加坦诚一点，布莱恩的悲剧是不是还会发生？诺妮会不会直到今天还活着？

对玛格丽特来说，这个秘密是一种侮辱，更是一种拒斥。"我像是被父母喂了很多大便。我觉得他们是想让我以为唐纳德的情况比实际情况更好。"

在普韦布洛，琳赛不仅找到了所有哥哥的文件，还发现了一份关于父亲的文件，这份文件让她大感意外。琳赛从这份文件中得知，多恩在去世前的几年里会定期来普韦布洛接受电休克治疗。文件上给出的理由是，在经历过癌症多次复发和一个兄弟去世的打击后，多恩在20世纪90年代初患上了抑郁症。这个新的信息引发了更多的问题。他们的父亲之所以接受电休克治疗，是因为患上了一种可遗传并且与精神分裂症相关的抑郁症吗？这会不会像咪咪曾经猜测的那样，跟他1955年在加拿大时的情况一样？还是多恩在晚年患上了一种完全不同的抑郁症？毕竟在他这种境遇下——一个儿子先谋杀他人然后自杀，另外五个儿子有妄想症，其中一个还会无法自控地猥亵儿童——谁会不抑郁呢？毕竟，他人生的进展与初衷完全是背道而驰的。

咪咪一定是知道多恩接受电休克治疗这件事的。她一定是跟他一起去，之后驾车送他回家的，多年来一直保持着一月一次的频率。她也没对任何人说过这事。作为加尔文家的一员，谁也不知道自己什么时候会踩到家族史中的地雷。这些雷被埋在让人意想不到的地方，为的是避免让家族蒙羞。

琳赛不知道该如何应对，只能再次默默咽下这个秘密带来的伤害，并努力把自己的日子过好。她觉得或许她家的故事并不只是关于那些秘密，并不只是关于精神分裂症，还是——在弗里德曼和德利西博士的帮助下——让其他人生活得更好的钥匙。

他们经历的这一切值得吗？不能这么说，但琳赛至少有了一些实质性的收获。罗伯特·弗里德曼的胆碱试验和琳恩·德利西有关SHANK2基因的发现让她认识到，他们一家的牺牲可能会给未来一代又一代人带来助益。这难道不是科学的价值，不是历史的价值吗？

第 42 章

咪咪生病前几年的一天夜里，玛格丽特做了一个难以承受的梦，哭着醒了过来。

在这个梦里，玛格丽特和妹妹在维尔镇滑了一天雪。琳赛没说她们要去哪儿——琳赛知道要去哪儿，但玛格丽特不知道，这个细节中或许就隐藏着一些信息——但玛格丽特很快意识到她们是在前往山姆和南希·加里的公寓。她们到那儿时，门没锁。

琳赛走进去，玛格丽特跟着，只有她们俩。房子保养得不是很好。琳赛说山姆的孩子们目前住在这里。玛格丽特想起了她过去认识的加里家的所有人，她已经很多年没见过他们了。这时南希和山姆走进门来，还有他们的孩子和朋友们。他们似乎是在开派对庆祝什么事情。

玛格丽特觉得很窘迫，她不知道自己为什么来这里。当她看到妹妹拿着卷尺在测量房间的大小时才明白，她们是被请来给山姆和南希筹划派对的。

但现在策划已经太迟了。宾客络绎不绝地走进来，沿着木制走廊来到客厅。玛格丽特看见了山姆的秘书、加里家的司机,他们的厨师和管家,甚至还有来过蒙大拿湖边小屋给玛格丽特和其他人上课的网球教练。他们都老了一些,但玛格丽特还能认出他们。

她很不安,觉得自己不属于这里。加里家的一名私人教师微笑着走过来。"我不知道为什么我离开了这么久,"玛格丽特告诉他,"你们都是非常好的人。"这名教师回答说:"好了,我们要把你写入我们的家庭史。"

玛格丽特感觉好多了,但这种感觉并没有持续太久。她听到宾客们提到了一些她没有受邀参加的派对。突然,那些久违的感觉又回来了:丹佛社交圈中那种高人一等的优越感;她是多么无法融入其中;她之所以能出现在这里,是因为自己家庭的悲剧。这一切再次把她推下了被抛弃的痛苦深渊。眼泪汹涌而至。

当你在自己所处的环境中找不到爱和归属感时,你就应该去别处找找看。不幸的是,玛格丽特——琳赛或许也是这样——寻找之路的第一站是吉姆家。在这里,可以离家远远的,但在这里,一个家人一直对她虎视眈眈。对玛格丽特来说,加里家和丹佛的肯特中学为她提供了更多找到归属感的机会,当然它们也有自身的问题。

在这之后,玛格丽特经历了几年漫无目的的流浪生活,跟一群志同道合的无业游民到处旅行,还有过一段短暂的婚姻。回过头来看,她感到自己能熬过这一切非常幸运。**我 20 岁的时候真的嫁给过一个毒贩吗?**她在日记里写道。

最后,她决定和怀利一起安定下来,组建家庭。"我喜欢叫他我的安全港湾。"她说。

　　玛格丽特和怀利生了两个女儿。她转型成了全职母亲，专心致志地维持着情感的平衡。"你**掌控着全家的情绪**。"咪咪常常这么跟玛格丽特说。至少在这一点上，玛格丽特和母亲的意见是一致的。在接受治疗的过程中，玛格丽特曾说过，布莱恩的死是她童年时代的关键事件，甚至跟她所经历的性侵一样令她痛彻心扉。她当时 11岁，能看出布莱恩的死对所有人的打击都很大。但她最无法释怀的是那种遭到遗弃的感觉，不仅是被送到加里家，还有对父母重视哥哥们和妹妹但忽视自己的怨愤。"没有得到足够关注的孩子往往是最需要爱的孩子，"玛格丽特说，"至少这是我的感受。"

　　玛格丽特经常想起母亲评价她和妹妹时说的话："玫瑰花丛中的每一朵玫瑰都是在荆棘中绽放的。"她和琳赛是玫瑰，十个哥哥是荆棘。这在很多外人看来是一种体贴，但对玛格丽特来说却无比丑陋，是在变相地鼓励侵犯。从小听着母亲说这样的话，哥哥们会是什么感受？听着这种明面上表扬，语气里却暗含着不耐烦的嘲讽的评价，女儿们又怎么可能有安全感呢？

　　作为母亲口中的"玫瑰"，玛格丽特却从未感受到母亲的爱。如果咪咪真的爱她，就绝不会把 13 岁的女儿送出家门。玛格丽特有时觉得她在加里家的时光永远地阻隔在了自己和母亲之间，她永远无法忘记那种被遗弃的感觉，一辈子都在试图让自己避免再受这样大的伤害。**我像个一次性用品一样被丢弃了，像不要了的旧衣服**，玛格丽特曾在日记中写道。随着时间的推移，她越发觉得自己有权与家里人保持距离。**我想要一个正常家庭的亲密感，但老实说我的原生家庭并不正常。**

　　对玛格丽特来说，妹妹和母亲在风格上极为相似，并且很关爱彼此。咪咪会把家里的家具送给琳赛甚至给她缝衣服，而琳赛在照顾咪咪这件事上也从未表现出半点犹豫。玛格丽特有时会讨厌她们俩，尽管她也需要她们。

　　对于被从隐谷路送走之前的那一段时间——布莱恩死后的那几个月，在这段时间里，她看着父亲和几个哥哥相继生病——玛格丽特最清晰的记忆之一是母亲在孩子们都上床后仍很久不睡，一个人在那里画画，大多数时候画的都是鸟和蘑菇。之后回想起这些时，玛格丽特都非常困惑不解。在那样的时候，咪咪怎么还有闲心在屋前屋后晃悠，怎么还有精力提防可能出现在后院的狐狸和鹿群，怎么还能注意到有很多鸟没到喂鸟器边取食？同样是这个人，前不久还在因为布莱恩的死号啕大哭啊。母亲具有什么玛格丽特没有的东西吗？是她的力量，拒绝接受现实的性格，还是某种玛格丽特搞不懂的东西？直到后来玛格丽特才想明白，是咪咪所热爱的科罗拉多的自然世界给她提供了某种慰藉，让她得以暂时逃避现实中的悲剧。

　　成年的玛格丽特终于鼓起勇气开始绘画，而她所画的主题，却是她穷其一生想要避开的：她的家人。她以饱含情绪的现实感画母亲喜欢的那些花。她画了一幅有关加里一家的油画，名为《灰色安逸》。另一幅《世故》表达的则是她学会接受自己脆弱一面的过程。还有一幅作品的名字叫《打包悲伤》。她以加尔文家12个孩子为素材，画了一组震撼人心的抽象画。唐纳德是红色和白色的，吉姆是黑白的，像鬼魅一般，约翰、布莱恩、迈克尔和理查德是色调各不相同的黄绿色，约瑟夫是渗透着红色的黄色，马克、马修和彼得都是红色，只有彼得有几丝蓝色。

玛丽是一个用柔粉色的粗线条交织而成的图案，点缀着一点黑色。玛格丽特自己和玛丽差不多，只是粉色少一些，多了些鲜明的锈红色斑点。

在咪咪去世几年前，玛格丽特曾帮助彼得搬到护理院，这件事让她创作了另一幅画《帮彼得搬家》。这幅画是她技艺上的进步，复杂、有层次，充满着她难以用其他方式传达的情绪。"感情就这样不自觉地喷薄而出。"玛格丽特说。

南希·加里看中了这幅画，赶在玛格丽特肯特中学的一个老同学出手前把它买了下来。

第 43 章

我们的文化将疾病视为亟待解决的问题。在我们的想象中，我们对每一种疾病的认识和应对能力的发展都会像脊髓灰质炎一样，先是无法治愈，然后神药出现，最终将其从地球上彻底抹去。当然，并不是所有疾病的情况都符合这种模式。更多的时候，科学家认为他们的理论未必能走出实验室并应用到更多人的身上。无论是对弗洛伊德学派、克雷佩林学派，还是家庭动力学领域的专家或者遗传学家来说，拒绝合作都让大家饱尝了证实偏见（confirmation bias）之苦，每个人就像井底之蛙一般。20 世纪 70 年代，精神分裂症研究者卢·克伦威尔曾描述过这种困境："就像人在骑旋转木马时要选一匹马。人人都会认为自己的马是领头的。一轮转完，人从马上走下来，才看清楚这马其实哪里也没有去。不过那种经历倒是挺让人开心的。甚至让人想再玩一轮。"[1]

还有一种与脊髓灰质炎模式不同的发展模式。在这种模式中，解决疾病问题的并不是简单的突破。进步是一点一点逐渐到来的，往往还伴随着痛苦。很多人会为此倾其一生，他们会失败、会争论，最终又会和解。或早或晚，有些理论会消逝，有些理论会存留。我们或许要在很多年后才能看清取得的进展，再决定前进的方向。

精神分裂症研究经历了怎样的进展？如果加尔文家的男孩晚半个世纪出生——比如生长于如今这个时代，而不是 20 世纪五六十年代——那么治疗他们的手段会不会有所不同？从某些方面看，并不会有多少改变。业界对新的精神分裂症治疗药物的研发仍然兴趣不大。即使是早期的试验，抗精神病药物的测试也需要投入大量的资金，冒巨大的风险，而且试验无法用老鼠代替人。有关精神分裂症病因的先天 / 后天争论仍在继续，只是讨论发展到了更为细琐的层面。过去的争论围绕的是弗洛伊德，现在则在讨论表观遗传学，也就是环境因素是如何改变基因的开关状态的。现今的研究者探讨的是触发这些变化的具体因素是什么，是像大麻那样可以摄入的东西，还是像细菌那样具有传染性的物质？除了这两者外，研究者还提出了各种其他的可能性，譬如头部损伤、自身免疫性疾病、脑部炎症以及寄生微生物，每一种说法都有支持和反对的声音。大家还是会去旋转木马挑选自己的坐骑，并且都希望自己是领头的那一个。

但还是出现了一些细微的变化。围绕精神分裂症的氛围似乎有了一些改变，人众变得更宽容了。反精神病学运动也以另一种形式重生了，一场名为"听见脑中的声音"（Hearing Voices Movement）的运动试图将幻觉的概念合理化和常规化，[2] 就像呼吁把失聪和失明解释为人的差异而不是一种残疾的那些运动一样。神经多样性（neurodiversity）这个常常被用来描述其他疾病——比如自闭症——的名词开始被用来描述精神分裂症，这是几十年前加尔文兄弟接受治疗时从未经历过的。现在仍然有坚定反对药物治疗的运动，参与这些运动的人士会展示他们寻找到的一些研究结果，试图证明在不服药的情况下，很多精神分裂症患者从长期来看会有更好的表现。[3] 这项运动得到了很多治疗师的支持，因为他们不愿意精神病学治疗被简单地等同于开药和服药，而且他们也很怀念心理治疗的那个黄金时代。在那时，医生会先和病人长谈——而不是只谈几分钟——然后再开药。

如果说真有什么显著变化的话，那就是越来越多的人开始承认，精神分裂症的诊断标准非常模糊，缺乏一个明确的定义。每年都会出现更多的证据，证明精神病存在一个谱系。新的遗传学研究表明，精神分裂症和双相情感障碍之间存在重叠，而双相情感障碍又和自闭症之间存在重叠。[4] 最新的研究提示，有很大一部分人可能多少都有点精神疾病。2013年发表的一份荟萃分析发现，总人口中有7.2%的人经历过幻觉或妄想。[5] 另一份发表于2015年的研究得出的数据是5.8%，其中三分之一的人只出现过一次幻觉，另三分之二则表现出持续的症状。[6] 这类研究结果至少表明，在异常行为的医学应对上，医生需要特别注意区分哪些人有必要接受传统的治疗，哪些人暂时只需要留意观察。这些医疗决策的风险很高。毕竟，现在已经有证据表明，每次后续发作的精神崩溃都会对大脑造成永久的损伤，影响到对信息处理至关重要的灰质。

可悲的是，抗精神病药物使用的两难困境依然如初。定期服用药物的确可以延缓精神病的发作，但同时病人也在承担着受长期副作用伤害的风险。此外，还有大量的证据表明，在病情控制住之后继续服药的病人的复发率和停止服药的病人一样高。尽管目前仍然活着的加尔文兄弟还像过去那样依赖于抗精神病药物，但对他们之后的病人来说，最大的变化或许是他们不必再在药物治疗和心理治疗这两者中只选其一了。甚至最为资深的传统精神分裂症研究者，现在也在推动纽约长老会医院哥伦比亚大学医学中心的首席精神病学家杰弗里·利伯曼所称的"早期发现和干预的治疗模式"。[7] 较新的一波研究支持所谓的"软干预"，也就是以谈话治疗和家庭支持相结合的方式来治疗病人，从而把药物的使用量降到最低。[8] 在假定迈克尔·加尔文当时也有可能患病的情况下，你可以说他在田纳西大农场公社的"磨石机"帐篷里就获得了软干预。过去几十年间，澳大利亚和斯堪的纳维亚半岛的国家一直在尝试这种更具替代疗法特点的方法，据说获得了一些成功。[9] 这种方法的难度在于要能够确定抗精神病药物可以成功治好哪些人，对哪些人帮助不大，以及哪些人长期服药后引发的痛苦不亚于疾病本身。

对于更多的研究者来说，问题的核心是预防，而这面临的挑战是在一个人第一次精神病发作前诊断出他（她）有精神分裂症的患病风险。哥伦比亚大学的利伯曼正在研发一些新技术，试图测量海马的功能。[10] 也许有那么一天，研究人员能够找到可以延缓精神分裂症发作的新药，就像现在正在研发的那些可以缓解阿尔茨海默病症状的药物一样。除此之外，还有胆碱。在加里夫妇以及其他一些人的支持下，罗伯特·弗里德曼在丹佛开始了一项新的研究，这是他首项胆碱长期研究的延续。他会从准妈妈开始服用胆碱补充剂时起，追踪孩子的情况，直到这些孩子进入青春期后期，也就是精神分裂症的高发期。在纽约的颁奖仪式上，弗里德曼表示，当这项实验得出结论时，他肯定已经不在人世了，加里夫妇和很多其他资助者也同样如此。"他们是一群创立者，是推动发展的人，比如南希这样的石油大亨，"弗里德曼说，"他们说，'噢，好的，我们都要参与。我们就把这当作做生意好了'。"他们还说，如果实验中途失败了，那大家就一起吃个饭，把它当作一次美好的旅行。

弗里德曼也开始与约翰斯·霍普金斯大学脑发育利伯研究所合作，从全新的角度关注胎儿健康，研究精神分裂症的患病风险是否与孕妇胎盘的状态有关。[11] 这个机构的创始人之一是美国国立精神卫生研究所的研究者，精神分裂症发育假说的提出者丹尼尔·韦恩伯格。他和弗里德曼一起，开始研究胆碱在改善胎盘健康状况方面是否起到了一定的作用。两位研究者都希望在很多婴儿出生前就消除他们的精神分裂症患病风险。

对于弗里德曼来说，预防不仅需要有效的药物，也需要常识。业界每年花在抗精神病药物研发方面的钱高达数十亿美元，但这些药物都是在疾病出现症状后使用的。如果把一部分钱用在预防上——不仅在胎儿期，也用在儿童期——会有什么样的结果？想想那些年幼时就患上精神疾病的人，没有任何人能帮助他们。有没有可能在患者发病甚至自杀前，对他们的脆弱加以防范，以免情况恶化？"在胎儿预防研究方面，国立精神卫生研究所每年只会投入430万美元，而且这些费用全部都被用在以小鼠为研究对象的研究中，而他们每年的总预算是14亿美元，"弗里德曼最近表示，"校园枪击案的作案者中有一半都患有精神分裂症。"[12]

我们无法知道如果社会对精神疾病的文化认知没有那么僵化，病人没有被与主流社会隔绝，在危险信号最初出现时就积极干预的话，加尔文兄弟的人生会不会发生改变。但或许我们有理由相信，再过五十年，像加尔文兄弟这样的人会过上更好的生活。

***

　　"我认为趋势还是会回到家庭。"琳恩·德利西说，她从马萨诸塞州的家驾驶了一小段距离过来喝咖啡聊天。2016 年——当时她也在研究 SHANK2 基因——德利西在《分子精神病学》杂志上发表了一篇论文，指出对精神分裂症家庭的研究当前比以往任何时候都更为迫切。[13] 好在经过这么长的时间后，她不再是唯一这样想的科学家了。

　　"我觉得家庭研究极为重要。"丹尼尔·韦恩伯格说。韦恩伯格和德利西曾在美国国立精神卫生研究所共事过，他一度对家庭研究提出过质疑，并且对德利西的方法不屑一顾。但现在，他也像德利西一样重视起来，认为这些患病家庭的价值就像一个个"研讨会"或者说"检验室"，可以用于评估基于全基因组关联分析提出的各种理论。"最终，在从遗传学到具体病例的转化研究中，家庭病例是至关重要的。"韦恩伯格意识到，对加尔文家这种家庭的研究能指明全基因组关联分析研究无法注意到的新的治疗方法。"有人曾问我，'如果你确定了世界上每一个人的基因型，就能理解精神分裂症究竟是什么吗？'。在我看来，仅仅从每个人的基因序列是无法理解这种疾病的。这无法解释精神分裂症。这样的研究能说明很多风险方面的问题，但我怀疑我们不能从中得出全部答案。"

　　过去很多年来，德利西的工作都没有引起太多的关注。如今的她一定程度上已经是一个局外人，在哈佛医学院教书。虽然她还活跃在各个国际精神分裂症研究小组中，但并没有像同一领域中她的同代科学家那样获得奖项的认可，研究经费也不是太多。即使她有关SHANK2基因的研究再次引发一个重大突破，她的贡献可能也不会被认可。科学进步就是这样，如果你没有跻身于少数几个不朽的人物中，那么你就将泯然于科研工作者的人海中，就只是一部宏大史诗剧幕中一个不起眼的演员。"我觉得我在一定程度上会难以释怀，"德利西说，"但我心中早已非常坚决。最重要的是我的发现使现在的这些进展成了可能。"

有关SHANK2基因的研究发表时，斯特凡·麦克唐纳已经离开了安进公司。那之后不久，德利西在和他通电话时了解到他已经跳槽到了辉瑞公司，也就是16年前终止了德利西对精神分裂症多发性家庭研究的那家药企。

德利西心里还小小地喜欢这种讽刺。如果你活得够久，什么事都可能会轮转到的你头上，咪咪·加尔文对这一点应该深有体会。

德利西之前没对麦克唐纳提起过这件往事。他只知道德利西的数据都是她自己的，没听说过2000年那次切割数据的事情，德利西拿了一半，辉瑞拿了另一半。这次在电话中，德利西告诉麦克唐纳，辉瑞手上还有一批她的精神分裂症多发性家庭的生物学样本，其中包括那些他们曾用来研究SHANK2基因的家庭。

德利西和麦克唐纳都知道这意味着什么：如果辉瑞没有因为冷库需要空间而把这些样本销毁掉，那么德利西的样本——包括加尔文一家的样本——就都还静静地待在某个角落里。德利西不清楚这些样本现在被保存在什么地方，即使知道，她也无权决定如何使用，什么时候使用，甚至能否使用这些样本。

"你当时是和这里的谁对接这项工作的？"麦克唐纳问。或许他能找到那个人问问。

德利西告诉了他一个名字。

麦克唐纳简直难以置信。偌大的世界，上万的辉瑞员工，那个他们要找的人，此刻就坐在离他几英尺的地方。

麦克唐纳很难按捺住自己了，当时正值年末，他的预算里还剩下些钱。"我把其中的一些样本测了序。"他说。他选择的是那些他能找到的患精神分裂症的人数最多的家庭。加尔文家以前已经被分析过了，但还有一些患病人数或许没有加尔文家多，但人数也不少的家庭。

"这再一次证明，琳恩是领先于她的时代的，"麦克唐纳说，"我们打算看看有没有什么新的发现。辉瑞对使用这些结果研发自己的药物不会感兴趣，因此我们非常希望把它们发表出来，分享给整个科学界。"

这些家庭仍然有话要说。现在，终于有人愿意听了。

唐纳德
约翰
迈克尔
理查德
马克
马修
彼得
玛格丽特
琳赛

第 44 章

在咪咪的葬礼后，玛格丽特和琳赛有 6 个月没说过话，也没互发过消息。不想联系的人是玛格丽特。玛格丽特觉得琳赛承担了太多，多到会伤害她自己的程度。琳赛把自己沉浸在加尔文家的烂摊子里，连喘口气的工夫都没有，甚至可能牺牲了她与丈夫和孩子的和谐关系。但与此同时，琳赛也会责怪其他人没有尽责。玛格丽特从没见过琳赛撂挑子，甚至没见她松懈过。"我觉得我们家很有摆布他人的传统，"玛格丽特说，"我们都摆布过别人，也都被别人摆布过。随着年龄的增长，我发现自己更清楚自己的家人是什么样了。你知道吗，我受够了。"

当母亲不再是她们共同关心的焦点时，玛格丽特才蓦然看清自己和妹妹的不同。"在维系整个家庭这个问题上，迈克尔和琳赛不喜欢我不介入的态度，"玛格丽特说，"但划清界限对我有好处。"

琳赛认为，玛格丽特总说跟家人联系会影响她的健康，这不过是一种躲避策略罢了，可以作为她不介入的借口，使她免受指责。在琳赛看来，玛格丽特一心关注自己，实际上是因为她无法释怀。

"玛格丽特对父母处理问题的方式仍然耿耿于怀，"琳赛说，"她对生病的哥哥们也非常生气，尤其是唐纳德和吉姆。我看她还是一副受害者的样子。"

琳赛一直在坚持自己从南希·加里和以前的治疗师露易丝·斯尔文那里学到的某些品质。如果扪心自问并且足够坦诚的话，她还会明白这些品质也来自自己的母亲。"她们教会了我要接受手里有的牌，不然就只能等死。如果你抓住了问题的本质，你就会发现只有通过爱和互助，才能让你从创伤中找到平静。"琳赛觉得，这一点是她和姐姐最大的不同。

"我们都很努力地去拯救自己，"琳赛说，"但她没有把帮助大家作为解救自己的一种方法，而我正相反。"

几年前，琳赛曾经问过山姆·加里，为什么自己没有像玛格丽特一样被送到他们家。"我和你的父母都觉得你心智更坚强，"山姆说，"你不像你姐姐那么脆弱。"这是琳赛第一次听人这样说。

但琳赛也是人，她也需要帮助。在她成年后的人生中，每当家里的某些事情啃噬她的心灵时，世界上至少还有一个——也是唯一一个——理解她的人。当琳赛的心情处于低谷时，她还有姐姐，她并不孤独。当玛格丽特没有出现在自己的生活中时，琳赛会觉得自己失去的不单单是母亲，还有姐姐。

"我无法想象如果没有她，自己怎么能承受得住这一切。"琳赛说。

嗨，大家伙儿，

在马特的新卡车报废一年后，上周他的车又被偷了——这不能怪他——哈！

没错，这个可怜的家伙总坏运不断。

就好像得了精神分裂症就会发生这种好玩的事情似的……

我刚订了些日用品，明天早上会送到他家。非常方便。

https://www.instacart.com……

他没办法买到这些东西，老实说，他也没法自己去采购。

他想搬家，因为他住的那个地区太差了。我在联系八区公寓和费拉尼之家，他们说他们愿意让马特住进其中一栋楼里。在喜互惠超市里看到大家都认识马特太好了。大家都会和他打招呼说："嘿，马特！"

你们谁要是能打个电话，道一声好，我会非常感谢的。不要内疚，我只是想寻找一点真正的人情味和善意。

谢谢，

玛丽

琳赛发给玛格丽特、迈克尔、约翰、理查德和马克的邮件

2018 年 6 月

多恩和咪咪·加尔文仍然活着的孩子都明白，卖掉老房子对 3 个还在世的患病兄弟是好事。琳赛和迈克尔就这笔钱能做些什么事聚在一起想了很久。马特能买一辆新卡车；彼得可以得到宠物治疗或者音乐治疗，哪怕一支新的次中音竖琴也会让他很高兴；唐纳德喜欢歌剧，这笔钱可以雇一个人陪他去电影院，欣赏那里播放的大都会歌剧院的演出。想想就觉得不赖。

在考虑这些时，琳赛发现真正了解哥哥们喜好的人，真正知道

什么会对他们有助益的人，还是自己的母亲。这个发现常常让琳赛深夜难眠，原来家中真正的冠军、共情能力的金牌得主，一直都是咪咪·加尔文。"现在突然她不在了，"琳赛说，"我才真正明白她的帮助有多大。"

琳赛过去喜欢跟母亲谈论先天和后天的话题。但始终担心被人指责的咪咪认为，自己家发生的这一切完全和后天养育无关。"嗯，这病是遗传的。"她常说。琳赛说自己不确定。她认为有些有遗传易感性的人"可能有不同的发展方向，这取决于个人的人生经历和遭受的创伤的严重程度"。有些东西可能会起很大作用，比如"爱和归属感"，琳赛说。

但琳赛已经不再怪母亲了。"我认为父母确实没有给我们应有的帮助，"她说，"但他们自己也是毫无头绪。"

无论是什么让母亲和患病的哥哥们能够心灵相通，琳赛都决意努力去尝试。很多人，包括她健康的哥哥们，很久以前就已经不再把唐纳德、彼得和马特当人看待了。精神分裂症患者难以让人接近，很少有人能够走进他们的世界，这或许是这种疾病最具毁灭性的特点。

但很容易犯的一个错误——也是一种诱惑，尤其是对患者亲属来说——是将这种不可接近和丧失自我等同起来。"情感总会紧随某种认知过程而来。"精神病学家西尔瓦诺·阿里蒂（Silvano Arieti）曾经写道。[1]20世纪50年代，阿里蒂的著作《对精神分裂症的阐释》（*Interpretation of Schizophrenia*）中的观点在有关精神分裂症的主流认识中居于统治地位，这本书的第2版还在70年代获得了美国国家图书奖。"这种认知过程可能是无意识的，或者说是自发的，也可能是扭曲的，但总是存在。"

　　琳赛注意到，只要有人对哥哥们表达善意，他们身上就会出现这种现象。据琳赛说，在她帮马特买了日用品后不久，"马特今天早上打电话给我，简单平常地表达了感谢"。她还说，她"希望能把他的这种优点激发出来"。

　　在琳赛细心的引导下，几个健康的哥哥也开始向患病的兄弟伸出援手。理查德和蕾妮打电话来询问了患病兄弟们的电话号码。琳赛打算给马特搞到科罗拉多大学冰球赛季的门票，马克或许愿意带他去，毕竟他们过去都很喜欢打冰球。"大家曾经把他们当作瘟疫一样敬而远之。但如果我小心翼翼又明明白白地说：'嘿，你能不能带他们出去，你知道，干点什么都好，喝杯咖啡，吃个甜甜圈怎么样？'他们都会照做的。"

　　半年后，玛格丽特和琳赛才重归于好。在各自度过圣诞假期后，1月时她们开始有了联系。在一次面对面的聊天后，琳赛对一些问题看得更透彻了。"我发现自己最后会生家里所有人的气，因为他们不帮我照顾妈妈，"琳赛说，"而玛格丽特则认为我这么费心费力未必是好事。"

　　而在另一边，玛格丽特也承认琳赛对家庭做出了额外的贡献。但她们之间的鸿沟仍然没有被填平。

　　她们谈到了玛格丽特没能照顾咪咪，以及这件事让琳赛有多恼火。"我真的做不到。"玛格丽特说。琳赛也畅所欲言，说她觉得姐姐的这个决定很不妥，"让我觉得既伤心又沮丧，还很生气，感觉好像所有事情全都留给了我一个人一样"。

她们还谈到了童年创伤中的幸存者这个话题。这些人往往会在之后的人生中主动寻找会伤害他们的人，从而继续让自己成为受害者，使自己得到帮助。琳赛和玛格丽特在为彼此扮演这样的受害者吗？

谈话快结束时，琳赛问了姐姐一个问题：她们愿不愿意接受彼此原本的样子，还是要继续把对方看作受到过伤害但又无法亲近的人？

这次见面后，琳赛决定她需要接受所有家人按自己的方式生活的权利，就像她有自己的自由一样。"每个人都有自己的人生旅途。"琳赛说。她还说自己也要处理好与他人的距离。"大家的人生都是边走边摸索的。"

琳赛从家人的身上看到，无论实际情况有多糟，大家都有很强的适应现实的能力。我们可能终身都生活在一个泡泡里，但仍然自得其乐。我们可能会拒绝承认生活中的其他可能，尽管这些可能和我们自己的生活一样真实。现在琳赛思考的已经不再只是患病的哥哥们，而是大家——所有的家人，包括她的母亲和她自己。

"我可以像哥哥理查德那样表现得像个千万富翁，或者像约翰那样搬到博伊西去，或者像迈克尔那样成天弹古典吉他。我们都可以这样。大家都应该尊重彼此的选择。我们都活了下来，大家的生活方式各不相同，但都没错。"

琳赛终于更加理解先天因素和后天因素是共同起作用的这一点了。过去她母亲总为自己辩护，坚持说精神分裂症是先天的。从一个方面说，咪咪是对的，生命从某种程度说具有宿命性，这一点无须否认。但琳赛也明白，人绝不仅仅是基因这么简单。从某种程度上说，我们都是周围所有人的产物，那些我们必须一同成长的人，那些后来我们选择一起生活的人。

人与人之间的关系能摧毁一个人，能改变一个人，也能修复一个人，在不知不觉中，也定义了一个人。

我们之所以为人，是因为周遭的人使我们成其为人。

唐纳德　**凯特**
约翰　　**杰克**
迈克尔
理查德
马克
马修
彼得
玛格丽特
琳赛

第 45 章

　　琳赛的女儿凯特长大了，跟琳赛长得非常像，同样明亮的眼睛，一样轻松的笑容。跟玛格丽特和怀利一样，琳赛和里克在生孩子前也曾咨询过弗里德曼医生。他告诉琳赛夫妇，哪怕是像加尔文一家这么极端的病例，精神疾病的亲子遗传概率仍然很低。但身为父母总是会担心的，何况琳赛从来都不是一个爱冒险的人。

　　从小时候起，凯特在游乐场和教室这类吵闹的环境中就开始表现出畏缩情绪，并且出现过精神崩溃的情况。这些都表明她的感觉处理过程存在一些问题，显然需要作业疗法来干预。但如果你有 6 个患精神分裂症的哥哥，你的孩子又开始出现无法控制的情绪问题，你肯定会想，这会不会是不祥之兆？

　　琳赛考虑了最坏的结果。她在凯特身上尝试了所有能想到的方法：送凯特去跟治疗师学习自我安抚的方法；给凯特在卧室里装了吊床，帮她减压；还囤了很多精油，帮女儿镇定情绪。她究竟是过度警觉了，还是做了一个主动尽责的母亲应该做的事？琳赛不知道。但至少这些方法奏效了，或者至少没造成伤害。

　　凯特在茁壮地成长。她在高中最后一年修了大学预修课程，得了全优，在其中一门艺术课中，她一系列有关精神健康的作品还获了奖。她后来还被加州大学伯克利分校录取了，但她没去。2016 年秋，凯特入读了科罗拉多大学博尔德分校，并且直接开始上大二。在那里，她仍然门门全优，夏天也还在上课。凯特跟她妈妈一样是个勤奋刻苦的好学生，对童年不抱一点虚妄的幻想，急切地想早早变成大人。

　　事实上，每当回忆起童年时，凯特印象最深的都是当她度过了自己的情绪危机开始表现正常后，母亲的担忧和注意力就又从她转到弟弟杰克的身上了。

　　为了保险起见，杰克小时候也接受过预防性的治疗。他后来告诉父母，这些治疗和测试使他的神经绷得很紧。杰克总感觉自己被人盯着，他的感觉没错：琳赛和里克都明白，加尔文一家的家族病没有影响到 2 个女儿，但影响到了 6 个儿子。杰克是多恩和咪咪·加尔文的外孙，他的父母怎么可能不担心呢？

　　高一时，杰克开始逃课，跟几个刚认识的朋友去滑板公园闲逛。他被诊断有注意力缺陷障碍，需要服药，还偷偷吸大麻。青少年时期，大概是出于无聊，杰克特别爱做些吸引人眼球的事。跟母亲一样，杰克和凯特在学习方面也很有天赋，但当在课堂上被提问时却不知道如何应对。

　　对于琳赛和里克来说，加尔文家出了一个吸大麻的男孩，这无异于最高危机。他们四处寻求建议，却发现只有两个人既懂如何应对儿童疾病，又清楚他们家的特殊情况：山姆和南希·加里。

　　2015 年劳动节后，杰克参加了"广阔天空"青少年治疗项目。

这个项目为期 90 天，通过户外活动达到预期效果。在同类项目中，
"广阔天空"的费用是最高的，目标是将孩子们从有害或者失能的环
境中拉出来，重塑他们的价值观。项目的指导思想是佛学，通过冥
想等方法帮助年轻人消除对立违抗性障碍、吸毒、酗酒等问题。费
用是由加里夫妇支付的。"我不会让玛丽——玛格丽特也一样——
再因为那种事遭受不幸，"南希说，"她想做什么，我都会帮助她。"

"广阔天空"这样的短期项目通常只是长期治疗的序曲。在结束
90 天的治疗后，杰克进了一所叫作蒙大拿学院的寄宿治疗学校。课
程为期 21 个月，每月的费用为 8 300 美元，还是山姆和南希付的钱。
蒙大拿学院接收的学生都有吸毒、酗酒或者各类精神健康问题，譬
如贪食症、厌食症、焦虑障碍等。琳赛和里克在那里得知，杰克的
问题跟大麻以及注意力缺陷障碍关系不大，更多是与焦虑情绪，也
就是对患上精神病的恐惧有关。

面对这样的结论，杰克很愤怒。他被遗传了自己无力左右的基
因问题，感到自己就像一个疯子。琳赛因此特别自责。"我费了好大
的劲，让我的孩子多接触和了解我那些患精神病的哥哥，是不想让
他们对这种病有偏见和羞耻感。结果却有点适得其反。"

但影响杰克的并不只是这些患病的舅舅们。杰克和凯特从小就
目睹了母亲所承受的精神压力和负担，这也对他们产生了影响。"这
么多年来，我的孩子们看到了这种疾病所能带来的痛苦，我想他们
是想保护我，"琳赛说，"每当我要去应付那些事时——和姐姐，或
者母亲，或者某个哥哥有关的事——都会引发焦虑和沮丧的氛围。"

每当琳赛看着杰克时，都会想起自己还是个小女孩时的样子，
胸中满是愤怒和羞耻，在哥哥唐纳德身上一圈又一圈地绕绳子，拉

紧，想把他绑在树桩上烧死。

在杰克的治疗项目即将开始时，琳赛叫姐姐陪她一起送杰克去蒙大拿，作为一种精神上的支持。和过去一样，加里夫妇还是用自己的塞斯纳飞机送她们过去。这对夫妇总是欢迎她们，随时帮助她们。姐妹俩仿佛经历了一场时空穿梭——绿色、黄色、褐色交织的草甸，树上覆盖的白雪，美丽的房子，网球场、果园和马。甚至管家特鲁迪也在，热情地迎接她们。

那个周末，玛格丽特的脑海中不断浮现起往事，不仅是因为与山姆和南希在蒙大拿重聚了，还因为琳赛和里克即将送走他们的儿子，就像当年自己的父母把自己送走一样。不过她是过来帮琳赛的，不是来重温过去的。琳赛自己的情绪也起伏不定。一方面，她明白自己非常幸运。另一方面，她的儿子要离开她身边整整两年。什么样的母亲才会做出这样的事啊？当然，她和玛格丽特都明白，这么做是迫不得已。

跟加里一家相聚让姐妹俩想起了昔日的那种感觉，那种同时觉得自己是世界上最幸运和最不幸的人的感觉。

回到家后，杰克的表现很好。他专心上学，不再吸毒，成绩也恢复到了优秀的水平。他还学会了通过攀岩、冥想，甚至写日记来缓解自己的焦虑。但他很快也认识到，这些办法只能解决表面问题。"没有真正能够对付焦虑的方法，"他说，"你必须自己承受。"从某种程度上说，杰克已经久病成医了。"他总是会指出我们的问题，用的都是专业语言。"琳赛说。她终于可以放心了。

南希送了杰克一根飞蝇钓竿作为毕业礼物。"他是个与众不同的孩子。"南希说。杰克想在大学时学习早期儿童教育,并想在毕业后从事用户外活动来开展治疗的工作。

当琳赛现在看着杰克时,她想到的不再是自己,而是彼得、唐纳德、马特和其他所有生病的哥哥们。在他们当年彻底被药物毁掉之前——这些药物没有治好他们,并且抹去了他们的个性——会不会原本可以有某些早期的干预方法能帮助到他们?此外,还有成千上万的人是无法获得她儿子获得的那种治疗的。其中有人是因为缺乏各种资源,有人是因为他们身处的社会把精神疾病视作一种耻辱,选择对他们视而不见。他们的生活又该有多难熬呢?

"有资源的人各有各的选择,没资源的人什么都没有,"琳赛说,"这个孩子现在走上了正轨,一切顺利,但他的人生原本是很可能偏离到另一条轨迹上去的。我真心觉得如果我的哥哥们能有同样的机会,就不会发展到现在这种地步。"

***

2017 年夏天,在他丹佛的实验室里,罗伯特·弗里德曼做了一个不常见的决定:允许一名大学生到实验室来跟着他实习。这个年轻人是科罗拉多大学博尔德分校的医学预科生,对神经科学特别感兴趣。她想当一名弗里德曼那样的研究者,研究她自己家族的疾病——精神分裂症。

6 月一个晴朗的日子,凯特第一次走进弗里德曼的实验室,见到了实验室的技术员、助理和所有研究生,有的研究生比她年长 5 岁之多。当听说凯特才 18 岁时,大家都很惊讶,因为这个职位非常难求。

有人开玩笑说大概是她家捐了不少才有机会把她弄到这里来的。

凯特略带嘲讽地笑着说:"嘿嘿,你的意思是捐的钱吗?还是组织?"

凯特在实验室里走来走去,和自己的母亲、姨妈和几个舅舅当年一模一样。在她出生很多年前,这些家人来过这里。研究人员给他们的头贴上电极,然后让他们听那些"咔嗒咔嗒"的声音,测试他们的听觉门控能力。她身边的那些柜子里曾经保存着她的家人和其他家庭的遗传物质,通过研究和分析这些遗传物质,研究者发现了 CHRNA7 基因异常的证据。那些胆碱补充试验中出生的孩子的数据也保存在离她不远的地方。由于她 6 个舅舅的贡献,这些试验可能会改善一代又一代人的健康状况。

她外公的大脑或许也保存在实验室的某个角落里。她很好奇,自己什么时候才能看看它。

致　谢

2016 年年初，我非常要好的朋友乔恩·格拉克把我介绍给了玛格丽特·加尔文·约翰逊和琳赛·加尔文·劳奇。她们两姐妹一直在寻找办法，想让世人了解她们家的故事。她们知道，要还原事情的真相，需要每位在世的加尔文家成员的参与，把那些之前非常隐私而敏感的家庭事务毫无保留地袒露出来。而写作者也需要独立和全方位地跟进整个故事。我非常感激大家都同意了。我要向玛格丽特和怀利·约翰逊、琳赛和里克·劳奇、彼得·加尔文、马修·加尔文、马克·加尔文、理查德和蕾妮·加尔文、迈克尔·加尔文、约翰和南茜·加尔文，还有唐纳德·加尔文表示深深的感谢。另外，我要非常沉痛地向咪咪·加尔文表达我的谢意，感谢她愿意在 2017 年去世前公开自己的生活。本书得以出版，证明了加尔文全家的慷慨和坦诚，他们也相信自己家的故事能对别人有所帮助。

琳赛和玛格丽特尤其值得我致敬。作为她母亲的遗嘱执行人和患病兄长的合法代理人，琳赛不知疲倦地寻找无人问津的医疗记录，申请获取了大量的文书，并联系了很多精神健康专家和医院管理者。

玛格丽特提供的数十年来的个人日记和传记文章则是有关隐谷路生活的详细而宝贵的资料。姐妹俩都花费了无数时间与我沟通，在面谈、电话和电邮中从未因为我微不足道，或者有些冒犯的问题和请求而回避不答。我真心感谢她们的付出。

我还要向研究加尔文一家的精神病学家和研究者们表达无尽的感激。琳恩·德利西、罗伯特·弗里德曼和斯特凡·麦克唐纳都付出了大量宝贵的时间，向我解释他们的研究，并在加尔文一家的同意下，第一次公开把他们的工作和加尔文家的故事串联了起来。还有几位遗传学、精神病学、流行病学和科学史领域的专家帮我更全面地了解了精神疾病领域理论和争议，他们是尤安·阿斯利、冯国平、艾利奥特·格森、史蒂文·海曼、约翰·麦格拉斯、本杰明·尼尔、理查德·诺尔、爱德华·肖特、富勒·托里和丹尼尔·韦恩伯格。我会永远感恩凯拉·邓恩，她是遗传学方面的专家，帮助我在写作初期提出合适的问题，使我最终避免犯很多尴尬的错误。（书中仍有的错误责任都由我承担。）

我还要感谢加尔文家的其他一些成员，他们中很多人的受访内容本书都未能直接引用，但他们都提供了自己的见解，对讲述书中的故事大有助益，他们是艾琳·加尔文·布洛克、凯文·加尔文、莱文娜·加尔文、梅丽莎·加尔文、帕特里克·加尔文、贝蒂·休尔、乔治·休尔、艾丽·约翰逊、萨莉·约翰逊、玛丽·凯莉、凯西·马提索夫、杰克·劳奇和凯特·劳奇。我要感谢南希·加里（她称得上是加尔文家的荣誉成员了），还有治疗师玛丽·哈特奈特和露易丝·斯尔文，感谢她们提供的对玛格丽特和琳赛的分析。我还要感谢很多治疗过加尔文兄弟的精神健康专家，他们是霍尼·克兰道尔、克里斯·普拉多、雷切尔·威尔肯森，以及来自普韦布洛科罗拉多精神健康研究所的卡门·迪比亚索、凯特·科特娜、希拉·法布里齐奥-潘特里奥、马修·古德温、朱莉·米克和阿尔·辛格尔顿。

另外还有一些就专门的话题向我提供意见的人。鲍勃·坎贝尔、杰夫·切尼和艾希莉·克洛科特对科罗拉多泉市的生活提供了非常棒的描述。我也非常感谢其他相关的家族友人和邻居，他们是麦克·博西、玛丽·切尼、安·克洛科特、贝克·费舍、珍妮斯·格林豪斯、梅利·肖普托夫·霍根、蒂姆·霍华德、艾利·克洛科特·杰夫斯、苏珊·金、埃德·拉多瑟、珍娜·马霍妮、凯瑟琳·斯卡克·麦克格拉蒂、卢·麦克肯纳，琳恩·穆里、乔伊·肖普托夫、凯洛琳·斯卡克·索尔塞斯、麦尔汉·维金和马克·维格雷特那。感谢麦克·杜普伊分享他的驯鹰知识。感谢杰瑞·克雷格、梅丽尔·伊斯特科特、雷尔瓦·莉莉、小乔治·T. 诺尔德、维恩·塞弗特、哈尔·韦伯斯特和来自美国空军学院档案室的玛丽·伊丽莎白·鲁维尔向我提供有关多恩·加尔文驯鹰的辉煌历史。感谢尼克·乔纳克斯和罗宾·麦克基尼·马丁提供落基山脉诸州联合会以及阿斯彭和圣塔菲的活动信息。感谢内尔和鲍勃·米切尔提供普韦布洛精神病院的历史。感谢肯特·施努布什、李·卡斯帕里、克雷格·哈特，以及来自丹佛天主教教区的道格拉斯·图名内罗讲述自己对罗伯特·弗洛登斯坦神父的看法。感谢布莱恩·加尔文以前的乐队成员斯各特·菲博特、罗伯特·穆尔曼和约尔·帕默提供对布莱恩的回忆。感谢罗伯特·盖茨、布兰登·盖茨和克洛蒂亚·舒尔茨提供对罗蕾莱·史密斯，也就是"诺妮"的回忆。

　　10 年间，我非常幸运得到了两位优秀代理人的支持，他们是大卫·格纳特和克里斯·派瑞斯–兰姆，从一开始他们就坚信这本书会成功，并把我推荐给理想的双日出版社。感谢比尔·托马斯和苏珊·赫兹，还要格外感谢我优秀的编辑克里斯·坡博洛，他请我吃了几盘希腊鱼子酱，并在进餐中帮我厘清了这本书的大致框架。感谢丹·梅耶在图文编辑方面的协助，谢谢约翰·方塔娜的书封设计，谢谢玛丽亚·卡雷拉为书整体的设计，谢谢丽塔·马德里格尔负责生产管理，谢谢加拿大兰登出版社的安·科林斯为书稿做校对的辛苦付出。在写作本书前的很长一段时间里，我得到过很多编辑的指导，他们是杰里·伯克维茨、罗伯特·布劳、丹·费拉拉、巴利·哈勃、戴维·赫舍、亚当·莫斯、拉哈·纳达夫、吉纳维芙·史密斯和辛迪·斯蒂夫斯。

　　除了把我介绍给加尔文一家外，乔恩·格拉克还在本书写作过程的各个阶段给我提了很多建议。珍妮弗·赛尼尔在我毫无头绪和纠结的时候帮我厘清思路。他们和其他朋友、同事以及我所爱的人在本书写就的初期好心帮我校对，他们包括克里斯汀·贝克、克里斯滕·丹尼斯、凯西·埃文舍夫斯基、乔希·戈尔德费恩、彼得·洪堡、吉尔伯特·霍尼德菲尔德、埃里克斯·科尔克、凯洛琳·米勒、克里斯·派瑞斯–兰姆、威廉·雷德和弗兰克·蒂普顿。还有一些朋友给予了我热情、鼓励、人生开导和美食招待，他们是弗兰克·巴斯吉奥、彼得·贝克、伊凡·布朗、布鲁斯特·布朗维尔、加布里埃尔·菲尔德伯格、李·菲尔德逊、克里斯滕·佛马格里奇、托尼·夫莱塔斯、大卫·甘德勒、梅里尔·戈登、艾米·格罗斯、琳达·赫维克斯、麦克尔·凯勒赫、伊莱恩·克莱恩巴特、马克·莱文、凯文·麦克科米克、道格·麦克穆伦、本尼迪克特·莫雷利、肯尼斯·穆尔勒、艾米莉·纳斯伯恩、索尔·罗、南希·罗姆、菲尔·塞拉费诺、阿比盖尔·施耐德、蕾贝卡·索科洛夫斯基、克利夫·汤普森、约翰·特洛姆布力和沙里·兹斯曼。两位研究者萨米亚·布兹德和约书亚·本·罗森在本书选材方面提供了很大帮助，还有可爱的朱莉·塔特做了重要的事实核对工作。

　　我的母亲朱迪·科尔克是本书第一位真正的读者，她先于其他人告诉我，她在阅读时能听到我的声音。她在马里兰州哥伦比亚的一家当地医院做了 25 年的精神病学顾问。在本书计划写作时，我就跟母亲聊起过，希望能给她看书稿，并得到她非常细致的审读建议。2018 年 5 月 23 日，在加尔文家失去他们的女性家长咪咪后不到一年，我的母亲也去世了，享年 79 岁。失去她对于我们整个家庭都是一个巨大的打击。这本书献给她和我的父亲乔恩。在这样一个艰难的时期，父亲是我们坚强、敏锐、慷慨和从容的楷模。他们是我能想象到的最好的父母。我要向我的哥哥埃里克斯·科尔克和姐姐弗丽茨·哈洛克表达我的爱意和感谢，他们都是我的榜样，还要向我的所有家人，包括在马里兰州和艾奥瓦州的科尔克家人和哈洛克家人，在马萨诸塞州、佐治亚州和北卡罗来纳州的丹尼斯家人表达感谢。

　　最后，谢谢在写作上非常有才华的奥黛丽和为我提供多方面建设性意见的内特，谢谢你们牺牲的时间和精力。谢谢我珍爱的妻子克里斯滕，谢谢你的爱、美和启发。我把所写的一切都献给你。

关于本书资料的说明

《隐谷路》是一部非虚构作品，写作材料源自作者与加尔文家中每一位在世成员的采访录音（包括咪咪·加尔文，采访于她2017年去世前），以及对他们的几十位朋友、邻居、老师、治疗师、护理人员、同事、亲戚和研究人员的访谈，录音时长达数百小时。书中没有任何虚构情节。所有对话都由作者亲见和记录，或基于出版文献，或来源于当时在场人员的回忆。

用于帮助讲述加尔文家故事的补充资料主要包括：与精神分裂症研究者琳恩·德利西、罗伯特·弗里德曼和斯特凡·麦克唐纳的大量访谈；加尔文兄弟和多恩·加尔文的所有可查询的医疗记录；多恩在海军和空军的服役档案；咪咪和多恩的私人通信；在2003年和2008年对咪咪的一系列简短采访录音，采访由玛格丽特完成；几篇玛格丽特的个人日记和传记性文章。本书中的所有材料均有明确出处。

所有需要进一步引证的资料，包括有关精神分裂症、遗传学和精神药理学的段落和章节，都会在正文后一一列出。

注　释

1. Charles McGrath, "Attention, Please: Anne Tyler Has Something to Say," *New York Times*, July 5, 2018.

第 1 章

1. Sprague, *Newport in the Rockies*.
2. Husam al-Dawlah Timur Mirza, *The Baz-nama-yi Nasiri: A Persian Treatise on Falconry*, trans. Douglas C. Phillott (London: B. Quaritch, 1908).

第 2 章

1. *Memoirs of My Nervous Illness*.
2. Freedman, *The Madness Within Us*, 5.
3. 出处同上。
4. Arieti, *Interpretation of Schizophrenia*, 10.
5. McAuley, *The Concept of Schizophrenia*, 35, 27.
6. Gottesman and Wolfgram, *Schizophrenia Genesis*, 14–15; DeLisi, *101 Questions & Answers About Schizophrenia: Painful Minds*, xxiii.
7. Bair, *Jung: A Biography*, 149.
8. Thomas H. McGlashan, "Psychosis as a Disorder of Reduced Cathectic Capacity: Freud's Analysis of the Schreber Case Revisited," *Schizophrenia Bulletin* 35, no. 3 (May 1, 2009): 476–81.

9. *The Freud/Jung Letters*, 214F (October 1, 1910).

10. 出处同上，187F (April 22, 1910).

11. Reprinted in Freud, *Complete Psychological Works*, Vol. 12.

12. Lothane, *In Defense of Schreber*, 340, cited in Smith, *Muses, Madmen, and Prophets*, 198.

13. *The Freud/Jung Letters*, 214F (October 1, 1910).

14. 出处同上，218F (October 31, 1910).

15. 出处同上。

16. 出 处 同 上，243J (March 19, 1911), cited by Karen Bryce Funt, "From Memoir to Case History: Schreber, Freud and Jung," *Mosaic: A Journal for the Interdisciplinary Study of Literature* 20, no. 4 (1987): 97–115.

17. Karen Funt, "From Memoir to Case History"; Zvi Lothane, "The Schism Between Freud and Jung over Schreber: Its Implications for Method and Doctrine," *International Forum of Psychoanalysis* 6, no. 2 (1997): 103–15.

18. *The Freud/Jung Letters*, 83J (April 18, 1908) and 11F (January 1, 1907).

19. 出处同上，282J (November 14, 1911).

20. 出处同上，287J (December 11, 1911).

21. 出处同上，338J (December 18, 1912).

22. Jung, *Jung Contra Freud*, 39–40.

23. Bair, *Jung: A Biography*, 149.

24. 大多数相关研究表明，精神分裂症的患病率在 1% 左右。

最 近 一 项 研 究 见：Jonna Perälä, Jaana Suvisaari, Samuli I. Saarni, Kimmo Kuoppasalmi, Erkki Isometsä, Sami Pirkola, Timo Partonen, et al., "Lifetime Prevalence of Psychotic and Bipolar I Disorders in a General Population," *Archives of General Psychiatry* 64, no. 1 (January 2007): 19–28.

对这一数字更为细致的分析来自 Michael J. Owen, Akira Sawa, and Preben B. Mortensen, "Schizophrenia," *Lancet* (London, England) 388, no. 10039 (July 2, 2016): 86–97: "全世界都有人患精神分裂症，几十年来学界普遍认为该病的终生患病风险在时间、地域和性别上没有差别，约为 1%。这一观点意味着要么环境因素不太会增大精神分裂症的患病风险，要么所有被研究人群的相关暴露是相同的。2008 年，一系列荟萃分析的研究结果完全推翻了这种相同风险的观点（McGrath and colleagues, *Epidemiologic Reviews* 30 (2008): 67–76）。论文作者给出的患病率为每年每 100 000 人中大约有 15 名男性和 10 名女性患病，时点患病率为 0.46%，终生患病率为 0.7%。这些估计数字是按照比较保守的诊断标准得出的，如果按更宽泛的标准——包括其他精神障碍，如妄想性精神障碍、短时精神障碍以及其他未明确分类的精神病——那么患病率会翻 2 到 3 倍。"

25. "U.S. Health Official Puts Schizophrenia Costs at $65 Billion." Comments by Richard Wyatt, M.D., chief of neuropsychiatry, National Institute of Mental Health, at a meeting of the American Psychiatric Association. Available online at the Schizophrenia homepage (http://www.schizophrenia.com/news/costs1.html), May 9, 1996.

26. NIMH statistic, cited in McFarling, Usha Lee, "A Journey Through Schizophrenia from Researcher to Patient and Back," *STAT*, June 14, 2016.

27. Kayhee Hor and Mark Taylor, "Suicide and Schizophrenia: A Systematic Review of Rates and Risk Factors," *Journal of Psychopharmacology* (Oxford, England) 24, no. 4, supplement (November 2010): 81-90.

28. Jacques Lacan, "On a Question Preliminary to Any Possible Treatment of Psychosis," *Ecrits: A Selection*, trans. Alan Sheridan (New York: W. W. Norton, 1977), 200-201, cited by Martin Wallen, "Body Linguistics in Schreber's 'Memoirs' and De Quincey's 'Confessions,'" *Mosaic: A Journal for the Interdisciplinary Study of Literature* 24, no. 2 (1991): 93-108.

29. Foucault, *Discipline and Punish*, 194; Noam Chomsky and Michel Foucault, *The Chomsky-Foucault Debate*, 33.

30. Author's interview with Edward Shorter.

第 4 章

1. 除特别说明外，弗里达·弗洛姆-赖克曼的传记资料和栗居精神病院的历史信息均来自：Fromm-Reichmann, *Psychoanalysis and Psychotherapy*, Foreword by Edith Weigert, v-x.

2. Fromm-Reichmann, "Remarks on the Philosophy of Mental Disorder" (1946), *Psychoanalysis and Psychotherapy*, 20.

3. John S. Kafka, "Chestnut Lodge and the Psychoanalytic Approach to Psychosis," *Journal of the American Psychoanalytic Association* 59, no. 1 (February 1, 2011): 27-47.

4. Fromm-Reichmann, "Problems of Therapeutic Management in a Psychoanalytic Hospital" (1947), *Psychoanalysis and Psychotherapy*, 147.

5. Fromm-Reichmann, "Transference Problems in Schizophrenics" (1939), *Psychoanalysis and Psychotherapy*, 119.

6. Heinz E. Lehmann and Thomas A. Ban, "The History of the Psychopharmacology of Schizophrenia," *The Canadian Journal of Psychiatry* 42, no. 2 (March 1997): 152–62.

7. W. C. Shipley and F. Kant, "The Insulin-Shock and Metrazol Treatments of Schizophrenia, with Emphasis on Psychological Aspects," *Psychological Bulletin* 37, no. 5 (1940): 259–84.

8. McAuley, *The Concept of Schizophrenia*, 132.

9. Gottesman, *Schizophrenia Genesis*, 82.

10. Martin Brüne, "On Human Self-Domestication, Psychiatry, and Eugenics," *Philosophy, Ethics, and Humanities in Medicine* 2, no. 1 (October 5, 2007): 21.

11. Müller-Hill, *Murderous Science*, 11, 31, 42–43, 70.

12. Fromm-Reichmann, "Transference Problems in Schizophrenics" (1939), *Psychoanalysis and Psychotherapy*, 118.

13. Silvano Arieti, "A Psychotherapeutic Approach to Schizophrenia," in Kemali, Bartholini, and Richter, eds., *Schizophrenia Today*, 245.

14. Greenberg, *I Never Promised You a Rose Garden*.

15. 出处同上，83–84.

16. 出处同上，46.

17. 出处同上，33.

18. Fromm-Reichmann, "Notes on the Mother Role in the Family Group" (1940), *Psychoanalysis and Psychotherapy*, 291–92.

19. Fromm-Reichmann, "Notes on the Development of Treatment of Schizophrenics by Psychoanalytic Psychotherapy" (1948), *Psychoanalysis and Psychotherapy*, 163–64.

20. Rosen, *Direct Analysis*, 97, 101, cited by Carol Eadie Hartwell, "The Schizophrenogenic Mother Concept in American Psychiatry," *Psychiatry* 59, no. 3 (August 1996): 274–97.

21. Fromm-Reichmann, "Notes on the Mother Role in the Family Group."

22. John Clausen and Melvin Kohn, "Social Relations and Schizophrenia: A Research Report and a Perspective," in Don D. Jackson, *The Etiology of Schizophrenia*, 305.

23. Suzanne Reichard and Carl Tillman, "Patterns of Parent-Child Relationships in Schizophrenia," *Psychiatry* 13, no. 2 (May 1950): 253, cited by Hartwell, "The

Schizophrenogenic Mother Concept in American Psychiatry."

24. Hartwell, "The Schizophrenogenic Mother Concept in American Psychiatry," 286.

25. Gregory Bateson, Don D. Jackson, Jay Haley, and John Weakland, "Toward a Theory of Schizophrenia," *Behavioral Science* 1, no. 4 (January 1, 1956): 251–64.

26. Lidz, *Schizophrenia and the Family*, 98, 83, cited by Hartwell, "The Schizophrenogenic Mother Concept in American Psychiatry."

第 6 章

1. 樵夫谷的地质信息来自: John I. Kitch and Betsy B. Kitch, *Woodmen Valley: Stage Stop to Suburb* (Palmer Lake, Colo.: Filter Press, 1970).

第 7 章

1. McNally, *A Critical History of Schizophrenia*, 153–54.

2. Seymour S. Kety, ed., "What Is Schizophrenia?," *Schizophrenia Bulletin* 8, no. 4 (1982): 597–600.

第 9 章

1. 除特别说明外, 所有关于美国国立精神卫生研究所对吉内恩一家的研究都来自: Rosenthal, *The Genain Quadruplets*.

2. Irving I. Gottesman, "Theory of Schizophrenia," *The British Medical Journal* 1, no. 5427 (1965): 114.

3. Mads G. Henriksen, Julie Nordgaard, and Lennart B. Jansson, "Genetics of Schizophrenia: Overview of Methods, Findings and Limitations," *Frontiers in Human Neuroscience* 11 (2017).

4. H. Luxenburger, "Vorläufiger Bericht über psychiatrische Serienuntersuchungen an Zwillingen," *Zeitschrift für die gesamte Neurologie und Psychiatrie* 116 (1928), 297–326.

5. F. J. Kallmann, "The Genetic Theory of Schizophrenia; an Analysis of 691 Schizophrenic Twin Index Families," *American Journal of Psychiatry* 103 (1946), 309–22.

6. Eliot Slater, "Psychotic and Neurotic Illnesses in Twins" (1953), in Slater, *Man, Mind, and Heredity*, 12–124.

7. Rosenthal, *The Genain Quadruplets*, 7.

8. 出处同上, 362.

9. 出处同上，16–17.

10. 出处同上。

11. 出处同上，364.

12. 出处同上，73.

13. 出处同上，567.

14. 出处同上，548.

15. 出处同上，566.

16. 出处同上，579.

第 10 章

1. Nell Mitchell, *The 13th Street Review*, 7.

2. Mike Anton, "Colorado Routinely Sterilized the Mentally Ill Before 1960," *Rocky Mountain News*, November 21, 1999.

3. Nell Mitchell, *The 13th Street Review*, 47.

4. Telfer, *The Caretakers*, 218.

5. Frank G. Slaughter, "Life in a Snake-Pit," *New York Times*, November 22, 1959.

6. "Pueblo Grand Jury Blasts State Hospital Program," *Colorado Springs Gazette-Telegraph*, May 19, 1962.

7. M. Lacomme et al., "Obstetric Analgesia Potentiated by Associated Intravenous Dolosal with RP 4560," *Bulletin de la Fédération des Sociétés de Gynécologie et d'Óbstetrique de Langue Française* 4: (1952): 558–62, cited by Bertha K. Madras, "History of the Discovery of the Antipsychotic Dopamine D2 Receptor: A Basis for the Dopamine Hypothesis of Schizophrenia," *Journal of the History of the Neurosciences* 22, no. 1 (January 1, 2013): 62–78.

8. H. Laborit and P. Huguenard, "L'hibernation artificielle parmoyens pharmacodynamiques et physiques," *Presse médicale* 59 (1951): 1329, cited by Heinz E. Lehmann and Thomas A. Ban, "The History of the Psychopharmacology of Schizophrenia," *The Canadian Journal of Psychiatry* 42, no. 2 (March 1997): 152–62.

9. Theocharis Kyziridis, "Notes on the History of Schizophrenia," *German Journal of Psychiatry* 8, no. 3 (2005): 42–48.

10. Arvid Carlsson and Maria L. Carlsson, "A Dopaminergic Deficit Hypothesis of Schizophrenia: The Path to Discovery," *Dialogues in Clinical Neuroscience* 8, no. 1 (March 2006): 137–42.

11. Bertha K. Madras, "History of the Discovery of the Antipsychotic Dopamine D2 Receptor: A Basis for the Dopamine Hypothesis of Schizophrenia."

12. S. Marc Breedlove, Neil V. Watson, and Mark R. Rosenzweig, *Biological Psychology*, 5th ed. (Sunderland, Mass.: Sinauer Associates, 2007), 491.

第 13 章

1. Sartre, *The Psychology of Imagination*, 169, cited by Laing, *The Divided Self*, 84–85.

2. Laing, *The Divided Self*, 73, 75, 77.

3. 出处同上，12.

4. 出处同上，51.

5. McNally, *A Critical History of Schizophrenia*, 149.

6. Arieti, *Interpretation of Schizophrenia*, 125–26.

7. Szasz, *The Myth of Mental Illness*, 188, 176.

8. Kesey, *One Flew Over the Cuckoo's Nest*.

9. Fromm-Reichmann, "On Loneliness" (posthumously published essay), *Psychoanalysis and Psychotherapy*, 328.

10. Laing, *The Politics of Experience*, 107.

11. Deleuze and Guattari, *Anti-Oedipus*, 34–35.

第 14 章

1. 有关波多黎各学术峰会的内容来自罗森塔尔和凯蒂编辑的 *The Transmission of Schizophrenia*.

2. David Rosenthal, "Three Adoption Studies of Heredity in the Schizophrenic Disorders," *International Journal of Mental Health* 1, no. 1/2 (1972): 63–75.

3. Irving Gottesman and James Shields, "A Polygenic Theory of Schizophrenia," *Proceedings of the National Academy of Sciences* 58, no. 1 (July 1, 1967): 199–205.

4. Melvin L. Kohn, "Social Class and Schizophrenia," in Rosenthal and Kety, eds., *The Transmission of Schizophrenia*, 156–57.

5. Yrjö O. Alanen, "From the Mothers of Schizophrenic Patients to Interactional Family Dynamics," in Rosenthal and Kety, eds., *The Transmission of Schizophrenia*, 201, 205.

6. Theodore Lidz, "The Family, Language, and the Transmission of Schizophrenia," in Rosenthal and Kety, eds., *The Transmission of Schizophrenia*, 175.

7. David Rosenthal, "The Heredity-Environment Issue in Schizophrenia: Summary of the Conference and Present Status of Our Knowledge," in Rosenthal and Kety, eds., *The Transmission of Schizophrenia,* 413.

8. David Reiss, "Competing Hypotheses and Warring Factions: Applying Knowledge of Schizophrenia," first presented in 1970 and later published in *Schizophrenia Bulletin* 8 (1974): 7–11.

9. Rosenthal, "The Heredity-Environment Issue in Schizophrenia," 415.

10. 出处同上, 416.

11. 出处同上。

第 16 章

1. "Apparent Murder-Suicide of Lodi Girl, Boyfriend," *Lodi News-Sentinel,* September 8, 1973.

第 18 章

1. Daniel Weinberger, E. Fuller Torrey, A. N. Neophytides, and R. J. Wyatt, "Lateral Cerebral Ventricular Enlargement in Chronic Schizophrenia," *Archives of General Psychiatry* 36, no. 7 (July 1979): 735–39.

2. R. O. Rieder and E. S. Gershon, "Genetic Strategies in Biological Psychiatry," *Archives of General Psychiatry* 35, no. 7 (July 1978): 866–73.

第 19 章

1. "Private Institutions Used in C.I.A. Effort to Control Behavior," *New York Times,* August 2, 1977.

2. Carl C. Pfeiffer, "Psychiatric Hospital vs. Brain Bio Center in Diagnosis of Biochemical Imbalances," *Journal of Orthomolecular Psychiatry* 5, no. 1 (1976): 28–34.

第 21 章

1. Gaskin, *Volume One,* 13.

2. "Why We Left the Farm," *Whole Earth Review,* Winter 1985.

3. Jim Ricci, "Dream Dies on the Farm," *Chicago Tribune,* October 2, 1986.

4. "Why We Left the Farm," *Whole Earth Review,* Winter 1985.

5. Moretta, *The Hippies*, 232.

6. 出处同上，232.

7. National Science Foundation estimate, cited by Ricci, "Dream Dies on the Farm."

8. Moretta, *The Hippies*, 236.

9. 出处同上，233.

10. 出处同上，240.

11. 出处同上。

12. 出处同上，242.

13. Gaskin, *Volume One*, 11, 13, 14.

14. Moretta, *The Hippies*, 238.

15. Stiriss, *Voluntary Peasants*, chapter 3, loc. 786, Kindle.

16. 出处同上。

17. 出处同上。

18. 出处同上。

19. Moretta, *The Hippies*, 233.

20. Gaskin, *Volume One*, 19−21.

21. 出处同上，13。

22. Moretta, *The Hippies*, 240.

23. Stiriss, *Voluntary Peasants*, chapter 3, loc. 218, Kindle.

24. 出处同上。

第 24 章

1. Joseph Zubin and Bonnie Spring, "Vulnerability—A New View of Schizophrenia," *Journal of Abnormal Psychology* 86, no. 2 (April 1977): 103−26.

2. Irving Gottesman and James Shields, "A Polygenic Theory of Schizophrenia," *Proceedings of the National Academy of Sciences* 58, no. 1 (July 1, 1967): 199−205.

3. Zubin and Spring, "Vulnerability."

4. Freedman, *The Madness Within Us*, 35.

5. Robert Freedman, "Rethinking Schizophrenia—From the Beginning," Lecture at the Brain and Behavior Research Foundation, October 23, 2015.

6. Irwin Feinberg, "Schizophrenia: Caused by a Fault in Programmed Synaptic Elimination During Adolescence?," *Journal of Psychiatric Research* 17, no. 4 (1982−1983): 319−34.

第 27 章

1. Sandy Rovner, "The Split over Schizophrenia," *Washington Post,* July 20, 1984.

2. Gordon Parker, "Re-Searching the Schizophrenogenic Mother," *The Journal of Nervous and Mental Disease* 170, no. 8 (August 1982): 452–62.

3. Anne Harrington, "The Fall of the Schizophrenogenic Mother," *The Lancet* 379, no. 9823 (April 2012): 1292–93.

4. Ann-Louise Silver, "Chestnut Lodge, Then and Now," *Contemporary Psychoanalysis* 33, no. 2 (April 1, 1997): 227–49.

5. Peter Carlson, "Thinking Outside the Box," *Washington Post,* April 9, 2001.

6. Modrow, *How to Become a Schizophrenic.*

7. Daniel Weinberger and R. J. Wyatt, "Cerebral Ventricular Size: Biological Marker for Subtyping Chronic Schizophrenia," in Earl Usdin and Israel Hanin, eds., *Biological Markers in Psychiatry and Neurology.* New York: Pergamon Press, 1982: 505–12.

8. Modrow, *How to Become a Schizophrenic.*

9. Seymour S. Kety, "What Is Schizophrenia?," *Schizophrenia Bulletin* 8, no. 4 (1982): 597–600.

10. Dava Sobel, "Schizophrenia in Popular Books: A Study Finds Too Much Hope," *New York Times,* February 17, 1981.

11. C. Siegel, M. Waldo, G. Mizner, L. E. Adler, and R. Freedman, "Deficits in Sensory Gating in Schizophrenic Patients and Their Relatives. Evidence Obtained with Auditory Evoked Responses," *Archives of General Psychiatry* 41, no. 6 (June 1984): 607–12.

12. L. E. DeLisi, L. R. Goldin, J. R. Hamovit, M. E. Maxwell, D. Kurtz, and E. S. Gershon, "A Family Study of the Association of Increased Ventricular Size with Schizophrenia," *Archives of General Psychiatry* 43, no. 2 (February 1986): 148–53.

13. Lynn R. Goldin, Lynn E. DeLisi, and Elliot S. Gershon, "Relationship of HLA to Schizophrenia in 10 Nuclear Families," *Psychiatry Research* 20, no. 1 (January 1987): 69–77.

14. Sarah Henn, Nick Bass, Gail Shields, Timothy J. Crow, and Lynn E. DeLisi, "Affective Illness and Schizophrenia in Families with Multiple Schizophrenic Members: Independent Illnesses or Variant Gene(S)?," *European Neuropsychopharmacology* 5 (January 1995): 31–36.

15. Lynn E. DeLisi, Ray Lofthouse, Thomas Lehner, Carla Morganti, Antonio Vita, Gail Shields, Nicholas Bass, Jurg Ott, and Timothy J. Crow, "Failure to Find a Chromosome 18 Pericentric Linkage in Families with Schizophrenia," *American Journal of Medical Genetics* 60, no. 6 (December 18, 1995): 532–34.

16. Jamie Talan, "Schizophrenia's Secrets: 'Hot Spots' on Chromosomes Fuel Academic, Commercial Studies," *New York Newsday,* October 19, 1999.

17. Kenneth S. Kendler and Scott R. Diehl, "The Genetics of Schizophrenia: A Current, Genetic-Epidemiologic Perspective," *Schizophrenia Bulletin* 19, no. 2 (1993): 261–85.

18. Deborah M. Barnes and Constance Holden, "Biological Issues in Schizophrenia," *Science,* January 23, 1987.

19. Gottesman, *Schizophrenia Genesis,* 102–3.

20. Kevin Mitchell, *Innate,* 221.

21. 出处同上。

22. R. L. Suddath, G. W. Christison, E. F. Torrey, M. F. Casanova, and D. R. Weinberger, "Anatomical Abnormalities in the Brains of Monozygotic Twins Discordant for Schizophrenia," *The New England Journal of Medicine* 322, no. 12 (March 22, 1990): 789–94.

23. Daniel R. Weinberger, "Implications of Normal Brain Development for the Pathogenesis of Schizophrenia," *Archives of General Psychiatry* 44, no. 7 (July 1, 1987): 660.

24. Weinberger and Harrison, *Schizophrenia,* 400.

25. Kevin Mitchell, *Innate,* 75.

第 32 章

1. Robert Freedman, H. Coon, M. Myles Worsley, A. Orr-Urtreger, A. Olincy, A. Davis, M. Polymeropoulos, et al., "Linkage of a Neurophysiological Deficit in Schizophrenia to a Chromosome 15 Locus," *Proceedings of the National Academy of Sciences of the United States of America* 94, no. 2 (January 21, 1997): 587–92.

2. Carol Kreck, "Mental Institute to Focus on Kids," *Denver Post,* March 3, 1999.

3. Ann Schrader, "Schizophrenia Researchers Close in on Genetic Sources," *Denver Post,* August 13, 2000.

4. Freedman et al., "Linkage of a Neurophysiological Deficit in Schizophrenia to a

Chromosome 15 Locus."

5. Denise Grady, "Brain-Tied Gene Defect May Explain Why Schizophrenics Hear Voices," *New York Times*, January 21, 1997.

6. Laura F. Martin, William R. Kem, and Robert Freedman, "Alpha-7 Nicotinic Receptor Agonists: Potential New Candidates for the Treatment of Schizophrenia," *Psychopharmacology* 174, no. 1 (June 1, 2004): 54–64.

第 33 章

1. William T. Carpenter and Robert W. Buchanan, "Schizophrenia," *New England Journal of Medicine* 330, no. 10 (March 10, 1994): 681–90.

2. "Where Next with Psychiatric Illness?," *Nature* 336, no. 6195 (November 1988): 95–96.

3. "Sequana to Participate in Multinational Effort to Uncover the Genetic Basis of Schizophrenia," *Business Wire*, April 20, 1995.

4. 出处同上。

5. 出处同上。

6. Bijal Trevedi, Michael Le Page, and Peter Aldhous, "The Genome 10 Years On," *New Scientist*, June 19, 2010.

7. Samuel H. Barondes, Bruce M. Alberts, Nancy C. Andreasen, Cornelia Bargmann, Francine Benes, Patricia Goldman-Rakic, Irving Gottesman, et al., "Workshop on Schizophrenia," *Proceedings of the National Academy of Sciences of the United States of America* 94, no. 5 (March 4, 1997): 1612–14.

8. Transcript of an interview with Daniel Weinberger, conducted by Stephen Potkin at the 48th annual meeting of the American College of Neuropsychopharmacology in Boca Raton, Florida, December 12, 2007.

9. Shaun M. Purcell, Naomi R. Wray, Jennifer L. Stone, Peter M. Visscher, Michael C. O'Donovan, Patrick F. Sullivan, and Pamela Sklar, "Common Polygenic Variation Contributes to Risk of Schizophrenia and Bipolar Disorder," *Nature* 460, no. 7256 (August 6, 2009): 748–52.

10. James R. Lupski, "Schizophrenia: Incriminating Genomic Evidence," *Nature* 455, no. 7210 (September 2008): 178–79.

11. Stephan Ripke, Colm O'Dushlaine, Kimberly Chambert, Jennifer L. Moran, Anna K. Kähler, Susanne Akterin, Sarah E. Bergen, et al., "Genome-Wide Association

Analysis Identifies 13 New Risk Loci for Schizophrenia," *Nature Genetics* 45, no. 10 (August 25, 2013): 1150−59.

12. Stephan Ripke, Benjamin M. Neale, Aiden Corvin, James T. R. Walters, Kai-How Farh, Peter A. Holmans, Phil Lee, et al., "Biological Insights from 108 Schizophrenia-Associated Genetic Loci," *Nature* 511, no. 7510 (July 22, 2014): 421−27.

13. Brien Riley and Robert Williamson, "Sane Genetics for Schizophrenia," *Nature Medicine* 6, no. 3 (March 2000): 253−55. (对这种风险评分机制的完整解释见： "Analysis of concordance in first-, second- and third-degree relatives suggests that variants at three or more separate loci are required to confer susceptibility, and that these allelic variants increase risk in a multiplicative rather than additive manner, with the total risk being greater than the sum of the individual risks conferred by each variant.")

14. Jonathan Leo, "The Search for Schizophrenia Genes," *Issues in Science and Technology* 32, no. 2 (2016): 68−71.

15. Author's interview with Elliot Gershon.

16. Author's interview with Steven Hyman.

17. Kenneth Kendler, "A Joint History of the Nature of Genetic Variation and the Nature of Schizophrenia," *Molecular Psychiatry* 20, no. 1 (February 2015): 77−83.

18. Joan Arehart-Treichel, "Psychiatric Gene Researchers Urged to Pool Their Samples," *Psychiatric News* (American Psychiatric Association), November 16, 2007.

第 34 章

1. Scott O. Lilienfeld and Hal Arkowitz, "The Truth About Shock Therapy: Electroconvulsive Therapy Is a Reasonably Safe Solution for Some Severe Mental Illnesses," *Scientific American*, May 1, 2014.

第 35 章

1. Whitaker, *Mad in America*, 207−8.

第 36 章

1. O. R. Homann, K. Misura, E. Lamas, R. W. Sandrock, P. Nelson, Stefan McDonough, and Lynn E. DeLisi, "Whole-Genome Sequencing in Multiplex Families with

Psychoses Reveals Mutations in the SHANK2 and SMARCA1 Genes Segregating with Illness," *Molecular Psychiatry* 21, no. 12 (December 2016): 1690–95.

2. Aswin Sekar, Allison R. Bialas, Heather de Rivera, Avery Davis, Timothy R. Hammond, Nolan Kamitaki, et al., "Schizophrenia Risk from Complex Variation of Complement Component 4," *Nature* 530, no. 7589 (February 2016): 177–83.

3. Audrey Guilmatre, Guillaume Huguet, Richard Delorme, and Thomas Bourgeron, "The Emerging Role of SHANK Genes in Neuropsychiatric Disorders: SHANK Genes in Neuropsychiatric Disorders," *Developmental Neurobiology* 74, no. 2 (February 2014): 113–22. 另 见：Ahmed Eltokhi, Gudrun Rappold, and Rolf Sprengel, "Distinct Phenotypes of SHANK2 Mouse Models Reflect Neuropsychiatric Spectrum Disorders of Human Patients with SHANK2 Variants," *Frontiers in Molecular Neuroscience* 11 (2018).

4. Thomas R. Insel, "Rethinking Schizophrenia," *Nature* 468, no. 7321 (November 11, 2010): 187–93.

5. S. Peykov, S. Berkel, M. Schoen, K. Weiss, F. Degenhardt, J. Strohmaier, B. Weiss, et al., "Identification and Functional Characterization of Rare SHANK2 Variants in Schizophrenia," *Molecular Psychiatry* 20, no. 12 (December 2015): 1489–98.

6. Kevin Mitchell, *Innate*, 233–34.

第 37 章

1. Randal G. Ross, Sharon K. Hunter, M. Camille Hoffman, Lizbeth McCarthy, Betsey M. Chambers, Amanda J. Law, Sherry Leonard, Gary O. Zerbe, and Robert Freedman, "Perinatal Phosphatidylcholine Supplementation and Early Childhood Behavior Problems: Evidence for CHRNA7 Moderation," *The American Journal of Psychiatry* 173, no. 5 (May 2016): 509–16.

2. Carrie Dennett: "Choline: The Essential but Forgotten Nutrient," *Seattle Times*, November 2, 2017.

第 43 章

1. Rue L. Cromwell, "Strategies for Studying Schizophrenic Behavior," *Psychopharmacologia* 24, no. 1 (March 1, 1972): 121–46.

2. Leudar and Thomas, *Voices of Reason, Voices of Insanity*.

3. M. Harrow and T. H. Jobe, "Does Long-Term Treatment of Schizophrenia with

Antipsychotic Medications Facilitate Recovery?," *Schizophrenia Bulletin* 39, no. 5 (September 1, 2013): 962–65. 另见: M. Harrow, T. H. Jobe, and R. N. Faull, "Does Treatment of Schizophrenia with Antipsychotic Medications Eliminate or Reduce Psychosis? A 20-Year Multi-Follow-up Study," *Psychological Medicine* 44, no. 14 (October 2014): 3007–16.

4. S. Guloksuz and J. van Os, "The Slow Death of the Concept of Schizophrenia and the Painful Birth of the Psychosis Spectrum," *Psychological Medicine* 48, no. 2 (January 2018): 229–44.

5. R. J. Linscott and J. van Os. "An Updated and Conservative Systematic Review and Meta-Analysis of Epidemiological Evidence on Psychotic Experiences in Children and Adults: On the Pathway from Proneness to Persistence to Dimensional Expression Across Mental Disorders," *Psychological Medicine* 43, no. 6 (June 2013): 1133–49.

6. John J. McGrath, Sukanta Saha, Ali Al-Hamzawi, Jordi Alonso, Evelyn J. Bromet, Ronny Bruffaerts, José Miguel Caldas-de-Almeida, et al., "Psychotic Experiences in the General Population: A Cross-National Analysis Based on 31,261 Respondents from 18 Countries," *JAMA Psychiatry* 72, no. 7 (July 1, 2015): 697–705.

7. "Early Detection and Prevention of Psychotic Disorders: Ready for 'Prime Time'?," lecture by Jeffrey Lieberman for the Brain and Behavior Research Foundation, February 12, 2019.

8. John M. Kane, Delbert G. Robinson, Nina R. Schooler, Kim T. Mueser, David L. Penn, Robert A. Rosenheck, Jean Addington, et al., "Comprehensive Versus Usual Community Care for First-Episode Psychosis: 2-Year Outcomes from the NIMH RAISE Early Treatment Program," *American Journal of Psychiatry* 173, no. 4 (October 20, 2015): 362–72.

9. Benedict Carey, "New Approach Advised to Treat Schizophrenia," *New York Times*, December 21, 2017.

10. "Early Detection and Prevention of Psychotic Disorders: Ready for 'Prime Time'?," lecture by Jeffrey Lieberman for the Brain and Behavior Research Foundation, February 12, 2019.

11. Gianluca Ursini, Giovanna Punzi, Qiang Chen, Stefano Marenco, Joshua F. Robinson, Annamaria Porcelli, Emily G. Hamilton, Daniel Weinberger, et al., "Convergence of Placenta Biology and Genetic Risk for Schizophrenia," *Nature Medicine*, May 28, 2018, 1.

12. Peter Langman, "Rampage School Shooters: A Typology," *Aggression and Violent Behavior* 14 (2009): 79-86.

13. Lynn E. DeLisi, "A Case for Returning to Multiplex Families for Further Understanding the Heritability of Schizophrenia: A Psychiatrist's Perspective," *Molecular Neuropsychiatry* 2, no. 1 (January 8, 2016): 15-19.

第 44 章

1. Arieti, *Interpretation of Schizophrenia*, 216.

参考文献

Arieti, Silvano. *American Handbook of Psychiatry*, Vol. 3. New York: Basic Books, 1959.

———. *Interpretation of Schizophrenia*. 2nd ed., completely revised and expanded. New York: Basic Books, 1974.

Bair, Deirdre. *Jung: A Biography*. Boston: Little, Brown, 2003.

Bentall, Richard P. *Doctoring the Mind: Is Our Current Treatment of Mental Illness Really Any Good?* New York: New York University Press, 2009.

Breedlove, S. Marc, Neil V. Watson, and Mark R. Rosenzweig. *Biological Psychology: An Introduction to Behavioral, Cognitive, and Clinical Neuroscience*. 5th ed. Sunderland, Mass.: Sinauer Associates, 2007.

Brown, Alan S., and Paul H. Patterson, eds. *The Origins of Schizophrenia*. New York: Columbia University Press, 2012.

Buckley, Peter, ed. *Essential Papers on Psychosis*. New York: New York University Press, 1988.

Chomsky, Noam A., and Michel Foucault. *The Chomsky-Foucault Debate: On Human Nature*. New York: New Press, 2006.

Conci, Marco. *Sullivan Revisited—Life and Work: Harry Stack Sullivan's Relevance for Contemporary Psychiatry, Psychotherapy and Psychoanalysis*. Trenton, N.J.: Tangram, 2010.

Cromwell, Rue L., and C. R. Snyder. *Schizophrenia: Origins, Processes, Treatment, and Outcome*. New York: Oxford University Press, 1993.

Davis, Kenneth L., Dennis Charney, Joseph T. Coyle, and Charles Nemeroff, eds. *Neuropsychopharmacology: The Fifth Generation of Progress: An Official Publication of the American College of Neuropsychopharmacology*. Philadelphia: Lippincott Williams & Wilkins, 2002.

Deleuze, Gilles, and Félix Guattari. *Anti-Oedipus: Capitalism and Schizophrenia*. Minneapolis: University of Minnesota Press, 1972.

DeLisi, Lynn E. *100 Questions & Answers About Schizophrenia: Painful Minds*. 2nd ed. Sudbury, Mass.: Jones & Bartlett Publishers, 2011.

Dorman, Daniel. *Dante's Cure: A Journey Out of Madness*. New York: Other Press, 2003.

Eghigian, Greg, ed. *The Routledge History of Madness and Mental Health*. Milton Park, Abingdon, Oxfordshire, and New York: Routledge, 2017.

Foucault, Michel, and Jean Khalfa. *History of Madness*. New York: Routledge, 1961/2006.

Foucault, Michel, and Alan Sheridan. *Discipline and Punish: The Birth of Prison*. London: Penguin, 1975. (References to second Vintage Books ed., 1995.)

Freedman, Robert. *The Madness Within Us: Schizophrenia as a Neuronal Process*. Oxford and New York: Oxford University Press, 2010.

Freud, Sigmund, James Strachey, Anna Freud, and Angela Richards. *The Standard Edition of the Complete Psychological Works of Sigmund Freud,* Vol. 12: *The Case of Schreber, Papers on Technique, and Other Works*. London: Hogarth Press, 1966.

Freud, Sigmund, and C. G. Jung. *The Freud/Jung Letters*. Ed. William McGuire. Trans. Ralph Manheim and R.F.C. Hull. Princeton: Princeton University Press, 1974.

Fromm-Reichmann, Frieda. *Principles of Intensive Psychotherapy*. Chicago: University of Chicago Press, 1971.

——. *Psychoanalysis and Psychotherapy. Selected Papers of Frieda Fromm-Reichmann*. Foreword by Edith Weigert. Chicago: University of Chicago Press, 1974.

Gaskin, Stephen. *Volume One: Sunday Morning Services on the Farm*. Summertown: The Book Publishing Co., 1977.

Gillham, Nicholas W. *Genes, Chromosomes, and Disease: From Simple Traits, to Complex Traits, to Personalized Medicine*. Upper Saddle River, N.J.: FT Press, 2011.

Gottesman, Irving I., and Dorothea L. Wolfgram. *Schizophrenia Genesis: The Origins of Madness*. New York: Freeman, 1991.

Greenberg, Joanne. *I Never Promised You a Rose Garden*. New York: Holt, Rinehart & Winston, 1963.

Hornstein, Gail A. *To Redeem One Person Is to Redeem the World: The Life of Frieda Fromm-Reichmann*. New York: Free Press, 2000.

Jackson, Don D. *The Etiology of Schizophrenia: Genetics, Physiology, Psychology, Sociology*. New York: Basic Books, 1960.

Jaynes, Julian. *The Origin of Consciousness in the Breakdown of the Bicameral Mind*. Boston: Houghton Mifflin, 1976.

Johnstone, Eve C. *Searching for the Causes of Schizophrenia*. Oxford: Oxford University Press, 1994.

Jung, C. G., Sonu Shamdasani, and R.F.C. Hull. *Jung Contra Freud: The 1912 New York Lectures on the Theory of Psychoanalysis*. Princeton: Princeton University Press, 1961.

Kemali, D., G. Bartholini, and Derek Richter, eds. *Schizophrenia Today*. Oxford and New York: Pergamon, 1976.

Kesey, Ken. *One Flew Over the Cuckoo's Nest*. New York: Penguin, 1962.

Laing, R. D. *The Divided Self: An Existential Study in Sanity and Madness*. London: Tavistock, 1959.

———. *The Politics of Experience*. New York: Pantheon, 1967.

———. *Sanity, Madness, and the Family*. London: Penguin, 1964.

Leudar, Ivan, and Philip Thomas. *Voices of Reason, Voices of Insanity: Studies of Verbal Hallucinations*. London and New York: Routledge, 2000.

Lidz, Theodore, Stephen Fleck, and Alice R. Cornelison. *Schizophrenia and the Family*. New York: International Universities Press, 1965.

Lieberman, Jeffrey A., and Ogi Ogas. *Shrinks: The Untold Story of Psychiatry*. 1st ed. New York: Little, Brown, 2015.

Lionells, Marylou, John Fiscalini, Carola Mann, and Donnel B Stern. *Handbook of Interpersonal Psychoanalysis*. New York: Routledge, 2014.

Lothane, Zvi. *In Defense of Schreber: Soul Murder and Psychiatry*. Hillsdale, N.J.: Analytic Press, 1992.

Macdonald, Helen. *Falcon*. London: Reaktion, 2006.

———. *H Is for Hawk*. London: Random House, 2014.

McAuley, W. F. *The Concept of Schizophrenia*. Bristol: John Wright, 1953.

McNally, Kieran. *A Critical History of Schizophrenia*. Basingstoke, UK: Palgrave Macmillan, 2016.

414 隐谷路

Mitchell, Kevin J. *Innate: How the Wiring of Our Brains Shapes Who We Are*. Princeton and Oxford: Princeton University Press, 2018.

Mitchell, Nell. *The 13th Street Review: A Pictorial History of the Colorado State Hospital (Now CMHIP)*. Pueblo: My Friend, The Printer, Inc., 2009.

Modrow, John. *How to Become a Schizophrenic: The Case Against Biological Psychiatry*. Everett, Wash., and Traverse City, Mich.: Apollyon Press; distributed by Publisher's Distribution Center, 1992.

Morel, Benedict A. *Traite des maladies mentales*. Paris: Masson, 1860.

Moretta, John. *The Hippies: A 1960s History*. Jefferson, N.C.: McFarland, 2017.

Müller-Hill, Benno. *Murderous Science: Elimination by Scientific Selection of Jews, Gypsies, and Others, Germany, 1933–1945*. Woodbury, N.Y.: Cold Spring Harbor Laboratory Press, 1988.

Nasar, Sylvia. *A Beautiful Mind*. New York: Simon & Schuster, 1998.

Niederland, William G. *The Schreber Case: Psychoanalytic Profile of a Paranoid Personality*. Hillsdale, N.J.: Analytic Press, 1984.

Noll, Richard. *American Madness: The Rise and Fall of Dementia Praecox*. Cambridge: Harvard University Press, 2011.

Pastore, Nicholas. *The Nature-Nurture Controversy*. New York: Kings Crown Press, Columbia University, 1949.

Peterson, Roger Tory. *Birds over America*. New York: Dodd, Mead, 1948.

Powers, Ron. *No One Cares About Crazy People: The Chaos and Heartbreak of Mental Health in America*. New York: Hachette, 2017.

Richter, Derek. *Perspectives in Neuropsychiatry; Essays Presented to Professor Frederick Lucien Golla by Past Pupils and Associates*. London: H. K. Lewis, 1950.

Rosen, John N. *Direct Analysis: Selected Papers*. New York: Grune & Stratton, 1953.

Rosenthal, David, ed. *The Genain Quadruplets*. New York: Basic Books, 1963.

Rosenthal, David, and Seymour S. Kety, eds. *The Transmission of Schizophrenia: Proceedings of the Second Research Conference of the Foundations' Fund for Research in Psychiatry, Dorado, Puerto Rico, 26th June to 1 July 1967*. Oxford: Pergamon Press, 1969.

Saks, Elyn R. *The Center Cannot Hold: My Journey Through Madness*. New York: Hachette Books, 2015.

Sartre, Jean-Paul. *The Psychology of Imagination* (1940). London: Routledge, 2016.

Scheper-Hughes, Nancy. *Saints, Scholars, and Schizophrenics: Mental Illness in Rural Ireland.* Berkeley: University of California Press, 1977.

Schiller, Lori, and Amanda Bennett. *The Quiet Room: A Journey Out of the Torment of Madness.* New York: Grand Central Publishing, 2011.

Schreber, Daniel Paul. *Memoirs of My Nervous Illness.* New York: New York Review Books, and London: Bloomsbury, 2001.

Sheehan, Susan. *Is There No Place on Earth for Me?* Boston: Houghton Mifflin, 1982.

Slater, Eliot, James Shields, and Irving I. Gottesman. *Man, Mind, and Heredity: Selected Papers of Eliot Slater on Psychiatry and Genetics.* Baltimore: Johns Hopkins University Press, 1971.

Smith, Daniel B. *Muses, Madmen, and Prophets: Rethinking the History, Science, and Meaning of Auditory Hallucination.* New York: Penguin, 2007.

Sprague, Marshall. *Newport in the Rockies: The Life and Good Times of Colorado Springs.* Athens: Swallow Press/Ohio University Press, 1987.

Stiriss, Melvyn. *Voluntary Peasants: A Psychedelic Journey to the Ultimate Hippie Commune.* Warwick, NY: New Beat Books, 2016. Kindle.

Sullivan, Harry Stack, and Helen Swick Perry. *Schizophrenia as a Human Process.* New York: W. W. Norton, 1974.

Szasz, Thomas. *The Myth of Mental Illness.* New York: Harper & Row, 1961.

Telfer, Dariel. *The Caretakers.* New York: Simon & Schuster, 1959.

Thomas, Philip. *The Dialectics of Schizophrenia.* London and New York: Free Association Books, 1997.

Torrey, E. Fuller. *American Psychosis: How the Federal Government Destroyed the Mental Illness Treatment System.* Oxford: Oxford University Press, 2014.

———. *Schizophrenia and Manic-Depressive Disorder: The Biological Roots of Mental Illness as Revealed by the Landmark Study of Identical Twins.* New York: Basic Books, 1994.

———. *Surviving Schizophrenia: A Family Manual.* New York: Harper & Row, 1983.

Wang, Esmé Weijun. *The Collected Schizophrenias: Essays.* Minneapolis: Graywolf Press, 2019.

Ward, Mary Jane. *The Snake Pit.* New York: Random House, 1946.

Weinberger, Daniel R., and P. J Harrison. *Schizophrenia.* Chichester, West Sussex, and Hoboken, N.J.: Wiley-Blackwell, 2011.

Whitaker, Robert. *Mad in America: Bad Science, Bad Medicine, and the Enduring*

Mistreatment of the Mentally Ill. Revised paperback. New York: Basic Books, 2010.

White, T. H. *The Goshawk*. London: Jonathan Cape, 1951.

Williams, Paris. *Rethinking Madness: Towards a Paradigm Shift in Our Understanding and Treatment of Psychosis*. San Francisco: Sky's Edge, 2012.